D1711501

MEDIAS VERDADES

Lisa Unger

Medias verdades

Traducción de Griselda Cuervo

Umbriel Editores

Argentina • Chile • Colombia • España
Estados Unidos • México • Uruguay • Venezuela

Título original: *Sliver of Truth*
Editor original: Shaye Areheart Books, Nueva York
Traducción: Griselda Cuervo

Aribau, 142, pral. – 08036 Barcelona
www.umbrieleditores.com

ISBN: 978-84-89367-37-1
Depósito legal: B. 54.693 - 2007

Fotocomposición: Ediciones Urano, S.A.
Impreso por Romanyà Valls, S.A. – Verdaguer, 1 – 08786 Capellades (Barcelona)

Impreso en España - *Printed in Spain*

PARA OCEAN RAE

Que, incluso antes de su llegada, me cambió de un modo
que jamás habría podido imaginar...
Que nos ha traído, a Jeffrey y a mí, más amor
y alegría de lo que creíamos posible.
El simple hecho de esperar su llegada con anticipación ha sido
un regalo extraordinario... hasta cuando todavía no era más
que el reflejo del sol sobre el agua.
Su presencia en nuestras vidas es una bendición.

25 de diciembre de 2005

PRIMERA PARTE

LA NIÑA DE PAPÁ

Prólogo

Se preguntaba si era posible —siquiera normal— llevar veinte años de su vida con alguien y, a veces, amar a esa persona más que a sí misma, pero en cambio otras, odiarlo de veras, tanto que incluso se le pasaba por la cabeza agarrar su nueva sartén de hierro fundido y atizarle con ella en la cabeza. O tal vez esos pensamientos eran simplemente el resultado de los aleatorios —pero no por ello menos temperamentales— arranques, típicos de la premenopausia. O quizás era el hecho de que el dichoso aire acondicionado, que había estado suplicándole que cambiara desde hacía dos veranos, no pudiese con el calor agobiante que desprendía una cocina con tres sartenes en el fuego y un asado de cerdo en el horno.

A él no parecía molestarle el calor mientras permanecía sentado justo enfrente de la cocina con el Times *en las manos, los pies sobre un taburete y un vaso de merlot a su lado encima de la mesa. Se había ofrecido a ayudar, eso era verdad. Pero con esa manera suya de ofrecerse que en realidad no ofrecía nada: «¿Necesitas que te ayude?» (sin levantar la vista de la página de deportes); no «¿Qué puedo hacer?» (mientras se remangaba la camisa) o «Tú siéntate un rato, que ya pico yo los ajos» (al tiempo que le servía un vaso de vino). Eso era lo que ella consideraba verdaderos ofrecimientos de ayuda: quería que le insistiera, sobre todo porque él sabía de sobra que ella nunca sería capaz de sentarse a leer el periódico con un vaso de vino en la mano mientras él trabajaba como una mula cocinando para unos amigos (amigos de él, por cierto), independientemente de si en un primer momento rechazaba su oferta de ayudar.*

Miró al reloj y notó que empezaba a estresarse: sólo faltaba una hora para que llegaran los invitados y ni se había duchado todavía.

Dejó escapar un suspiro y lanzó una sartén al fregadero con fuerza, haciendo que su marido levantara la vista del periódico.

—¿Todo bien? —preguntó Allen al tiempo que se levantaba.

—No —dijo ella en tono contrariado—, aquí hace un calor horroroso y tengo que darme una ducha.

—Bueno, bueno —contestó él acercándose y quitándole la espumadera de la mano para luego rodearle la cintura con los brazos y dedicarle una sonrisa, esa tan característica suya, pícara e irresistible, la que siempre la hacía sonreír a ella también por muy enfadada que estuviera—. Tómatelo con calma —añadió besándole el cuello; ella se echó hacia atrás un momento, como para hacerse la interesante, pero no tardó mucho en derretirse entre sus brazos—. Si necesitas ayuda, ¿por qué no la pides? —le susurró Allen al oído haciendo que se le pusiera la piel de gallina en el cuello.

—Es que simplemente deberías saberlo —contestó, todavía enfurruñada.

—Tienes razón —dijo él hablándole al espacio entre su garganta y su clavícula—, lo siento. ¿Qué quieres que haga?

—Pues —respondió sintiéndose de repente como una tonta—, supongo que ya está casi todo hecho.

Él se apartó, cogió una copa de la alacena y le sirvió un vino.

—A ver qué te parece esto: tú vas a darte una ducha y yo me voy poniendo a fregar todas estas sartenes.

Ella aceptó la copa que le ofrecía y lo besó en los labios. Después de veinte años, todavía le encantaba su sabor (siempre y cuando no se estuviera imaginando que le daba un sartenazo); miró alrededor de su apartamento del West Village, la mayor parte del cual podía verse por encima de la barra americana que separaba la cocina de la zona que hacía de comedor y cuarto de estar. Era pequeño y estaba abarrotado con un sinfín de objetos, libros y fotos que habían ido acumulando durante su vida juntos. El sofá y la otomana a juego, viejos y desgastados por el uso pero de buena calidad, resultaban tan acogedores como un abrazo. La mesa de café era una vieja puerta que habían encontrado en una tienda de antigüedades en New Hope, Pensilvania. El televi-

sor, prehistórico al igual que el aire acondicionado, estaba pidiendo la jubilación a gritos. Su dormitorio era tan pequeño que apenas había espacio para la cama de matrimonio y las dos mesitas de noche sobre las que se apilaban sendos montones de libros. Podrían haberse pagado algo mejor, más grande... tal vez en Brooklyn o a las afueras, en Hoboken. Pero no había quien los sacara de Manhattan, no podrían soportar estar separados del centro por un puente o un túnel. Tal vez era una tontería, pero entre eso y que sólo pagaban seiscientos dólares al mes —y así había sido desde 1970, porque el alquiler había pasado a Allen cuando su hermano se mudó a una preciosa antigua cochera rehabilitada en Park Slope—, al final se habían quedado. Los hijos que habían esperado tener nunca llegaron, así que nunca habían sentido la necesidad de vivir en un sitio más grande. Sólo que, últimamente, habían empezado a aparecer los problemas.

El nuevo casero sabía que podría estar cobrando dos o tres mil dólares al mes por aquel apartamento, así que no se daba ninguna prisa en arreglar las averías, con la esperanza de que al final se cansaran y se marchasen. Y en un apartamento viejo en un edificio también viejo como aquél, siempre había algo estropeado, un fusible que no iba, una fuga de algún tipo...

Últimamente habían hablado más del tema, pero los precios en el centro eran prohibitivos. Habían llevado una existencia en la que vivir experiencias nuevas y viajar siempre había sido más importante que el estatus que dan un buen apartamento o un televisor de pantalla de plasma y, pese a que les había ido bien —ella había sido periodista de sucesos para varios periódicos de la ciudad hasta acabar en el Times *y él era fotógrafo publicitario—, habían tenido que elegir: vivir bien, viajar bien y ahorrar para la jubilación sacrificando la cuestión de la vivienda. Nunca había resultado una elección difícil: habían visto mundo, seguían siendo exploradores de corazón y, a sus cincuenta y pocos, podían trabajar otros diez años más y luego dedicarse a otras cosas; pero no tenían casa propia.*

Ella estaba pensando en todo esto bajo la ducha y llegó a la conclusión de que lo habían hecho bien. Por suerte, el calentador del agua funcionaba aquel día. Ella y Rick, los amigos de la universidad de Allen, llegarían con una botella de vino de cien dólares en la mano; Ella llevaría puesto algo tremendamente chic y caro, y Rick hablaría de su nuevo juguete, lo que fuese que resultara ser. No eran unos esnobs, al contrario, no presumían de nada y eran muy cariñosos, pero también eran ricos y se les notaba —y mucho—: su riqueza exigía que se le prestara atención, suplicaba que se hicieran comparaciones y, eso, cuando no se sentía bien consigo misma, la molestaba de un modo en que no debería. Allen no lo habría entendido; su mente no razonaba de aquel modo: él disfrutaba del éxito de sus amigos, de sus juguetes y sus casas de vacaciones tanto como si hubieran sido suyos. Allen no creía en las comparaciones.

En esos pensamientos ocupaba la mente mientras se aclaraba el suavizante. En algún lugar del apartamento, o tal vez en el de arriba o en el de abajo, se oyó un golpe fuerte, lo suficiente como para que se sobresaltara. Podía ser el calentador; o igual venía de otro piso. Se limitó a rezar para que no fueran sus invitados que llegaban pronto, o el casero con intención de terminar la pelea que habían tenido con él ese mismo día sobre la tremenda gotera que salía en el techo del baño cuando se duchaban los de arriba. Al final, lo habían amenazado con empezar a depositar el alquiler en una cuenta bloqueada hasta que no lo arreglase de una vez. La conversación había llegado a un punto en que el casero se puso a hablar en su lengua materna —algo de Europa del Este con sonidos duros y guturales—, chillándoles palabras ininteligibles. Ellos le habían dado con la puerta en las narices y él se había marchado escaleras abajo a grandes zancadas mientras seguía gritando.

—Estos europeos del Este tienen mucho genio, ¿no crees? —había comentado Allen imperturbable.

—Igual ha llegado el momento. Los tipos de interés están bajos y tenemos dinero para dar una entrada bastante buena. Jack ya lleva tiempo diciéndonos que tenemos que invertir en inmuebles si queremos tener una jubilación verdaderamente holgada —dijo ella refiriéndose al gestor que les llevaba las cuentas.

—Ya, pero los costes de mantenimiento… Y además, ¿quién dice que los precios no bajarán en los próximos diez años? —contestó él para luego hacer una pausa y negar con la cabeza—. No *podríamos permitirnos comprar algo en el centro.*

Ella se había encogido de hombros y no había insistido: era una conversación que ya habían tenido varias veces sin que ninguno de los dos mostrara demasiado interés realmente, así que lo había dejado estar y se había marchado al mercado de Union Square para comprar los ingredientes de la cena; y cuando iba de vuelta a casa, se había cruzado con el casero en la calle: trató de sonreírle, pero él había pasado de largo chillando por el teléfono en aquel idioma gutural.

Salió de la ducha, se envolvió el cuerpo con una toalla y su larga melena pelirroja con otra, y se cepilló los dientes. Podía oír el estéreo en el cuarto de estar y pensó que estaba más alto de lo que solía gustarle a su marido pero, para su gran alivio, no se oían voces: ni el menor indicio de invitados que llegan pronto ni caseros gritones. Se sentía mejor después de la ducha y se sonrió a sí misma en el espejo mientras pensaba que todavía resultaba guapa con sus grandes ojos verdes y su piel ligeramente cubierta de pecas, que aún parecía relativamente joven si no te fijabas en las arrugas —de sonreír— que le habían salido en los ojos y en las comisuras de los labios.

Se puso a tararear la melodía pegadiza de la radio, una canción de una de esas superestrellas para quinceañeras, y pensó que era raro que Allen hubiera puesto la radio en vez de un CD de Mozart o Chopin que estaban más en línea con sus gustos. Pero por otra parte, también era verdad que a veces Allen intentaba ser «guay», sobre todo cuando venía Rick, porque Rick era guay —o por lo menos eso creía él—, y ella no quería decirles a ninguno de los dos que cualquiera que usase la palabra «guay» con la poca naturalidad con que la usaban ellos, seguramente no lo era; así que se limitaba a compartir con Ella una sonrisa de complicidad cuando Rick y Allen se las daban de estar a la última en tendencias.

Aquel golpe de nuevo. Pero esta vez sonó más como algo grande cayendo al suelo y parecía venir del cuarto de estar. Abrió la puerta del baño y llamó a su marido. No hubo respuesta y, una vez abierta la puerta, le pareció que la música estaba muy alta y se dirigió hacia la cocina. El corazón empezó a latirle más deprisa cuando lo llamó por segunda vez.

Vio que había algo en el suelo: ¿un guante? No, una mano; la mano de su marido en el suelo. Entonces fue como si todo empezara a ir a cámara lenta. Lo primero que pensó al rodear la barra y verlo caído en el suelo fue: ¡ataque al corazón! Se arrodilló a su lado y él parpadeó al tiempo que intentaba decir algo.

—Allen, no pasa nada, cariño —dijo ella, sorprendida de lo calmada que estaba, de lo segura y firme que sonaba su propia voz—. Llamaré a una ambulancia. Aguanta, cielo, no te preocupes.

Con un aplomo sorprendente, se dijo a sí misma que todo iría bien: hoy en día la gente sobrevivía a los ataques al corazón y él se había estado tomando su aspirina diaria; lo incorporaría y le daría una mientras esperaban a la ambulancia.

Pero entonces vio el charco de sangre y el terror en los ojos de Allen, y después vio a los hombres junto a la puerta.

Iban completamente de negro; uno tenía una pistola en la mano, el otro una imponente sierra ensangrentada. Los dos llevaban pasamontañas. Le cerraron el paso cuando trató de ir al teléfono.

—¿Qué quieren? —preguntó sintiendo que la calma la abandonaba—. Pueden llevarse lo que quieran. —Miró a su alrededor y se dio cuenta de que realmente no tenían nada de valor; hasta su alianza no era más que un simple aro de oro; había veinte dólares en su cartera y seguramente en la de Allen incluso menos. Notó algo húmedo y cálido en los pies, y cayó en la cuenta de que la sangre que salía del cuerpo de su marido había llegado hasta donde estaba. Él parecía muy pálido y tenía los ojos cerrados.

—No se mueva —dijo uno de los hombres, no sabía bien cuál. Toda aquella situación le parecía estar envuelta en una especie de neblina que la hacía irreal. Su mente se esforzaba por procesar lo que estaba ocurriendo—. No diga una sola palabra.

Uno de ellos se le acercó rápidamente y, antes de que pudiera defenderse, la agarró por la muñeca y le dio la vuelta tapándole la cabeza con una capucha negra que le ató al cuello con fuerza. Ella simplemente no podía creerlo. Y entonces sintió un dolor desconcertante en la nuca y vio un millón de estrellas desfilar ante sus ojos. Después, nada.

1

Estoy corriendo pero ya no puedo más. El dolor del costado me hace cojear, me arden los pulmones. No puedo oír sus pisadas, pero sé que no está lejos, ahora sé que, de un modo u otro, ha estado junto a mí toda la vida. Yo soy la luz; él es las tinieblas. Hemos convivido sin encontrarnos. Si yo hubiera sido buena chica, la chica que me educaron para que fuera, nunca lo habría conocido. Pero ya es demasiado tarde para lamentarse.

Estoy en Hart Island, en el Bronx, en un lugar llamado Potter's Field, «el campo del alfarero»; en esta isla se encuentra el cementerio de la ciudad para indigentes y personas sin identificar, un lugar tenebroso y escalofriante. El cómo hemos acabado todos aquí es una larga historia, una que sin embargo sé que terminará aquí; tal vez para algunos, tal vez para todos nosotros. Un edificio alto que parece a punto de derrumbarse se cierne sobre mí. Es la noche más oscura que jamás he visto, y en más de un sentido. El delgado filo curvo de la media luna se esconde tras las espesas nubes. No se ve nada, pero lo observo desaparecer por una puerta torcida y prácticamente desencajada de los goznes. Lo sigo.

—¡Ridley! —la voz viene de detrás pero no contesto, sigo hasta que estoy de pie ante la entrada del edificio y entonces dudo, me quedo mirando a la construcción derruida y destartalada, preguntándome si es demasiado tarde para dar la vuelta.

Y entonces lo veo, delante de mí, a lo lejos. Lo llamo pero no responde, simplemente se vuelve y comienza a alejarse lentamente. Si valorara en algo mi vida y mi cordura, lo dejaría marcharse y confiaría en que él hiciera lo mismo conmigo. Las cosas podrían volver a ser como antes: él, viviendo en un mundo que yo jamás supe ni que existía; yo, siguiendo con mi vida normal y corriente, escribiendo mis artículos, yendo al cine, saliendo a tomar algo con los amigos...

El miedo y la rabia me atenazan el pecho. El odio tiene sabor y textura, me quema la garganta como si fuera bilis. Por un instante, oigo en mi cabeza la voz de alguien que amaba: «Ridley, puedes soltar el odio como si fuera un lastre y alejarte. Tan sólo es una decisión. Los dos podemos hacerlo. No necesitamos todas las respuestas para seguir con nuestras vidas. No tiene por qué ser así».

Unos minutos después ya se había ido.

Ahora sé que esas palabras no eran más que mentiras: el odio no es tan fácil de soltar como un simple lastre; alejarse no es una de mis opciones. Tal vez nunca lo fue, tal vez llevo toda la vida en mitad de la vía por la que pasa este tren que está a punto de arrollarme, atada a los raíles, demasiado débil o demasiado loca o demasiado testaruda como para tratar de salvarme siquiera.

Al entrar en el edificio pienso que tal vez oiga el ruido del motor de una lancha. Siento una vaga sensación de esperanza y me pregunto si la ayuda estará en camino. Oigo mi nombre otra vez y miro hacia atrás encontrándome con un hombre que se ha convertido en mi único amigo avanzando con paso vacilante hacia mí. Está herido y sé que tardará un rato en llegar hasta donde estoy. Durante un instante, pienso que debería ir a donde está y ayudarlo, pero oigo ruidos dentro y el crujir de la inestable estructura del edificio; mi respiración se acelera y es cada vez más irregular. Avanzo hacia el interior.

—¡Deja de correr, cobarde! —le grito a la terrible oscuridad. Mi voz retumba en el inmenso espacio vacío—. Deja que te vea la cara.

Oigo mi propio eco en los muros que me rodean. No sueno como si estuviera aterrorizada y con el corazón roto, aunque así es como me siento, sino fuerte y decidida. Saco la pistola de la cintura de mis vaqueros. El metal está caliente por el contacto con la piel; tiene un tacto sólido que me hace sentir que estoy en mi derecho. Ésta es la segunda vez en mi vida que he empuñado un arma con intención de usarla. Me gusta igual de poco que en la primera ocasión pero ahora tengo más confianza, sé que puedo disparar si no tengo más remedio.

Él sale de entre las sombras, parece moverse silenciosamente, deslizándose como el fantasma que es. Yo doy un paso adelante y me paro; levanto el arma. Sigo sin poder verle la cara. A medida que la luna se asoma entre las nubes, empieza a colarse una pálida luz a través de los agujeros del techo. Surgen las siluetas en medio de la oscuridad. Él empieza a moverse hacia mí, despacio. Yo permanezco donde estoy, pero empieza a temblarme la mano con la que empuño el arma.

—Ridley, no lo hagas. No podrías vivir con esa carga.

Oigo la voz a mis espaldas y me doy la vuelta para encontrarme con alguien que no esperaba ver de nuevo.

—Esto no es asunto tuyo —grito y me vuelvo hacia el hombre que he estado persiguiendo.

—Ridley, no seas imbécil, baja el arma. —Esa voz detrás de mí suena desesperada, se quiebra por la emoción—. Sabes que no puedo dejar que lo mates.

El ritmo de mi corazón reacciona al notar el miedo en su voz. *Pero ¿qué estoy haciendo?* La adrenalina hace que se me seque la boca y sienta un hormigueo en la nuca. No puedo disparar, pero tampoco soy capaz de bajar el arma. Siento el deseo de gritar de miedo y de rabia, de frustración y desconcierto, pero el grito queda atrapado en mi garganta.

Cuando por fin está lo suficientemente cerca como para verlo, le miro a la cara, y es alguien que no reconozco en absoluto. Dejo escapar un grito ahogado al contemplar la amplia sonrisa cruel que se dibuja en su semblante. Y entonces lo entiendo: es el hombre que dicen.

—¡Oh, Dios mío! —exclamo al tiempo que bajo el arma—. ¡Oh, no!

2

Seguro que pensaron ustedes que ya no sabrían más de mí. Puede que por lo menos confiaran en que ya había tenido mi ración de drama para toda la vida y que ya no habría más sorpresas en mi camino, que las cosas irían más o menos como la seda a partir de ahora. Créanme, yo también lo creí. Todos nos equivocamos.

Hace aproximadamente un año, toda una serie de decisiones, aparentemente insignificantes, hicieron que mi vida y la de un niño llamado Justin Wheeler se cruzaran. Una mañana fresca de otoño, yo estaba en la acera al otro lado de la calle en el preciso instante en que él se cruzaba en el camino de una furgoneta que se acercaba a toda velocidad. Sin pensarlo dos veces, me abalancé hacia él, lo agarré y conseguí que ambos esquiváramos un vehículo que sin duda lo habría matado... y tal vez a mí también si hubiera llegado a la acera treinta segundos antes, o treinta segundos después. En cualquier caso, ese podría haber sido el final de la historia: un acto heroico que sólo Justin Wheeler, su familia y yo recordaríamos. Pero el caso es que había un fotógrafo del *Post* en la esquina, que hizo fotos de todo. La instantánea (una fotografía en movimiento bastante buena por cierto, si se me permite decirlo) desencadenó otra serie de acontecimientos que me acabarían obligando a cuestionarme prácticamente todos los aspectos de mi hasta la fecha perfecta vida y, además, al final acabarían evolucionando del modo más horrible.

Lo gracioso fue —incluso después de que mi vida entera se desintegrara a mi alrededor, incluso después de que todo lo que creía que me definía resultara ser una mentira—, que yo seguía siendo yo: todavía tenía fuerzas para continuar avanzando hacia lo desconocido. Todo un descubrimiento sobre mí misma.

Quizá pudiera haber parecido que todo se hundía en torno a mí, pero Ridley Jones había salido a flote entre los vestigios del naufragio. Y pese a que hubo momentos en que no lo creí posible, mi vida volvió a algo parecido a la normalidad. Al menos durante un tiempo.

Si no saben ustedes lo que me pasó y cómo acabó todo, podrían retroceder ahora y enterarse. No estoy diciendo que, si no lo hacen, lo que sigue no vaya a tener sentido para ustedes ni que no vayan a sacar nada de la experiencia de unirse a mí ahora, en este nuevo capítulo de mi «vida loca». Lo que quiero decir es que va a ser algo parecido a acostarse con alguien sin saber su nombre. Pero igual es así como les gusta a ustedes. Quizá quieran emprender viaje conmigo e ir atando cabos por el camino, como ocurre en cualquier relación nueva, supongo. En cualquier caso, la decisión es suya. La decisión siempre es suya.

Bueno, pues entonces vamos allá.

Soy la última persona que queda sobre la faz de la Tierra sin cámara de fotos digital: no me gustan, me dan la impresión de ser demasiado frágiles, de que si se mojan con la lluvia o le das al botón que no es por descuido podrías borrar todos tus recuerdos. Así que sigo con la tradicional Minolta de 35mm que tengo desde los tiempos de la universidad, y llevo los carretes a revelar al mismo sitio de la Segunda Avenida al que he estado yendo durante años.

Tuve un amigo que creía que había algo inherentemente malo en el hecho de hacer fotos; decía que la memoria era mágica debido a su subjetividad y que las fotografías en cambio eran el crudo resultado directo de nuestro deseo de controlarlo todo, de aferrarnos a momentos que debiéramos dejar escapar, como cada exhalación. Tal vez tenía razón. Ya no somos amigos y no tengo ninguna foto de él, sólo el recuerdo que resurge cada vez que voy a recoger unas fotos. Y entonces pienso en cómo le gustaba cantar y tocar la guitarra después de hacer el amor (y lo verdaderamente mal que se le daba: lo de tocar la guitarra y cantar, y lo de hacer el amor también), y en que la vista de Washington Square Park que se veía desde su ventana me parecía tan romántica que estuve aguantando el resto durante más tiempo del que lo hubiera hecho de no haber sido por ese detalle. Mis recuerdos de él son orgánicos y tridimensionales, imágenes que solamente existen para mí, y la verdad es que eso me resulta agradable de alguna manera.

Así que estaba pensando en todo esto en el momento en que atravesé la puerta de F-Stop para recoger unas fotos que ya estaban listas. Un dependiente que no había visto antes me miró con estudiada indiferencia por entre el caos de mechones de pelo negro que le tapaba los ojos perfilados con rímel.

—¿En qué puedo ayudarla? —me preguntó sin vocalizar pero con tono solemne al tiempo que dejaba el libro de bolsillo abierto sobre el mostrador que tenía delante, y yo reparaba en el destello de un pírsin en su lengua al verlo hablar.

—Vengo a recoger unas fotos. Mi apellido es Jones.

Me miró de una forma rara, como si pensara que era un nombre inventado. (Un inciso sobre la ciudad de Nueva York: aquí, si tienes un nombre común y corriente la gente sospecha, mientras que si es algo que sonaría raro o inventado en cualquier otro lugar del mundo, por ejemplo Ruby Decal X o Yerónimus, en el East Village no se arquearía una sola ceja.)

El dependiente desapareció tras una pared divisoria y me pareció oír voces mientras me entretenía mirando las artísticas fotos en blanco y negro que decoraban la pared. Al poco rato volvió con tres sobres abultados en las manos y los dejó sobre el mostrador que nos separaba. No dijo nada mientras marcaba el precio en la caja registradora; le pagué y él metió los sobres en una bolsa de plástico.

—Gracias —dije cogiendo la bolsa que me ofrecía.

Él se sentó sin pronunciar una palabra más y volvió a su libro. Por alguna razón, me volví al llegar a la puerta y lo pillé mirándome fijamente de un modo extraño, pero apartó la mirada enseguida.

Me detuve en la esquina de la Segunda Avenida con la Calle 8. Mi intención había sido pasar por el estudio para traerle las fotos a

Jake. Eran las que habíamos hecho durante los últimos meses: un fin de semana largo en París en el que habíamos intentado —sin éxito— conectar de nuevo; una tarde en Central Park en que él estuvo haciendo el tonto en la inmensa extensión de césped, el Great Lawn, y parecía haber esperanza; un día horrible plagado de largos silencios incómodos, ráfagas de conversación y disgusto mal disimulado, que pasamos con mis padres en el Jardín Botánico de Brooklyn. Pero ante la posibilidad real de tener que enfrentarme a Jake, me paré en seco y me puse a dar vueltas por la esquina sin levantar los ojos de la acera.

No quiero decir que mi mundo se haya vuelto un lugar oscuro ni que mi vida sea gris. Eso suena demasiado melodramático, demasiado parecido a la autocompasión. Pero supongo que tampoco es exagerar demasiado. La última vez que supieron ustedes de mí yo estaba recomponiendo los pedazos de mi vida rota. Creo que lo dejamos con una puerta abierta a la esperanza, pero no ha sido nada fácil. Y como ocurre con cualquier convalecencia prolongada ha habido más momentos bajos que altos.

En lo que al último mes se refiere, Jake se ha marchado del apartamento que compartíamos en Park Avenue South y ahora vive semipermanentemente en su estudio de la Avenida A. Jake, lejos de hacer las paces con su pasado y asumir lo que ha descubierto, ha acabado por obsesionarse con Proyecto Rescate y el papel de Max en todo aquello.

Cuando digo Max me refiero a Maxwell Smiley, mi tío que no era realmente mi tío sino el mejor amigo de mi padre. Él y yo tuvimos una conexión especial toda la vida; y el año pasado me enteré de que en realidad era mi padre biológico. Ahora estoy tratando de darle un papel nuevo en mi vida como padre fallido en vez de tío adorado.

Proyecto Rescate es una organización que fundó Max, que también fue víctima de abusos cuando era niño, para impulsar la aprobación de la ley de Protección de Recién Nacidos abandonados en el Estado de Nueva York, de eso hace unos años. Esa ley hace posible que madres asustadas abandonen a sus bebés en lugares específicos como hospitales o comisarías donde no hacen preguntas, donde no hay peligro de acabar ante el juez. Yo descubrí el año pasado que esa organización tenía su lado oscuro: ciertos médicos y enfermeras cooperaban en secreto identificando a niños que, a su juicio, podrían estar siendo víctimas de abusos y cuyos hogares por tanto no eran lugar seguro. Gracias a la participación del crimen organizado, algunos de esos niños fueron raptados y vendidos a parejas adineradas. En cierto modo, yo también fui una niña de Proyecto Rescate, aunque mi historia es mucho más complicada. Jake es un niño de Proyecto Rescate para quien las cosas salieron terriblemente mal.

Últimamente, Jake ha abandonado su arte. Y por más que él y yo no hayamos roto oficialmente, yo me he convertido en el fantasma de la relación, me comporto como un fenómeno paranormal: tiro cosas, hago ruidos para que se dé cuenta de que existo.

Esto me recuerda a algo que mi madre, Grace, dijo una vez sobre Max: «Un hombre así, tan roto y vacío por dentro, no puede amar de verdad. Por lo menos él es lo suficientemente listo como para darse cuenta». Dicen que todos nos enamoramos de nuestros padres una y otra vez en un triste intento de resolver nuestra relación con ellos. ¿Es posible que yo estuviera haciendo eso incluso antes de saber quién era realmente mi padre?

—Señorita Jones. Ridley Jones —dijo la voz a mi espalda y sentí que se me helaba la sangre porque, durante todo el año pasado, mi club de fans ha ido creciendo pese a mis denodados esfuerzos por mantenerme alejada de todo lo que no estuviera estrictamente relacionado con el asesinato de Christian Luna y la investigación de Proyecto Rescate.

Christian Luna era el hombre que comenzó todo esto: después de ver unas imágenes en la CNN sobre mi heroica acción, me reconoció como Jessie Stone, hija de Teresa Stone, una niñita que él creía era su hija también. Luna se había estado escondiendo durante treinta años, desde la noche en que Teresa Stone fue asesinada y raptaron a Jessie, convencido de que le acusarían a él porque tenía un historial de violencia doméstica. Yo lo vi morir de un disparo en la cabeza mientras estaba sentada junto a él en un banco de un parque en el Bronx. Al final resultó que no era mi padre.

De todos modos, gracias a los millones de artículos y reportajes especiales de las revistas en los que ha aparecido la famosa foto del *Post* que fue el desencadenante de todo, me he convertido en la imagen que todo el mundo asocia con una organización que ha cambiado miles de vidas, y no necesariamente para bien. Me llaman. Me escriben. Los otros niños de Proyecto Rescate. Me paran por la calle. Me han alabado, abrazado, agredido y escupido. Los hay que están agradecidos. Los hay que están furiosos. Se me acercan personas en varias fases de su propio proceso de duelo, horror, incredulidad e ira. En cada uno de ellos veo un triste reflejo de mi propio camino hacia la curación.

Ignoré a la persona que estaba detrás de mí. No respondí ni me di la vuelta. Me he dado cuenta de que si no respondo cuando me llaman por la calle, a veces la gente se va, les entran dudas de si soy yo. Érase una vez el tiempo en que la gente sólo pronunciaba mi nombre con amor o para preguntarme algo, y yo respondía de buena gana con una sonrisa en los labios. Esos días pertenecen al pasado.

—Señorita Jones.

La voz estaba teñida de cierta autoridad que casi hizo que me diera la vuelta. Siempre he sido buena chica y he respondido como se debe a las órdenes. Pero en esa ocasión me alejé hacia el estudio de Jake. Oí que los pasos a mi espalda se aceleraban, lo que hizo que también yo apretara el paso; y entonces noté una mano fuerte sobre mi hombro. Me volví, enfada y dispuesta a pelear. De pie ante mí, había dos hombres elegantes vestidos de traje.

—Señorita Jones, necesitamos hablar con usted un momento.

El rostro de uno de aquellos hombres era adusto pero no mostraba enfado ni emoción de ningún tipo. Y eso me calmó. Sus ojos eran de un peculiar color gris, como el de las nubes de tormenta;

sus cabellos, alborotados y negros como el azabache. Era alto, casi me sacaba dos palmos, y de hombros anchos. Tenía un aire frío y distante, pero también había en él cierta amabilidad. El hombre que le acompañaba no dijo nada.

—¿Qué quiere?

Sacó una billetera delgada del bolsillo interior de su chaqueta, la abrió y me la entregó.

Agente especial Dylan Grace. FBI.

Todos mis temores se disiparon dejando paso al enojo. Le devolví la identificación.

—Agente Grace, no tengo nada más que decir al FBI. Ya les he dicho todo lo que sabía sobre Proyecto Rescate. De verdad que no tengo nada más que contarles.

Debió de notar algo en mi voz, o en mi cara, porque su expresión pareció dulcificarse un poco.

—No se trata de Proyecto Rescate, señorita Jones.

Su compañero fue hasta un sedán negro y abrió la puerta trasera del lado del copiloto. Hacía fresco y el cielo tenía un opresivo color gris plomizo. La gente se daba la vuelta para mirarnos pero seguía caminando. Pasaron a nuestro lado unos pandilleros en un Mustang retocado con la música a tope y los graves retumbando como el latido de un corazón.

—Entonces, ¿de qué se trata?

—De Maxwell Smiley.

El corazón me dio un vuelco.

—Tampoco tengo nada más que decir sobre él. Está muerto.

—¿Le importaría dejarme las fotografías que lleva en esa bolsa, señorita Jones?

—¿Cómo?

¿Cómo sabía lo de las fotos y para qué podría querer aquellas fotos de mi casi ex novio y mi familia, con la que apenas mantenía contacto?

Sacó un papel del bolsillo interior de su chaqueta y me sorprendí a mí misma preguntándome qué más tenía allí dentro: ¿una baraja, un conejito blanco, una ristra interminable de pañuelos de colores?

—Tengo una orden, señorita Jones.

Ni miré el papel, simplemente metí la mano en el bolso y le di la bolsa de F-Shop. La cogió y se dirigió hacia el coche. Yo hice lo mismo y me metí dentro sin decir nada más. Para entonces ya tenía suficiente experiencia con el FBI como para saber que, al final, siempre consiguen lo que quieren; si es por las buenas o por las malas, eso ya depende de uno.

Me llevaron a un edificio cerca del cuartel general del FBI y después de quedarse con mi bolso me dejaron sentada en una habitación semivacía donde sólo había una mesa de madera de imitación con patas de metal y dos sillas increíblemente incómodas. Las paredes estaban pintadas de un gris deprimente y el parpadeo del neón fluorescente del techo resultaba muy molesto.

Yo sabía que lo hacían por un motivo: te dejan sentado en una habitación inhóspita, sólo con tus pensamientos, sin reloj en la pared y sin nada que te distraiga porque quieren que pienses: en por qué estás allí, en lo que sabes o lo que has hecho; quieren que te preguntes qué saben ellos, que tú solito te acabes poniendo hecho un manojo de nervios, de tal modo que para cuando por fin vuelvan estés deseando confesar.

Pero, por descontado, eso sólo funciona si eres culpable o si estás ocultando algo. Yo, sinceramente no tenía ni idea de por qué querían hablar conmigo, así que simplemente estaba cada vez más aburrida y enojada. Y cansada. Aquel encuentro —y tal vez mi vida en general— me agotaba. Me levanté de la silla y caminé en círculos por la habitación, cada vez más inquieta. Al final acabé por apoyar la espalda contra la pared y me deslicé hasta quedar sentada en el suelo.

Últimamente, había tratado de no pensar en Max, aunque a veces me parecía como si cuanto más intentara deshacerme de su recuerdo más me atormentase éste. Me acerqué las rodillas al pecho y me las agarré con los brazos, escondiendo la cara en la articulación del codo para escapar de aquella luz desagradable. Solía hacer lo mismo cuando era pequeña y estaba disgustada o cansada, así era como me batía en retirada hasta mi refugio. Y si no funcionaba, entonces me escondía.

No estoy segura de cómo empezó todo; lo de esconderme. Pero sí recuerdo que me gustaba deslizarme hasta un sitio oscuro y tumbarme sigilosamente a escuchar el caos que desataba el que todos se pusieran a buscarme. A mis padres no les parecía divertido, pero, para mí, la excitación de oírlos ir de un lado para otro buscando debajo de las camas y dentro de los armarios era de lo más emocionante. Era un juego en el que siempre ganaba yo, simplemente por la reacción que provocaba. Nunca se me ocurrió que tal vez con ello conseguía que alguien se preocupara o enfadara. Yo era demasiado pequeña para que se me pasaran por la cabeza esas cosas. Lo que pasaba era que, simplemente, cada vez se me daba mejor encontrar escondites y al final tenía que salir yo o no me habrían encontrado nunca, y eso también tenía algo de maravilloso.

En algún momento, llegué a la conclusión de que ya no había más sitios para esconderse en la casa. Todos mis escondrijos secretos habían sido descubiertos por mis padres o mi hermano Ace o mi tío Max. Éste último era el as en la manga, la persona a quien llamaban cuando nadie más había sido capaz de encontrarme, y entonces él venía y decía algo así como: «Mira dentro del armario del cuarto de invitados» o «Echa un vistazo en la trampilla que va de su armario al desván». De alguna manera, siempre se las ingeniaba para saber dónde encontrarme, y cuando mis padres se dieron cuenta de su talento, el juego empezó a ser demasiado fácil: sus reacciones ya no eran tan divertidas y la cosa perdió emoción, así que yo tenía que doblar las apuestas.

No sé cuántos años tenía: unos siete, seis quizá, demasiado pequeña para ir sola al bosque que había detrás de mi casa sin que Ace viniera conmigo. Eso lo tenía claro. No era más que una delgada franja de árboles de un par de kilómetros de largo que rodeaba el terreno del vecino y separaba el nuestro del jardín de la casa de detrás; recuerdo que tenía un riachuelo que pasaba por debajo de un puentecito de piedra.

Esa arboleda era lo bastante estrecha como para que los padres de los niños del barrio los dejaran jugar allí sin demasiada vigilancia: si te adentrabas demasiado acababas en el jardín del vecino. Pero se suponía que yo no tenía permiso para ir sola, así que, por supuesto, era el sitio perfecto para esconderme.

Era una calurosa tarde de verano; salí de casa por la puerta de atrás y me adentré en el bosque. Habíamos construido un pequeño fuerte en medio de la espesura, así que me deslicé en el interior de nuestra precaria cabaña: dentro todo era penumbra y hacía calor. Estaba muy satisfecha conmigo misma. Después de permanecer echada allí un buen rato contemplando las hojas que suspiraban mecidas por un suave viento a través del ventanuco torcido, me quedé dormida. Cuando desperté el cielo estaba de color púrpura: casi había anochecido. Era la primera vez en mi vida que estaba verdaderamente asustada. Miré por la «ventana» del fuerte y tuve la sensación de que ese bosque que normalmente me encantaba se había llenado de monstruos y brujas y los árboles parecían sonreírme maliciosamente; empecé a llorar acurrucándome hasta quedar hecha un ovillo.

No creo que permaneciera así mucho rato antes de oír que alguien se movía entre la maleza.

—¿Ridley? ¿Estás ahí, cielo?

Ya era lo suficientemente mayor como para detectar la preocupación en aquella voz, pero mi corazón se llenó de alivio y me puse a llorar con más fuerza hasta que vi el rostro de mi tío Max asomar por la puertucha de la cabaña: no cabía dentro.

—Ridley, estás ahí —dijo sentándose trabajosamente en el suelo. Vi que estaba sudando: quizá debido a la humedad, quizás al miedo; quizás a las dos cosas. Se sujetó la cara entre las manos—. Nena —dijo a través de los dedos—, tienes que dejar de hacer estas cosas, si no a tu tío Max le va a dar un ataque al corazón. Tus padres estaban a punto de llamar a la policía. —Alzó la cabeza y gritó a la oscuridad—: ¡La encontré!

Yo salí a gatas de mi escondite y me acurruqué en su regazo; dejé que me rodeara con sus enormes brazos apretándome contra su vientre mullido. Estaba cubierto de sudor, pero no me importó. Veía el resplandor de las luces de mi casa a través de los árboles y oía las voces de mis padres acercándose.

—¿Cómo me has encontrado? —le pregunté.

Él lanzó un suspiro y tomó mi cara entre sus manos.

—Ridley, hay una cadenita de oro que va de mi corazón al tuyo. —Se dio una suave palmada en el pecho, luego en el mío—. ¡Créeme, yo siempre te encontraré!

Jamás puse en duda que tenía razón. Y nunca más volví a esconderme de mis pobres padres.

Saqué la cara del hueco de la articulación del codo y entorné los ojos hasta casi cerrarlos para protegerme de la cegadora luz blanca de la sala de interrogatorios. Luego los cerré del todo otra vez y apoyé la cabeza contra la fría pared tratando de aclarar mis ideas y tranquilizarme, pero sin conseguirlo.

El agente Grace entró al poco rato y, agarrándome de la mano, me levantó del suelo con una facilidad increíble.

—¿Ya está empezando a sentirse por aquí como si estuviera en casa? —me preguntó.

Había algo raro en su voz: ¿era compasión? A decir verdad, para ser alguien completamente inocente me había pasado más tiempo con el FBI que Jeffrey Dahmer, el famoso asesino en serie. O eso me parecía a mí en mi pequeño delirio de grandeza. Le sonreí fugazmente apretando los labios y luego me quedé mirando fijamente el sobre de veinte por veinticinco que llevaba en la mano. Nos sentamos a la mesa el uno frente del otro; él a horcajadas con la silla dada la vuelta. Sin decir una sola palabra sacó tres fotos —del mismo tamaño que el sobre— que colocó delante de mí sobre la mesa.

La primera era una foto mía delante de Notre-Dame en París: estaba comiéndome una crepe de plátano con crema de chocolate y mirando hacia la catedral; llevaba puesto mi abrigo de cuero y una boina que me había comprado en la calle simplemente para hacer el tonto, y tenía un churrete de chocolate cayéndome por la barbilla. Jake era quien me había hecho la foto y creo que a cualquiera que pasara por allí le habría parecido una tonta feliz; pero no era el caso. Recuerdo haberme despertado esa mañana junto a Jake en la habitación de nuestro lujoso hotel con la luz amarilla del sol colándose por la ventana; lo miré mientras dormía y pensé: *Llevo un año con este hombre y tengo la impresión de que lo conozco menos ahora que cuando me enamoré de él, cuando había tantos secretos y mentiras entre nosotros. ¿Cómo es posible conocer cada vez menos a alguien a medida que pasas más tiempo con esa persona?* Aquel pensamiento me había llenado de tristeza. Él se había despertado mientras yo todavía lo contemplaba y habíamos hecho algo así como hacer el amor de manera lenta y desesperada, los dos buscando una tabla de salvación, la conexión que habíamos compartido en otro tiempo. Llevé conmigo la tristeza que sentí entonces durante todo el día.

En la siguiente foto estábamos Jake y yo en el Great Lawn de Central Park. El césped era de un verde brillante y artificial, y el pedazo de cielo que teníamos detrás se alzaba por encima de las copas elevadas de los árboles teñidos con los rojos, dorados y naranjas propios de la estación. Le habíamos pedido a una joven que paseaba por allí que nos hiciera una foto sentados muy juntos sobre la manta de picnic azul. Sólo nos sacó las cabezas y el resto de la foto era árboles y cielo y no tenía particular interés. Ese día lo habíamos pasado bien, pero me di cuenta de que nuestras sonrisas parecían falsas y forzadas en la foto aunque no lo eran. Por lo menos la mía no: recuerdo que había sentido que aún quedaba esperanza para nosotros, igual que cuando un paciente terminal cree que un breve receso de los síntomas anuncia una recuperación milagrosa.

La última foto que tenía ante mí era de aquel domingo horroroso que pasamos con mis padres. Habíamos ido a comer al River Café en Brooklyn y luego al Jardín Botánico. Cuando era más joven, ése había sido uno de mis planes favoritos con mi padre, así que organizar aquella reunión había supuesto un patético y desesperado intento por mi parte de fingir que podíamos comportarnos como una familia. Bueno, lo cierto es que nos comportábamos como una familia, pero desgraciada y llena de odios. Ace, al que también había invitado, no se presentó y tampoco llamó. Mi madre adoptó una actitud de estoica resignación dedicándose a lanzar comentarios pasivo-agresivos entre dientes de vez en cuando. Mi padre y yo parloteábamos como idiotas en un esfuerzo simétrico por mantener viva la conversación. Jake había estado callado y huraño. El ambiente había sido de lo más incómodo durante la comida, pero, negándonos a admitir la derrota, de allí nos marchamos al Jardín Botánico. Mi padre nos hizo la foto con mi cámara —yo, Jake y mi madre—: yo le pasé el brazo por los hombros a ella y sonreí; sus labios esbozaron una curva ascendente sin ganas y juro que se encogió un poco como tratando de apartarse; Jake estaba de pie junto a nosotras, pero algo separado, parecía distraído y en el último minuto había mirado para otro lado. Dábamos la impresión de ser un grupo de desconocidos obligados a estar juntos que se sentían incómodos.

Me inundó un sentimiento de profunda tristeza y vergüenza. Alcé la vista hacia el agente Grace confiando en estar siendo capaz de disimular mi hostilidad.

—No es ningún crimen tener una relación de mierda con tu familia, ¿no? O dejar prueba documentada con una cámara de tus patéticos intentos por salvar una relación fallida.

Me eché hacia atrás y clavé la mirada en la pared por encima de su cabeza. No quería mirarle a la cara.

—No, señorita Jones, no lo es —dijo suavemente—. ¿Puedo llamarla Ridley?

—No —contesté en tono desagradable—, no puede.

Me pareció ver un atisbo de sonrisa asomando por las comisuras de sus labios, como si yo le pareciera divertida, y me pregunté qué consecuencias tendría abofetear a un agente federal.

—Señorita Jones —dijo—, lo que nos interesa de estas fotos no son los personajes en primer plano sino el fondo. Mírelas de nuevo. —Eché un vistazo a cada una de las fotos y no vi nada raro, así que me encogí de hombros y negué con la cabeza, pero él siguió mirándome fijamente y volvió a señalarme las fotos con un gesto, también de la cabeza—. Fíjese bien.

Hice lo que me decía pero seguía sin ver nada.

—¿Por qué no se deja de chorradas —sugerí— y me dice lo que ve?

Sacó un rotulador, uno de esos Sharpie, del bolsillo interior de su chaqueta y rodeó con un círculo la figura de un hombre que estaba detrás nuestro en el Jardín Botánico. Más bien era el espectro de un hombre alto y delgado pues su rostro estaba pálido como la cera y en realidad era poco más que una fantasmagórica mancha borrosa; llevaba puesto un abrigo negro y un sombrero oscuro y se apoyaba sobre un bastón; parecía estar mirando hacia nosotros.

El agente Grace hizo un círculo alrededor de otra figura que teníamos detrás en Central Park: el mismo abrigo, el mismo bastón; esta vez el hombre de la foto llevaba gafas de sol. La figura de la foto aparecía a tanta distancia que podría haber sido cualquiera.

Una vez más, Grace señaló con el rotulador a otro hombre a la entrada de Notre Dame. En esta ocasión salía de perfil y más de cerca; se le veía mejor. Había algo en la forma de su frente, en el puente de su nariz que me hizo acercarme; algo en la inclinación de sus hombros aceleraba los latidos de mi corazón.

—No —dije sacudiendo la cabeza.

—¿Qué? —preguntó arqueando las cejas; su mirada era extraña, adormilada y penetrante al mismo tiempo.

—Ya veo lo que pretende —dije.

—¿Qué? —repitió echándose hacia atrás.

Esperaba ver un complacido gesto de satisfacción en su rostro, pero no fue así.

—Es imposible.

—¿Ah, sí?

—Sí.

Miré las fotos otra vez. Dicen que lo que permite reconocer a las personas por la calle o en una habitación abarrotada es su estructura ósea. Pero yo creo que es su aura, la energía que emanan de dentro. El hombre de la foto no se parecía nada físicamente, probablemente pesaba casi cincuenta kilos menos que el que yo recordaba, y parecía veinte años más viejo, tenía el aspecto de una persona dañada, vacía por dentro, sin nada de la calidez resplandeciente que tanto me fascinó durante casi toda mi vida. Pero aun así había en él algo familiar. Si no hubiera visto con mis propios ojos su cuerpo sin vida antes de que lo incineraran, si no hubiera esparcido con mis propias manos sus cenizas desde el puente de Brooklyn, quizá me hubieran podido convencer de que estaba mirando al hombre que una vez conocí como mi tío Max y que había resultado ser mi padre biológico. Pero el hecho era que yo había hecho todas esas cosas. Muerto significa eso, muerto.

—Admito que se parece algo —dije por fin tras un breve pero intenso duelo de miradas fijas a los ojos con el agente Grace. Entonces lancé un suspiro y me recosté en el respaldo de la silla—. Está bien, supongamos que tiene usted razón: eso querría decir que Max, por la razón que sea, fingió su propia muerte. ¿Por qué iba nadie a tomarse tantas molestias para ser descubierto un par de años después?

El agente Grace se me quedó mirando un rato.

—¿Sabe usted cuál es la razón número uno por la que los testigos protegidos son descubiertos por sus enemigos y acaban muertos?

—¿Cuál? —pregunté, aunque probablemente habría sido capaz de adivinarlo.

—Amor.

—Amor —repetí.

Ésa no habría sido mi respuesta.

—No consiguen permanecer alejados, no pueden evitar hacer esa llamada o aparecer de incógnito en esa boda o ese funeral. —Como no dije nada, el agente Grace continuó—: He visto el apartamento de Smiley. Es prácticamente un santuario en su honor, señorita Jones. Max Smiley hizo cosas terribles en su vida, hizo daño a mucha gente, pero si había alguien a quien amaba, era a usted.

Sus palabras me oprimían el pecho y fui incapaz de mirarle a los ojos.

—No lo entiendo. ¿Por qué me están siguiendo? ¿Cómo sabían de la existencia de estas fotos? ¿Tienen ustedes algo que ver con la tienda donde llevo los carretes a revelar?

No me contestó y, a decir verdad, tampoco esperaba que lo hiciera. Di una última mirada a las fotos. Ese hombre podía ser cualquiera, incluso podía tratarse de hombres distintos, decidí.

—No sé quién es esa persona —dije—, si es quien usted quiere que sea, es la primera noticia que tengo, y si quiere que sigamos hablando, tendrá que ser en presencia de mi abogado.

Dicho esto enmudecí y apreté la boca con fuerza: sabía que Grace podía complicarme mucho la vida; desde la aprobación de la ley antiterrorista, la Patriot Act, las autoridades federales tienen más margen de maniobra que nunca y, si querían, podían retenerme de manera indefinida sin derecho a un abogado aduciendo que se trataba de un asunto de seguridad nacional —lo que en mi caso habría sido exagerar bastante la nota, pero les aseguro que cosas más raras se han visto—; sin embargo, creo que el agente Grace intuía la verdad: que yo no tenía ni idea de quién podría ser el hombre de las fotos.

Esos ojos suyos me miraron con dureza. Me sorprendí a mí misma inspeccionando el corte de su traje: no era un traje barato exactamente, pero tampoco era Armani. Me di cuenta de que una barba incipiente estaba empezando a ensombrecer su mandíbula y de que la piel de los nudillos de su mano derecha estaba agrietada;

no sangraba pero los tenía en carne viva. Se levantó de repente, me lanzó una mirada con la que bien podría haber estado tratando de intimidarme, y se marchó sin decir ni una palabra más.

Poco después, apareció su compañero y me comunicó que me acompañaría hasta la salida. Metió las fotos —que seguían sobre la mesa— en el sobre que el agente Grace había dejado allí y me las entregó con una sonrisa cordial. Me dio la impresión de que estaba a punto de soltarme un «Gracias y vuelva pronto a visitarnos».

—El agente Grace quiere que se las quede… para mirarlas más detenidamente.

Yo cogí el sobre que me tendía, fantaseando por un instante con la posibilidad de hacerlo trizas y tirárselas a la cara, y luego me lo puse debajo del brazo.

—¿Y qué hay de mis otras fotos y mi bolso? —pregunté mientras caminábamos por un largo pasillo pintado de blanco.

—Le devolverán su bolso a la entrada, y se le enviarán las fotos por correo una vez que las hayamos analizado.

De repente, todo aquel asunto me resultaba ridículo y me di cuenta de que la verdad era que no me importaba demasiado si me devolvían las fotos o no. De hecho, no me importaba si no tomaba una sola foto más durante el resto de mi vida. Mi amigo de la guitarra tenía razón: había algo inherentemente incorrecto en las fotos: las tomábamos llevados por un impulso de controlar lo que no podíamos y, francamente, éstas sólo me habían traído problemas.

3

Me gustaría poder decirles dónde empezaron a torcerse las cosas con Jake. Desearía poder contar que me engañó con otra, o que yo lo engañé a él, o que de repente empezó a maltratarme, o que dejé de amarlo. Pero no pasó nada de eso. Más bien él comenzó a desaparecer poco a poco, de molécula en molécula. No nos peleábamos mucho y nunca se portó mal conmigo. Simplemente fue un lento fundido en negro.

Estaba la cuestión de que odiaba a mi familia, pero realmente no podía culparlo por ello: ellos lo odiaron primero. Jake por su parte, nunca creyó en la completa inocencia de mi padre, incluso después de que una minuciosa investigación federal determinara que era inocente de cualquier delito relacionado con Proyecto Rescate. (Inciso: cuando digo mi padre siempre quiero decir Ben, por más que Max sea mi padre biológico. Ben es y siempre ha sido mi padre en todos los sentidos que cuentan; de igual modo, incluso si una mujer que no recuerdo llamada Teresa Stone es mi madre biológica, siempre me referiré a Grace como mi madre.)

En cualquier caso, ninguno se ha portado particularmente bien: yo intenté que la relación con mis padres se arreglara, encontrar algún terreno común desde el que poder avanzar todos juntos, pero con eso le hacía daño a Jake; y al amar a Jake y vivir con él, hacía daño a mis padres. (P.D.: Ace, mi hermano, también odia a Jake, igual que odia a nuestros padres. A la única que no odia es a mí, o eso dice.)

Tal vez fue ese tira y afloja en el que yo representaba el papel de soga el que acabó por desgastar el tejido de mi relación con Jake. O quizá fueron sus obsesiones con su propio pasado, con Max y Proyecto Rescate, con todas esas cosas que yo tanto me estaba esforzando por dejar atrás: cuando estaba con Jake me sentía como si tratara de subir por unas escaleras mecánicas de bajada.

Él estaba en el apartamento cuando llegué a casa; lo oí moverse hacia la puerta cuando metí la llave en la cerradura.

—Rid —dijo en cuanto entré y me precipité en sus brazos—, ¿dónde has estado?

Me quedé allí un rato, aspirando su aroma, sintiendo su cuerpo. La única cosa que no había cambiado era ese insaciable apetito físico que sentíamos el uno por el otro: por muy lejos que estuviéramos mental y emocionalmente, siempre podíamos conectar físicamente. Era algo relacionado con la química que había entre nosotros, con la manera en que nuestros cuerpos encajaban. Últimamente, raro era el encuentro entre los dos que no terminaba en sexo.

—Me retuvieron —contesté sintiendo el peso del cansancio por todo el cuerpo.

Él se apartó y me sujetó por los hombros mientras me miraba fijamente a los ojos.

—Te retuvieron —repitió él—. Ridley, tenías que haberme llamado; ya sé que las cosas no van demasiado bien entre nosotros, pero estaba preocupado por ti, esperaba que vinieras esta tarde.

Miré al reloj de la pared: eran casi las once.

—No, si lo digo en sentido literal, retenida por las autoridades federales —añadí con una risa triste.

—¿Cómo? —exclamó mirándome sorprendido—. Pero ¿por qué?

Le di el sobre y me dirigí hacia el sofá sobre el que me dejé caer como un fardo. Le conté lo de mi encuentro con el agente Grace y el FBI. Teniendo en cuenta lo intensas que eran las obsesiones de Jake, debería haber tenido la boca cerrada, pero se lo conté todo, seguramente porque él era literalmente la única persona en el mundo con la que podía hablar de aquello. Cualquier conversación que tuviera que ver con Max o con los acontecimientos que habían cambiado nuestras vidas de una manera tan dramática estaba estrictamente prohibida en mi familia. Hasta Ace había sugerido que «pasara página» la última vez que intenté hablar con él de algunas cosas que todavía me atormentan. ¿No es gracioso cómo las personas menos afectadas por una tragedia son las que más interés tienen en pasar página? Yo deseaba superar todo aquello, créanme, pero estaba atrapada en tierra de nadie, entre mis padres, que se empeñaban en fingir que no había pasado nada, y Jake, que parecía pensar que nunca pasaría nada más.

En cuanto acabé de contárselo todo cerré los ojos mientras lo oía pasando las fotos. Como no decía nada, lo miré, justo en el momento en que se hundía en la silla que había enfrente de mí. Traté de no darme cuenta de lo bueno que estaba enfundado en una camiseta negra y unos vaqueros desteñidos, de no mirar los tatuajes de su brazo, la forma en que rodeaban sus músculos y desaparecían tras la manga. Mi cuerpo reaccionó incluso sin que me tocara.

—¿Y bien? —dijo alzando la vista de las fotos para mirarme.

—¿Cómo que «y bien»? —contesté—. No han sido capaces de encontrar nada que incriminase a mi padre, las pruebas que podían incriminar a Esme Gray eran tan endebles que no pudieron retenerla más de veinticuatro horas y, en cuanto a Zack, realmente no pueden acusarlo de cosas que empezaron mucho antes de que naciera. —Respiré hondo—. Así que andan buscado un culpable y están dispuestos a resucitar a los muertos con tal de encontrarlo.

Detestaba siquiera pensar en Esme, la enfermera que había trabajado con mi padre y lo había ayudado en la clínica desde antes que yo naciera. También es la madre de Zack Gray. Hubo un tiempo en que estuve más unida a Esme que a mi propia madre, pero resultó estar implicada hasta el fondo en el lado oscuro de Proyecto Rescate, igual que lo estaba Zack. Tengo un sinfín de razones para no querer relacionarme más con ninguno de los dos.

Jake no me respondió; simplemente clavó la vista en las fotos, pasándolas una detrás de la otra. Estaba poniendo una cara muy rara: sus labios esbozaban una media sonrisa, pero la expresión de sus ojos era sombría. Lo vi sacudir la cabeza levemente. Pasó una ambulancia por la calle y el apartamento se llenó momentáneamente con las ráfagas de luz y el ruido estridente de las sirenas.

—¿Qué? —le pregunté—. ¿En qué estás pensando?

—En nada —respondió dejando las fotos sobre la mesa—, no estoy pensando en nada.

Me mentía. Se sujetó la cabeza entre las manos mientras apoyaba los codos sobre las rodillas y lanzó un profundo suspiro. Yo me senté más derecha y crucé las piernas estilo indio mientras lo miraba fijamente.

—¿Qué pasa?

Él me miró.

—¿Es él, Ridley? ¿Es Max? —Su voz sonaba un tanto desesperada; y había algo más: ¿era miedo?

—No —respondí—, por supuesto que no. Max está muerto. Yo misma vi su cuerpo sin vida en un ataúd, y esparcí sus cenizas. Está muerto.

—Su cara estaba irreconocible, quedó destrozada por el cristal del parabrisas cuando salió despedido del coche. El rostro que tú viste era una reconstrucción a partir de una fotografía.

—Era él.

Lo que Jake decía era cierto, pero yo recordaba las manos de Max, sus anillos, la pequeña cicatriz del cuello. No hubo velatorio, pero nosotros lo vimos antes de que lo incineraran. Mi padre encargó la reconstrucción *post mortem* de su rostro destrozado para que pudiéramos decirle adiós a una cara que reconociéramos. Supongo que, visto con perspectiva, fue algo bastante macabro (por no hablar del terrible despilfarro), pero en aquel momento parecía lo correcto.

—Porque si éste es Max... —Hizo una pausa dejando las palabras suspendidas en el aire y me miró fijamente.

—No lo es —dije con firmeza.

—Ridley —añadió restregándose los ojos—. Hay muchas cosas que desconoces sobre ese hombre.

A veces Jake me asustaba. Ésa era la otra cosa que había empezado a minar nuestra relación. No me refiero a que temiera por mi integridad física sino a que la intensidad de sus obsesiones me recordaba a un desastre natural, algo que potencialmente podía hacer que temblara el suelo bajo nuestros pies y se abrieran en él grandes simas, y yo me preguntaba constantemente cuándo iba a tragárselo la tierra; y a mí con él.

—¿Sabes qué? —dije levantándome—. No puedo hacer esto ahora mismo.

—Ridley.

—Jake, quiero que te vayas. —Fui hasta la puerta y la abrí.

—Escúchame —comenzó a decir, pero yo levanté la mano para que no dijera nada más.

—No, Jake, escúchame tú a mí. Ahora mismo, no puedo con esto. Tienes que marcharte.

Yo no quería oír lo que Jake tenía que decirme. En absoluto.

Me miró durante un segundo y luego asintió, se puso de pie y fue hasta el otro lado de la barra que separaba la cocina del cuarto de estar para coger su chaqueta de encima de uno de los taburetes. Yo me sentí fatal: me daba cuenta de que le había hecho daño, pero era como si el cansancio hubiera anidado en mi alma y lo único que quería era cerrar los ojos y perderme en el consuelo de la oscuridad total.

—Pero tenemos que hablar —dijo al tiempo que se inclinaba para besarme en la mejilla justo antes de salir por la puerta.

—Está bien —contesté—, mañana.

Entonces se marchó y yo cerré la puerta, atravesé el *loft* y fui hasta el dormitorio que solíamos compartir, me quité los zapatos con los pies, me tumbé en la cama y, hundiéndome en el edredón, lloré durante no sé cuánto tiempo; lloré el cansancio y una insoportable tristeza que se habían apoderado de mi corazón y amenazaban con no abandonarlo jamás.

Supongo que me quedé dormida porque me despertó el teléfono horas más tarde. Miré el reloj: las 3:33 a.m. Busqué el teléfono a tientas en la mesita de noche y lo descolgué pensando que sería

Ace. Ace llamaba a cualquier hora, típico de su personalidad egocéntrica de ex adicto en rehabilitación. Y yo, fiel a mi papel de «facilitadora» de su recuperación, siempre le cogía el teléfono.

—Dígame.

Se oía un fuerte zumbido en la línea, el sonido de voces distantes y las notas lejanas de una melodía. Miré a la pantalla del teléfono para ver quién era, pero indicaba «número privado».

—Sí, dígame —repetí.

Oí el sonido de una respiración y luego se cortó. Colgué y esperé a que llamaran otra vez, pero no volvió a sonar. Después de un rato me levanté, me cepillé los dientes, me quité la ropa y me metí en la cama para volver a caer en un sueño intranquilo.

4

Tal vez recuerden que soy escritora. Hasta hace poco, escribía artículos para las revistas y periódicos más importantes, reportajes, perfiles de famosos y políticos, algún que otro artículo sobre viajes. Me ha ido bien y siempre me ha encantado mi trabajo. Pero, como tantas otras cosas, eso ha cambiado en el último año. (No es que ya no me encante, aunque no sé si «encantar» es la palabra adecuada. Más bien el trabajo es parte de mí; simplemente no podría ser o hacer otra cosa.) En cualquier caso, últimamente me he estado enfocando en temas más serios; he querido probar a hacer cosas con verdadero significado y ha ido creciendo en mí un interés cada vez mayor por los supervivientes, gente que se ha enfrentado a circunstancias excepcionales y no se han limitado a vivir para contarlo, sino que han conseguido dar mayor sentido a sus vidas a raíz de lo ocurrido. Me fascina lo que la naturaleza humana puede llegar a soportar, la capacidad que parecen tener algunas personas para convertir la tragedia en victoria. Imagínenselo. Yo personalmente me sentía como si tuviera la parte de la tragedia totalmente bajo control; era la otra mitad de la ecuación la que se me resistía.

A la mañana siguiente, una luz resplandeciente invadía todo el *loft* mientras me preparaba una taza de café. Puse la televisión para ver el magacín *Today* mientras me preparaba para salir, pero al final le quité el sonido a la tele porque no podía soportar el parloteo y los anuncios que se sucedían sin cesar. Me quedé delante del televisor con la mirada perdida durante un minuto mientras daba sorbos a un café bien cargado. En una esquina de la pantalla podía verse la imagen de un hombre y una mujer sonrientes con las palabras «Pareja desaparecida» resaltadas con llamativas letras sobre sus cabezas. Creo que ya llevaban desaparecidos una temporada y no había la menor pista sobre lo que podía haberles ocurrido. Cuando me paré a pensar en la posibilidad de que tal vez nunca se descubriera qué suerte habían corrido, tuve esa terrible sensación de desconcierto que me asalta con este tipo de cosas. No me gustan las preguntas sin respuesta, los misterios sin resolver. Le di la espalda a la pantalla. Ya tenía mis propios problemas de los que ocuparme y, entre ellos —y no precisamente el más insignificante de todos—, una entrega inminente para *O Magazine*.

Miré por la ventana y vi a la gente pasar por Park Avenue South con abrigos y sombreros: hacía sol, pero también frío, el tipo de día que más me gusta en Nueva York. Me quedé allí un rato y me sorprendí buscando entre la gente al hombre de las fotos, la silueta esbelta, la cara demacrada. Pero, por supuesto, no estaba. Y Max había muerto. No había muchas cosas en mi vida de las que estuviera segura, pero ésa era una de ellas.

Me di una ducha y me vestí, y mientras me abrigaba bien con un chaquetón negro de lana y una bufanda de cachemira azul claro aparté de mi mente los acontecimientos del día anterior y me dirigí hacia la puerta.

Elena Jansen era una mujer menuda y frágil como un pajarito: había sido bailarina del New York City Ballet y tenía un aspecto grácil y sólido a la vez, una postura firme como el acero que la hacía parecer fuerte pese a que medía poco más de un metro cincuenta. Su mirada, de un marrón oscuro color chocolate, era cálida y melosa; su apretón de manos, firme y decidido. Esperaba encontrarme a una mujer destrozada, ser capaz de identificar algún signo evidente de su tragedia en su aspecto físico, pero lo que tenía ante mí era puro desafío, un reto al universo para que intentara acabar con ella otra vez. No era la primera vez que veía algo así; de hecho, diría que ésa es la característica común de todos los supervivientes que he entrevistado últimamente: su negativa a acobardarse o rendirse, incluso cuando el mundo se revela ante sus ojos con toda su fealdad y todo su horror. Me imaginé que a veces también lo había visto en mi propio reflejo, aunque tal vez no era más que mi deseo de que así fuera.

La seguí hasta una salita acogedora cuyas ventanas daban a Central Park. La habitación estaba decorada en vivos tonos rojos con los detalles en colores oro y crema. En las paredes había toda una colección de fotos de sus tiempos de bailarina y de sus hijos. Ahora, a sus cincuenta y pocos, era una mujer bella, pero de joven había sido verdaderamente preciosa. Yo ya había visto muchas de esas fotos mientras recababa información para preparar el artículo que estaba escribiendo para *O Magazine*.

—Bueno, muy bien —dijo, al tiempo que se sentaba con elegancia en un mullido sillón con tapicería de brocado que había junto a la ventana. Hizo un gesto en dirección al sofá a juego que tenía enfrente. Yo me quité el chaquetón, saqué la libreta y el bolígrafo del bolso y me senté—, ¿qué tal si empezamos? —Parecía no querer perder el tiempo sino entrar de lleno en la historia cuanto antes—. A la gente le parece que hay cierto romanticismo en todo lo que pueda calificarse de «tempestuoso», ¿sabe? —dijo mirándome directamente a los ojos—, pero dudo que haya muchos que entiendan lo oscuras y peligrosas que pueden resultar esas tempestades. Al principio hasta yo creí que su mal genio y sus celos eran muestras de cuánto me quería, pero no era más que una chiquilla estúpida, ¡qué sabía yo!

Me contó cómo había conocido a su marido: él era un rico cirujano que se enamoró de ella viéndola bailar sobre el escenario de la Ópera de Nueva York y tuvo la audacia de enviarle una docena de rosas blancas todos los días hasta que ella accedió a cenar con él. Su noviazgo fue breve y su boda uno de los acontecimientos sociales del año. Ella no paraba de oír la suerte que había tenido de encontrar un hombre tan enamorado, tan atento. Y también lo creyó, así que tardó más en darse cuenta de las señales —o tal vez simplemente las ignoró— de que había algo en él que no estaba bien, algo que daba miedo.

Poco a poco, las cosas que antes le habían parecido tan encantadoras se convirtieron en algo opresivo. Cosas que en su día habían sido románticas —el que él planeara lo que iban a hacer cada noche, que se presentara de improvisto en las ciudades donde ella actuaba— empezaron a parecerle un deseo excesivo de controlarla. Al cabo de un año comenzó a preguntarse si no se habría casado demasiado precipitadamente. Se sentía atrapada, ahogada, y empezó a notarse en su manera de bailar.

—Quizás «atrapada» no sea la palabra adecuada —dijo mirándome—, porque la verdad es que podría haberme marchado. Supongo que me gustaba el espejismo tanto como al resto, y además también hubo muchos momentos buenos. No sé... —Dejó que sus palabras quedaran suspendidas en el aire, arrastrándolas como haría una mujer que ha pasado mucho tiempo pensando en el pasado y aun así no tiene todas las respuestas.

Luego llegaron los hijos: primero Emiline, luego Michael; para cuando nació el tercero, Alex, ella ya había dejado de bailar. Gene parecía más relajado ahora que Elena se había centrado exclusivamente en su papel de esposa y madre, ahora que la mayor parte de su independencia y su vida sin él no eran más que un recuerdo. Él la maltrataba física y emocionalmente; era un maniático del control que le exigía perfección absoluta en todo momento.

—Pero se convirtió en algo normal —dijo encogiéndose de hombros—. Nunca les puso la mano encima a los niños y yo acabé por encontrar maneras de evitar su ira: sus arrebatos de furia eran fácilmente previsibles, así que yo, simplemente, me las arreglaba.

—¿Nunca pensó en abandonarlo? —le pregunté. Me costaba entender cómo una mujer evidentemente fuerte como ella podía haber soportado un matrimonio así, pero sé lo suficiente como para entender la psicología de una mujer que es víctima de abusos: se produce una erosión sistemática de la autoestima, una desintegración lenta de la voluntad.

Ella se rió.

—Pensaba en ello a diario, pero las consecuencias se me hacían demasiado terribles. De un modo extraño, no tenía la energía; él me la había arrebatado.

Emiline tenía ocho años, Michael seis y Alex acababa de cumplir tres cuando por fin se dio cuenta de que ya no era capaz de «arreglárselas» y decidió dejar a su marido.

—No hay ningún acontecimiento que pudiera señalar específicamente; fue más bien que me miré en el espejo un día y vi a una mujer que no reconocía: estaba... demacrada; mi pelo se había vuelto frágil y quebradizo y me habían salido canas; tenía bolsas oscuras bajo los ojos; las comisuras de los labios habían empezado a curvarse hacia abajo, como si hiciera años que no sonreía. No podía recordar la última vez que había sonreído. La mujer que tenía delante estaba hueca por dentro... vacía. No era tanto que temiera por mí misma, yo ya me había abandonado hacía mucho tiempo, sino que me asustaba el ejemplo que estaba dando a mis propios hijos.

El divorcio y la posterior batalla legal por la custodia fueron de manual en lo que a su virulencia se refiere, pero al final Elena obtuvo la plena custodia y Gene tendría derecho a ver a los niños cada tres semanas. Ella había tratado de que sólo se le permitieran las visitas supervisadas, pero esa batalla la perdió.

El primer fin de semana después de la sentencia y de haber llegado a un delicado acuerdo sobre la custodia, se permitió a Gene recoger a los niños y llevárselos al campo unos días. Luego Elena recordaría que parecía relajado y cordial, incluso arrepentido de cómo se había comportado la última vez que se habían visto. Iba a llevar a sus hijos a una cabaña que había alquilado en las montañas Adirondack. A Emiline le encantaban los pájaros y Michael estaba aprendiendo a montar a caballo. En cuanto a Alex, él simplemente adoraba a su padre y estaba deseando hacer la excursión en canoa que Gene le había prometido.

Elena nunca imaginó que Emiline no vería ningún pájaro ni que Michael no montaría a caballo, ni que tampoco Alex haría esa excursión en canoa. Ni se le habría podido pasar por la imaginación que Gene se llevaría a los niños ese fin de semana y los mataría a los tres, asfixiándolos mientras dormían, para luego pegarse un tiro en la cabeza.

La expresión del rostro de Elena había cambiado ligeramente mientras me contaba su historia. Se había puesto pálida y tenía la mirada perdida. De repente parecía muy demacrada, atormentada. ¿Acaso podía ser de otro modo? ¿Cómo era posible que volviera a tener un minuto de paz o alegría?, me pregunté. Entonces una vocecita nos interrumpió.

—¿Mamá?

Una niñita que apenas había empezado a caminar avanzó por la habitación con paso vacilante y los pies enfundados en unas diminutas deportivas blancas. Su madre se inclinó hacia delante y extendió los brazos, y la niña echó a correr hacia ella entre risas.

—Lo siento, Elena —dijo una joven, seguramente la niñera, que apareció siguiendo a la niña.

—No pasa nada —respondió ella sonriendo al tiempo que se sentaba a su hija en las rodillas para achucharla y darle un beso antes de mandarla de vuelta con la niñera.

—Nunca hubiera creído posible que la vida continuara —dijo cuando las dos habían abandonado la habitación—. Durante aquellos años negros y terribles que siguieron, a menudo deseé que la muerte me llevara a mí también. Pero era demasiado cobarde para salir a su encuentro, y luego fue la vida la que vino en mi busca.

Me contó cómo había conocido a otro hombre y se había vuelto a enamorar, que se habían casado y tenían una hija, y que ella había convertido su vida en una cruzada para ayudar a mujeres atrapadas en matrimonios con malos tratos: ofreciendo consejo y, de ser necesario, los medios para poder escapar a través de la organización que había fundado, Sigue las Señales.

Al final yo le pregunté:

—¿Hubo señales que usted no vio? ¿Sospechaba de algún modo lo que su marido podía ser capaz de hacer?

Me miró y luego asintió con la cabeza lentamente con gesto pensativo, como si fuera una pregunta que se había hecho millones de veces.

—Lo que hizo era tan inimaginable que creo no podría decirse que fuera el caso, pero sabiendo lo que sé ahora... sí, diría que había señales. —Lanzó un suspiro y yo no quise insistir más. Y entonces añadió—: Creo que nos hacemos una idea de las personas que nos rodean, casi diría que les asignamos un papel y luego dejamos de verlos como son en realidad. Y cuando intuimos algo verdaderamente oscuro, algo monstruoso, somos capaces de ponernos una venda en los ojos... porque reconocerlo sería asumir una responsabilidad: una vez lo sabes, tienes que hacer algo al respecto, y eso puede ser lo más aterrador de todo.

Sus palabras me hicieron sentir como si me echaran un jarro de agua helada en la cara; noté cómo todas las terminaciones nerviosas de mi cuerpo se ponían en tensión. Yo era experta en ponerme vendas en los ojos. Simplemente no quería creer que pudiera haber nada más que ver.

Después de la entrevista tomé el tren de vuelta al centro y fui caminando desde la estación de Astor Place hasta el estudio de Jake en la Avenida A. Lo encontré en la oficina, una habitación pequeña sin ventanas que había en un lateral del espacio donde trabajaba (donde yo sabía que no había hecho nada en absoluto en los últimos seis meses). La última pieza en la que había estado trabajando, una gigantesca figura impresionista de un hombre —descomunal y misterioso, amenazante y extraño—, se erigía a medio terminar, acusadora, bajo una luz brillante.

Me oyó entrar, se levantó alejándose del ordenador y vino hacia mí.

—¿Qué tal? —me preguntó escrutando mi cara de ese modo en que solía hacerlo, con aire preocupado y comprensivo.

—Quiero saberlo —le dije.

—¿El qué?

—Quiero saber lo que has averiguado sobre mi... sobre Max. —Casi dije «sobre mi padre», pero me corregí en el último minuto.

Él me puso las manos sobre los hombros y me miró fijamente a los ojos.

—Ridley, ¿estás segura?

—Estoy segura —contesté. Y hasta puede que me creyera lo que decía.

5

El aeropuerto de Detroit era espeluznante: el camino desde la puerta de desembarque, por pasillos de paredes sucias y moqueta desgastada por el uso, se me hizo interminable; juro que tuve que recorrer más de un kilómetro hasta llegar por fin a la calle. Una vez allí, esperé aterida de frío a que llegara el autobús que llevaba hasta la terminal de alquiler de coches durante lo que me pareció una eternidad, mientras el viento traspasaba mi fina chaqueta de cuero y se colaba por las mangas helándome hasta los huesos. Y además estaba nerviosa. Temblaba al recordar las cosas que me había contado Jake el día anterior y tenía la extraña sensación de que alguien me observaba. Confié en que fueran sólo imaginaciones mías.

Los alrededores del aeropuerto tenían el mismo aspecto desolado de éste: por la ventana del mugriento autobús podía ver una extensión interminable de paisaje gris y muy plano, árboles muertos de color negruzco y el suelo que ya empezaba a estar cubierto con parches de nieve pese a que no era más que noviembre. La capa de nubes que cubría el cielo era tan espesa que costaba trabajo imaginarse que la luz del sol brillara alguna vez sobre aquel lugar.

Yo ya había estado allí de niña, aunque casi no recordaba las escasas visitas a mis abuelos cuando todavía vivían. Mi padre odia el lugar en el que creció con Max. Los dos lo odiaban, lo recordaban como una ciudad industrial dura y quebrantada por la pobreza, la delincuencia y el frío implacable.

«Los sitios así reducen a un mínimo las expectativas de lo que puedes ser en la vida; esa atmósfera gris te inocula cemento bajo la piel. Hay tanta gente que nunca se marcha, que nunca piensa en marcharse. Pero una vez que lo haces, a duras penas soportas volver, aunque sólo sea de visita.»

Eso me había dicho mi padre en más de una ocasión, y vi perfectamente a qué se refería en el momento en que salí del aparcamiento con el coche de alquiler. La fealdad del paisaje era agotadora. Al incorporarme a la autopista pensé en Max y Ben, en que nunca hablaban demasiado de su infancia.

«No hay gran cosa que contar —solía decir mi padre—, yo estudiaba mucho y obedecía a mis padres. Luego me fui a Rutgers y jamás volví para quedarme más de un fin de semana.»

Pero en realidad había mucho que contar: mi padre y Max crecieron juntos, se conocieron pedaleando por la manzana en sus triciclos. Ben era tímido, el modosito, amado —casi idolatrado— por unos padres estrictos, hijo único. Max era el descarriado, siempre desaliñado, siempre metiéndose en líos. Mi padre me contó que a veces se asomaba por la ventana de noche, después de las once, y veía a Max pedaleando arriba y abajo bajo la luz amarillenta de las farolas. Por aquel entonces, Ben envidiaba la libertad de Max: él se sentía como un mocoso enfundado en su pijama de osos, con los deberes hechos y guardados en la cartera para el día siguiente, y la ropa limpia y planchada preparada sobre la silla.

«Lo adoraba», me dijo mi padre una vez refiriéndose a Max. Y Max había dicho lo mismo en más ocasiones de las que puedo recordar.

Si han estado ustedes conmigo desde el principio sabrán lo que le pasó a Max. Su padre, un alcohólico y un maltratador, le dio a la madre de Max una paliza que la dejó en coma durante semanas hasta que poco a poco se fue apagando y finalmente murió. Al padre lo declararon culpable de asesinato, en gran parte debido al testimonio del propio Max, y lo condenaron a cadena perpetua; murió en prisión unos cuantos años más tarde. En vez de dejar a Max a cargo del Estado, mis abuelos se lo llevaron a vivir a casa. Max, que siempre se había metido en problemas, que siempre había sacado malas notas, se tranquilizó y empezó a despuntar gracias a los cuidados de mis abuelos. Lo criaron como a su propio hijo y, de alguna manera, se las arreglaron con tan sólo el salario de operario de cadena de montaje de mi abuelo para ayudarlos a los dos a pagarse la universidad.

Ésta es una historia que conozco de toda la vida; siempre he sabido que mis maravillosos abuelos acogieron a Max y lo salvaron de sabe Dios qué suerte terrible, que Max era un chaval difícil, el rebelde, mientras que mi padre era el niño bueno, el que sacaba en todo matrículas. Pero ésa no era la verdad. La verdad era que *mi* padre era el niño que había sido víctima de abusos, que *mi* abuelo era el que había asesinado a *mi* abuela y luego había muerto en prisión. Ésos eran mis ancestros, mis orígenes. Cuando lo pienso, es como si me dieran un mazazo en la cabeza.

Yo siempre he sido la niña buena con el pijama de osos puesto y los deberes hechos… igual que Ben. Sólo que, últimamente había empezado a preguntarme: ¿y si resulta que en realidad no me parezco a Ben en absoluto? ¿Y si, en el fondo, en mis genes, en mi ADN, me parezco más a Max? Incluso antes de descubrir que él y yo éramos familia, yo ya sabía que éramos espíritus afines. ¿Y si la genética tiene más fuerza que la educación? ¿Quién soy yo entonces?

Pensé en la conversación con Jake que había provocado mi precipitado viaje a Detroit. Me había contado muchas cosas sobre Max y ninguna tenía demasiado sentido, así que estaba empezando a albergar serias dudas sobre la estabilidad psicológica de Jake. Habíamos terminado los dos gritando como la típica pareja de clase baja sin dinero ni perspectivas que viven en una caravana y andan todo el día a la gresca, y yo me había marchado hecha una furia, algo que solía hacer muy a menudo con Jake: incluso desde los primeros tiempos, él siempre había tenido esa habilidad para permanecer totalmente calmado mientras que yo me enfurecía, y siempre se las arreglaba para hacerme perder los nervios. Está bien, de acuerdo, fui yo la que acabó chillando como una posesa la noche anterior en el estudio de Jake mientras que él permanecía sentado con expresión paciente de empatía. Tuvo suerte de que no le diera un puñetazo; lo odiaba tanto en aquel momento… Pero él ya estaba acostumbrado: el karma de Jake era el de ser el que decía las verdades, el que hurgaba hasta sacar a la luz lo que todos los demás querían sepultar; a mí me parecía que ése era su papel en el cosmos, sobre todo en lo que a mi vida respectaba.

—Es que no estoy seguro de que quieras oír lo que tengo que decir —aventuró él.

—Sí que quiero —dije—, de verdad que sí.

A Elena Jansen, su negativa a enfrentar las cosas le había costado lo que más quería, sus hijos. Siempre se paga un precio por negarse a ver, y lo caro que resulte depende de la importancia de la verdad que se ignora: te niegas a ver que tu profesión no te hace feliz y el coste puede ser, por ejemplo, frecuentes migrañas; te niegas a ver las señales de que tu marido es un maltratador y un psicópata que quiere controlar hasta tu último movimiento y él acaba asesinando a tus hijos. No es que le eche la culpa a Elena, por supuesto que no. Por supuesto que no. Lo que trato de decir es que nuestros actos, nuestras decisiones, tienen consecuencias que a veces es imposible predecir. Pero cuando esos actos y decisiones se basan en el miedo o en negarse a ver… bueno, entonces no pueden traernos nada bueno. Nunca. Yo había aprendido esa lección por las malas. Aún seguía aprendiéndola. Ésa era la razón por la que había decidido que si había algo más que saber de Max, yo quería saberlo. Aunque no creía que hubiera resucitado de entre los muertos.

—Está bien, Ridley —dijo Jake lanzando un suspiro—. Como sabes, después de exculpar a tu padre y decidir que Esme Gray había tenido un papel demasiado ambiguo e insignificante como para sentarla en el banquillo por poco más que indicios de conspiración en relación a Proyecto Rescate, los federales dieron el caso por cerrado —comenzó Jake—. Los principales implicados, Max y Alexander Harriman, estaban muertos. Cualquier otra persona que pudiera haber tenido algo que ver con el lado oscuro de la organización era un fantasma. No había registros. Proyecto Rescate era un laberinto de conexiones tenebrosas en el que era imposible adentrarse.

—Ya sé todo eso —dije al tiempo que me sentaba en uno de los taburetes que usaba para esculpir.

Él asintió con la cabeza.

—Aquellos no fueron tiempos nada fáciles para mí, Ridley.

—Lo sé —respondí suavemente al recordar; pensé que tal vez no lo había apoyado todo lo que hubiera debido, pero la verdad era que yo no tenía gran cosa que aportar a ese respecto y tampoco estaba pasando mi mejor momento precisamente.

—Simplemente no podía dejarlo correr —añadió Jake—; era incapaz de aceptar que había cosas sobre mi pasado que no descubriría jamás, que los responsables de tantas vidas destrozadas nunca tendrían que enfrentarse a las consecuencias de sus actos. Todo eso me carcomía por dentro.

Ése fue el momento en que Jake desapareció de la relación, mental y emocionalmente. Era igual que estar enamorada de un drogadicto: siempre estaba ausente porque siempre estaba metiéndose, siempre intranquilo y preocupado por el siguiente chute.

—Así que fui a ver a Esme Gray.

Sentí que se me hacía un nudo en la garganta. Hubo un tiempo en que quise a Esme como a una madre, pero ahora pensar en ella me revolvía el estómago.

—¿Cómo? Pero ¿cuándo?

Esme había pasado un corto periodo bajo custodia, más o menos el mismo que Zack —su hijo, mi ex novio—, y yo desconocía las condiciones de su liberación. Nunca la juzgaron por nada relacionado con Proyecto Rescate, eso sí que lo sabía. Como también sabía que se había jubilado y ya no ejercía de enfermera. (En cambio Zack, pese a que nunca se presentaron cargos contra él por su participación en Proyecto Rescate, sí que fue juzgado y condenado a diez años en una prisión del Estado por intento de asesinato, el intento de asesinarnos a Jake y a mí, por cierto. Pero ésa es otra historia. Incluso después de todo lo que nos ha hecho, todavía me cuesta imaginármelo en la cárcel, pensar en lo que ha sido de esa joven y prometedora vida. Él me culpa a mí, por supuesto, y me lo ha hecho saber en repetidas ocasiones en unas cartas inquietantes que no puedo evitar abrir.)

—Miré en tu libreta de direcciones para enterarme de dónde vivía; la seguí durante un par de días, encontré la forma de entrar y un día la estaba esperando cuando llegó a casa. Quería asustarla y pillarla desprevenida cuando hablara con ella —dijo—, pero no lo conseguí; era como si ella me hubiera estado esperando también a mí.

Un año antes habíamos hablado de que, aparte de mi padre —que negaba estar al tanto de nada—, Esme era la última persona que quedaba que podría saber lo que le había pasado a Jake cuando era niño. Y yo sabía que algún día Jake iría a verla.

—¿Por qué no me contaste nada antes?

—Sé que has estado tratando de olvidar, y no puedo culparte por ello. —Asentí y esperé a que continuara—. La traté con rudeza; no fui violento, pero le grité; quería que pensara que se me había ido la cabeza. Sin embargo, ella permaneció muy tranquila, se sentó en el sofá y me dijo: «Después del tipo de hombres con que he tenido que tratar, ¿de verdad crees que voy a asustarme de un macarra como tú? Más te vale dejar de hacer gilipolleces y sentarte si quieres que hablemos».

No tuve más remedio que sonreír para mis adentros. Esme tenía el típico aspecto de madre: bella y de facciones redondeadas, con el cabello castaño claro recogido en un moño y unos vivarachos ojos azules, y una piel sonrosada como la de un melocotón; pero, por dentro, era dura como el metal. Cuando éramos niños —Ace, Zack y yo—, ni ella ni mi madre tenían que gritarnos ni amenazarnos jamás; bastaba con una mirada para que dejáramos de portarnos mal.

—Me dijo que si de verdad me importabas dejaría de tratar de averiguar lo que había pasado. Me dijo que debería construir mi propia familia y seguir adelante. Me dijo: «Si sigues insistiendo en desenterrar el pasado tal vez averigües cosas que no podrás dejar atrás después».

Era como un eco de algo que me había dicho a mí una vez, y eso me provocó escalofríos por dentro. No dije nada; seguí escuchando el relato de Jake sobre su conversación con Esme.

—Y también me dijo: «Nadie sabe lo que te pasó, Jake. Nadie sabe a qué familia fuiste a parar después de que te raptara Proyecto Rescate ni por qué acabaste fuera del sistema. ¿Por qué estás tan desesperado por averiguarlo? ¿Andas buscando a alguien que haga el papel del malo en tu vida? ¿Quieres probar que eras un buen chico que no se merecía las cosas terribles que le pasaron? ¿Buscas venganza?»

Jake se detuvo un instante y miró a lo lejos por encima de mi cabeza. Yo me daba cuenta de que ella había dado en el clavo, justo en el centro de la diana. Siempre se le había dado bien adivinar los motivos ocultos de las personas.

Jake siguió hablando:

—Su voz sonaba dura, segura, pero empecé a darme cuenta de algo mientras me hablaba: le temblaban las manos y tenía la frente cubierta de sudor; estaba asustada; tenía miedo de algo o alguien y desde luego no era de mí, porque sabía de sobra que yo era incapaz de hacerle daño.

Me incliné hacia delante en el asiento.

—¿Y le preguntaste de qué tenía miedo?

—Claro que sí; me contestó: «He hecho un pacto con el diablo, señor Jacobsen, y me estará esperando cuando muera. Tengo miedo todo el tiempo, tengo miedo de que me atropelle un coche, de que me dé un ataque al corazón y tenga que enfrentarme a él antes de haber expiado mis pecados. Las cosas que hice... Por aquel entonces habría sido imposible convencerme de que estaban mal, pero ahora me doy cuenta de todo el daño que causamos». —Entonces Jake sacudió la cabeza y se puso de pie—. Pero no era eso —siguió hablando—, no era un temor espiritual, no, tenía miedo de algún peligro tangible e inminente, y así se lo dije. Le dije que podía empezar a expiar sus culpas en ese preciso instante contándome lo que yo quería saber. Le insistí diciendo: «¿De qué tienes miedo todavía? ¿Qué es lo que escondes aún? Todos los que tuvieron algo que ver con Proyecto Rescate están muertos y enterrados, Esme».

Jake me contó que se le ocurrió la idea al ver que ella no contestaba:

—Sigue vivo, ¿no es así?, le pregunté sin ni siquiera creerme lo que decía. Max Smiley sigue vivo.

»Ella me miró como si la hubiera abofeteado, estaba lívida. Me chilló ordenándome que me marchara, me dijo que estaba loco, que llamaría a la policía. No estaba simplemente asustada, estaba aterrorizada. Intenté calmarla pero estaba fuera de sí: «Imbécil —gritaba—, si sabes lo que te conviene irás a buscar a Ridley y os marcharéis lo más lejos posible, cambiaréis de nombres y desapareceréis. Y no vuelvas por aquí nunca más.

—¡Dios mío! —dije.

—Entonces fue cuando empecé a sospechar que Max seguía vivo.

—Jake —dije soltando una leve carcajada—, es obvio que Esme ha perdido el norte; el remordimiento la está volviendo loca.

—No. Bueno, tal vez. Pero no es sólo eso. Tú no la viste: le entró pánico cuado mencioné a Max.

—Está bien, pero de ahí a decirte que me llevaras lejos, que nos cambiáramos de nombre y desapareciéramos... Ésas no son las palabras de una mujer en su sano juicio.

—Son las palabras de una mujer asustada, y con lo que he averiguado después, Ridley, creo que tenía muy buenas razones para decir lo que dijo.

Jake se sentó a mi lado y yo me apoyé sobre él. Tenía los ojos brillantes, el cuerpo en tensión. Sentí que el corazón me latía con más fuerza; no sabía si porque me daba miedo lo que me estaba contando o si era miedo de él. Yo tenía la impresión de que Esme había perdido la cabeza, y si Jake la creía, entonces ¿acaso no quería eso decir que la había perdido también él?

—Max está muerto —repetí.

—Y entonces, ¿cómo explicas tú esas fotos? —me preguntó en un tono complacido y condescendiente.

En el pasado, ya me había acusado otras veces de estar más cómoda negando la realidad que enfrentándola —lo que siempre me sacaba de quicio porque era el reproche favorito de mi madre—, y en ese momento me pareció detectar en su voz un eco de ese reproche.

—No hay nada que explicar —le dije levantando un poco la voz—. Esas fotos estaban desenfocadas. Ese hombre podría ser cualquiera. —Él me miró con dureza, pero no conseguí descifrar su expresión. Podría haber sido decepción, incredulidad...—. ¡Venga ya! —le dije, esta vez gritándole. Me puse de pie y eché a andar hacia la puerta—. Creí que tenías algo real que contarme, Jake, pero esto no son más que especulaciones descabelladas por tu parte, más locuras, ¿se puede saber qué intentas hacerme?

Me miró con tristeza, se puso de pie y me siguió hasta el espacio abierto que ocupaba la mayor parte del *loft*.

—Lo siento, Ridley.

—¡No, no lo sientes! —le chillé y luego respiré hondo y bajé la voz—: Tú lo que quieres es que sea tan desgraciada y me obsesione tanto como tú. Quieres que caiga contigo en la trampa de un pasado que ninguno de los dos podremos cambiar jamás, por mucho que lo deseemos. No es justo. No quiero seguir aquí contigo.

No reaccionó pero pude ver el dolor en sus ojos. Volvió a la oficina un instante y regresó con una carpeta archivadora.

—Simplemente lee esto, Ridley. No volveré a decirte una palabra de todo este asunto... nunca más. Pero simplemente lee tú misma los resultados de mi investigación y saca tus propias conclusiones. Llámame cuando estés preparada.

Tenía ganas de tirarle la carpeta a la cara. Tenía ganas de abalanzarme sobre él y pegarle mil puñetazos con todas mis fuerzas.

Tenía ganas de estrecharlo entre mis brazos y consolarlo, y que él me consolara a mí. Pero en lugar de optar por cualquiera de esas posibilidades salí del *loft* en silencio. Podría haber dejado atrás la carpeta y a él para siempre. Pero, por supuesto, ustedes me conocen lo suficiente como para saber que yo no haría tal cosa. Una vez que se emprende el camino que conduce a la verdad, ya no hay marcha atrás. Al universo no le gustan los secretos.

Siguiendo las instrucciones de MapQuest que me había imprimido de Internet, salí de la autopista y avancé por una carretera secundaria dejando atrás unos cuantos bloques de tiendas y edificios de oficinas. Aquel barrio de las afueras de Detroit parecía un desfile de casas prefabricadas idéntico al de barrios similares en otras partes del país: restaurantes de comida rápida de la cadena Chick-Fil-A, Wal-Mart, Taco Bell, Home Depot y el inevitable Starbucks. Y entre todas las consabidas franquicias, un pequeño comercio independiente aquí y allá —una carnicería, un taller de coches, una pequeña empresa de paquetería—, firmes como soldados rebeldes que se resisten a la invasión de los gigantes de las grandes multinacionales; tenían aspecto de estar exhaustos y a punto de entregar las armas. Me di cuenta de que no había aceras, aunque sí se veían casas en las calles de detrás. Estuve conduciendo unos cuantos kilómetros y no vi un alma por la calle. Y luego dicen que la ciudad de Nueva York da miedo.

Al cabo de un rato me pareció que el panorama mejoraba y comenzaba a resultarme familiar a medida que me acercaba al antiguo barrio de mis abuelos. Sabía que una joven pareja de profesionales había comprado la casa de una planta en que habían crecido Max y mi padre, la habían tirado abajo y se habían hecho otra mucho más grande completamente nueva. Enfilé la calle de mis abuelos librándome de milagro de chocar con otro coche por mi culpa. (Soy la peor conductora del mundo, en parte por falta de práctica y en parte porque tengo tendencia a distraerme. Muchos neoyorquinos, la mayoría seguramente, no conducen: caminamos o dejamos que nos lleven —en metro o, como es lo más frecuente en mi caso, en taxi—, y ésas son actividades perfectamente compatibles con tener la cabeza en otro sitio, hasta puede decirse que es preferible que así sea. En cambio me he dado cuenta de que para conducir hay que estar en lo que se celebra.)

Busqué la antigua parcela de mis abuelos, pero daba la impresión de que la mayoría de las casas de la calle eran nuevas y no me acordaba del número ni podía reconocer el sitio basándome en mis nebulosos recuerdos de la infancia: las viejas casas de una planta que en otro tiempo caracterizaban al barrio habían desaparecido casi por completo; sólo quedaban unas cuantas que parecían diminutas y tenían un aspecto fúnebre al lado de las relucientes casas nuevas de dos pisos. Encontré la dirección que buscaba al final de la calle: el 314 de Wildwood Lane. Probablemente era la casa más vieja y destartalada de toda la calle y tenía un viejo Chevy en el camino que llevaba hasta la puerta del garaje. Aparqué en la calle junto al césped y paré el motor sintiendo el retumbar de los latidos de mi corazón en el pecho.

Seguro que se están preguntando: «¿Qué demonios estaba haciendo en un barrio de Detroit?» Una pregunta que yo misma me hice mientras permanecía sentada en el Land Rover de alquiler con la calefacción a tope. Estaba empezando a dudar de si, a mi manera, no estaría tan loca como Jake.

Me marché del *loft* de Jake enfurecida, pero lo que sentí en el tren de camino a casa fueron los negros tentáculos de la depresión tratando de arrastrarme. Había estado resistiéndome a ellos durante un año, pero aquella negrura había estado siempre cerniéndose sobre mí, amenazando con engullirme. Sabía que si me paraba y me volvía para mirarla a los ojos me comería viva. Mi furia se disipó dejando paso a un dolor de cabeza insoportable.

Al llegar a mi apartamento, ni siquiera me quité el chaquetón;

me limité a sentarme a la mesa del comedor —un mastodonte de metal que había hecho Jake y que yo odiaba más cada día que pasaba porque tenía un aura fría y definitivamente nada acogedora— y abrí la carpeta que estaba llena de recortes de periódicos, documentos y notas escritas a mano en las que reconocí la letra prácticamente indescifrable de Jake.

A primera vista parecían un montón de retazos de información inconexa que además en gran parte yo ya conocía. Vi que había una copia del informe del forense fechada la noche en que murió Max: hojeé las páginas grapadas pero no reparé en nada fuera de lo normal —aunque a decir verdad, era el primer informe forense que veía en mi vida—; Jake había señalado con un círculo la hora estimada de la muerte, pero eso también parecía cuadrar con lo que yo sabía sobre aquella noche. Leí que Esme Gray era quien había identificado el cuerpo. Eso hizo que me detuviera un instante: siempre había creído que era mi padre el que había identificado el cadáver. Recuerdo que me dijo que la cara de Max estaba destrozada: no llevaba puesto el cinturón de seguridad y había salido despedido por el parabrisas. Jake había señalado el nombre de Esme con un círculo, pero yo no conseguía adivinar por qué.

También había unas cuantas noticias de los días que siguieron a la muerte de Max informando sobre el accidente, así como unos cuantos artículos más largos sobre él y sus obras filantrópicas, sobre la fundación que había creado para financiar programas de ayuda a mujeres y niños maltratados, sobre su carrera fulgurante en el sector inmobiliario. Los hojeé sin prestar atención a las notas que había escrito Jake a los márgenes: las pocas que leí me parecieron extrañas y un tanto paranoicas; por ejemplo, al lado de una frase que alababa la labor caritativa de Max, Jake había escrito: «¡Mentiras!»

El siguiente montón de artículos no parecían guardar relación alguna con Max; se trataba de toda una serie de historias sobre crímenes cometidos en el área metropolitana de Nueva York y por todo el mundo: el *Times* de Londres informando sobre una espeluznante ola de desapariciones de mujeres en clubes nocturnos y discotecas de Europa del Este; nunca había vuelto a saberse nada de ellas. El *Guardian* hablaba de la investigación del asesinato de una joven de color cuyo torso había sido hallado flotando en un canal. La policía estaba tratando de establecer alguna conexión entre la joven, que era de origen afrocaribeño y los asesinatos rituales de un niño y una prostituta que se habían producido con anterioridad ese mismo año y cuyos cuerpos desmembrados se habían encontrado en las inmediaciones de donde apareció el de la joven. Una página impresa de la web de la BBC informaba sobre el tráfico de mujeres y niños en Albania y las torturas y esclavitud sexual que sufrían. Se trataba de una operación prácticamente imposible de prevenir porque las fuerzas policiales albanesas e italianas estaban conchabadas con el crimen organizado, y además las mujeres rescatadas se negaban a colaborar en la identificación de sus captores. Había fotos de una lancha rápida de la mafia albanesa interceptada por la policía en el mar Adriático, otras cuantas de bellas mujeres con rostros tristes de pie ante un juez, algunas imágenes borrosas de mafiosos sin identificar sentados a una mesa de un café.

También había varios artículos del *New York Times* sobre el crimen organizado, sobre trozos de cuerpos encontrados en las aguas del East River, un asesinato en el Upper West Side, la desaparición de unas cuantas jóvenes. En aquel momento no vi ninguna relación entre todo aquello. Me parecían tan sólo noticias terribles de un mundo terrible. ¿Dónde estaba la novedad? Ahora me doy cuenta de que abrí aquella carpeta deseando encontrar en ella pruebas de que Jake estaba perdiendo la cabeza y dispuesto a agarrarse a cualquier cosa, y vi lo que quería ver: nada. Lancé un suspiro y reparé en que estaba sudando. Me quité el chaquetón y cerré los ojos. Cuando los abrí de nuevo estaba tan cansada que la habitación me daba vueltas, así que decidí cerrar la carpeta e irme a la cama; al hacerlo, un único recorte de periódico salió volando y descendió flotando suavemente hasta caer al suelo; lo recogí y me fijé en el lugar y la fecha de publicación.

Abrí la carpeta otra vez y vi que pertenecía al montón de artículos del *Detroit Register*, claramente impresos a partir de microfichas. Eran artículos sobre el asesinato de la madre de Max y el juicio de su padre; contenían algunas fotos macabras de la escena del crimen que preferiría no haber visto. No podía creer que las hubieran publicado en un periódico.

Volví a mirar el artículo que tenía en la mano. El titular decía así: «SOBRINO DE LA VÍCTIMA CUESTIONA VEREDICTO DE CULPABILIDAD».

Me quedé sentada en el coche de alquiler unos minutos hasta que empezó a nevar mansamente. Apagué el motor y me aventuré al frío intenso del exterior. Mientras observaba la nube de vapor que salía de mi boca, me tapé hasta las orejas con el cuello de la chaqueta y caminé por el camino del garaje hacia la sólida casa de color marrón escuchando el ruido de la gravilla bajo mis pies. No se veía ninguna luz encendida dentro. Miré el reloj y me di cuenta de que todavía era hora de estar en el trabajo.

Según el *Register*, después de que condenaran a Race Smiely, el primo de Max había declarado que vio a otro hombre en la casa la noche en que mataron a Lana. Decía que no había dicho nada antes porque creyó que aquel hombre lo había visto y temía por su propia vida y la de su familia. La policía no creyó al muchacho y además no encontró ninguna prueba que corroborara su historia. Dijeron que debía de estar tratando de ayudar a su tío. El artículo me había llamado la atención por un par de razones: lo primero, porque nadie me había hablado jamás de ese primo de Max, aunque por lo visto se había criado en la misma calle que Max y Ben, y eso me intrigaba; y lo segundo, porque la idea de que, al final, quizá mi abuelo no hubiera sido un asesino, de que lo hubieran podido acusar y condenar injustamente, encendía en mi interior una extraña y débil llamita de esperanza. Tal vez, después de todo, mis orígenes no eran tan sórdidos y negros como el pozo más oscuro.

Hice una búsqueda de Nick Smiley en Internet y me enteré de que aún vivía en la casa de su infancia. El número de teléfono estaba en la guía, pero no fui capaz de llamar: ¿qué iba a decirle?: *Hola, soy Ridley, tu sobrina segunda. ¿Qué tal? Bueno, por cierto, sobre la noche ésa en que a mi abuela le dieron tal paliza que la dejaron en coma...*

Mi padre siempre dice que la gente se mete en líos cuando tiene demasiado dinero o demasiado tiempo. Si yo hubiera tenido un trabajo de nueve a cinco en el que tuviera que dar cuentas a alguien de en qué empleaba los días, o si me hubiera costado llegar a fin de mes, tal vez no habría podido hacer lo que hice. Pero, por otro lado, fue algo más que el mero hecho de tener la oportunidad, de no tener nada mejor que hacer. En mi interior había —y siempre lo ha habido— un deseo de llegar a la verdad de las cosas. Estaba pensando en eso mientras sacaba un billete para el siguiente vuelo a Detroit.

—¿Qué quiere usted?

Un hombre con barba y muy corpulento apareció por un lateral de la casa. Una palabra basta para describirlo: amenazante. Tenía la frente surcada por arrugas profundas y unos ojos penetrantes muy negros. Su boca era una fina línea que parecía no haber esbozado una sonrisa o pronunciado una palabra amable jamás. Llevaba una gruesa camisa de franela forrada y pantalones marrones de pana, y parecía tenso de pies a cabeza, como en posición de entablar combate.

—Estoy buscando a Nicholas Smiley —dije luchando contra el deseo de volver corriendo al Land Rover y marcharme de allí lo más rápido posible en medio del rechinar de los neumáticos.

—¿Qué quiere usted? —repitió él.

¿Qué quería? Buena pregunta.

Pensé que no tenía ningún sentido andarse por las ramas con un tipo como aquel: parecía capaz de encajar un puñetazo, hasta podía que le gustase.

—Quiero hablar de la noche en que murió Lana Smiley.

Hizo un gesto brusco y retrocedió un paso, como si le hubiera tirado una piedra.

—Salga de mi propiedad —dijo.

No se movió de donde estaba, así que yo tampoco lo hice. Nos quedamos mirándonos un buen rato mientras yo trataba de pensar en qué podía decir para convencerlo de que hablara conmigo. No se me ocurría nada.

—No puedo —dije por fin—. Necesito saber lo que vio usted esa noche, y no me voy a ir hasta que me lo cuente.

Entonces me puse muy derecha y alcé la barbilla con gesto altivo: una triste demostración de bravuconería, ya que creo que los dos sabíamos que si él hubiera dado un paso hacia mí, yo habría echado a correr gritando sin parar hasta llegar al coche. Tal vez fuera ésa la razón por la que pareció ablandarse un poco: encorvó ligeramente los hombros y clavó la mirada en el camino del garaje.

—De eso hace una eternidad —dijo—. Ahora ya están todos muertos.

—Sí —respondí yo—; Lana, Race y Max... todos se han ido. Pero yo todavía estoy aquí y necesito saber lo que vio usted aquella noche.

Soltó una breve carcajada igual que un graznido.

—¿Y quién coño eres tú?

—La hija de Max.

Prácticamente se me atragantaron las palabras; dejaban tal regusto a mentira en mi boca… Él no dijo nada; se limitó a observarme con sus oscuros ojos llenos de sospecha. Yo no era capaz de decidir si no me creía o simplemente no le importaba. Se veía perfectamente que me estaba escrutando, buscando el parecido con Max en mi cara. Tenía copos de nieve atrapados entre el pelo y la barba prácticamente le cubría toda la cara.

—Deja que los muertos descansen en paz, muchacha —dijo por fin y me dio la espalda para marcharse.

Yo alcé la voz y lo llamé.

—Dijo usted que vio cómo otra persona mataba a Lana. Dijo que Race ni siquiera estaba en casa cuando ella murió. Si era verdad, ¿por qué esperó hasta después de que lo condenaran para hablar? —Se detuvo en seco pero no se volvió—. Por favor —continué bajando la voz—, necesito saber lo que pasó aquella noche. Están todos muertos, señor Smiley, ¿qué daño puede haber en que me cuente la verdad?

Se dio la vuelta y luego miró arriba y abajo hacia la calle con nerviosismo. No había nadie, ni un alma mirando por la ventana. Yo notaba que el frío me calaba hasta los huesos y me puse a temblar. Entonces, algo se transformó en su expresión: de enfado a tristeza. No estaba segura de qué le había hecho cambiar de idea; y todavía hoy sigo sin saberlo: tal vez fue que parecía tan patética y desesperada como me sentía, tal vez que no quería que le organizara una escena a la puerta de su casa; en cualquier caso, echó a andar hacia el interior y me hizo un gesto para que lo siguiera. Entonces llegó mi turno de cambiar de idea: quizá sólo estaba tratando de llevarme dentro para matarme, o para atarme y dejarme en el sótano o algo por el estilo e igualmente aterrador. Dudé por un instante cuando desapareció al doblar la esquina de la casa, pero al final la curiosidad pudo más y me apresuré a seguirle.

—Saben que estoy aquí —dije cuando llegué a su altura.

Por desgracia, era completamente falso. La verdad era que nadie sabía siquiera que estaba en Detroit; si desapareciera, ¿cuánto tiempo tardarían en darse cuenta y seguirme la pista hasta allí?

Unos setos altos separaban el suyo del jardín del vecino y unos bloques redondos de hormigón hacían las veces de sendero. Él entró por una puerta lateral en una cocina extremadamente ordenada y que parecía seguir tal cual estaba hacía veinte años. Lo seguí y cerré la puerta a mis espaldas, pero dejé la mano sobre la manilla.

Se acercó al fregadero, llenó la tetera de agua y luego la puso sobre uno de los hornillos de la cocina y lo encendió.

—¿No quieres sentarte? —me preguntó.

—No —respondí—, prefiero quedarme de pie. —Estaba nerviosa.

—No tenía ni idea de que Max hubiera tenido una hija —dijo mientras miraba por la ventana que había encima del fregadero, dándome la espalda aún.

—Yo tampoco lo sabía hasta el año pasado, después de que muriera. Es una larga historia. Me criaron otras personas; de hecho, seguramente usted conoce al hombre que me crió, Benjamin Jones.

Él asintió con la cabeza lentamente, dando la impresión de estar asimilando la información.

—Bennie Jones. Crecimos juntos; en esta misma calle. Era buen chico. Hace años —décadas— que no lo veo.

Permanecimos en silencio un rato. Se oía el agua hirviendo en la tetera, el repiqueteo de las burbujas sobre el metal a medida que se iba calentando. Me di cuenta de que dentro no hacía mucho más calor que fuera. Miré a mi alrededor: el papel de las paredes con dibujos de pequeños fruteros rebosantes, las encimeras de formica amarillenta, el suelo de baldosas verdes.

—¿Un té? —me preguntó, y a mí me sorprendió el tono civilizado del ofrecimiento.

—Me encantaría —respondí—. Gracias.

Se acercó a un armario del que sacó un par de tazas y lanzó una mirada hacia atrás, en dirección adonde yo estaba, mientras buscaba un par de bolsitas de té en una cesta de porcelana.

—No voy a hacerte daño, ¿sabes?, así que puedes sentarte.

Asentí con la cabeza sintiéndome como una estúpida y, acercándome a la mesa de madera, aparté una silla y me senté. El asiento era inestable e incómodo, pero no me levanté por educación. Él vino hasta la mesa y se sentó enfrente de mí trayendo consigo las dos tazas de té; cogí la que me ofrecía llena de agradecimiento y la sostuve entre las manos para calentármelas.

—Esto no es buena idea —dijo sacudiendo la cabeza.

Se me cayó el alma a los pies: parecía que iba a cerrarse en banda; apenas había expresión en su rostro y había vuelto a apretar la boca, que de nuevo había quedado reducida a una delgada línea. Le sonreí con gesto comprensivo. No estaba segura de qué decir para convencerle de que hablara conmigo, así que no dije nada.

—Pareces una muchacha agradable —sentenció mirándome a los ojos fugazmente—. No quiero… —dejó la frase en suspenso y no la volvió a retomar.

Yo cerré los ojos un segundo, respiré hondo y dije lo único que se me ocurrió:

—Por favor.

Me miró tristemente y asintió con un movimiento rápido de cabeza.

—No había pensado en esa noche desde hacía mucho tiempo —dijo.

Pero, por alguna razón, no le creí. Sospechaba que había pensado mucho en aquella noche y, tal vez, aquella era la primera ocasión en años que había sido capaz de hablar de ello; tal vez necesitaba hablar de ello; tal vez ésa era la razón por la que había cambiado de idea.

—Claro que no es el tipo de cosa que se le olvida a uno tampoco. Va siempre contigo, incluso si no lo tienes presente. Me destrocé un brazo en el trabajo hará cinco años y me dieron la baja permanente. El brazo se curó, pero yo no he vuelto a ser el mismo. Hay cosas que son así: después de que pasan, ya nada vuelve a ir bien.

Yo entendía perfectamente de qué estaba hablando y ya no me resultaba tan amenazante como a primera vista: su aspecto se había vuelto más amable y más suave; parecía baqueteado por la vida más que enfadado. No dijo nada más durante un buen rato, y se limitó a mirar fijamente su taza. Yo esperé, escuchando el ruido del mecanismo del reloj que había encima del fregadero. Y por fin:

—Estuvimos cenando en su casa, de Race y Lana; siempre pasábamos los días de fiesta juntos —dijo con la mirada clavada en la mesa.

Su voz parecía áspera, como si hubiera pasado una buena temporada sin usarla demasiado. Me pregunté si al contármelo se estaba quitando un peso de encima o si sería más bien como exhumar un cadáver, una profanación de algo que mejor hubiera sido dejar descansar en paz.

Me sorprendió nuevamente, igual que cuando leí el artículo por primera vez, que yo jamás hubiera oído hablar de Nicholas Smiley ni de su familia. Ni Max ni mi padre ni mis abuelos habían mencionado jamás a este primo que por lo visto había crecido con Max y Ben y vivía en la misma calle. Me pregunté si las infinitas capas de secretos y mentiras tendrían un final.

—No había sido una noche demasiado agradable —continuó mirándome avergonzado—. Race no se presentó a cenar y Lana estaba borracha y hecha una fiera; no paraba de quejarse de la mierda de vida que llevaba. —Bajó la vista hacia la taza otra vez y pude ver que su mano temblaba ligeramente. Por alguna razón, se me aceleró el pulso al verlo—. Race era un cabrón: siempre estaba dándoles hostias a Max y Lana. Y, además, a ella le ponía los cuernos. Todo el mundo lo sabía.

Hablaba como si tuviera que soltarlo todo antes de que empezase a sonar un temporizador, pero había algo rítmico, casi pautado, en su manera de hablar. Me tenía como hipnotizada.

Debió de ver algo en mi cara. Cualquier entrevistador que se precie sabe cómo mantener un tono de voz neutro y eso siempre se me ha dado bastante bien, pero era mantener el rostro inmutable lo que me estaba dando problemas.

—No sé por qué nadie hizo nunca nada —dijo, como si yo le hubiera hecho la pregunta que tenía en la cabeza—. Ha habido tiempo de sobra para lamentarse de eso, pero supongo que por aquel entonces no se hacía, no se metía uno en los asuntos de un hombre y su familia. —Asentí con la cabeza y él siguió hablando—.

Bueno, el caso es que nos fuimos pronto. Lana, como he dicho antes, no había parado de quejarse y Max apenas había abierto la boca en toda la noche; a veces se ponía así, como si tratara de hacerse invisible, y no lo culpo: aquello era como vivir en un valle entre dos volcanes activos sin saber nunca cuál de los dos iba a entrar en erupción.

—¿Lana también maltrataba a Max?

—¡Ya lo creo! —contestó—. También le atizaba sus buenos golpes.

Yo siempre había oído a Max referirse a su madre como si fuera la Virgen María y la madre Teresa en una sola persona; sólo hablaba de su belleza, su bondad, su fuerza.

—Tú te pareces mucho a ella, ¿lo sabías? —dijo Nicholas.

—No —contesté—, no lo sabía.

No hubiera querido que me diera esa información, ni siquiera sabía qué hacer con ella; de repente me arrepentía de haber venido. Él se encogió de hombros.

—Comparada con Race, Lana no lo trataba tan mal, pero el muchacho nunca supo a qué atenerse con ella, no sabía si le iba a hacer una caricia o darle una bofetada.

Yo no sabía qué decir. Pensar en aquel pobre crío maltratado que no era mi tío sino mi padre… Lo normal habría sido que la emoción me atenazara el pecho, pero, en vez de eso, lo sentía como si estuviera lleno de plomo, pesado e insensible. Clavé la mirada en mi taza y vi que la leche se había cortado un poco.

—A Max y a mí nos habían regalado unos *walkie-talkies* ese año, pero mis padres tenían tanta prisa por salir de allí que nos dejamos el mío olvidado debajo de un árbol. Yo quería recuperarlo, no pensaba ni hablaba de otra cosa y estaba volviendo locos a mis padres; «mañana», me prometieron, pero para un chaval mañana suena demasiado lejos, así que esperé a que se durmieran y entonces me puse el abrigo y las botas y salí sin que me oyeran.

Podía imaginármelo: la manzana prácticamente a oscuras, iluminada tan sólo por las luces de las decoraciones navideñas de las casas y los árboles de los cuartos de estar. Podía verlo avanzar lentamente calle arriba con su abrigo puesto encima del pijama. Podía oler el aroma del viento frío del invierno, oír el ruido del tráfico en la concurrida calle perpendicular.

—Si Max cumplía dieciséis ese año, entonces yo debía de tener catorce. Él estaba altísimo para su edad, no tanto como su padre, pero casi. A mí me parecía que el tío Race no iba a poder seguir poniéndole la mano encima a Max durante mucho más tiempo. En cualquier caso, miré hacia el garaje, a ver si estaba el coche de Race aparcado en el camino: si hubiera estado en casa, yo me habría vuelto a la mía inmediatamente.

Me di cuenta de que Nicholas lo estaba viendo como si estuviera allí: en sus ojos había una especie de brillo y me miraba sin verme. No dije nada.

—Recuerdo que el aire me pareció diferente, como si la noche ya supiera que iba a pasar algo. No fui a la puerta sino a la ventana de Max, pero no había nadie en su habitación. Se oía la televisión con el volumen muy alto, así que di la vuelta para acercarme a la ventana del cuarto de estar.

Hizo una pausa y lanzó un suspiro, como si el recuerdo de aquello todavía lo asustara después de tantos años. Se sujetó la cabeza con las manos y luego la alzó de nuevo.

—Entonces fue cuando vi a tía Lana —dijo—. La reconocí por el vestido, el mismo que llevaba puesto en la cena, pero su cara estaba completamente destrozada y sus ropas empapadas de sangre.

—¿Y Race no estaba en casa? —le pregunté.

Él alzó la vista hacia mí.

—Ya te he dicho que su coche no estaba en el camino del garaje.

—Pero pudo volver a casa, matarla y volver a marcharse —sugerí—, o haber aparcado en la calle.

—No —respondió.

—¿Cómo puede estar tan seguro?

Me miró con una expresión en los ojos que parecía lástima. Supongo que yo sonaba tan desesperada como me sentía en aquellos momentos.

—Lo vi allí de pie frente a ella. Tenía sangre en los puños, la camisa y la cara, y la mirada perdida. Sonreía y respiraba con dificultad, como un boxeador en el cuadrilátero.

—¿Quién? —le pregunté horrorizada.

Él negó con la cabeza al tiempo que las lágrimas le caían por las mejillas hasta empaparle la barba. Sacudió la cabeza otra vez y abrió la boca, pero no consiguió pronunciar una sola palabra.

—¿Quién? —le pregunté de nuevo inclinándome hacia delante.

—Max —dijo susurrando.

Si me hubieran atizado un golpe en la cabeza con una barra de hierro, no me habría sentido más desconcertada ni desolada. Deseé que me hubiera golpeado con la barra; deseé simplemente poder desmayarme y despertarme amnésica, olvidar haber oído jamás lo que acababa de decirme. Me odiaba a mí misma por haber sido tan testaruda y curiosa y por haber ido hasta allí. Me costaba trabajo respirar.

—No —dije—, usted era muy joven, estaba oscuro y ver a su tía así lo aterrorizó.

Él se me quedó mirando.

—Sé lo que vi —dijo en voz baja—. No lo olvidaré jamás.

—Pero entonces, ¿por qué no dijo nada? Dejó usted que un hombre inocente muriera en la cárcel —respondí yo.

—Se dio la vuelta y me vio del otro lado de la ventana: no era el Max que yo conocía, era un… monstruo. Cuando esos ojos inexpresivos y vacíos se posaron sobre mí supe que si decía lo más mínimo vendría a por mí y me haría trizas. Corrí hasta casa y esperé toda la noche a que aquel demonio viniera a machacarme la cara también, pero no lo hizo. A la mañana siguiente detuvieron a Race; Lana nunca despertó del coma y murió en el hospital unas semanas más tarde, y Max se fue a vivir con los padres de Bennie.

—Pero ¿por qué no vino a vivir con ustedes? ¿No eran sus parientes más cercanos?

—Mis padres andaban muy mal de dinero. A duras penas conseguían sacarnos adelante a mí y a mis tres hermanas, y no podían hacerse cargo de una boca más. De hecho, murieron endeudados hasta las cejas, y yo tuve que hacerme cargo de los pagos. —Miró a su alrededor—. Casi no me llega para pagar la hipoteca de esta casa —añadió mirando al suelo.

—Nunca había oído hablar de usted —dije enfadada; lo odiaba por lo que me había dicho y estaba intentando encontrar una razón para convencerme de que mentía o simplemente estaba loco—. Ni Max ni Ben me hablaron jamás de usted ni de su familia.

—Les pareció mal que no nos hiciésemos cargo de Max. Nunca dijeron nada, pero desde ese momento casi no volvimos a tener contacto con él.

Lo miré fijamente a la cara: por lo menos era evidente que él sí creía lo que estaba diciendo; llevaba el miedo y la tristeza, la fealdad de sus recuerdos, escritos en la cara.

—Pero en realidad no fue por el dinero —dije—, no fue ésa la razón por la que sus padres no se hicieron cargo de él, ¿a que no?

Nicholas negó con la cabeza.

—Usted le contó a sus padres lo que había visto aquella noche y ellos le creyeron.

—Sí, así es.

—Pero nadie dijo nada cuando detuvieron a Race y lo mandaron a juicio. ¿Estaban todos tan aterrorizados por un chaval de dieciséis años?

—Decidimos esperar —dijo aclarándose la garganta—. Confiábamos en que Race sería declarado inocente, en que no tendríamos que contar lo que sabíamos. Incluso cuando condenaron a Race, mis padres seguían sin querer que yo dijera nada.

—¿Porque tenían miedo de Max?

Nicholas suspiró de nuevo.

—No, no era por eso. Creo que no querían que Max fuera a la cárcel. Tal vez se sentían culpables por no haber hecho algo antes para parar la violencia en aquella casa. Y además Race… bueno, podía ser inocente de ese asesinato, pero de muchas maneras era más culpable que Max. El chaval fue criado a golpes, era lo único que conocía. Mis padres creyeron que tal vez Max no había sabido controlar su propia fuerza aquella noche y que toda una vida de remordimiento y pesar ya era suficiente castigo.

—Pero ¿usted no pensaba lo mismo?

—No estaba arrepentido —dijo Nicholas mirándome a los ojos—. Lo vi perfectamente en su mirada. Con todos los demás ponía cara de pena, pero cuando estábamos solos me miraba con aquellos ojos y yo lo sabía: había matado a su madre y acusado y testificado en contra de su padre; a efectos prácticos, los había matado a los dos. Y dudo mucho de que eso le quitara el sueño ni una sola noche en toda su vida.

Traté de conciliar aquella visión de Max con la del hombre que yo había conocido. El muchacho que estaba describiendo Nick Smiley era un psicópata, un asesino y un mentiroso, un manipulador sin escrúpulos. Yo jamás había visto nada en Max que indicara que podía ser así. Nunca.

—¿Por eso se decidió a hablar al final? ¿Porque no creía que lo sintiera?

—No creo que se pueda llamar «hablar» a lo que yo hice, sino que más bien fue un intento a medias de remediar el mal que se había hecho aquella noche y todas las anteriores. La culpabilidad me atormentaba, no podía dormir, no probaba bocado. Al final mis padres me llevaron a la comisaría y le conté a la policía que había visto a otra persona esa noche; les hablé de los *walkie-talkies*, de que no había visto el coche de Race y dije que había otro hombre en la casa, un hombre que no había visto nunca antes. Jamás les dije que era Max. —Dio un sorbo al té que para entonces, y yo lo sabía por mi propia taza, se había quedado helado—. Les conté que no había dicho nada antes porque tenía miedo de que aquel desconocido que me había inventado nos matara a mí y toda mi familia.

—No le creyeron.

Negó con la cabeza.

—No había ninguna prueba de que nadie excepto Race hubiera estado allí. Nadie había visto un coche desconocido, ni entrar o salir a nadie que no fuera Race, más tarde, esa misma noche. Me dijeron que debía haber tenido una pesadilla: vamos, que no iban a reabrir un caso que ya llevaba tiempo cerrado, con el acusado condenado y en prisión, y todo por las fantasías que contaba un muchacho. Pero alguien de la comisaría filtró la historia a la prensa y apareció un artículo en el periódico a la mañana siguiente.

»Esa noche me despertó el ruido de las piedrecitas sobre el cristal de mi ventana. Miré hacia la calle y vi a Max allí de pie. Tenía una barra de hierro en la mano. Simplemente se quedó allí bajo la luz de la farola y pude ver aquellos ojos. Él sabía que yo era un cobarde; ¡joder, me tenía dominado desde que llevábamos pañales y nunca rechisté!

Yo permanecí sentada sin decir nada. Parecía un hombre honesto, sencillo y sin dobleces. La cocina, limpia y ordenada, era como la de cualquier familia trabajadora de cualquier barrio: nada de lujos, pero todo en perfecto estado. Su historia tenía los suficientes detalles pero sin florituras; sonaba cierta, y era evidente que se creía lo que decía. Debí de mirarlo con expresión de horror e incredulidad porque se movió en la silla con gesto incómodo.

—Ya te dije que dejaras a los muertos descansar en paz —dijo—. Deberías haberme hecho caso.

A nadie le cae bien un sabelotodo.

6

Mi tío Max —y por supuesto siempre será el tío Max para mí— era un hombretón corpulento como un oso, grande en estatura y con un corazón y una personalidad acordes. Era un parque de atracciones, una tienda de juguetes, una heladería. En ocasiones, mis padres se iban de viaje y nos dejaban a Ace y a mí con él —y con una niñera, claro, porque Max no era de los que atan los cordones de los zapatos ni hace sándwiches de queso fundido para cenar—, y los recuerdos de aquellos tiempos son de los más felices de toda mi infancia. Nunca lo vi sin una sonrisa en los labios. Siempre venía cargado de regalos, con los bolsillos llenos de dinero, o golosinas, o pequeñas sorpresas.

Por los menos así lo recuerdo yo. Sin embargo, últimamente desconfío bastante de mis recuerdos del pasado, no de los hechos en sí necesariamente, sino de los detalles y matices que claramente se me habían escapado. Una parte tan grande de mi vida se había construido sobre unos cimientos falsos que el pasado me parecía igual que un oscuro cuento de hadas: hermoso en la superficie, pero con una terrible corriente negra fluyendo en el fondo. Había monstruos debajo de mi cama y yo era tan ingenua que ni siquiera me daba miedo la oscuridad.

En el avión de vuelta a Nueva York hice memoria tratando de buscar fisuras, grietas a través de las cuales atisbar el «verdadero» Max, ese joven psicópata y maltratado que había asesinado a su madre, tendido una trampa a su padre y aterrorizado a su joven primo para que no hablara. El «verdadero» Max, mi padre.

Recordé la última conversación que habíamos tenido.

Fue al final de la tradicional fiesta de Nochebuena que daban mis padres todos los años. Mi padre había salido a la calle con un grupito de invitados para dar el consabido paseo por el barrio a la luz de las velas que decoraban todas las casas, y mi madre estaba fregando los cacharros en la cocina con un ímpetu furibundo tras haber rechazado todos mis intentos de ayudarla dando a entender implícitamente, como de costumbre, que nadie podía hacerlo igual de bien que ella. Pues bueno. Me fui al salón en busca de más galletas y me encontré con el tío Max, sentado solo en la penumbra de la habitación iluminada únicamente por las luces del enorme árbol de Navidad que tenía enfrente. Ésa es una de las cosas que más me gustan en el mundo, un árbol de Navidad con las luces encendidas en una habitación a oscuras. Me dejé caer en el sofá a su lado y él me rodeó los hombros con un brazo mientras sujetaba un vaso de burbon en la rodilla con la mano que le quedaba libre.

—¿Qué haces, tío Max?

—No gran cosa, nena. Ha estado muy bien la fiesta.

—Sí.

Nos quedamos allí sentados, envueltos en un silencio cómodo durante un buen rato, hasta que algo me hizo alzar la vista hacia él: estaba llorando, sin hacer ruido; unos finos regueros de lágrimas surcaban su rostro y una tristeza desesperada había vuelto sus facciones prácticamente inexpresivas. Creo que simplemente me lo quedé mirando presa del desconcierto. Luego tomé entre las mías aquella mano gigantesca como la zarpa de un oso.

—¿Qué te pasa, tío Max? —le susurré como si tuviera miedo de que alguien pudiera descubrirlo en aquel estado, de que su verdadero rostro quedara expuesto a la vista de todo el mundo: quería protegerlo.

—Me estoy acordando de todo, Ridley.

—¿De qué?

—De todas las cosas buenas que he tratado de hacer en la vida; de cómo lo he jodido todo, ¡vaya si lo he jodido! —Le temblaba la voz.

Yo negué con la cabeza pensando: «está borracho, simplemente está borracho». Pero entonces me agarró por los hombros, sin violencia, pero de un modo apasionado. Le brillaban los ojos de desesperación.

—Tú eres feliz, ¿verdad, Ridley? Creciste rodeada de amor y sintiéndote protegida, ¿verdad?

—Sí, tío Max, claro que sí —contesté deseando con todas mis fuerzas tranquilizarlo, aunque en aquel momento no tenía ni idea de por qué mi felicidad significaba tanto para él.

Asintió y me agarró con menos fuerza, aunque seguía mirándome fijamente a los ojos.

—Ridley —dijo—, puede que tú seas la única cosa buena que he hecho en la vida.

—Pero ¿qué está pasando? ¿Max? —Se oyó la voz de mi padre desde la puerta haciendo que los dos nos volviéramos hacia él.

No era más que una silueta negra rodeada de luz y su voz sonaba rara, era como si algo extraño se hubiera apoderado de él. Tuve la impresión de que hasta el último músculo del cuerpo de Max se ponía en tensión y me soltó inmediatamente, como si lo quemara.

—Max, vamos a hablar —dijo mi padre, y Max se levantó.

Yo lo seguí hasta la puerta, pero mi padre me puso una mano en el hombro para detenerme. Max siguió caminando hasta la puerta de doble hoja del estudio de mi padre; iba encorvado y con la cabeza hundida, pero se volvió hacia mí y me sonrió antes de desaparecer cerrando a su espalda.

—¿Qué le pasa? —le pregunté a mi padre.

—No te preocupes, niñita —contestó con una sonrisa forzada—, el tío Max ha bebido un poco más de la cuenta; hay ciertos demonios que lo atormentan y a veces el burbon los deja sueltos.

—Pero ¿de qué estaba hablando? —pregunté con tozudez porque tenía la impresión de que me ocultaba algo importante.

—Ridley —dijo mi padre en tono demasiado severo, y entonces se corrigió y continuó más suavemente—: de verdad, cariño, no te preocupes por Max; es el burbon el que habla.

Se alejó de mí y desapareció también tras la puerta de su estudio. Yo me quedé un rato al otro lado dando vueltas, escuchando el murmullo de las voces tras la pesada puerta. Sabía que era totalmente imposible oír nada a través de ella; ya lo había intentado muchas veces de niña. Y, además, me encontré con mi tía favorita por el pasillo. Se acordarán ustedes de ella, la tía Negación de la Realidad. Me estrechó entre sus brazos susurrándome palabras de consuelo al oído: «Es sólo el burbon, son sólo los demonios de Max los que hablan, ya conoces a Max: mañana se le habrá pasado». Pese a su tremenda fragilidad, la tía es muy poderosa si coo-peras con ella, si dejas que te envuelva en su tela de araña. Sí: siempre y cuando no la mires a la cara, te arrullará en su regazo, un lugar cálido y seguro, mucho más agradable que cualquier otra alternativa.

Ésa fue la última vez que vi a mi tío Max: el rostro húmedo por las lágrimas y arrebolado por el burbon, esa sonrisa triste, esas últimas palabras: «Ridley, puede que tú seas la única cosa buena que he hecho en la vida».

Palabras que han ido adquiriendo un nuevo significado para mí con cada cosa que he descubierto sobre Max. Significaban una cosa cuando creía que era simplemente mi tío, que estaba triste, y había muerto esa misma noche. Pasaron a significar algo bien distinto cuando descubrí que era mi padre, un hombre que había cometido tantos errores terribles, que me había fallado de tantas maneras. Me preguntaba qué significarían al final del camino que había emprendido ahora. Me vinieron a la mente los recortes de periódico de la carpeta de Jake, esos crímenes espeluznantes, esas mujeres desaparecidas, los niños raptados de clubes nocturnos y vendidos para la prostitución. ¿Por qué había guardado aquellos artículos? ¿Qué tenía que ver con Max todo eso? ¿Y por qué estaba el FBI interesado en él?

El hombre del asiento de al lado roncaba suavemente y tenía la cabeza inclinada hacia la ventanilla en un ángulo incómodo. La chica que iba al otro lado del pasillo leía una novela de misterio de Lee Child. Gente corriente con vidas corrientes. Tal vez. Seguramente ellos pensaban lo mismo de mí.

Me di cuenta de que cuanto más me esforzaba por avivar mis recuerdos de Max, más vagos y borrosos se volvían. Pero una cosa era segura: si Nick Smiley tenía razón, si Max era quien Nick creía, entonces nunca lo conocí. Había estado tan bien escondido tras una careta que yo jamás había visto ni siquiera el menor atisbo, me había quedado en una media verdad, en la parte de sí mismo que él me había permitido ver.

Saqué el móvil del bolso mientras iba en el taxi hacia casa desde el aeropuerto de La Guardia. Sí, había conservado el teléfono móvil pese a mis repetidas amenazas de deshacerme de él. Tal vez recordarán lo poco que me gustan estos chismes (los odio más que las cámaras digitales incluso); no son más que otra excusa que pone la gente para no estar presente, otra razón para ser más maleducados y menos considerados de lo poco que ya lo son normalmente. Pero ¿qué puedo decir? Me enganchó la comodidad.

Según la lista que aparecía en pantalla, tenía tres llamadas de Jake; pero ningún mensaje. Estaba deseando llamar a alguien. No a Jake, no quería echar más leña al fuego de su obsesión. Y no podía llamar a Ace ni a mi padre, ninguno de los dos querrían oír las preguntas que yo quería hacer (aunque mi padre era la opción más lógica). En cuanto a mi madre, no había tenido una conversación de verdad con ella desde hacía más de un año. Apoyé la cabeza contra el asiento forrado de vinilo y me quedé mirando a las luces rojas de los faros traseros de los coches y el resplandor blanco de las farolas en medio de la oscuridad.

Y entonces empezó a sonar el teléfono, que aún tenía en las manos. No reconocí el número, pero empezaba por 917, lo que me indicaba que era un móvil. Contesté por pura soledad.

—Detroit está bien en esta época del año —dijo una voz grave de hombre cuando respondí—, si te gustan los agujeros, claro.

—¿Quién es? —pregunté con un nudo en el estómago: nadie sabía que había ido a Detroit, no se lo había dicho a nadie; me había marchado por la mañana y había pagado una cantidad desorbitada por un billete de ida y vuelta en el mismo día.

—A ver si lo adivino: las fotos la hicieron pensar, ¿cierto? Luego me imagino que habló con su novio. ¿Le han dicho alguna vez que tiene una mente inquisitiva? Igual ha equivocado usted su verdadera vocación.

—¿Agente Grace? —dije, no con inquietud sino con tono de fastidio, un sentimiento que estaba empezando a caracterizar nuestros encuentros.

—Bueno, entonces, ¿qué le ha contado Nick Smiley?

—Que Max era un psicópata —respondí imaginándome que probablemente él ya lo sabía—, un asesino.

—¿Y usted se lo ha creído?

—Yo ya no sé qué creer —dije.

—Un dato interesante sobre Nick Smiley: ¿le contó que le diagnosticaron esquizofrenia paranoide y que lo han tenido dopado a base de pastillas de litio por temporadas durante los últimos veinte años?

—No —respondí—, eso no lo mencionó.

Algo parecido al alivio hizo que los músculos de mis hombros se relajaran un poco.

—Claro que eso no lo convierte en un mentiroso; sólo hace su versión de los hechos cuestionable.

La verdad, ¿acaso no consiste en eso, en un acuerdo sobre versiones? Piensen en su último drama familiar, en la última bronca con su pareja. ¿Qué ocurrió realmente? ¿Quién dijo qué cuándo? ¿Quién fue el instigador y quién el que reaccionó ante el ataque? ¿Hay una verdad absoluta que existe aparte de las versiones personales? Quizá. Pero quizá no. La física cuántica nos dice que la vida consiste en una serie de posibilidades que coexisten, codo con codo, en cualquier movimiento; de nosotros depende elegir creando así nuestra versión de la realidad. Nick Smiley había elegido su recuerdo de Max. Yo había escogido el mío. ¿Quién llevaba razón? Pero tal vez la verdad era que Max era un camaleón, alguien que podía convertirse en quien hiciera falta para controlar cualquier situación en que se encontrase. A Nick lo controló aterrorizándolo, a mí con adoración, y a ambos nos ocultó su verdadero rostro.

—Entonces, ¿qué está tratando de decirme? —le pregunté—. ¿Y por qué me está siguiendo?

—No tengo por qué contestar a sus preguntas —respondió con tono calmado.

Lo pensé durante un instante: primero me interceptan en plena calle y se llevaban mis fotos, luego me dejan marchar después de enseñarme unas ampliaciones con la imagen de un hombre que obviamente creen que es Max, aunque yo sé que está muerto. Entonces el agente Grace me llama, claramente para jugar conmigo, sin lugar a dudas para que sepa que están observando todos mis movimientos. No podía entender qué se proponía, qué estaba tratando de conseguir. Tal vez era simplemente que se sentía solo, solo con su obsesión; como yo; como Jake. Tal vez necesitaba hablar con alguien.

—¿Sigue ahí, Ridley?

—Le dije que no me llamara así.

—¿Sigue ahí, señorita Jones?

—No —dije; y colgué.

Por descontado, estaba esperándome dentro del sedán que estaba aparcado en la calle cuando salí del taxi. Su compañero se quedó en el coche mientras él salía del lado del copiloto. Hice como que no lo veía mientras metía la llave en la cerradura.

—Me había imaginado que usted sería de los que conducen, no de los que van de copiloto —dije señalando con la cabeza el coche.

—Tengo prohibido conducir coches del gobierno durante una temporada —dijo con una sonrisa que me hizo que pensar que se tenía por gran cosa—. He destrozado tres coches en siete meses, así que me han obligado a hacer el curso de conducción evasiva, y hasta que lo acabe, labores de vigilancia.

Por alguna razón, me sorprendí comparándolo con Jake. Había en él una arrogancia (o tal vez era confianza en sí mismo) que contrastaba con la amable humildad de Jake. No tenía la dulzura estructural de Jake, pero tampoco la ira que dominaba el interior de éste. Jake era exquisito físicamente, no solamente guapo o sexy sino verdaderamente bello de contemplar. El agente Grace... bueno, tenía un aspecto duro, carente de estética en el sentido artístico. Si Jake era mármol, él era granito. Pero en la curva que describían sus labios, en sus párpados, había cierta sensualidad animal que me ponía nerviosa, igual que debe sentirse alguien encerrado en la jaula de un tigre que le han asegurado que es tan manso como un corderito. El agente Grace hacía que echara de menos a Jake y la seguridad que sentía en sus brazos.

Decidí que no me caía nada bien el agente Dylan Grace. Hasta podía ser que lo odiara un poco.

—Buenas noches, detective —dije, simplemente por molestar.

—Soy agente federal, señorita Jones.

—Ah, sí, disculpe.

Estaba cerrando (dándole con la puerta en las narices) cuando él la detuvo (con fuerza) con la mano.

—¿Puedo pasar? Tenemos que hablar.

—La experiencia me ha enseñado que los agentes federales son como vampiros: una vez que los dejas entrar, luego cuesta mucho deshacerse de ellos, y para cuando quieres darte cuenta te han clavado los colmillos en el cuello.

Sonrió al oírme decir aquello y me pareció detectar fugazmente el destello de una mirada de muchacho travieso que ablandó un tanto sus facciones. Y luego lo echó todo a perder al decir:

—No quiero llevarla al cuartel general; es tarde, pero lo haré si no me queda más remedio.

Yo tampoco quería que me llevara al cuartel general, estaba demasiado cansada. Consideré qué opciones tenía y entonces me aparté para dejarlo pasar; él me cedió después el paso a mí y me siguió hasta el ascensor. Subimos hasta el quinto piso sin decir nada, con la mirada fija en los destellos de los botones que había sobre la puerta y se iban iluminando en verde para marcar los pisos a medida que ascendíamos. El silencio era tal que podía oír su respiración. Estábamos tan cerca que podía oler su loción para después del afeitado.

—Un edificio muy bonito —dijo cuando salimos al pasillo—, ¿de antes de la guerra?

Yo asentí con la cabeza al tiempo que nos deteníamos ante mi puerta, abrí y entramos.

—¿Está su novio en casa?

Me volví hacia él y me quité la chaqueta dejando caer el bolso al suelo.

—¿Qué quiere, agente Grace? —le pregunté al tiempo que la ira inundaba mi pecho y se me llenaban los ojos de lágrimas.

Aquello me parecía una invasión contra la que no podía hacer nada para protegerme; él estaba saltándose todas y cada una de mis barreras y eso me ponía furiosa. Cuando me enfado, lloro. Odio eso de mí misma, pero no parezco ser capaz de cambiarlo, por mucho que lo intente.

—Lo digo en serio —añadí con voz temblorosa—, está usted jugando conmigo ¿no es cierto? ¿Qué quiere?

Él me miró con esa expresión despavorida que se le pone a cierto tipo de hombres cuando creen que una mujer está a punto de echarse a llorar. Alzó las manos mostrándome las palmas en un gesto pacificador.

—Está bien —dijo—, tranquilícese. —Escogía las palabras con cuidado, como si le estuviera hablando a un suicida en la cornisa de un edificio, al tiempo que recorría la habitación con la mirada; no estoy segura de qué andaba buscando.

—¿Es que no se entera? —pregunté—. No sé *nada*.

—De acuerdo —respondió apartando una silla de la mesa y haciendo un gesto para que me sentara.

Así lo hice y, al poner la cabeza entre las manos, me di cuenta de que la carpeta de Jake seguía sobre la mesa donde yo la había dejado. No estoy segura de por qué, pero esperaba que hubiera desaparecido para cuando yo volviera. El agente Grace se sentó enfrente de mí y me la acercó deslizándola por encima de la mesa. Por suerte, mis lágrimas se batieron en retirada al poco rato y no tuve que sufrir la humillación de llorar en presencia de un extraño que me había obligado a dejarle entrar en mi vida y en mi casa.

—¿Qué es esto? —me preguntó.

—Me lo dio Jake —dije alzando la vista para que viera que no estaba llorando—. Leí el artículo que está encima de todo y así fue como me enteré de lo de Nick Smiley, por eso me fui a Detroit. No he conseguido encontrarle el menor sentido al resto.

Él guardó silencio por un momento mientras echaba un vistazo al contenido de la carpeta y luego la cerró y soltó una leve carcajada.

—Su chico se lo ha tomado muy a pecho, ¿eh?

Asentí con la cabeza.

—¿Cree que le interesaría trabajar para el FBI?

Lo atravesé con la mirada.

—¿Ve algo que tenga sentido para usted?

Sacó los recortes del *New York Times* y les dio la vuelta para que miraran hacia mí.

—¿Qué tienen todos estos artículos en común?

Yo los hojeé sin que se me ocurriera nada. Me encogí de hombros y lo miré. Él me había estado observando mientras los miraba y no apartó los ojos. Su cara tenía una expresión extraña. Alargó la mano y me señaló la línea de la firma. Yo no podía creerme que se me hubiera pasado por alto: ¿qué clase de escritor lee un artículo sin fijarse en quién lo ha escrito? Todos eran de la misma persona: Myra Lyall. El nombre me resultaba familiar, pero no habría sido capaz de decir por qué.

—¿Quién es?

—Una periodista especializada en sucesos, finalista del Pulitzer en dos ocasiones. Últimamente escribía para el *Times*.

—¿Escribía en pasado?

—Ella y su marido, fotógrafo, desaparecieron hace dos semanas.

De repente me acordé de la noticia que no hacía más que salir en los periódicos y la televisión, pero aun así seguía teniendo la impresión de que había oído ese nombre en otro sitio.

Él continuó:

—Unos amigos se presentaron a cenar tal y como habían quedado; Myra y su marido, Allen, no estaban por ninguna parte. Después de pasarse un día entero tratando de localizarlos sin éxito llamaron a la policía: había un charco de sangre en el suelo del apartamento y ni rastro de la pareja. La mesa estaba puesta, el asado en el horno, las sartenes en el fuego.

Empezó ese ruido que siempre oigo en mi oído derecho cuando estoy muy estresada.

—¿Sobre qué estaba escribiendo ella? —le pregunté.

—No lo sabemos; tanto su portátil como sus archivos del trabajo han desaparecido. Hasta han borrado todos sus correos electrónicos del servidor del *Times*.

Me quedé pensando, sin saber qué conclusión sacar de todo aquello, y por fin le pregunté:

—¿Así que ése es su caso, la desaparición de esa pareja?

Él dijo que sí con la cabeza.

—¿Y qué tiene eso que ver conmigo?

—El último artículo de Myra Lyall trataba sobre los niños de Proyecto Rescate, sobre cómo les había afectado a varios de ellos lo ocurrido. Se publicó en *Magazine*; era algo más suave que otras cosas que solía escribir.

Entonces me acordé de dónde había oído ese nombre.

—¿Y qué tiene que ver eso conmigo? —le pregunté de nuevo, aunque ya lo iba teniendo más claro.

—Ella tenía su nombre y su número anotados en la agenda. A juzgar por lo que había escrito, trató de contactar con usted tres veces, pero usted nunca le devolvió las llamadas.

—Las únicas personas con las que me gusta hablar todavía menos que con los agentes del FBI son los periodistas.

Soltó una carcajada.

—¿Acaso no es usted periodista?

El comentario me incomodó.

—Yo soy escritora —dije muy digna—. Escribo reportajes; no es lo mismo.

—Lo que usted diga —respondió.

No era lo mismo. En absoluto. Pero no me iba a poner a discutirlo con aquel tipo. Las sutilezas y los matices se les escapaban a gente como el agente Grace.

—¿Y ha dicho que llevan dos semanas desaparecidos? —pregunté.

Él miró el reloj.

—Dos semanas, tres días y aproximadamente diez horas según la secuencia temporal que hemos establecido.

—Pero esas fotos, mis fotos, algunas son de hace meses.

Asintió y bajó los ojos hacia la mesa. Entonces me di cuenta.

—¿El FBI me ha estado vigilando?

—Desde hace más de un año, sí.

—Pero ¿por qué?

Sacó el informe forense de la carpeta.

—En este informe hay inconsistencias: según nuestros expertos, hay un error de diez horas en la hora de la muerte. —Indicó algo que Jake había señalado con un círculo—. Este cuerpo pesaba ochenta y cuatro kilos y medio, pero Max era un hombre mucho más grande; debía de andar rondando los ciento quince.

Miré el documento que tenía enfrente.

—Está bien, era un forense de pueblo, cometió algunos errores; pasa todos los días, ¿qué dijo cuando lo interrogaron?

—Está muerto —dijo el agente Grace—. Tuvo un «accidente» de coche mortal unos cuantos días después de presentar el informe, más o menos por las mismas fechas en que se incineró este cuerpo.

Me di cuenta de que no hacía más que decir «este cuerpo».

—¿A qué se refiere con «accidente»? —le pregunté imitando su entonación.

—A que alguien le cortó los frenos «por accidente».

Eché un vistazo al informe sintiéndome asustada y desesperada.

—Esme Gray identificó el cuerpo —dije con un hilo de voz—. En su día fueron amantes; ella se habría dado cuenta si no hubiera sido Max.

El agente Grace me miró con algo parecido a lástima escrito en la cara.

—Esme Gray no ha tenido un comportamiento exactamente impecable.

Pensé en aquella última noche en que vi a Max, en cómo se puso a llorar, en la aparición de mi padre, una silueta negra en la puerta, en cómo se llevó a Max a su estudio y cerró la puerta. «Es el burbon el que habla», dijo mi padre antes de cerrarla.

—¿Así que el FBI lleva vigilándome desde entonces, asumiendo que *si* estaba vivo, *si* se ponía en contacto con alguien, ese alguien sería yo? Amor, ¿no?

Él asintió.

—¿Ha tratado de ponerse en contacto con usted, señorita Jones?

—¿Quién? —le pregunté haciéndome la tonta.

—Max Smiley —dijo con impaciencia—, su tío, su padre, quien demonios quiera que sea para usted.

—No —respondí casi gritando.

—Ha recibido usted una llamada de larga distancia hace dos noches, a eso de las tres y media de la madrugada —dijo en tono duro inclinándose hacia mí.

Recordé la llamada; no había vuelto a pensar en ello.

—No había nadie al otro lado de la línea —dije bajando la voz—, quiero decir que quien quiera que llamase no dijo nada. Pensé que era Ace.

Me miró con gesto adusto, como si estuviera tratando de detectar en mis ojos que mentía.

—Si tienen ustedes mi teléfono pinchado debe saber que le digo la verdad.

—No tenemos su teléfono pinchado —me respondió, aunque no estoy segura de si pensaba que yo me lo creía—. He solicitado los listados de sus llamadas esta mañana para tratar de averiguar por qué había ido a Detroit.

—¿Y puede hacer eso? —le pregunté indignada—. No he infringido ninguna ley.

—Si yo creyese que estaba usted ayudando o encubriendo a un hombre buscado por la justicia, podría escuchar sus conversaciones telefónicas y tener a alguien vigilándola las veinticuatro horas.

—Eso es mucho tiempo y dinero para alguien como Max; y mientras tanto, sigo sin entender qué tengo yo que ver con esa pareja desaparecida.

Al igual que la última vez que nos vimos, la barba incipiente había empezado a ensombrecer su mandíbula. Me pregunté si acaso no sería que le gustaba esa imagen, para parecer mayor, seguramente para que le diera cierto aire de rebeldía. No era como los otros agentes del FBI que yo había conocido. Todos los demás habían sido estirados y siempre iban perfectamente afeitados: buenos chicos con expedientes sin mácula; o tal vez ése era su truco. Dylan Grace parecía fuera de la ley.

—De verdad que no lo entiendo —dije al ver que él permanecía en silencio—. Mi nombre aparece en la agenda de una persona desaparecida, ¿no? ¿Así que, en vez de llamarme y hacerme unas preguntas, se organizan con el laboratorio donde llevo las fotos a revelar para robármelas y luego me abordan en plena calle y me llevan a rastras al cuartel general? Yo diría que han reaccionado de manera un tanto desproporcionada; era perfectamente lógico que ella me llamara, soy prácticamente la imagen de Proyecto Rescate. —No dijo nada, simplemente siguió clavándome la mirada—. Bueno, entonces debe de ser que resulta que hay más —continué después de quedarme mirándolo a los ojos unos segundos y pensar unos instantes—: metieron mi nombre en un ordenador de esos que tienen y descubrieron que ya me estaban vigilando. —Él seguía sin decir nada y yo estaba empezando a perder la paciencia—. ¡Está bien! —dije al tiempo que él se ponía de pie e iba hacia la puerta—, pregunte lo que le dé la gana, pero ¿qué es lo que quiere de mí?

Él abrió la puerta.

—Buenas noches, señorita Jones —dijo—. Siento haberla molestado. Ya me pondré en contacto con usted.

—Solamente dígame una cosa —dije levantándome y siguiéndolo hasta el pasillo—: esa llamada del extranjero, ¿desde dónde la hicieron?

—¿Para qué quiere saberlo? —preguntó volviéndose hacia mí.

—Simple curiosidad —contesté—, tal vez era alguien que conozco, ya sabe, alguien inocente.

Se quedó pensando un instante y luego dijo:

—Londres, la llamada se hizo desde Londres. ¿Conoce a alguien allí?

Me encogí de hombros:

—Creo que no.

Cuando se hubo marchado me quedé pensando en qué habría sacado en limpio de nuestra conversación y no se me ocurrió nada. En cambio yo había obtenido bastante información. Durante el resto de la noche me sentí como si le hubiera ganado aquella partida al agente Grace. No me di cuenta hasta mucho después de que había sido al revés, que era él el que había manejado todos los hilos: dale cuerda a la chica y espera a ver en qué dirección echa a andar.

Más o menos una hora más tarde, mientras estaba tumbada en el sofá viendo una reposición en la tele de aquella comedia de unos náufragos en una isla desierta, *La isla de Gilligan*, tratando sin éxito de apartar un rato de mi mente todo lo que había pasado y lo que había descubierto, oí la llave girando en la cerradura y a Jake entrando en el apartamento. Llevaba un abrigo negro de lana, un jersey con cuello de pico gris de cachemira que yo le había regalado y unos vaqueros que me parece que tenía desde hacía diez años. Me vio en el sofá y se acercó. Yo me incorporé y luego fui hacia él y dejé que me abrazara. Me estrechó con fuerza y hundió la cara en mi pelo. Le quité el abrigo y él dejó que cayera al suelo mientras me besaba en los labios. El único sentimiento que albergaba mi corazón era desesperación, una necesidad desesperada de conectar con alguien, de conocer a alguien bien. Dejé que me llevara al dormitorio y me quitara el jersey, y lo observé mientras se quitaba el suyo. Apreté la cara contra su torso sintiendo la firmeza suave de sus abdominales y su pecho.

—¿Estás bien? —me preguntó mientras se echaba sobre mí en la cama cuyo somier rechinó ligeramente al recibir nuestro peso.

Yo podía oír la televisión en la habitación de al lado, veía su reflejo azulado. Sentí el calor de su cuerpo, contemplé cómo se tensaban y relajaban sus músculos con cada movimiento que hacía. Podía oler el aroma de su piel.

—Sí —le susurré tomando su cara entre mis manos.

Notaba el tacto suave de su piel bien afeitada, los huesos de sus pómulos. Todo en aquella cara me resultaba tan bello: cuando miraba sus ojos verdes veía su bondad, su fuerza. Lo quería tanto. Eso no cambiaba ninguna de las razones por las que no podíamos estar juntos, pero me hacía regresar a su cuerpo una y otra vez, hacía que mi piel siguiera buscando la suya en esa danza triste que interpretábamos.

La luz que entraba por la puerta proyectaba nuestras sombras gigantescas en la pared del fondo mientras el resto de las ropas que separaban nuestras pieles iban cayendo al suelo. Dejé que me tomara sin delicadeza, sentía que necesitaba su cuerpo y me inundó la necesidad aún mayor que experimentaba el suyo; reconocí esa misma necesidad en el mío. Dice la canción que el amor no es suficiente (y cuán cierto es), pero en aquel momento, en medio del placer electrizante de hacer el amor con él, al saciar aquella necesidad implacable, casi creí que sí que lo era; y más que suficiente.

—He estado en Detroit —dije; él estaba tumbado en la cama a mi lado, con la mano sobre mi vientre—, y hablé con Nick Smiley.

No dio la impresión de estar sorprendido. Nada de lo que yo pudiera hacer parecía sorprenderlo jamás. Era como si ya se hubiera leído el guión de mi vida y estuviera simplemente esperando a que se desarrollaran los acontecimientos.

—¿Habló contigo? —me preguntó incorporándose sobre un codo al tiempo que fijaba la vista en un punto en la pared detrás de mí.

—Sí.

—Está loco, ¿lo sabías? —dijo Jake al cabo de un rato—. Quiero decir diagnosticado; siempre ha andado entrando y saliendo del psiquiátrico y lleva tomando pastillas de litio casi toda su vida adulta.

Yo no apartaba la vista de su rostro: parecía muy calmado.

—¿Qué quieres decir?

—Que te olvides de todo esto —contestó suspirando y mirándome a los ojos por fin—. Ayer por la noche dijiste que querías pasar página, ¿por qué no lo haces? Yo también lo voy a intentar.

—Pero… el informe del forense… y la desaparición de Myra Lyall… —dije con incredulidad, pensando en todas las meticulosas y obsesivas anotaciones suyas que había en aquella carpeta.

Él negó con la cabeza.

—Ese forense era un incompetente; cometió varios errores graves a lo largo de su carrera. En cuanto a Myra Lyall… no se ha encontrado la menor evidencia de que su desaparición esté ligada a ninguna de las historias en las que estaba trabajando. Su casero tiene fuertes conexiones con la mafia albanesa y va a sacar cuatro veces más de lo que le pagaban ellos por el alquiler de ese apartamento; hoy en día eso ya es motivo suficiente…

No dije nada, simplemente me lo quedé mirando. Había tensión y fatiga en su rostro, una expresión extraña en las comisuras de sus labios, en sus párpados.

—El departamento de policía de Nueva York está buscando al casero —añadió—; han dejado de investigar en torno a las historias sobre las que estaba escribiendo Lyall.

—El FBI se está ocupando del caso —dije sentándome en la cama y cubriéndome con la sábana—, por eso me interrogaron a mí.

—Bueno, el FBI metió las narices cuando la policía de Nueva York descubrió la conexión con Proyecto Rescate y además tal vez tienen sus propias razones para seguir investigando; quizá todavía andan buscando a quién cargarle el muerto, como suele decirse. Pero yo conozco al policía que está trabajando en el caso y él dice que están buscando al casero por todas partes.

—El forense que hizo la autopsia del cuerpo de Max fue asesinado —dije; él no me miró pero apretó la mandíbula—, tuvo un accidente de coche. Le cortaron los cables de los frenos.

Jake soltó una breve carcajada.

—Ésa no es una forma muy efectiva de matar a alguien; además, si hace mucho frío se pueden partir solos limpiamente. —No dije nada; ni siquiera sabía si lo que decía era verdad o no—. Quiero decir que así se deja mucho al azar —continuó Jake en medio del silencio—, no se tiene la certeza de que el accidente será mortal.

Yo me encogí de hombros. Aquello era un giro de ciento ochenta grados, nos habíamos cambiado nuestros papeles habituales sobre el tema de manera tan absoluta que me pilló desprevenida; no supe qué decir.

—Si de verdad quieres ver a alguien muerto, le pegas un tiro —continuó él—. Y si quieres que parezca un accidente lo empujas desde lo alto de un edificio, o a las vías del tren, pero ¿cortar los frenos?: el líquido se va escapando y al final no funcionan, claro, pero no sabes exactamente cuándo será eso. Es un método poco fiable.

—Pareces haber pensado mucho en el tema.

Lanzó otro suspiro y se echó boca arriba con las manos detrás de la cabeza.

—¿Y esos artículos del *Times* de Londres y la web de la BBC —dije—, qué tiene eso que ver con Max?

—Nada —respondió él—; no sé. Simplemente estaba buscando información en Internet sobre niños desaparecidos, alguna pista, potenciales conexiones con Proyecto Rescate. Sólo estaba lanzando el anzuelo a ver qué pescaba, Ridley, viendo a ver si lo que sabemos era un pequeña pieza de un gran rompecabezas.

—¿Y?

—¿Y sabes qué? No lo es. ¿Y sabes qué más? Pensar en esos artículos me ha dado cierta perspectiva: a mí me pasaron cosas horribles, cierto, pero ni la mitad de malas de las que han sufrido esos niños de los artículos. Yo todavía estoy aquí. Nosotros todavía estamos aquí.

Yo sacudí la cabeza; no podía creer lo que oía.

—La otra noche estabas muy enfadada —continuó él mirando al techo—. Después de que te marcharas me di cuenta por primera vez de cuánto daño te he estado haciendo, de que te he mantenido atrapada en todo esto y, en vez de buscar razones para seguir hurgando, traté de encontrar razones para no hacerlo y esto es lo que se me ocurrió: Max está muerto —tú estás segura de eso—; nadie va a pagar por Proyecto Rescate, es injusto, no debería ser así, pero no me corresponde a mí hacer justicia y si sigo como hasta ahora voy a acabar arruinando lo que me queda de vida. —Se volvió para mirarme—. Y voy a perderte, si no te he perdido ya.

Sonaba tan bien; era exactamente lo que llevaba tanto tiempo deseando que me dijera, que estuve tentada de aceptarlo y creerme que saldríamos adelante después de todo.

Si estaba intentando protegerme de algo que había descubierto o si intentaba encontrar la forma de apartarme de todo aquello de una vez por todas, o si su intención era tratar de recomponer nuestra relación, la verdad es que no lo sabía, pero tenía la más absoluta certeza de que me estaba mintiendo. Y también estaba convencida de que jamás descansaría hasta que no se hiciera lo que él consideraba justicia, de que no pararía hasta conseguirlo o morir en el intento. No estaba muy segura de si le importaba cuál de las dos cosas sería.

—¿Lo he hecho? —dijo—. ¿Te he perdido?

Lo abracé y dejé que me estrechara con fuerza.

—No lo sé, Jake, de verdad que no lo sé.

Yo también mentía. Dos mentirosos enamorados.

Cuando me desperté a la mañana siguiente, Jake ya se había marchado. Había dejado una nota sobre la almohada: «He tenido que irme. Te quiero mucho, Ridley. Hablamos más tarde». Algo en aquella nota, en aquellas letras sobre el papel que había cogido de mi mesa, me dejó helada.

Cuando entré en la cocina comprobé que —tal y como esperaba— la carpeta había desaparecido.

7

Seguramente se habrán dado cuenta de que no tengo amigos. No siempre fue así: tenía muchos amigos en el instituto, en la universidad conocía a mucha gente, me llevaba bien con mis compañeros de piso, tuve novios. También tenía unas cuantas amigas de ésas con las que te puedes pasar hablando toda la noche, comiendo yogur helado y leyéndonos la una a la otra las cartas del tarot. Pero no estoy segura de que yo jamás me sincerara como lo hacían ellas: a mí la cuestión de los chicos no me angustiaba demasiado; francamente, creo que fueron más las ocasiones en que yo le rompí el corazón a alguien y no al revés; en cuanto a mi familia, no había problemas excepto por Ace, y ése era mi secreto mejor guardado. Tal vez era demasiado reservada, quizá no di tanto de mí misma como habría podido. Tal vez ésa es la razón por la que todas esas relaciones se acabaron enfriando con el paso de los años.

Sí que mantuve el contacto con unas cuantas amistades de la universidad cuando todos abandonamos nuestra vida bohemia de estudiantes para pasar a engrosar las filas de la fuerza de trabajo. Estaba Julia, una diseñadora gráfica muy aficionada a las artes marciales que no tenía pelos en la lengua; y Will, mi amigo y en ocasiones amante que tocaba la guitarra; y Amy, una chica llena de energía y con una personalidad alegre que acabó dedicándose al mundo editorial. Pero, una por una, todas esas relaciones empezaron a enfriarse: Julia y yo parecíamos estar inmersas en una competición mutua que ninguna de las dos conseguía ganar nunca; Will siempre quería más de lo que yo quería darle; y Amy se distanció cuando empezó a salir con un italiano dominante y, simplemente, dejó de aparecer.

También había otras razones por las que yo no parecía capaz de mantener las amistades: por supuesto, Ace siempre me ha quitado mucho tiempo y energía; además, siempre he estado sorprendentemente unida a mi padre, lo que hacía que no necesitara ningún otro confidente; y luego vinieron mis años con Zack, que no era excesivamente sociable: nos quedábamos mucho en casa; después se desató todo el asunto de Proyecto Rescate, y apareció Jake. No me malinterpreten, tengo muchos conocidos, colegas; me invitan a muchas fiestas (de trabajo), pero en cuanto a verdaderos amigos, amigos del alma, supongo que no tengo ni uno aparte de Jake y mi padre, y por supuesto esas dos relaciones estaban sometidas a mucha presión en aquellos momentos.

Pero tal vez no sea nada de eso, ninguna de esas relaciones externas, quizá sea yo, la escritora en mí que siempre quiere mantenerse al margen y observar: lo suficientemente dentro como para no sentir que estoy completamente sola, y lo suficientemente fuera como para poder realmente ver. Puede que la gente lo intuya, que se den cuenta de manera inconsciente de la distancia que mantengo. Por la razón que sea, últimamente paso mucho tiempo sola.

Estaba pensando en eso porque me preguntaba por qué hice lo que hice después; yo diría que porque no tenía ningún otro sitio adonde ir, nadie más con quien hablar de todo aquello, ninguna persona que me aconsejara que no lo hiciera.

Hacía frío mientras esperaba sentada en el porche balanceándome adelante y atrás sentada en el columpio de madera que colgaba del techo, observando a unos niños jugando al balón en la calle. Tenían todos la cara roja y gritaban presas de la excitación; la mayoría eran chicos, pero había un par de niñas también. La verdad es que jugaban bastante a lo bruto: se empujaban, hubo un par de caídas sobre el cemento y alguna que otra lágrima, pero nada serio. Me acordé de cuando yo jugaba en la calle de niña, de cómo había algo en esa mezcla de excitación y ejercicio físico, una especie de carga eléctrica que ya no vuelves a sentir de adulto. Ahora cualquier cosa que sea tan placentera viene siempre con equipaje.

Podía ver el vaho saliendo de mi boca y tenía los pies helados. Había estado esperando un par de horas y estaba dispuesta a esperar más si hacía falta. Cuando ya estaba empezando a ponerse el sol, la vi bajarse del autobús en la esquina y caminar hacia mí. Estaba muy delgada y parecía caminar encorvada, envuelta en su abrigo azul de lana con sombrero del mismo color —también de lana— a juego. Llevaba unas bolsas de la compra y mantuvo la mirada fija en la acera a medida que se acercaba a la casa. Al llegar a la cancela de la valla se detuvo y me miró. Sacudió la cabeza.

—No puedo hablar contigo —dijo—, ya lo sabes.

—La investigación está cerrada. Puedes hablar conmigo si quieres.

Dejó las bolsas en el suelo, abrió el pestillo de la cancela y caminó por el sendero que llevaba hasta la casa. Yo no me levanté para ayudarla. Ya no teníamos esa clase de relación.

—Está bien —dijo—, en ese caso, no quiero. No tengo nada que decirte, jovencita.

Parecía pálida, demacrada. Las bolsas negras bajo sus ojos me decían que no dormía demasiado bien y eso me hizo sentir una especie de sensación de victoria, fría y oscura, en mi interior. No me levanté cuando abrió la puerta y metió las bolsas dentro de la casa. Cerró la puerta y la oí echar la llave. Yo fui hasta la ventana y la observé desde fuera a través del cristal.

—Sé que está vivo —le dije alzando la voz.

La verdad es que no lo sabía, de hecho estaba convencida de que estaba muerto, pero quería ver cómo reaccionaba ella.

Acercó la cara al cristal; yo me esperaba ver terror en su rostro, pero lo que vi fue una combinación de ira y lástima.

—¿Has perdido la cabeza? —me dijo.

—Fuiste tú la que identificó el cuerpo aquella noche —respondí—. ¿Por qué no lo hizo mi padre?

—Porque no podía soportarlo, Ridley, ¿qué te creías? No podía soportar ver la cara de su mejor amigo destrozada por los cristales, irreconocible; verlo allí muerto tendido en una camilla. Así que me llamó, fui y le ahorré el mal trago.

—¿Y por qué tú? ¿Por qué no mi madre?

—¿Y cómo demonios quieres que lo sepa? —me espetó con una mirada salvaje.

—¿Estabas segura de que era él? ¿O también mentiste sobre eso?

Ella cerró los ojos y negó con la cabeza.

—Deberías buscar ayuda psicológica de un profesional —replicó en tono desagradable.

No le respondí nada; busqué en ella a la persona que siempre había querido, pero ésta se había ido de manera más definitiva que si hubiera muerto.

—¿De qué tienes miedo, Esme? —le pregunté por fin sorprendida de oír que la tristeza teñía mi voz.

Se puso muy pálida, creo que de rabia más que otra cosa; y de odio: me odiaba y yo podía verlo, podía sentir las oleadas de odio brotando de su interior.

—Te tengo miedo a ti, Ridley —dijo por fin—. Ya nos has destruido a todos y todavía insistes en volver a la carga con la espada en alto. Deberías avergonzarte de lo que has hecho.

Yo hice que se empañara el cristal que nos separaba al soltar una carcajada que sonó estridente y desagradable incluso en mis propios oídos. Sabía que ella creía que todo lo que había pasado era culpa mía; y que mis padres también lo creían. Era increíble que al final todo aquello se hubiera convertido en lo que *yo* les había hecho a *ellos*. Era una muestra asombrosa de narcisismo por su parte, pero supongo que ese mismo narcisismo era el que los había llevado a hacer lo que hicieron a todos aquellos niños; a mí. Tenían que haber estado completamente convencidos de que hacían lo correcto. A veces me ponía mala de pensarlo y por eso trataba de no hacerlo. Creo que ésa era la razón fundamental por la que Jake no creía en la inocencia de mi padre, por la que no era capaz de perdonar.

En otro tiempo me hubiera hecho daño saber que Esme me odiaba. Ahora sólo me ponía furiosa.

—Y la seguiré empuñando hasta encontrar todas las respuestas —le dije con una sonrisa.

—Si lo haces acabarás como esa periodista del *New York Times* —contestó pronunciando las palabras con tal veneno que retrocedí un paso, sintiendo como si estallaran mil cohetes en mi pecho.

—¿Cómo? —le pregunté—. ¿De qué estás hablando? ¿Te refieres a Myra Lyall?

Me clavó una mirada torva y juro que vi que sus labios se curvaban para esbozar una sonrisa malévola, y entonces me cerró la cortina en las narices y oí sus pasos alejándose por el pasillo. Pude ver su silueta desapareciendo por una puerta iluminada a través de la fina tela de la cortina. La llamé unas cuantas veces al tiempo que aporreaba la puerta pero no me contestó. Me di cuenta de que los niños habían dejado de jugar: algunos me estaban mirando y otros se habían marchado.

Al final me rendí y volví a la estación con la cabeza dándome vueltas. Estaba tan confundida después de lo que me había dicho que ni siquiera se me ocurría qué debía preguntarme a mí misma; simplemente sentía el terror atenazándome las entrañas, una sensación extraña de que mi vida estaba al borde del precipicio… otra vez. Todo y todos los que me rodeaban me parecían estar llenos de maldad; el cielo se había vuelto gris y amenazaba con nevar.

Sólo había una parada de tren entre la casa de Esme y la de mis padres, así que me dirigí hacia allí. Sabía que no estaban: se habían marchado hacía una semana a hacer un crucero por el Mediterráneo. A mi padre prácticamente lo habían obligado a jubilarse anticipadamente, así que ahora «por fin tenían tiempo para los viajes que siempre habían querido hacer» como solía decir mi madre con una ligereza fingida. Yo me alegraba por ellos (en realidad no), pero también me irritaba: yo estaba destrozada, y, mientras, ellos parecían seguir con sus vidas alegremente. Me dolía que pudieran pasar página y en cambio yo fuera incapaz de hacerlo. Sé que es infantil.

Salí de la estación y atravesé el precioso centro del pueblo, tan cuidado e impoluto como una postal, con sus edificios de madera, sus restaurantes y tiendas, el ultramarinos que también era heladería y las farolas de gas originales aún en perfecto estado y en funcionamiento. Seguí por la calle colina arriba pasando por delante de las hermosas casas victorianas rodeadas por un césped impecable. Allí cada estación del año tenía su propio carácter y siempre estaba todo precioso, pero, ese día, con la mayoría de los árboles desprovistos de sus hojas otoñales y a aquella hora en que todavía no estaba lo suficientemente oscuro como para que encendieran las luces de las calles, aunque ya había oscurecido lo suficiente para que todo tuviera un aspecto tenebroso, ya no me parecía tan bonito. Últimamente no me gustaba mucho venir a casa; y ese día menos.

Entré por la puerta principal y fui directa al estudio de mi padre. Me detuve a la entrada, con la mano en el pomo. Cuando Ace y yo éramos niños, teníamos estrictamente prohibido entrar en esa habitación si no había un adulto presente, así que, naturalmente, siempre me había fascinado: siempre estaba intentando todo tipo de artimañas para que me invitaran a pasar, como si poder estar allí dentro con mi padre fuese a marcar mi entrada en el mundo de los mayores. Pero esa invitación nunca llegó.

Yo no quería colarme dentro como hacía Ace, y tampoco veía que hacerlo tuviera el menor sentido. Pero Ace siempre quería ir donde no debía y, de hecho, estaba escondido detrás de la mesa de mi padre la noche que oyó a Max y Ben hablar de Proyecto Rescate y la noche que Max me trajo a casa de Ben y Grace. Pero eso yo no lo supe durante mucho tiempo.

Cuando me hice mayor, empecé a ver aquella habitación como el santuario de mi padre, el lugar donde podía estar solo, alejado de las necesidades de sus hijos, de las críticas de su mujer; el lugar donde podía fumarse un puro por la ventana y tomarse un burbon en paz. Ahora sólo me parecía un símbolo de todos los secretos que me había ocultado, todas las mentiras que me habían contado.

Al entrar me dio la impresión de que la casa entera estaba aguantando la respiración. La habitación parecía abarrotada y llena de polvo: era el único sitio que escapaba al estricto régimen de limpieza de mi madre. Había un ligero olor añejo a humo de puro; el sofá y el diván y sillón a juego conservaban la misma tapicería verde botella que yo recordaba desde la infancia; la mesita de café de pesada madera oscura estaba repleta de libros y revistas; en la chimenea, lista para encender, había leña fresca y algunos papeles para que prendiera.

Mi padre solía sentarse frente al fuego con la mirada perdida y sus ojos adoptaban una expresión rara y distante mientras contemplaba las llamas. De niña siempre me había preguntado en qué pensaba cuando estaba allí solo. Ahora lo que me preguntaba era si pensaba en la noche en que Max me trajo a esa casa para pedirles que me criaran como si fuera hija suya; en los otros niños de Proyecto Rescate y lo que habría sido de ellos; en la noche en que murió la madre de Max: ¿sabía mi padre lo que Nick Smiley creía que había ocurrido aquella noche?, ¿le preocupaba que Max tuviera una cara oculta? Y, si lo sabía, ¿por qué habían permanecido tan unidos?

El cariño que yo hubiera podido tenerle a aquella habitación había desaparecido. Ahora lo único que quería era registrarla hasta el último rincón, abrir todos los cajones, tirar los libros al suelo para mirar en el fondo de las estanterías; quería encontrar lo que aquella habitación escondía, la odiaba por todos los secretos que había guardado, incluido el de los últimos momentos de vida de Max: ¿qué se habían dicho él y mi padre esa noche tras esa puerta cerrada?

Ustedes seguramente están pensando que estaba, como de costumbre, negando la realidad respecto a Max. Deben de estar pensando en las fotos, las inconsistencias del informe forense, el extraño comportamiento de Esme y sus amenazas. Lo más probable es que ya estén convencidos de que Max estaba vivo, pero la realidad es que Max, mi Max, estaba muerto y no habría ninguna resurrección: el hombre al que yo adoraba se había ido para siempre.

Si resultaba que, en virtud de alguna maniobra abominable, de una terrible jugarreta del destino, Max Smiley aún vivía, ese hombre sería un extraño —o algo peor— para mí. El hombre al que yo creía conocer era una fantasía, un arquetipo: el tío adorado. El verdadero hombre seguía siendo un misterio, un misterio aterrador que yo no estaba segura de querer resolver. Pero si seguía con vida, yo iba a encontrarlo y a mirarlo a los ojos; le pediría explicaciones sobre lo que había pasado la noche que me raptaron y asesinaron a mi madre biológica; exigiría que me contara qué le había pasado a Jake; lo obligaría a dar la cara por Proyecto Rescate, a responsabilizarse de cada ápice de sufrimiento y furia que había causado. La misión sonaba bastante imponente, ¿no creen? No se imaginan hasta qué punto.

Me senté frente al ordenador de mi padre y lo encendí; era un trasto antediluviano, así que tardó un rato. Mientras esperaba miré por los cajones y encontré bolígrafos, gomas y clips, un montón de archivadores con fascinantes pruebas en la forma de facturas del agua, el teléfono y la luz, la escritura de propiedad de una parcela que tenían mis padres en Nuevo México y en la que nunca habían construido, su certificado de matrimonio y otros documentos similares. Por fin se encendió la pantalla y me pidió una contraseña. No me lo tuve que pensar mucho: puse «niñita», así era como él me llamaba siempre. Se oyeron unas cuantas notas electrónicas que me felicitaban por mis increíbles poderes de deducción.

—¿Qué estás buscando? —me pregunté a mí misma en voz alta.

Mi padre acababa de pasar por una investigación federal: las autoridades habrían encontrado cualquier prueba incriminatoria que pudiese haber habido en su ordenador o él la habría borrado antes. Probablemente. Empecé a curiosear descaradamente todos sus archivos de Word organizados en carpetas con títulos tan sugerentes como Gastos Casa, Discursos y Correspondencia. Mi padre no era ningún as de la informática, así que tampoco había tantos documentos. En unos escasos veinte minutos había revisado todo sin encontrar nada que no fuera perfectamente inocuo: una carta dirigida a un pintor que había cobrado por adelantado y no había acabado de pintar la cocina, un discurso sobre los indicios que pueden ayudar a los médicos a detectar el abuso a menores (dudaba de que hubiera recibido muchas ofertas para pronunciar ese discurso últimamente), una lista de tareas de la casa.

Luego eché un vistazo a sus correos electrónicos: en la bandeja de entrada de Outlook apareció el típico montón de correo basura entre el que la cura para las disfunciones eréctiles, las «chicas desnudas y juguetonas», y un premio de la «lotería internacional» competían por mi atención. Miré los correos enviados en la bandeja de salida, los últimos mensajes recibidos y la papelera de reciclaje. Todo estaba vacío; no había un solo mensaje guardado. Me pareció extraño. Pensé en mi propia bandeja de entrada: yo acababa guardando casi todo lo que enviaba y todo lo que recibía, convenientemente clasificado por persona y asunto, así que me parecía raro que él no guardara nada puesto que era mucho más urraca que yo; igual esa investigación federal lo había vuelto muy suspicaz.

Empecé a sentir que perdía el tiempo y entonces me acordé de algo que me había enseñado a hacer Jake: el ordenador recuerda las últimas páginas web visitadas; las webs le envían al ordenador un mensajito que se llama *cookie*; el ordenador lo guarda para identificarse la próxima vez que se entre en esa página, y también hay un registro de las últimas páginas visitadas durante la última semana o los últimos días, dependiendo de la configuración.

Miré los *cookies*: había un montón de páginas tipo amazon.com, Home Depot, algunas webs de noticias y de asesoría para pequeños inversores... nada interesante o raro. También me metí en el registro de páginas web visitadas y tampoco me llamó la atención nada al principio, pero entonces me topé con una página que me pareció rara: la dirección no era más que un montón aparentemente aleatorio de números, letras y símbolos; vi que mi padre había visitado esa página diez veces en la última semana y media. El registro estaba configurado para que borrase la información cada dos semanas, así que era imposible saber qué había pasado antes, pero me pareció razonable suponer que visitaba esa web casi a diario.

Hice un cortar y pegar en el buscador del navegador y esperé a ver qué salía. Al final apareció una página vacía de color rojo tan resplandeciente que hacía daño a los ojos. Esperé a ver si empezaba algún tipo de introducción o si me pedía una contraseña para entrar. Nada. Sólo ese resplandor rojo en la pantalla sin imágenes ni texto. Había algo que me inquietaba: el rojo es el color del peligro.

Arrastré el cursor por la página haciendo doble clic en varios sitios pero no pasó nada. Al cabo de unos minutos mirando aquella pantalla roja empecé a notar que la frustración se apoderaba de mí. Sabía que tenía delante algo importante pero no conseguía averiguar lo que significaba. Mi impaciencia acabó por convertirse en una ira infantil y tuve que contener un abrumador deseo repentino de darle un puñetazo al monitor. Me agarré al borde del escritorio hasta que se me pasó la pataleta interior. Respiré hondo —ni me había dado cuenta de que había estado conteniendo el aliento—, apunté la dirección de la misteriosa web en un trozo de papel que me metí en el bolsillo, luego borré todos los correos basura que habían estado entrando mientras estaba allí y apagué el ordenador. (Sentí deseos de ir a la cocina a por limpiacristales y borrar mis huellas del escritorio, el teclado y cualquier otro sitio que pudiese haber tocado, pero eran tonterías mías.)

Di una vuelta rápida por la casa recorriendo las habitaciones desiertas llenas de recuerdos de la infancia: el cuarto de estar que usábamos para ver la tele o jugar seguía más o menos igual, aunque mis padres habían cambiado los muebles hacía poco y sustituido el viejo televisor por uno nuevo mucho más grande. El dormitorio de mis padres en la planta baja daba al jardín de mi madre; en primavera ella dejaba las puertas de cristalera abiertas para que la habitación se llenara con el aroma de las rosas. Me acuerdo de observarla sentada frente al tocador mientras se arreglaba el pelo y se maquillaba, y de pensar que era la mujer más bella del mundo. La habitación estaba decorada en un estilo a medio camino entre victoriano y algo salido de las páginas de *Hogar y Moda*, con sus gruesas telas de brocado floreadas, su característico orden y los montones de libros perfectamente apilados sobre las dos mesitas de noche. Subí al piso de arriba y me senté en mi antigua cama un momento para contemplar mis diplomas enmarcados sobre la pared, los trofeos que había ganado con el equipo de debate y mi primer artículo publicado en el periódico del colegio. La cama todavía estaba hecha con mis antiguas sábanas de Laura Ashley. Aquel lugar que en otro tiempo me había parecido de los más felices y seguros del mundo ahora me resultaba frío y oscuro; la calefacción estaba baja, así que me envolví bien en la chaqueta. Notaba los tentáculos de la desesperación enroscándose en mi pecho y traté de apartarlos de un manotazo mientras salía de la habitación y bajaba apresuradamente las escaleras. Me marché de casa de mis padres después de haber cerrado convenientemente con llave y me dirigí de vuelta al centro.

Tengo una facilidad tremenda para poner mis emociones en compartimentos estancos. Hay gente que lo llama negación de la realidad, pero yo creo que es una habilidad ser capaz de apartar de tu mente cosas desagradables durante un rato con el objetivo de poder concentrarte en otra cosa. Durante unas cuantas horas no pensé en el agente Grace ni en Myra Lyall ni en mi absolutamente devastador encuentro con Esme Gray. No pensé en Max ni en si esas cenizas que yo había esparcido desde el puente de Brooklyn eran realmente las suyas. Me limité a escribir sobre Elena Jansen, revisé con cuidado el artículo resultante y se lo envié por correo electrónico a mi editor de *O Magazine*. Ya lo tenía prácticamente escrito en la cabeza de antemano, sólo era cuestión de ponerlo sobre el papel. Para mí escribir es sólo algo así como un diez por ciento del proceso, el otro noventa consiste en pensar qué escribir, y mucho de eso lo hago inconscientemente. Supongo que ocurre lo mismo con cualquier cosa que hacemos.

Me sentí mejor después de escribir el artículo. La tragedia de Elena Jansen hacía que el pequeño drama que era mi vida en esos momentos me pareciera tonto e insignificante... durante uno o dos segundos por lo menos. Quizá por eso escribía ese tipo de artículos, porque me fascinaban los supervivientes: me recordaban que mi propia historia no era tan terrible, que otra gente había sobrevivido a cosas mucho peores; me hacían sentir que algún día encontraría la manera de volver a una vida normal y feliz. ¿Es eso egoísmo?

No obstante, una vez que hube enviado el artículo, todos esos otros pensamientos volvieron a mi mente. Me saqué del bolsillo el trozo de papel donde tenía anotada la extraña dirección de la misteriosa página web y la tecleé en el navegador: la misma página vacía en rojo; me la quedé mirando traspuesta durante un instante. Arrastré el cursor por toda la página haciendo clic en cualquier parte tal y como había hecho en casa de mis padres. Nada. Me estaba empezando a volver un poco loca todo aquello: sabía que allí había algo porque si la web no funcionara saldría una página de error. Mi padre había estado entrando en aquella web cada día. Tenía que haber un modo.

Entonces sonó el teléfono.

—Hola —dijo Jake cuando descolgué—, ¿qué haces?

—Estoy con un artículo que tengo que entregar mañana.

—¿Quieres que me pase por ahí?

—Esta noche no, la verdad es que estoy agotada y no quiero que se me pase este plazo.

—¿Todo bien? —me preguntó después de una pausa.

—Sí —mentí—, todo bien.

—¿Qué tal lo llevas, lo de Max y todo eso?

—Pues, para serte sincera —dije—, no he pensado en ello en todo el día.

El largo silencio al otro lado del teléfono indicaba claramente que no me creía.

—Bueno —dijo por fin—. ¿Hablamos mañana?

—Sin falta.

—De acuerdo, buenas noches entonces, Ridley.

—Buenas noches, Jake.

8

Después de haber dormido mal toda la noche me levanté para hacer unas cuantas llamadas. No podía quitarme de la cabeza las palabras de Esme, y las cosas que el agente Grace me había dicho sobre Myra y Allen Lyall. Había visto un póster con su foto cuando volvía a casa la noche anterior. En las noticias de la mañana habían dado la información de última hora sobre ellos, que básicamente consistía en la imagen de un detective de policía cabizbajo declarando que no habían surgido nuevas pistas y solicitando a cualquier persona que hubiera visto algo que lo comunicase inmediatamente a las autoridades.

Ahora sentía una conexión con Myra Lyall; empecé a desear haberle devuelto las llamadas cuando tuve oportunidad. Y además había algo más: me preguntaba si ella habría averiguado algo —sobre Proyecto Rescate o sobre Max— que había hecho que la mataran. Me picaba terriblemente la curiosidad y, por supuesto, tenía que rascarme.

Conocía a un par de personas que trabajan en el *Times:* una redactora de la sección «Arte y Ocio» llamada Jenna Rich y un periodista deportivo con el que salí brevemente, un tipo llamado Dennis Leach, (*leach* pronunciado como *leech*, «sanguijuela»... Ya lo sé, un nombre de lo más desafortunado). No conseguí hablar con ninguno de los dos, así que les dejé sendos mensajes en el buzón de voz. Intenté entrar en la misteriosa página web unas cuantas veces más con idénticos resultados que la noche anterior y me metí en la ducha. Cuando estaba acabando de vestirme sonó el teléfono.

—¡Ey, soy Jenna! —oí que decía una voz juvenil al otro lado de la línea cuando lo cogí—. ¡Cuánto tiempo! ¿Qué tal?

—¡Hola! Gracias por devolverme la llamada —le dije—. La verdad es que no me puedo quejar, y tú ¿qué tal?

Jenna hablaba por los codos, que era la razón por la que la había llamado: era toda una mujer orquesta del rumor corporativo; me contó que se había casado el año pasado, que la habían ascendido y que estaba esperando su primer hijo. Yo sabía que teníamos la misma edad más o menos y, pese a alegrarme por ella, me hizo sentir un poco rezagada, como si ella estuviese superando los obstáculos con gracia y habilidad mientras que yo andaba todavía pululando por la línea de salida. Mientras ella hablaba, me distraje un minuto preguntándome cómo habría ido aquella conversación si yo me hubiera casado con Zack cuando me lo pidió hacía dos años; si estaría siquiera teniendo aquella conversación. ¿Habría estado yo embarazada? ¿Habría aceptado uno de aquellos puestos en plantilla que me habían ofrecido a lo largo de los años? ¿Habría sido feliz, completamente ajena a mi pasado, casada con un hombre del que sabía que no me enamoraría nunca pero con el que era más o menos compatible? No me entretuve demasiado pensando en todo eso, no tenía mucho sentido. Tomamos nuestras decisiones: seguimos hacia delante o, por el contrario, escondemos la cabeza bajo tierra y nos lamentamos. Las dos alternativas tienen sus atractivos. En ese momento yo estaba «siguiendo hacia delante».

—¿Y tú qué cuentas? —dijo ella por fin después de los consabidos prolegómenos—. No me digas que tienes una idea que proponerme para un artículo.

—No, no exactamente —contesté—, es sólo que me preguntaba qué sabes de Myra Lyall. Tengo varias llamadas suyas de hace unas semanas, supongo que algo relacionado con Proyecto Rescate, y estaba pensando en llamarla, pero antes quería ver si tú la conocías.

Jenna se quedó en silencio durante unos instantes.

—¿No te has enterado?

—¿De qué? —dije con tono de interés y preocupación fingiendo no saber nada.

—¡Dios mío, es horrible! —dijo soltando un suspiro—. Ella y su marido desaparecieron hace un par de semanas. Por lo visto alguien accedió a los servidores del periódico y borró el disco duro de su ordenador y todos sus correos electrónicos. La verdad es que por aquí la gente está bastante asustada. Es simplemente terrible, Ridley.

—Vaya, pero ¡qué me dices! —dije tratando de parecer convenientemente sorprendida—. ¡Qué horror! ¿Y qué ha dicho la policía? ¿Tienen ya una idea de qué ha podido pasar?

—Bueno, se barajan un montón de teorías —dijo ella bajando la voz hasta reducirla a un susurro—. Una tiene que ver con su casero: se dice que Myra y su marido le habían declarado la guerra; vivían en uno de esos apartamentos de renta antigua desde los setenta y el nuevo propietario del edificio que lo acaba de comprar hace poco, quería echarlos para poder sacarle al apartamento un alquiler de los de ahora. Total, que de repente empezaron a tener problemas de ratas y cucarachas en casa, la calefacción no funcionaba nunca... Por lo visto habían decidido empezar a depositar el alquiler en una cuenta bloqueada hasta que no se lo arreglara todo y eso lo enfureció. Cuentan que tiene contactos con la mafia albanesa.

—Pero eso no explica cómo se borró la información del servidor del *Times*... ni por qué.

—No, es verdad —respondió ella en voz baja.

—Entonces... ¿qué más se dice? Me refiero a en qué estaba trabajando ella.

Temí que Jenna se cerrara en banda: podía oír su respiración al otro lado de la línea; era una mujer guapa de facciones pequeñas un tanto serias y unos preciosos ojos verdes, con una piel blanca y sonrosada como de porcelana. Hacía tiempo que no la veía, pero me la imaginaba perfectamente en esos momentos, con el ceño fruncido y dando golpecitos en la mesa con el bolígrafo.

—Por aquí hay mucha gente que cree que descubrió algo por casualidad, pero es sólo un rumor.

—¿Algo relacionado con Proyecto Rescate?

—No lo creo, esa historia la terminó hace más de un mes. Y además la había enfocado desde un ángulo más humano del que solía utilizar en sus artículos de investigación. Hay un redactor nuevo que prácticamente la obligó a hacerlo, ya sabes, poner cara y ojos a los delitos y todo eso. Vamos, que en lo que a periodismo de investigación se refiere, ahí ya no había mucho más hueso que roer.

—Pero entonces… ¿qué?

—Salí con uno de Sistemas hace siglos, Grant Webster. Es el típico informático al que le encanta su trabajo —un poco demasiado para mi gusto—, y esa fue una de las razones por las que rompimos. Y además de su trabajo en el *Times* tiene no sé qué página web sobre la historia de la piratería informática y demás rollos tecnológicos y teorías de la conspiración. Bueno, en cualquier caso, dijo que no era un ataque cualquiera, que una cosa era conseguir entrar y leerle los correos electrónicos a alguien o usar el número de tarjeta de crédito de otra persona, y otra muy distinta conseguir borrar datos del servidor. Dice que podría haber sido alguien de la casa pagado para hacerlo… —No acabó la frase.

—¿O? —le pregunté.

—O una de las agencias federales.

Me di un instante para procesar lo que me decía.

—¿Te refieres al FBI o la CIA?

—Exactamente.

—¿Así que según los rumores Myra se encontró por casualidad con algo que se suponía que no debía saber, seguramente algo relacionado con el FBI o la CIA, y alguien la hizo desaparecer y borró todos sus correos electrónicos?

Jenna no detectó el escepticismo en mi voz.

—Y su disco duro al completo con toda la información sobre las cosas en las que había estado trabajando últimamente, más todo lo de antes, aunque lo de antes está publicado, claro. Y también borraron los mensajes de su buzón de voz —añadió—, lo que, según Grant, es mucho más fácil que borrar los correos electrónicos.

—¡Menuda historia! —exclamé.

—Bueno, ya sabes lo que pasa cuando reúnes a un puñado de periodistas e informáticos y les das unas cervezas... ¡Increíbles las cosas que pueden salir de ahí! —dijo soltando una breve carcajada—. Y, además, estos informáticos son todos unos locos de las teorías conspiratorias.

Siguió un rato más hablando de Grant y de que, cuando salía con él, le daba la impresión de que no paraba de codificar mentalmente, hasta cuando hacían el amor; de cómo la idea que él tenía de pasarlo bien consistía en un monitor plano de diecinueve pulgadas y una caja de Twinkies, los bizcochitos rellenos de chocolate. Mencionó otra vez su página web y yo la apunté —www.peroesquenadiesedacuenta.com— y dejé que siguiera hablando, asegurándome de soltar las necesarias risitas oportunamente y hacer ruidos de asentimiento en el momento preciso, pero sin dar la impresión de tener un interés excesivo en Myra Lyall.

A decir verdad, mi intento de desviar la conversación de vuelta a ese tema fue bastante poco natural, pero ella no pareció darse cuenta.

—¿Alguna otra historia descabellada sobre Myra?

—Humm... supongo que la única otra cosa que he oído es que le llegó un soplo anónimo, alguna pista interesante que se dedicó a seguir durante los días anteriores a su desaparición.

—¿Qué clase de pista?

—No lo sé. Según su asistente le llegó un correo electrónico, ¿o fue una llamada de teléfono? que hizo que saliera a la carrera del despacho. Eso es todo lo que se sabe, creo. Todos sus correos, hasta sus cuadernos...

—Han desaparecido —dije yo acabando la frase por ella.

Nos quedamos en silencio durante un segundo y oí que la llamaban por la otra línea y el repiqueteo entrecortado del teclado de música de fondo.

—¡Eh! ¿Quieres que te tenga al tanto —me preguntó— si oigo algo más?

—Eso sería genial, Jenna, y, además, ¿crees que me podrías dar los datos para ponerme en contacto con Grant? Estoy escribiendo un artículo sobre delitos informáticos y me encantaría hacerle unas preguntas.

Dudó un instante y luego dijo:

—¡Claro! Pero ¡vaya tema tan raro para ti! ¿No?

—Ya, últimamente estoy diversificando más, intentando abrirme a un abanico más amplio de historias, ¿sabes?

Me dio los datos, y antes de colgar dijo:

—¡Oye, no le digas nada de lo que te he contado!, ¿quieres?

—¡Ni una palabra! —le prometí.

Colgamos y yo me quedé pensando en la conversación mientras me ponía una taza de café y me acercaba a la ventana. Luego volví al ordenador y me metí en la web de Grant. Una introducción en flash con grandes letras blancas sobre fondo negro rezaba así: «Pero ¿es que nadie se da cuenta?» Y luego otra pantalla: «El gobierno federal nos está jodiendo a todos». Y una tercera: «¿Y nos limitamos a quedarnos de brazos cruzados viendo Supervivientes en la tele y comiendo pizza sin hacer nada en absoluto? **¡Despierta!**» El siguiente texto lanzaba destellos intermitentes: **«Ha llegado la hora de la revolución»**. Ahí terminaba la introducción en flash y entonces se abría la página principal: había mucho rojo y negro, y estaba diseñada para tener el aspecto de una hoja de periódico. El titular central decía así: ***«¿DÓNDE ESTÁ MYRA LYALL?»***

El artículo hablaba sobre los detalles conocidos de la desaparición de Myra y Allen Lyall, cosas que ya me habían dicho o que ya había leído en los artículos que había en la carpeta de Jake. Y luego seguía:

El departamento de policía de Nueva York y los medios querrían que creyeras que el casero albanés de Lyall es el responsable de su desaparición, que la mafia albanesa los asesinó para quedarse con su apartamento de renta antigua. ¿No es típico de nuestro país? ¿No culpamos siempre de nuestros problemas al Tercer Mundo?

Pero la verdad es que muy poca gente tiene los recursos y la tecnología necesarios para acceder a los servidores del New York Times *y borrar datos. Una cosa es su buzón de voz… eso es para aficionados, no tienes más que hacerte con la contraseña y el resto es pan comido. Pero acceder a su correo electrónico y su base de datos, y no sólo a su ordenador sino también a las copias de seguridad de los servidores… eso es casi imposible. A no ser que seas la CIA o el FBI o alguna otra perversa agencia del gobierno.*

Algunos creemos que Myra descubrió algo que no debía. Lo que se sabe con seguridad es que su último artículo trataba sobre Proyecto Rescate (hablando de las artimañas del gobierno para encubrir cosas… ¿Acaso se sentó a alguien en el banquillo por todo aquello? Y eso que hubo cientos, tal vez miles de niños de origen humilde que fueron raptados de sus casas y VENDIDOS a familias adineradas… ¿Y no hay ni una sola persona en la cárcel por todo aquello? ¿Es que a nadie más le parece que hay mucha mierda en todo este asunto?).

Cuando llegué a ese punto no pude evitar un escalofrío: me preguntaba si aparecería el nombre de mi padre o el de Max, pero no fue así. Era extraño oír a otra persona hablando de Proyecto Rescate de aquel modo. La verdad es que yo nunca lo había visto desde la perspectiva de la conspiración y el encubrimiento, pero supongo que podía verse así.

Sabemos con seguridad que Myra recibió una llamada antes de marcharse el viernes anterior a su desaparición, que se fue con mucha prisa. Su asistente dijo que daba la impresión de estar «excitada y un poco nerviosa». Y ésa fue la última vez que alguien del Times *la vio.*

Si Myra hubiera hecho una copia de sus notas y la hubiera escondido en algún sitio (como SIEMPRE estoy diciendo que se haga, gente, cuando se está trabajando en algún tema delicado), tal vez tendríamos alguna pista más. Animo a cualquiera que sepa algo sobre Myra o que tenga alguna idea o teoría al respecto a que se ponga en contacto conmigo. Quiero ayudar. Y, por el amor de Dios, ten cuidado con quien hablas, lo que dices y cómo lo dices. Para comunicarte con garantías de seguridad llama al siguiente número de teléfono y nos citaremos en algún sitio.

Leí por encima el resto. Había artículos sobre la vacuna de la gripe, el síndrome de la Guerra del Golfo, el uranio empobrecido, el SRAS, los programas de cotilleos de la televisión, y una galería de piratas informáticos de renombre (todos con pseudónimo, por supuesto). Según Grant, prácticamente todo lo que es siquiera remotamente preocupante en el mundo está vinculado con el «imperio del mal», el gobierno federal de Estados Unidos. Escribía con un estilo convincente, persuasivo, y para cuando acabé de echarle un vistazo a su página web, ya estaba empezando a estar de acuerdo con él.

Me levanté de la mesa y me alejé del ordenador para volver junto a la ventana a pensar. Había algo que me inquietaba. Ya, ya lo sé: elige una entre las mil razones, ¿no? Volví a mi mesa de trabajo y me puse a rebuscar entre los papeles que tenía encima de la mesa hasta dar con una libretita rosa donde apunto los mensajes de teléfono. Pasé unas cuantas páginas y encontré la que tenía escrito el nombre de Myra Lyall, su número de teléfono, y la fecha y la hora de sus llamadas. Jenna me había dicho que Myra había cerrado el artículo sobre Proyecto Rescate hacía más de un mes. La última llamada era de hacía poco más de dos semanas y media, de un par de días antes de que ella y su marido desaparecieran según Dylan Grace. Así que, si no me llamaba en relación a su artículo sobre las víctimas de Proyecto Rescate, entonces, ¿para qué?

Aunque hacía mucho que Max había muerto, su apartamento seguía tal y como él lo dejó. Mi padre se negaba a venderlo, por más que los gastos de conservarlo eran prohibitivos. Después de que

Max muriera, los dos solíamos ir allí, igual que otra gente visita una tumba: para recordar, para sentirnos cerca. Después de su muerte, yo solía ir a casa de Max para oler su ropa: me metía en su vestidor, que era gigantesco, más grande que mi dormitorio de niña, con hermosos armarios de madera y encimeras de granito, cajones para calcetines, ropa interior y joyas; más bien parecía la sección de ropa de firma para caballero de unos grandes almacenes, y no el vestidor de nadie. Yo solía pasearme por entre las hileras de gabardinas de mezcla de lana y seda, tocar con las puntas de los dedos las telas, aspirar el aroma que desprendían sus trajes. Allí podía olerlo todavía, no sólo el vago aroma de su colonia que aún impregnaba las chaquetas de los trajes sino algo más. Algo única y exclusivamente característico de Max. Me hacía daño y me consolaba a la vez: el arco iris de corbatas de seda, las cajas de zapatos en el más absoluto orden, el despliegue en perfecta alineación de camisas de colores sutiles —blanco, gris, azul—, todas cien por cien algodón y sin almidonar, si no le salía un sarpullido en el cuello.

«Son sólo cosas —solía decir Zack, mi ex novio y asesino en potencia, cuando yo iba allí—. No significan nada ahora que él está muerto.» Era incapaz de entender por qué yo me quedaba dormida en el sofá de Max, rodeada por el millón de fotografías de la familia que había en su salón y eso me hacía sentir segura y en conexión con otros tiempos pasados más felices, cuando estábamos todos juntos.

Por supuesto eso era antes, cuando sentía su pérdida como un vacío que me traspasaba de lado a lado por dentro y que no me creía capaz de volver a llenar; antes de saber que era mi padre.

Atravesé aquella puerta a media mañana, después de mi conversación con Jenna, y esta vez no con la intención de buscar consuelo en los recuerdos pues ya nada allí me consolaba y la tristeza que sentía por la muerte de Max ya hacía tiempo que se había disipado. En esos momentos, en mi corazón sólo había ira y un sinfín de preguntas sin respuesta. La tristeza era un sentimiento que no me podía permitir: debilitaba las rodillas y hacía flaquear la determinación; y yo tenía la sensación de que llevaba demasiado tiempo sin ser ni siquiera la sombra de mí misma, y eso me estaba ablandando.

Sospechaba que cualquier cosa que hubiera habido en el apartamento de Max y pudiera darme alguna pista de quién era él en realidad —quién había sido—, se habría esfumado hacía tiempo. Había descubierto hacía más de un año que sus abogados se habían llevado todos los archivos y las agendas (que él guardaba como si fueran diarios), y también su ordenador. Los objetos de valor como relojes y joyas, y todos sus efectos personales estaban en poder de mis padres. Simplemente me puse a abrir cajones y armarios, rebuscando entre libros viejos, mirando detrás de los marcos de las fotos.

Pero los cajones y archivadores estaban vacíos. No había cajas fuertes secretas en el suelo ni detrás de los cuadros. Todo estaba igual que cuando él vivía, en perfecto orden... sólo que todo estaba muerto, desprovisto de la energía de una vida que se vive, de documentos vitales y papeles importantes. Todo había desaparecido.

Algo que siempre me había llamado la atención de Max mientras estaba vivo es que era muy maniático: el cajón de los calcetines, con todos los pares meticulosamente doblados, colocados en hileras perfectas y organizados por colores, me hizo pensar en cómo se pasaba la vida enderezando las cosas: los cuadros de las paredes, los cubiertos en la mesa, los objetos sobre su escritorio o en su vestidor. Solía poner a mi madre de los nervios, probablemente porque ella era igual y se diría que se lo tomaba como algún tipo de competición cuando Max venía a casa y reorganizaba la mesa que ella había puesto, moviendo de sitio el centro de flores o poniendo los cubiertos todavía más derechos.

Por supuesto Max siempre había tenido un ejército de gente a su alrededor que lo seguía limpiando a su paso, pero les exigía unos niveles de perfección tales que la rotación de personal siempre fue altísima. Los secretarios personales, doncellas y cocineros iban y venían: todo un desfile constante de desconocidos de modales exquisitos, siempre nerviosos en presencia de Max, siempre reemplazados en cuestión de semanas. ¿Qué decía eso de Max? No lo sabía. Se me pasó por la cabeza la pregunta mientras recorría su apartamento. Tal vez no tenía mayor importancia. Tal vez nada la tenía.

Al cabo de un rato, frustrada y vencida, me senté en la cama de Max, una enorme cama de matrimonio con gruesas sábanas de algodón egipcio y colcha de seda salvaje color chocolate, cubierta de almohadones y cojines con fundas de colores a juego. Me recosté sobre aquella superficie mullida y traté de pensar en qué era lo que estaba haciendo allí, qué estaba buscando y qué me proponía hacer cuando lo encontrara.

Al cabo de un minuto me levanté otra vez y fui hasta la estantería empotrada que estaba en la pared de enfrente: había un gran televisor de pantalla plana, otro millón de fotos (sobre todo de mí), objetos que había coleccionado de sus viajes por el mundo: un elefante de jade, un enorme buda, unas delicadas jirafas altísimas talladas en madera de ébano. Mis ojos fueron a posarse en un objeto familiar, un cenicero horroroso esculpido por unas manos infantiles, un cuenco de barro de esos que se moldean con los dedos en el parvulario. Estaba pintado de un montón de colores: morado, rosa fuerte, verde intenso, naranja, y en el centro yo había escrito «QUIERO A MI TÍO MAX» y había grabado mi firma por detrás. No recordaba haberlo hecho, pero sí que recordaba que Max siempre lo tenía en el escritorio de su estudio. Me pregunté cómo habría ido a parar a la estantería. Levanté el cenicero y lo sostuve en la mano sintiendo que me invadía una profunda tristeza. Justo cuando me disponía a ponerlo otra vez en su sitio vi que lo habían colocado justo encima de una pequeña cerradura. Busqué rápidamente por toda la estantería en busca de algún cajón o alguna pista de qué se abriría si se metía una llave en aquella cerradura, pero no parecía conducir a ninguna parte. Me resistí al imperioso deseo de estrellar aquel trozo de barro contra la pared.

Volví a caminar hasta la cama y me dejé caer en ella.

Fue entonces cuando lo olí: un ligero rastro de colonia de caballero. No un recuerdo sensorial de Max sino un olor real en el aire, o posiblemente entre las sábanas. El corazón me dio un vuelco. Me levanté rápidamente de la cama recorriendo con la mirada la habitación en busca de algo que estuviera fuera de sitio.

De repente me pareció que el pequeño reloj que había sobre la mesita de noche hacía mucho ruido y el tráfico de fuera se había convertido en un murmullo distante.

Los signos de que un lugar está embrujado son sutiles, nada de platos que vuelan por los aires ni paredes que sangran; no se trata de gemidos angustiados en una fría y oscura galería de piedra sino más bien de olores y matices de luz, de familiares formas borrosas en una fotografía, de atisbar fugazmente un rostro en medio de una multitud, y provocan la misma sensación en la boca del estómago, los mismos escalofríos recorriéndote la espalda.

Mientras permanecía allí de pie y seguía el rastro con la barbilla en alto mientras el resto de mi cuerpo se paralizaba, aspiré su aroma. Max. Fuera cual fuera la alquimia que había entre su colonia y su piel, no podía ser nadie más. Igual que mi padre: agua de lluvia y Old Spice; o mi madre: crema Nivea y algo parecido al vinagre… Inconfundible, inolvidable. Escuché con atención en medio del silencio. Un sonido suave y rítmico me llamaba; caminé por la alfombra hasta el baño principal, otro espacio inmenso, vergonzosamente opulento con sus paredes y suelos de granito, sus apliques de cromo pulido, el yacusi y la ducha con hidromasaje. Me detuve al llegar a la puerta y reparé en que la de la ducha y los espejos estaban ligeramente empañados. Me acerqué a la cristalera de la ducha y la abrí: en el gigantesco teléfono de ducha que colgaba del centro había unas gotas diminutas que salían por cada uno de los diminutos orificios y resbalaban hacia el centro formando una gigantesca lágrima que caía cadenciosamente sobre el desagüe que había debajo. Mi mente hizo un recuento rápido del inventario de razones por las que aquella ducha podría haberse usado recientemente. Aquel era un edificio muy vigilado, con portero, y mis padres —las únicas personas que también tenían llave—, estaban fuera del país. Alargué la mano y apreté más el grifo haciendo que cesara el goteo.

Respiraba trabajosamente y la adrenalina me causaba un ligero temblor en mis manos. Yo sabía que una vez al mes hacían la limpieza, pero estaba segura de que ese mes ya la habían hecho y, además, que yo supiera, nunca se habían dejado un grifo medio abierto ni ninguna superficie mojada.

Volví al dormitorio y descolgué el teléfono inalámbrico que había en la mesita de noche para llamar al portero.

—Sí, señorita Jones, dígame —respondió Dutch, el portero de toda la vida a quien había visto en su puesto al subir.

—¿Ha venido alguien al apartamento hoy?

—No durante mi turno, y llevo aquí desde las cinco de la mañana —me contestó. Oí cómo pasaba las páginas—. Tampoco ha habido ninguna visita la pasada noche ni ayer en todo el día, por lo menos no consta en el registro.

—De acuerdo, gracias —respondí.

—¿Algo no va bien?

—No, no, no pasa nada; gracias Dutch —dije al tiempo que apretaba el botón para colgar antes de que me hiciera más preguntas.

Antes de que tuviera tiempo de volver a ponerlo en su sitio, sonó el teléfono.

—¿Sí?

Se oía mucho ruido en la línea.

—¿Sí? —repetí.

Se cortó.

A veces creo que lo que más asusta no son los fantasmas en sí, sino los lugares oscuros en los que podrían habitar. Yo estaba aterrada mientras continuaba mi búsqueda por el apartamento: me acercaba a cada rincón con una especie de recelo, como queriendo darme la vuelta y taparme los ojos como habría hecho si hubiese estado sola en casa por la noche viendo una película de miedo. Viéndolo ahora con perspectiva, creo que lo que ocurría era más bien que estaba buscando para no encontrar nada más que buscando algo en particular: quería cumplir con mi deber para que si se confirmaba lo peor, pudiera por lo menos dejar la culpa fuera de la lista de sentimientos; quería saber que no había cerrado los ojos como había hecho Elena.

Al caer la tarde, el cielo se había vuelto azul oscuro en el exterior, y yo estaba empezando a estar cansada. Aquel aroma había abandonado el apartamento y el baño estaba completamente seco. Hasta estaba empezando a preguntarme si no me lo habría imaginado todo. Encendí algunas lámparas para ahuyentar a las sombras que comenzaban a rondarme y, al hacerlo, algo me llamó la atención.

Con las luces dadas, reparé en algo blanco que sobresalía bajo la mesa de café. Me puse de rodillas y saqué una carterita de cerillas, de ésas con solapa que suelen ser de propaganda; le di la vuelta sosteniéndola en la mano: tenía un símbolo fosforescente impreso a ambos lados que sólo se veía si la mirabas a la luz: tres círculos interconectados inscritos dentro de uno más grande. Me resultaba familiar, pero no sabía decir de dónde. Sentí que se me empezaba a hacer un nudo en la boca del estómago y que unas leves arcadas me llegaban hasta la garganta. Abrí la carterita de cerillas. Había una nota dentro escrita a mano: «Enseña esto en la puerta. Pregunta por Ángel».

En mis sueños nos sentamos juntos y yo le hago preguntas. Él se sienta a mi lado igual que la última noche que lo vi: las lágrimas corren por sus mejillas y me habla, contesta a mis preguntas con ojos suplicantes y las manos sobre mis hombros. Sus labios se mueven pero no puedo oír lo que dice. Él me toca, pero está detrás de alguna barrera invisible y yo no puedo tocarlo ni oír su voz. Intento leerle los labios pero tampoco lo consigo hasta que no dice las palabras «Lo siento, Ridley». Alarga la mano de nuevo para tocarme y yo doy un paso atrás. En esos sueños, la ira y el odio son más intensos que nada que haya podido sentir jamás despierta. Me doy cuenta de que llevo un arma en la mano.

Entonces me despierto sintiéndome desesperada y desvalida. Antes, nunca había creído en los sueños recurrentes, pero cualquier psiquiatra de tres al cuarto diría que son la manera que tiene la mente de resolver problemas que no se han podido solucionar despierto. La verdad es que tampoco hace falta ser una lumbrera para hacer esa deducción. Era una lástima que no pareciera estar funcionando en mi caso.

9

En el buzón tenía una postal de mi padre, enviada desde un puerto en Positano. «¡Lo estamos pasando fenomenal! —decía la caligrafía afilada—. Nos acordamos mucho de ti todo el tiempo.» Pensar en ellos dos recorriendo Europa de acá para allá —haciendo fotos y enviando postales—, francamente, me ponía enferma. Tiré la postal a la basura, me serví un vaso de vino de una botella a medias que había en la encimera de la cocina y me puse a escuchar los mensajes del contestador. Estaba inquieta; me sorprendí a mí misma mirando a mi alrededor con recelo, clavando una mirada escrutadora en el hueco oscuro de la puerta de mi dormitorio.

«¡Hola, soy yo! —Jake—. ¿Podemos vernos esta noche? Ven al estudio a eso de las ocho si te apetece. Podemos ir a Yaffa o algo así.»

Miré el reloj: las seis y media. Tenía hambre y me sentía sola, así que consideré la posibilidad de ir al centro a encontrarme con él.

Biiip.

«Soy yo —una voz de hombre, grave, ronca y depresiva: Ace—. No hemos hablado hace un par de días. Me gustaría verte. He estado pensando en unas cuantas cosas.»

Estupendo. Otra lista de acusaciones que lanzar contra mis padres —y contra mí, eso seguro— alentado por su psiquiatra.

—Ya —dije en voz alta al apartamento vacío—, no sabes lo que me apetece.

De repente se me pasó por la cabeza la terrible idea de que me gustaba más mi hermano cuando era yonqui: igual de depresivo y dado a echar la culpa de todo a los demás, pero por lo menos no tan dado a autoanalizarse.

Biiip.

«¡Hola, soy Dennis! ¡Me ha hecho mucha ilusión volver a oír tu voz! Pégame un toque cuando puedas.» El periodista deportivo del *Times* con el que salí brevemente. Sonaba muy animado. Sabía que normalmente trabajaba hasta tarde, así que decidí probar suerte, fui hasta mi mesa de trabajo, busqué su número y lo llamé. Me obligué a sonar alegre y coqueta cuando contestó, le conté el mismo rollo que a Jenna sobre cómo estaba pensando en devolverle la llamada a Myra Lyall.

—Una historia espeluznante —dijo cuando acabó de contarme prácticamente lo mismo que Jenna.

—¡Qué terrible, Dennis! —respondí; me quedé en silencio un segundo—. ¿Conoces bien a su asistente? También tengo una llamada de ella, ¿cómo se llamaba?

Mentira.

—Sarah Duvall.

—¡Eso!

—Sí, suele venir a tomar algo con nosotros de vez en cuando. Buena chica. Ahora anda un poco a la deriva: nadie sabe si Myra volverá, pero tampoco nadie quiere admitir que no, así que Sarah está un poco en el limbo en estos momentos. Es todo un poco raro.

Se hizo un silencio incómodo. Yo me acordé de una noche que Dennis y yo salimos y él se emborrachó tanto durante la cena en el Union Square Café que casi perdió el conocimiento apoyado contra una pared en un club al que fuimos luego. Tuve que cargar con él —literalmente— mientras íbamos dando tumbos por la calle hasta que lo metí en un taxi mientras él intentaba lamerme el cuello. La verdad es que con aquello se me quitaron las ganas.

—Bueno, entonces... ¿te apetece que quedemos un día de éstos?

—Claro —contesté—, miro cómo lo tengo la semana que viene y te pego un toque.

—Estupendo —dijo él—, espero tu llamada entonces.

Colgamos sabiendo los dos que yo no tenía la menor intención de hacer nada por el estilo.

Notaba una sensación rara en el estómago cuando colgué, como si tuviera un par de ojos clavados en la nuca. Me di la vuelta de repente para enfrentarme a la oscuridad a mi espalda, caminé por el apartamento, pero no vi nada digno de mención, nada que pareciera fuera de sitio. Me pregunté si no serían paranoias mías, pero algo simplemente no iba bien: en el apartamento había una energía rara y estaba deseando salir de allí.

Salí para el centro decidiéndome a ir a pie, así que bajé por Park Avenue South y atajé por Madison Square Park a la altura del edificio Flatiron en dirección a Broadway. Bajé por Broadway y luego giré a la derecha para coger la Octava. Pienso mejor cuando me muevo por la ciudad; los sonidos y el carácter distinto de cada barrio me cargan de energía. Así que mientras el lujo egocéntrico de Park Avenue South se transformaba en el ajetreo de Broadway y éste en la familiar mugre del East Village, pensé en mi visita al apartamento de Max ese mismo día, tratando de atar cabos: la página web de la pantalla roja, la carterita de cerillas, el fantasmagórico aroma de Max y la ducha mojada, la llamada de Myra Lyall y su desaparición, el ataque a los servidores del *Times*, las cosas que me había dicho Jenna. Me entró dolor de cabeza y se me cargaron los hombros: cuanto más pensaba en esas cosas, más confuso se volvía todo en mi cabeza, y más incomprensible y un poco intimidante me parecía todo. Y luego estaba el agente Dylan Grace, sus extrañas y amenazadoras apariciones, sus precipitadas retiradas.

—Pero ¿qué está pasando? —dije en voz alta sin darme cuenta. Me sobresaltaron mis propias palabras pero nadie a mi alrededor pareció darse cuenta. El cielo se había puesto oscuro y el aire se había vuelto más frío y yo no me había abrigado lo suficiente, como de costumbre. Noté que vibraba el móvil en mi bolsillo y lo saqué con una mano helada y entumecida que se me había puesto roja del frío. Era un mensaje de texto anónimo; decía así: «The Cloisters. Mañana. 8 p.m. No te fíes de nadie».

Todavía estaba temblando cuando crucé la puerta del estudio. No me paré a pensar en por qué estaría abierta mientras subía apresuradamente por la estrecha escalera a oscuras y entraba en el espacioso *loft*. Tenía la impresión de que me seguían aunque no había visto a nadie con aspecto sospechoso en la calle. Apenas podía controlar mi respiración y tuve que pararme un minuto. No había luz en el estudio, la única que había encendida era la de la pequeña oficina de Jake que estaba a la izquierda. Busqué a tientas el interruptor y traté de encender las luces, pero no ocurrió nada: era un viejo almacén casi sin ventanas y prácticamente vacío, y la luz fallaba tan a menudo como funcionaba.

—Jake. —Lo llamé cuando recobré el aliento.

No hubo respuesta. Pasé junto a las formas cubiertas de sus esculturas; me resultaban tan familiares como una reunión de amigos —el pensador, la mujer que llora, la pareja haciendo el amor—, pero, esa noche, todas parecían extrañas, enfadadas. Durante un instante me las imaginé cobrando vida bajo las sábanas que las cubrían.

Las dejé atrás rápidamente y avancé hacia la luz que salía de la oficina de Jake. Esperaba encontrármelo encorvado sobre el portátil escuchando música a todo volumen con los cascos puestos, ajeno a mi llegada como de costumbre. Pero la pequeña habitación estaba vacía. Se oía el suave zumbido de su ordenador encendido. Me acerqué a la mesa: encima había una taza de café que se había enfriado, de la pizzería de abajo.

Me senté en la silla, puse los codos sobre la mesa y apoyé la cabeza sobre los antebrazos. Todavía notaba los latidos del corazón a punto de salírseme por la boca, pero, en aquel espacio familiar, comencé a sentirme más segura, más tranquila. Al cabo de unos minutos me incorporé y saqué el móvil del bolsillo para leer otra vez el mensaje de texto. Con el movimiento hice que se desactivara el protector de pantalla del ordenador de Jake y desapareció la lluvia de estrellas sobre fondo negro. Mi mente tardó un segundo en registrar lo que tenía delante, y otro más en creerlo.

Era la misma pantalla roja que había estado mirando fijamente en el ordenador de casa. La misma página web. Sólo que en este caso había una ventanita abierta en el extremo superior derecho: parecía el típico vídeo de transmisión continua mostrando el ajetreo de alguna esquina por la que iban y venían peatones de aspecto muy chic. Me acerqué para ver mejor. El tráfico me sirvió para identificar la ciudad inmediatamente: los voluminosos taxis negros y los autobuses rojos de dos pisos no dejaban lugar a dudas: era Londres. Los edificios de poca altura en tonos marrones, los escaparates de las tiendas y los cafés me recordaron al Soho, o seguramente Covent Garden.

Observé las imágenes durante un rato: era de noche, la calle estaba iluminaba por las farolas de luz anaranjada y la gente llevaba ropa de abrigo y caminaba a buen paso. Si era una transmisión en tiempo real, debía de ser más de medianoche. Los transeúntes parecían jóvenes y daba la impresión de que la mayoría iban en grupos, tal vez de vuelta a casa después de haber estado en el *pub* tomándose una copa tras salir del teatro. Pegué la nariz a la pantalla buscando no sé muy bien qué; creo que en cierto modo esperaba ver la silueta envuelta entre las sombras que aparecía en las fotos y había desencadenado todo aquello, pero no había nada que ver, sólo animados grupos de jóvenes que se apresuraban de acá para allá en medio de una noche fría.

Después de un rato me eché hacia atrás y me froté los ojos, que me estaban empezando a escocer y casi me lloraban.

—¿Qué es lo que estoy mirando? —me pregunté en voz alta—. ¿Por qué se habrá metido Jake en esta página?

Se oyó un ruido suave que venía del espacioso *loft* como respuesta. Entonces me di cuenta de que la puerta de abajo estaba abierta. En todo el tiempo que llevaba viniendo a aquel sitio, sólo me la había encontrado abierta una vez. Sentí que se me secaba la garganta mientras me levantaba lentamente y caminaba hacia la puerta que separaba la pequeña oficina del *loft*. Me di cuenta de que la única ventana que había, un ventanuco alto y estrecho, estaba abierta también. Se había levantado viento y la brisa que se colaba por la ventana movía las sábanas blancas que cubrían las esculturas de Jake. Tardé un segundo en identificar —con gran alivio— que el sonido que había oído era el del viento, que hacía que aquellas formas cubiertas parecieran un ejército de espíritus con los pies enterrados en el suelo pero deseosos de levantar el vuelo.

Recorrí la habitación con la mirada y reparé en algo más: una mancha negra arriñonada que había en el suelo junto a los focos de pie que Jake solía encender cuando trabajaba. Al lado de la mancha estaba el martillo que usaba para doblar y dar forma al metal. Me acerqué despacio, recelosa de las sombras de las sábanas a mi espalda y con un fuerte zumbido en el oído derecho (mi sirena de alarma). Alargué la mano hacia el delgado pie metálico de uno de los focos buscando el interruptor y lo encontré; a diferencia de las luces del techo, ésta sí se encendió. El blanco resplandor del foco me hizo parpadear y mis ojos tardaron unos instantes en acostumbrarse a la claridad.

Cuando lo hicieron, pude ver que, por supuesto, la mancha no era negra sino roja, y demasiado grande para augurar nada bueno. Di un paso atrás. La habitación zozobró de manera desagradable.

Entonces oí un estruendo, un fuerte ruido distante y persistente. Pensé que igual sólo estaba en mi cabeza, pero al final lo reconocí: el sonido de pasos en la escalera. Yo estaba como en estado de choque, totalmente perdida y sin poder apartar de mi mente las imágenes de la escena que podría haber dado lugar a aquella mancha en el suelo, preguntándome de quién era aquella sangre y rezando para que no fuera de Jake. Me di la vuelta y vi a un hombre que entraba apresuradamente con un arma en la mano. Mi instinto me decía que echara a correr, pero el *loft* no tenía más que una salida.

Y cuando oí mi nombre, «Ridley», reconocí la voz.

Al acercarse a la luz, su rostro pareció suavizarse y adquirir una expresión más amable de lo que yo recordaba, ni arrogante ni cargada de secreta sabiduría. El agente Dylan Grace.

—Ridley —dijo poniéndome las manos en los hombros—. ¿Está bien? —Sus ojos se posaron en la mancha del suelo—. ¿Le han hecho daño?

—No, no —le contesté.

—¿Qué ha pasado? ¿Por qué está aquí? —me preguntó.

Yo quería apartarme de aquella mirada intensa y comencé a forcejear ligeramente para soltarme, pero él siguió agarrándome con fuerza por los hombros obligándome a mirarlo a los ojos.

—Escúcheme —dijo—, Esme Gray está muerta. Hay testigos que dicen haber visto a Jake Jacobsen en las inmediaciones de su casa aproximadamente a la hora del crimen. ¿Dónde está?

Yo negué con la cabeza.

—No lo sé. Hay sangre en el suelo.

Sentí que me faltaba el aire. Esme estaba muerta.

Había una cantidad horrible de sangre en el suelo. ¿Dónde estaba Jake? Empecé a ver puntitos blancos, un horrible despliegue de fuegos artificiales. No recuerdo mucho más de lo que pasó después.

He de admitir que tengo tendencia a perder el conocimiento cuando me encuentro en circunstancias extremas. Es una característica mía que he descubierto recientemente. Si han estado ustedes conmigo desde el principio, tal vez recuerden este detalle acerca de mí. No se trata de un desmayo ni un desvanecimiento, más bien es como un cortocircuito: demasiada información horrible, demasiados pensamientos confusos y aterradores y ¡puf!, se me apaga la luz. Pero no es que me desmaye. Así que dejen de pensar que sí.

Todavía me daba vueltas la cabeza cuando volví a ser consciente de lo que me rodeaba: me encontré medio desplomada sobre la silla de la pequeña oficina de Jake; el agente Grace sacó una botella de agua, le quitó el tapón y me la ofreció. Parecía triste y tenía bolsas oscuras bajo los ojos.

—¿Dijo usted que Esme Gray estaba muerta? —le pregunté, dudando de si no lo habría soñado.

Él asintió con la cabeza.

—Está muerta. Alguien la mató a golpes.

Me quedé pensando en sus palabras, recordando los horrores que Nick Smiley me había contado y también mi último encuentro con Esme, la imagen que tenía de mí empuñando una espada, dispuesta a destruir la vida de todos. Que ella estaba muerta y que había tenido una muerte horrible eran conceptos abstractos para mí, no parecían reales y lo único que me provocaban eran ligeras náuseas.

—Jake, no.

Él se encogió de hombros.

—La última vez que Jacobsen fue visto estaba en el porche de Esme, aporreando la puerta para que lo dejara entrar. Aproximadamente una hora más tarde lo vieron alejarse de allí corriendo.

—¿Cuándo?

—Hoy, hace unas horas.

—¿Y quién llamó a la policía?

—Testigo anónimo.

—Pero ¿están seguros de la identificación?

—El vecino de Esme lo recordaba de una visita anterior. Por lo visto ella le dijo quién era y le pidió que llamara a la policía si lo veía merodeando por la casa cuando ella no estuviera.

Negué con la cabeza.

—Si hubiera querido matarla habría tenido más cuidado.

—A no ser que no fuera premeditado.

Volví a negar con la cabeza. Si yo conocía el corazón de alguna persona en este mundo, era el de Jake; sí, efectivamente conocía la tristeza y la ira que anidaban en él, pero también sabía de la infinita bondad. Yo *conocía* a Jake. Era imposible.

Todavía no me había hecho a la idea de que Esme estaba muerta. Ya pasaría mi correspondiente luto por ella y todo lo que una vez significó para mí más adelante, pero ahora sólo podía pensar en Jake.

—Hágame caso —le dije—, lo conozco. Es imposible que haya matado a Esme, y mucho menos así.

Él pareció estar a punto de decir algo pero luego cambió de idea. Yo casi podía adivinar lo que estaba pensando: que yo ya me había equivocado respecto a la gente antes, que tal vez no se me daba tan bien juzgar el verdadero carácter de las personas. Quizás estuvo tentado de recordarme que había llegado un momento en mi vida en que casi todas las personas que conocía habían resultado ser muy distintas a como yo creía.

Me puse de pie y señalé hacia el *loft*.

—¿Y qué hay de la mancha en el suelo? Aquí ha pasado algo; tal vez la persona que mató a Esme le ha hecho daño a Jake también.

Pensé en la pantalla roja (oculta en ese momento tras la lluvia de estrellas del protector de pantalla), las imágenes de aquella calle de Londres, la carterita de cerillas con aquel símbolo extraño y la nota escrita dentro que todavía estaba en mi bolsillo. Lo tenía todo en la punta de la lengua, pero recordé el mensaje de texto: «No te fíes de nadie». Parecía un buen consejo. No abrí la boca.

—¿Qué pasa? —me preguntó el agente Grace. Sus ojos estaban fijos en mí, como si pudiera leer mis pensamientos—. ¿En qué está pensando?

Por un momento, casi creí que podía confiar en él, contarle todo y que él cargara con ello para investigarlo o desestimarlo. Es tan fácil entregar el control, desentenderse de las responsabilidades y alejarse. Tal vez si Jake no hubiera desaparecido (no es que estuviese desaparecido exactamente, pero tampoco estábamos seguros de dónde estaba en esos momentos), si no hubiera habido una mancha de sangre en el suelo de su estudio, quizás entonces habría estado más dispuesta a recurrir a la ayuda del agente Grace. Pero algo en mi interior me decía que siguiera el consejo del mensaje, que Jake podía ser el que sufriera las consecuencias si no lo hacía.

—Estaba pensando —dije en un tono que sonó ligeramente histérico incluso en mis propios oídos—, que le ha debido de ocurrir algo a Jake. Y me preguntaba qué va a hacer usted al respecto. —No dijo nada, simplemente siguió mirándome fijamente con aquellos ojos grises—. Si alguien ha matado a Esme y aquí hay sangre en el suelo —para entonces me había puesto a gritar—, ¿no le parece a usted que puede haber algún tipo de conexión entre ambas cosas?

—Estoy mirando a la conexión, Ridley. —Ahora me tocaba a mí no decir nada—. Mi caso de la pareja desaparecida, Myra y Allen Lyall; una mujer asesinada, Esme Gray; una gran mancha de sangre en el suelo del apartamento de Jacobsen, que no aparece por ninguna parte. ¿Qué tiene todo eso en común? ¿Qué los vincula a todos?

No había que ser ningún genio para adivinar a dónde quería llegar.

—Yo no soy lo único que tienen en común —dije a la defensiva.

—No —respondió él lentamente—, está Proyecto Rescate, pero usted también está estrechamente ligada a eso.

Me recosté en el asiento. El agente Grace acercó la otra silla y se sentó en ella apoyando el respaldo contra la pared y balanceándose sobre las patas traseras. Sentí deseos de que se cayera, se diera un buen golpe en la cabeza y quedara totalmente en ridículo.

—¿Cuándo fue la última vez que vio a su novio?

Pronunció la palabra «novio» con algo así como sarcasmo e incluso cierta hostilidad, tal vez ambos. Se me pasó por la cabeza contarle que, técnicamente, Jake y yo ya no éramos novios, pero no quería ser desleal con Jake, ni tener que responder a las preguntas sobre la naturaleza de nuestra relación actual que seguirían.

—Antes de ayer por la noche.

—¿Y la última vez que supo algo de él?

—Hoy me dejó un mensaje en el contestador; decía que me reuniera con él aquí a eso de las ocho para ir a cenar.

—¿A qué hora dejó el mensaje?

—No lo sé. Alrededor de las tres o las cuatro me imagino.

—¿Y sonaba normal?

—Sí, completamente normal —respondí, aunque la verdad era que no recordaba cómo sonaba.

—¿La llamó desde el fijo de aquí —me preguntó Grace señalando con la cabeza el teléfono que había sobre la mesa de Jake— o desde el móvil?

—No lo sé. Creo que desde este teléfono. No me acuerdo.

Me había llamado desde el móvil, lo sabía porque se oía mucho ruido de fondo, o por lo menos eso me había parecido; lo comprobaría cuando llegara a casa en el registro de llamadas recibidas de mi teléfono. En cualquier caso, no quería que el agente Grace supiera que me había llamado desde el móvil, ya que, de algún modo, eso parecía incriminar a Jake de algo. Yo me moría por llamarlo, pero no sabía si sería buena idea hacerlo delante del agente Grace.

Él siguió con las preguntas, anotando mis respuestas en un pequeño cuaderno negro que se sacó del bolsillo.

—¿Dónde se encontraba usted a esa hora si no estaba en casa para responder a su llamada?

Dudé; consideré la posibilidad de mentir pero decidí no hacerlo.

—Fui al apartamento de Max.

Él me miró.

—¿Cómo?

Le expliqué las razones por las que a veces visitaba aquel lugar. La expresión de su cara dejaba bien claro que no lo entendía, que mi comportamiento le parecía sospechoso, lo que por otra parte, efectivamente lo era.

—¿Hay alguien que pueda confirmar que estuvo usted allí?

—El portero, Dutch. —Observé cómo lo anotaba—. ¿Es ésa la hora aproximada de la muerte de ella? —pregunté deduciéndolo de las preguntas que me hacía—. ¿Esta tarde alrededor de las tres o las cuatro?

No dijo nada, simplemente continuó escribiendo en su cuaderno. Sentí que me invadía una oleada de pánico por Jake, una inquietud desesperada que me oprimía el pecho.

—Para serle sincero, Ridley —dijo el agente Grace al cabo de un momento—, me parece que no está contándome todo lo que debería. Me cuesta fiarme de usted en estos momentos.

Intenté —sin éxito— mostrarme indignada y al final opté por encogerme de hombros.

—La verdad es que me importa un carajo lo que piense usted de mí, agente Grace —respondí sin alzar la voz.

Era verdad, no me importaba lo más mínimo, y eso era nuevo para mí: en otro tiempo solía preocuparme lo que la gente pudiera pensar, deseaba agradar a todo el mundo y cumplir las normas. Pero eso era antes; antes de saber que era hija de Max.

—Yo tampoco me fío de usted.

Me pregunté cuánto tardaría Grace en ponerse a registrar la oficina de Jake, en descubrir aquella extraña página web. Me pregunté si relacionaría aquellas imágenes de una calle de Londres con la llamada de larga distancia que yo había recibido. Por supuesto que lo haría, era lo suyo: relacionar las cosas, buscar las conexiones. Me pregunté cuánto sabía ya: probablemente mucho más que yo.

—Voy a pedir que alguien la acompañe a casa y quiero que se quede allí, Ridley.

—Y yo quiero quedarme aquí por si vuelve Jake —respondí.

—Si vuelve aquí, le aseguro que no va a poder salir a cenar con usted hoy —contestó con frialdad—. Déjeme su móvil.

—¿Cómo? Pero ¿para qué?

—Quiero llamar a Jacobsen desde su teléfono. Hemos estado intentando dar con él pero no lo coge. Me pregunto si responderá a una llamada suya.

Yo no sabía cuáles eran mis derechos en una situación como aquella. Sentí otra oleada de pánico, crucé los brazos sobre el pecho y clavé la mirada en el suelo. Él alargó la mano.

—¿En serio? —dijo—. No me obligue a quitárselo ni a llevármela detenida, confiscarle sus efectos personales y registrar su apartamento. Tal vez tenga que hacerlo al final, pero de momento no hay ninguna necesidad.

Me daba la impresión de que se pasaba la vida lanzando amenazas de ese tipo. Lo miré a la cara y vi que no bromeaba, así que después de un breve instante de duda le entregué el teléfono y lo observé mientras buscaba en la agenda y apretaba el botón de llamada. Puso el altavoz y los dos escuchamos el tono de llamada. Cerré los ojos, rezando en silencio para que Jake lo cogiera hasta que saltó el buzón de voz. Se me hizo un nudo en el estómago cuando el agente Grace colgó. Contuve la respiración preguntándome si iba a mirar mis llamadas entrantes o los mensajes guardados, pero no hizo tal cosa, simplemente me devolvió el teléfono. Aquello me sorprendió: lo normal hubiera sido que verificara las llamadas entrantes y salientes. Nos miramos a los ojos y de nuevo estuve tentada de contárselo todo. Más tarde recordaría aquel momento como mi última oportunidad de pedir ayuda para salir del pozo en que me estaba metiendo... una oportunidad que dejé escapar.

Un joven de rostro inexpresivo, cabellos rubios cortados al rape y una cicatriz que iba del cuello hasta la oreja me llevó a casa en un Ford Crown Victoria —típico coche de policía— blanco. Lo reconocí como el compañero del agente Grace. No recordaba su nombre. A la luz de los semáforos, su cabeza tenía el aspecto de un cepillo de alambre. Yo iba mirando por la ventana y llorando en silencio, albergando la esperanza de que no se diera cuenta hasta que me tendió un pañuelo de papel sin decir palabra. Tenía miedo por Jake, miedo por mí misma, no sabía qué hacer.

Aquel hombre no dijo nada cuando salí del coche. Casi le di las gracias (hasta ahí llegan mis modales de buena chica), pero me ahorré los agradecimientos y cerré de un portazo. Al abrir la puerta de la calle me di cuenta de que había apagado el motor y parecía estar acomodándose, como si fuera a pasarse allí un buen rato.

Últimamente, los recuerdos me resultan huidizos. Cuando me enteré de que la mayoría de las cosas en mi vida que había creído ciertas eran mentiras, dejé de confiar en los recuerdos. ¿Los acontecimientos del pasado? Estaba empezando a recordarlos de manera diferente; comenzaban a surgir detalles extraños y matices. Y ya no estaba segura de que mis recuerdos anteriores, ni los más recientes, tampoco fueran mucho más fieles a la realidad de las cosas que había descubierto.

Como, por ejemplo, las horas que Max y mi padre pasaban en el estudio de éste. Siempre me los había imaginado allí dentro riendo, relajándose mientras se tomaban un coñac y se fumaban un puro. Pero ahora me preguntaba de qué hablarían: ¿de mí?, ¿de Proyecto Rescate? Si Max tenía ese terrible lado oscuro, ¿lo sabía mi padre?, ¿lo aconsejaba sobre cómo lidiar con los «demonios que lo atormentaban» a los que se había referido mi padre aquella noche?

O como las tensas conversaciones entre Max y mi madre: a ella no le parecía bien el desfile de mujeres anónimas que pasaban por la vida de Max; le desagradaba tener que tolerar la presencia de éstas en su casa y su entorno social. Discutían sobre ello, aunque sólo cuando creían que mi padre no podía oírlos. Y yo ahora me preguntaba por qué le importaba tanto a mi madre. Aquel tono airado que empleaban, ¿escondía algo más? ¿Intimidad? ¿Celos?

Pensé en aquellas mujeres. ¿Quiénes eran? Solamente recordaba que eran todas rubias, todas con zapatos de tacón, bellas y distantes y sin demasiada clase. ¿Prostitutas? Quizás algunas sí. La verdad era que no lo sabía. Nunca supe sus nombres, nunca las vi más de una vez. ¿Qué decía eso de Max? Yo también podría haber empezado a buscar conexiones en todo aquello: el retrato que Nick Smiley pintaba de Max, las acusaciones de matricidio, el hecho de que Max nunca hubiera tenido una relación seria con una mujer... Pero no lo hice. Aún no.

Max no era un hombre guapo. Tenía el rostro cetrino y el acné juvenil le había dejado marcas. Su pelo negro comenzaba a clarear.

Era grande y un tanto torpe manejando su propio cuerpo. Pero tenía un magnetismo y un carisma que atraía a todos como un imán. Y además era escandalosamente rico. Eso también atraía a la gente. Pero, pese a que siempre estaba rodeado de gente, permanecía envuelto en un aura de soledad. De hecho, era el hombre más solitario que he conocido. Quizá porque tenía tantos secretos que esconder.

Después de que me dejaran en mi apartamento, me tiré en el sofá sin siquiera encender la luz e hice memoria tratando de recordar a Max, recordar momentos en los que podría haber intuido al hombre y no el espejismo de él que yo había creado en mi mente. Pero no podía ir más allá del mito al que me había estado aferrando. Cuando era niña solía acercar la cara al televisor para intentar ver qué había detrás de las imágenes. Seguro que había algo más que ver. Y sin embargo no había nada, no eran más que imágenes en dos dimensiones. Ahora intentaba ver más allá de los confines de mi memoria y tampoco había nada.

Traté de no pensar en Esme y en cómo había muerto. Recordé lo que Jake había dicho sobre lo asustada que estaba. Yo también había visto ese miedo. Parecía que tenía motivos de sobra. Quién la había matado y por qué; no podía ni imaginármelo. Recordé las últimas palabras que nos habíamos dicho: «Y seguiré empuñándola hasta encontrar todas las respuestas», le dije yo. «Si lo haces acabarás como esa periodista del *New York Times*», me contestó ella.

Era un recuerdo horrible que me hizo estremecer por dentro.

Estuve descolgando el teléfono cada poco rato y marcando el número del móvil de Jake; siempre me respondía el buzón de voz, dejaba un mensaje y colgaba. Traté de no pensar en la sangre en el suelo de su estudio ni en qué clase de problema podía estar metido, ni en si estaría herido... o algo peor. Aparte de eso, el pánico y la sensación de impotencia eran como un ser vivo dentro de mi pecho.

Llamé a Ace.

—¡Vaya si que has tardado en devolverme la llamada! —dijo él a modo de saludo cuando descolgó el teléfono, supongo que porque había visto el número de la llamada entrante en la pantalla del aparato.

O tal vez yo era la única persona que lo llamaba. Estaba viviendo en el Upper West Side, cerca del Lincoln Center, en un apartamento de una habitación con vistas al río Hudson. No estaba mal, aunque apenas había decoración y el mobiliario se reducía a un sofá, una mesa, el ordenador y la televisión en el cuarto de estar, y una cama y un tocador en el dormitorio. Decía que estaba intentando escribir una novela, algo que me molestaba tremendamente oír por razones en las que no voy a entrar ahora.

—Llevo una gran carga, Ace —dije, tal vez con más dureza de la necesaria—. El mundo no gira exclusivamente en torno a ti.

—¡Joder! —exclamó— ¿Y tú, qué problema tienes?

Se lo solté todo. Le conté lo que había pasado en los últimos días, todo lo que había descubierto, todo lo que había encontrado, lo de mi viaje a Detroit, lo de Esme, lo de la desaparición de Jake. Hasta le conté lo del mensaje de texto pese a la ominosa advertencia que contenía. Y cuando terminé me quedé callada, esperando a que él hiciera algún comentario sarcástico, a que me dijera que pasara página o declarara que se me había ido la cabeza por completo. No dijo nada inmediatamente. Me quedé escuchando el sonido de su respiración.

—Ace, ¿me estás escuchando siquiera?

A veces desconectaba mientras le estaba hablando, o le oía teclear porque estaba chateando al mismo tiempo que hablábamos. Pero, ¡ay de mi! si alguien me llamaba por la otra línea mientras estaba al teléfono con él, o si percibía que no le estaba dedicando el cien por cien de mi atención. Se ponía hecho una fiera. Ya lo sé, es un poco gilipollas.

—Te estoy escuchando —dijo con voz extraña y grave.

Dejé pasar unos instantes.

—¿Alguna vez tuviste la impresión de que Max era... otra persona? —le pregunté—. ¿Alguna vez viste alguna cosa que te llevara a pensar que había en él algo malo? ¿Algo *realmente* malo?

Él dejó escapar un suspiro; o quizá fue una bocanada de humo, aunque se suponía que había dejado de fumar como parte de su rehabilitación.

—Bueno —dijo en voz baja—, yo nunca lo vi con tus ojos. —No dije nada. Me daba cuenta de que estaba ordenando las ideas—. Él siempre fue un héroe para ti —dijo por fin—. No sabías que era tu padre pero tal vez a nivel celular sí que lo sabías, no sé, solías mirarlo con esos ojos como platos y la adoración escrita en la cara. Jamás entendí vuestra relación. De niño me confundía, nunca estuve seguro de qué era lo que veías.

Me sorprendieron sus palabras, el aplomo y la sabiduría que contenían.

—¿Y qué veías tú?

—¿Honestamente? Yo veía a alguien enfadado y que se sentía muy solo, alguien que andaba siempre alrededor de nuestra familia, como una sombra, porque no tenía una propia. Siempre estaba borracho, Ridley, siempre del brazo de alguna prostituta. —Guardó silencio un instante y aspiró profundamente, lo que me indicaba que sin lugar a dudas estaba fumando—. No estoy seguro de por qué Ben y Grace le dejaban pasar tanto tiempo a solas con nosotros. Tampoco tuve nunca nada claro lo que veían en él.

Dejé que mi cabeza registrara todo aquello.

—¿Sabías que una vez me dio un puñetazo en la boca? —añadió él.

—¿Cuándo? —le pregunté sorprendida.

—Yo tenía trece años, creo. Estaba discutiendo con mamá. —No le había oído llamarla así desde hacía tanto tiempo. Siempre se refería a nuestros padres como Ben y Grace; era su forma de expresar la distancia que sentía que los separaba, supongo—. Estábamos los dos pegando gritos, no me acuerdo de por qué nos peleábamos. Tengo la impresión de que siempre estábamos chillándonos; la verdad es que no recuerdo que hubiera mucha paz en casa, ¿y tú?

No podía responderle. Nuestras infancias habían sido tan distintas pese a haber crecido en el mismo hogar, con la misma gente. Ya he mencionado antes que los dos conseguíamos sacar aspectos distintos de la personalidad de nuestros padres, veíamos caras diferentes de ellos. Y de Max también, supongo. Max jamás me había levantado ni tan siquiera la voz, no digamos la mano. Nunca había sido ni severo conmigo.

Ace no esperó a que le contestara.

—Vino hacia mí como una bala —continuó—. Me dijo que no le hablara así a mi madre y me dio un puñetazo en la mandíbula.

—¿Con el puño cerrado?

—Sí, seguramente no con toda la fuerza que pudo, pero con bastante en cualquier caso.

—Y mamá, ¿qué hizo?

—Se puso histérica. Lo echó de casa y vino a consolarme, me puso hielo en la mandíbula y me hizo prometer que no se lo diría a papá.

—¿Por qué no?

Ace se quedó callado un momento.

—No lo sé.

Lo sentía por él, y también estaba furiosa contra Max por haber golpeado a mi hermano de aquel modo, y desconcertada por el hecho de que mi madre hubiera querido ocultar el incidente a mi padre.

Ace mentía mucho: es un elemento de la personalidad adictiva. Exageraba mucho respecto a las peleas en casa, o eso me parecía a mí entonces. Yo siempre había creído que era su manera de excusarse por las malas decisiones que había ido tomando a lo largo de los años, pero esta vez no estaba mintiendo: esta vez no había nada del melodrama egocéntrico habitual, ni de la consiguiente retahíla sobre cómo se había sentido él y lo que le había llevado a hacerse a sí mismo.

—¿Me crees? —dijo con voz casi triste.

La maldición del mentiroso: cuando dices la verdad, nadie te cree.

—Por supuesto que sí —contesté; y si hubiéramos estado sentados el uno al lado del otro, le habría rodeado los hombros con el brazo—. Lo siento mucho, Ace.

—¿El qué?

Lo pensé por un momento. Lo sentía porque me parecía que tenía que haber estado muy solo sintiendo lo que sentía por Max: era el mejor amigo de mi padre, mi héroe, y en cuanto a quién era para mi madre... eso ni tan siquiera lo sabía. Me resultaba tan raro y triste que durante todo ese tiempo Ace viera a Max como otra persona completamente distinta, y que además tal vez hubiera estado en lo cierto.

—No lo sé —dije al final.

Oí el sonido metálico del mechero Zippo y el crepitar del papel quemándose, y luego una calada profunda.

—Ridley, ¿tú crees que sería posible que dejaras de meterte en líos? —dijo soltando una gran bocanada de humo.

Su arrogancia y sarcasmo habituales habían vuelto; y casi era un alivio.

—Yo no me he buscado nada de todo esto.

—¿Estás segura?

—¿Y eso qué se supone que quiere decir?

—Que hace un año podías haber elegido dar la espalda a todo este asunto y no lo hiciste. Y ahora tienes la oportunidad de contárselo todo a ese tío del FBI, pero no vas a hacerlo. Tú eres la que está siempre hablando de las decisiones que tomamos, de cómo impactan el rumbo de nuestras vidas y bla, bla, bla... Pues bien, ¿qué vas a hacer tú ahora?

A nadie le gusta que utilicen sus propias armas en su contra. Aunque tenía que admitir que Ace llevaba razón en ciertos aspectos. Yo había tomado algunas decisiones cuestionables. Era culpable de haber mantenido el rumbo y exponerme a que me ocurriera algo malo cuando podía haber cruzado la calle para evitarlo fácilmente. Pero, a veces, dar la espalda a algo simplemente no es una opción.

—No lo sé —dije—, tengo que pensarlo.

—Ya, pues apuesto a que sé dónde encontrarte mañana a las ocho.

Pensé en el mensaje de texto, en Jake; el terror que me oprimía el pecho casi me cortaba la respiración.

—¿Ace? —dije, recordando de repente cómo me sentía de pequeña cuando necesitaba que mi hermano mayor me ahuyentara las pesadillas.

—¿Sí?

—¿Vendrás conmigo?

—¡Joder! —exclamó en voz baja.

Pensé en cómo él nunca quería que me metiera en su cama cuando éramos pequeños y en que al final siempre acababa moviéndose para hacerme un hueco.

—¿Vendrás? —repetí sorprendiéndome de lo asustada que parecía.

Lo oí suspirar.

—Está bien.

Acabé rindiéndome a un sueño intranquilo, en el sofá y con el móvil en la mano. Me desperté un par de veces, convencida de que lo había oído sonar, esperando ver el número de Jake parpadeando en la pantalla, sólo para descubrir que no eran más que imaginaciones mías. Y cuando por fin sonó, respondí sin siquiera mirar quién era:

—¿Jake?

—No, no soy Jake. —El agente Grace.

—¿Qué hora es?

—Las tres de la mañana.

—¿Qué quiere?

—Su chico es 0 negativo, ¿no?

Pensé en el charco de sangre, en lo oscura y espesa que parecía.

—Sí —contesté.

Lo sabía sólo porque habíamos estado juntos en el hospital y eché un vistazo a su historia clínica. Jake es lo que llaman un donante universal: puede dar sangre a cualquiera pero él solamente puede recibirla de otro 0 negativo. Lo cual me parecía terriblemente injusto. Y Jake es sin lugar a dudas alguien que da y nunca pide nada a cambio.

—La sangre del estudio es AB positivo.

Sentí que se me levantaba un peso del corazón y dejé que el alivio me recorriera de pies a cabeza. Fuera lo que fuera lo que había pasado, Jake no se había desangrado tirado en aquel suelo. Eso ya era algo. Y entonces me asaltó la pregunta: ¿Era Jake el que había enviado el mensaje de texto?

—Creí que le gustaría saberlo.

No dije nada. Era sorprendentemente amable por su parte haber llamado. Pero supuse que había algún otro motivo oculto.

—Por casualidad no miraría usted su ordenador mientras estaba allí —continuó. Pensé en mentirle pero parecía incapaz de obligar a las palabras a salir de mi boca—. No se moleste en contestar —dijo—. Sus huellas están por todo el teclado.

Me pareció fascinante que fuera capaz de mantener una conversación entera conmigo sin que yo dijera una palabra. Toda una habilidad.

—Esa página web con el vídeo retransmitiendo desde una calle de Londres, ¿le dice algo?

—No —respondí, simplemente para sentirme parte de la conversación—, no tengo ni idea de lo que es.

—¿La ha visto antes alguna vez?

Entonces llamaron a la puerta y también oí el ruido por el teléfono.

—¿Puedo pasar? —dijo.

Fui a abrirle. Parecía cansado, tenía el pelo revuelto y se había manchado la camisa con algo grasiento.

Colgó y se volvió a meter el móvil en el bolsillo.

—Uno de sus vecinos me ha abierto abajo; debía de volver de juerga —añadió contestando así a una pregunta que yo no le había hecho.

—¿Dónde está su compañero? —pregunté cerrando la puerta.

Estaba empezando a acostumbrarme a aquellas intromisiones, de hecho, esa noche ni siquiera me importó. Ahora que sabía que la sangre del suelo no era de Jake, estaba menos tensa y había recuperado el sentido del humor. Todo lo demás parecía muy lejano, casi como una pesadilla que se desvanece.

—Está en el coche.

—¿No se supone que tienen que ir a todas partes juntos? ¿Si no cómo hacen todo ese teatro del poli bueno y el poli malo?

—No nos llevamos demasiado bien.

—Ya me lo imaginaba.

Me atravesó con la mirada.

—Lo crea o no, yo no soy el malo en toda esta historia. Hasta puede que sea el único amigo que tiene.

Pensé de nuevo en que no tenía el aspecto ni actuaba como el resto de agentes del FBI que yo había conocido: los agentes con los que había tratado durante la investigación de Proyecto Rescate habían sido de los que nunca se saltan una regla ni un procedimiento, con aspecto aseado, muy ceremoniosos, burocráticos y precisos. En otras palabras, exactamente todo lo contrario a Dylan Grace.

—¿Dónde la vio por primera vez?

—¿El qué?

—La web.

Lancé un suspiro y me hundí en el sofá. Recordé las palabras de Ace: «Ahora tienes la oportunidad de contárselo todo a ese tío del FBI, pero no vas a hacerlo». Pero ¿qué me pasaba? ¿Simple cabezonería? ¿De verdad quería meterme en un lío más y más grande hasta que ya no fuera capaz de salir? Igual iba a resultar que no era más que una pirada con tendencias autodestructivas que actuaba empujada por aquella leve depresión que impregnaba mi mundo. Decidí probar que mi hermano se equivocaba.

—En casa de mis padres —dije con un suspiro—. La vi en el ordenador de mi padre.

Aquella confesión me hacía sentir como si hubiera fracasado, era como decir: «No puedo con esto sola». Y también me parecía estar traicionando a mi padre. No sabía qué era aquella web ni quién la estaba utilizando, pero no podía ser nada bueno.

—Pero lo que vi en el ordenador de mi padre era tan sólo una pantalla roja vacía, sin vídeo —añadí.

Él apartó una silla y se sentó a horcajadas como solía hacer, apoyando los brazos sobre el respaldo. Había una expresión extraña en su rostro. Hasta la podría haber interpretado como preocupación si le hubiera creído capaz de preocuparse. Tal vez estaba siendo demasiado dura con él; pero por otro lado: «No te fíes de nadie». Me lo debería haber tatuado en el brazo.

—Intenté entrar desde mi ordenador, aquí en casa, pero me pasó lo mismo: solamente una pantalla roja vacía —continué al ver que él no decía nada.

Asintió con la cabeza sin mucha convicción y se quedó mirándome fijamente. Me miraba de ese modo muy a menudo, como si estuviera tratando de decidir si le estaba mintiendo, como si fuera a ser capaz de leérmelo en la cara. Me di la vuelta: había algo en aquellos ojos grises que me ponía nerviosa. Le podría haber dicho mucho más. Pero no lo hice. Era como coquetear: das un poco y te guardas un poco. Tal vez al final Ace iba a tener razón sobre mí.

—¿Tiene alguna idea sobre qué es esa web? —le pregunté vencida por la curiosidad.

No quería tener una conversación con Dylan Grace y, sin embargo, en eso estábamos una vez más.

Se encogió de hombros.

—Lo más que puedo decir por el momento es que es una página web codificada, un sitio para dejar y recuperar mensajes. Debe de haber una manera de entrar, pero no hemos conseguido averiguar cómo.

—¿Y el vídeo?

Se encogió de hombros otra vez.

—Tenemos a nuestra gente con ello. Lo averiguaremos pronto

—dijo bajando la voz al final de la frase, como si estuviera lanzando una advertencia.

Subí los pies al sofá y me puse cómoda. El cansancio hacía que se me cerraran los ojos. Ahora que sabía que Jake estaba bien, o por lo menos que la sangre en el suelo del estudio no era suya, todo parecía menos aterrador y urgente. Pero ésa no era más que otra de las muchas cosas sobre las que me equivocaría en las siguientes veinticuatro horas.

Lo siguiente que recuerdo es el sol entrando por las ventanas orientadas al este de mi apartamento. Tardé un segundo en situarme y luego todos los acontecimientos del día anterior se agolparon en mi mente con una espeluznante claridad. ¿Había estado allí el agente Grace de veras? ¿De verdad me había dicho que la sangre del suelo no era de Jake? Me entraron náuseas de pensar que tal vez lo había soñado todo. O de pensar que me había quedado dormida mientras él estaba en mi apartamento: ¿no era de lo más raro? Entonces me di cuenta de que alguien había traído la manta de felpilla de mi dormitorio y me había tapado con ella. Sentí un dolor sordo detrás de los ojos en el momento en que me incorporé. Había una nota sobre la mesa de café: «Hablaremos mañana», me amenazaba. Firmada: «DG». Si alguna vez había visto la letra de un gilipollas arrogante, era en aquel momento: grandes letras redondeadas, unas iniciales gigantescas. No tuve más remedio que reírme. Todavía lo odiaba, pero estaba empezando a cogerle cariño.

Intenté hablar con Jake. Seguía sin contestar. Me hice un café tan cargado que me dejó un regusto amargo en la garganta. Fui hasta mi mesa de trabajo y rebusqué entre las notas que había tomado durante mis conversaciones con Jenna y Dennis. Miré la hora: eran las siete de la mañana. Tenía trece horas para averiguar todo lo que pudiera sobre Myra Lyall y esa página web antes de ir a The Cloisters esa noche.

Ya sé lo que están pensando: que me estaba comportando, en el mejor de los casos, de manera imprudente e insensata y, en el peor, suicida. ¿Qué puedo decir? Tal vez tengan ustedes razón.

Era demasiado pronto para llamar a un aspirante a pirata informático como el antiguo galán de Jenna, Grant, pero la gente ambiciosa no duerme. Era muy probable que una joven asistente del *New York Times,* sobre todo una preocupada por su futuro profesional, estuviera ya en su puesto antes de que saliera el sol. Llamé a través de la centralita del *Times* y la verdad es que fue una sorpresa y una decepción que me respondiera el contestador. Dejé un mensaje:

«Sarah, soy Ridley Jones. Antes de su desaparición, Myra Lyall intentó ponerse en contacto conmigo. Me han estado pasando cosas bastante raras desde entonces; me preguntaba si podríamos quedar para tomarnos un café.»

Dejé mi número y colgué. Ya sé, era bastante arriesgado dejar semejante mensaje teniendo en cuenta la cantidad de ojos y oídos que podrían estar siguiendo mis comunicaciones, por no mencionar las de ella. Pero necesitaba que el mensaje fuera lo suficientemente interesante como para que me devolviera la llamada. No habían pasado ni cinco minutos cuando sonó el teléfono.

—¿Ridley? —Su voz sonaba joven y era prácticamente un susurro.

—¿Sarah?

—Sí.

—¿Recibiste mi mensaje?

—Sí —dijo—. ¿Podemos vernos?

Acordamos vernos en media hora en el Brooklyn Diner, una trampa para turistas en Midtown donde ningún neoyorquino comería jamás. Me extrañó su elección, pero supuse que era sólo que no quería encontrarse con nadie del *Times*.

—¿Cómo te reconoceré? —le pregunté.

—Sé qué aspecto tienes.

Ventajas de la infame fama, supongo.

El restaurante estaba abarrotado: me envolvió una cacofonía de voces y tintineos de cubiertos en cuanto abrí la puerta. Los penetrantes aromas competían por atraer la atención: café, huevos con beicon, el olor azucarado de los bollos y pasteles que había en una bandeja sobre el mostrador... Me hicieron ruido las tripas. Me quedé junto a la puerta y recorrí el local con la mirada buscando a una mujer que estuviera sentada sola. Había una rubia menuda con el pelo recogido muy tirante, pero tenía la nariz pegada al *Post* y daba sorbos a una gruesa taza blanca de café con expresión ausente. Los personajes sentados en la barra eran de lo más variopinto: una familia de tres con aspecto sonrosadito y mullido, todos con camisetas de I ♥ NY, apretujados en torno a una guía con la Estatua de la Libertad en la cubierta: recé en silencio para que no les robaran nada; un hombre de negocios que hablaba a gritos por el móvil, ajeno a las miradas de enojo de las personas que tenía cerca; una anciana a la que se le cayó la servilleta al suelo, y el joven que estaba sentado a su lado se agachó para recogerla y se la entregó con una sonrisa.

Me puse a observar, perdiéndome —como tengo por costumbre— en mis elucubraciones sobre la gente que veo. ¿Quiénes son? ¿Son amables o crueles, están alegres o tristes? ¿Qué hace que se comporten con educación o todo lo contrario? ¿Adónde irán cuando salgan de aquí? ¿Quién morirá durante la próxima semana? ¿Quién llegará a cumplir los cien? ¿Quién ama a su mujer y a sus hijos? ¿Quién está maquinando en secreto cambiar de identidad, ocultar todos sus bienes y desaparecer para siempre? Preguntas como éstas pasan por mi mente en rápida sucesión, sin que apenas me dé cuenta. Soy capaz de agotarme a mí misma con mi propio catálogo interno de preguntas y posibles respuestas. Creo que por eso escribo, por eso siempre me han gustado los perfiles de personajes: por lo menos así consigo las respuestas sobre una persona, las respuestas que quieren darme en cualquier caso.

Sentí una mano que se posaba sobre mi codo y me di la vuelta para encontrarme con una muchacha de cabello cobrizo, rostro joven y la piel blanca e impoluta, como de porcelana. Las ojeras de color más que azul indicaban que estaba estresada y no dormía bien. La expresión de urgencia en su rostro me decía que estaba asustada.

—Soy Sarah —dijo en voz baja.

Yo asentí y le di un apretón de manos: noté la suya fría y sin fuerza al estrecharla con la mía.

La camarera nos llevó hasta un reservado al final del restaurante y nos deslizamos en su interior. Me di cuenta de que Sarah no se había quitado la chaqueta, así que yo también me dejé la mía puesta.

—No puedo quedarme mucho rato —dijo—, tengo que volver al trabajo.

—Está bien —respondí y fui directa al grano—: ¿Por qué estaba Myra tratando de contactar conmigo antes de su desaparición? Al principio pensé que querría hablarme de su artículo, pero ahora sé que lo cerró antes de intentar ponerse en contacto. ¿Qué quería?

Vino una camarera. Las dos pedimos café y yo además un trozo de pastel de manzana.

—No sabría decir —dijo inclinándose hacia mí—, sólo sé que había estado trabajando en la historia de Proyecto Rescate. No era un artículo propiamente dicho, sino una serie de perfiles de personas que podrían haber sido raptadas de sus casas siendo niños. La verdad es que a ella no le apasionaba demasiado, más bien lo hacía para tener contento al nuevo redactor de *Magazine*. Pero descubrió algo durante su investigación que la sorprendió de verdad.

—¿El qué? —le pregunté.

Su actitud era asustadiza, como si fuera a levantarse en cualquier momento y salir corriendo, y a mí me estaban entrando ganas de alargar la mano y agarrarla por la muñeca para evitar que levantara el vuelo.

Negó con la cabeza.

—No tengo ni idea.

La miré tratando de no parecer exasperada.

—Está bien —dije respirando hondo y sonriéndole pacientemente—. Empecemos por el principio. Estaba trabajando en esos perfiles… —comencé dejando la frase a medias; ella la terminó:

—Y estaba investigando para ponerse al corriente sobre Maxwell Allen Smiley y sobre ti. Habló con alguna gente del FBI. Y hubo un día en que se irritó mucho con ellos: acababa de volver de una entrevista en el cuartel general y dijo que jamás había tenido que enfrentarse a semejante resistencia para escribir un artículo que era «puro humo», sobre todo teniendo en cuenta que la investigación ya estaba cerrada. Dijo que le había dado la impresión de que la historia tenía mucha más miga de la que se había dejado salir a la luz.

—Así que se propuso averiguar el resto…

Sarah me miró con los ojos como platos. Yo estaba empezando a pensar que igual aquella chica no estaba bien del todo: o era un poco lenta o estaba asustada y por eso se mostraba tan reticente. Me preguntaba por qué habría accedido a reunirse conmigo.

—No estoy segura. Creo que sí. Todo ocurrió muy deprisa.

Bajó la vista hacia la mesa y cuando alzó los ojos de nuevo los tenía llenos de lágrimas. Me quedé callada, esperando a que recuperara la compostura y continuara.

—Myra estaba en su oficina y oí que la llamaban por teléfono. Respondió, luego se levantó para cerrar la puerta, así que no pude oír la conversación. Una media hora más tarde salió, me dijo que estaría fuera el resto del día investigando una pista y se marchó.

—¿No le preguntaste adónde iba? ¿En qué estaba trabajando?

Ella me miró.

—Con ella no funcionaban así las cosas. No hablaba de su trabajo, no hasta que no salía publicado. En cualquier caso, supongo que tenía razón sobre mí.

—¿A qué te refieres?

—Durante la última revisión de objetivos que tuve con ella, me dijo que le preocupaba que yo no fuera suficientemente curiosa, que no pareciera tener «fuego en las entrañas» como ella lo llamaba, y que tal vez a mí me iría mejor algo más académico que el periodismo de investigación.

Noté que el comentario le había sentado mal, pero también que era probable que Myra hubiera dado justo en el clavo.

La camarera nos trajo los cafés y mi pastel; yo sentí deseos de meterme la porción entera de masa dulce y mantecosa en la boca de una sentada en un vano esfuerzo por consolarme.

—Cuando fui a cerrar su ordenador y apagar la luz aquella tarde antes de marcharme —dijo después de darle un sorbo al café—, vi algo raro en su ordenador.

Dejé la taza a medio camino entre la mesa y mis labios durante un instante y la miré.

—Había una página web abierta, una página completamente roja y vacía.

Deslizó una hoja de papel por la mesa; reconocí la dirección que había escrita en ella, la misma de casa de mi padre y del ordenador de Jake. Empecé a oír ese zumbido en mi oído derecho y me encontré mirando a mi alrededor para ver si alguien nos observaba. La sola mención de aquella página web me ponía nerviosa. No sabía por qué.

—¿Se lo contaste a la gente que está investigando su desaparición? —le pregunté.

—Sí —me dijo encogiéndose de hombros—. No pareció que le dieran demasiada importancia.

—¿Sabes algo de esa web? ¿Tienes idea de lo que es?

Negó con la cabeza lentamente.

—No sé mucho de ordenadores —dijo bajando esos ojos azules.

Dejé mi taza sobre la mesa y me froté las sienes. Estaba empezando a tener la sensación de que Sarah sabía tanto como yo y de nuevo me pregunté por qué habría quedado conmigo. Esta vez le hice a ella la pregunta.

—Quiero ayudarla, a Myra —contestó—. Creo que si yo hubiera sido más curiosa, como ella quería, tal vez entonces habría sido capaz de dar más información a la policía y quizás así hubieran podido encontrarla. Creí que igual tú sabrías algo —dijo en tono lastimero; y luego, después de una pausa—: ¿Es así?

Yo negué con la cabeza.

—La verdad es que no.

—Pero dijiste que te habían estado pasando cosas bastante raras, ¿como qué?

Recordé la advertencia del mensaje de texto. Ya me había sincerado con Ace, y hasta donde podía saber, eso había sido un error. Miré a aquella muchacha considerando qué utilidad podía tener contarle nada, si no sería más peligroso que otra cosa. Al final deslicé la carterita de cerillas por la mesa en dirección hacia ella. La cogió y se la acercó a la cara, entornando los ojos y arrugando la nariz; sacó las gafas del bolso, se las puso y siguió observando la carterita de cerca un rato más. La abrió y leyó la nota del interior. Luego me la devolvió encogiéndose de hombros.

—Lo siento —se disculpó.

Su cara tenía una expresión rara.

—¿No te dice nada? —le pregunté.

Se puso a rebuscar en su bolso, sacó cinco dólares, los dejó sobre la mesa y se levantó rápidamente.

—Tengo que irme —dijo—. Me parece que no podemos ayudarnos. Deberías… —Noté que estaba mirando por encima de mi cabeza a algo que había detrás de mí. Me di la vuelta siguiendo la dirección de su mirada pero no vi nada—. Deberías —repitió— tener cuidado.

—¿Cuidado con qué? —le pregunté volviéndome para mirarla.

Salió del reservado y se dirigió hacia la puerta. Yo puse otro billete de cinco sobre la mesa y la seguí. Ya en la calle, vi que se alejaba corriendo suavemente.

—¡Sarah! —grité acelerando el paso—. ¡Espera, por favor!

Se detuvo de pronto, como si algo la hubiera sobresaltado y se quedó quieta un segundo al tiempo que yo me acercaba. Entonces alargó la mano hacia atrás, como si tratara de rascarse la espalda y no llegara. Hizo otro movimiento brusco. Para cuando llegué hasta ella, había caído de rodillas y el ruido del tráfico a nuestro alrededor parecía haber enmudecido por completo. Me arrodillé a su lado. Un gesto de dolor le desfiguraba el rostro y estaba muy pálida, prácticamente azul. Abrió la boca para decir algo y una gota de sangre le resbaló por la mejilla hasta el cuello de su camisa rosa. La gente que pasaba a nuestro lado empezó a darse cuenta de que ocurría algo y se apartaban. Alguien lanzó un grito.

—Ayúdenme. Llamen a una ambulancia —dije tratando de sostenerla mientras se hundía en mis brazos.

Al poco rato ya estaba aguantando todo su peso. Un hombre joven se paró junto a nosotras, dejó el maletín en el suelo y llamó al 911 con su móvil.

—¿Qué le pasa?

No le respondí; no lo sabía. Él me la quitó de encima y la dejó echada en el suelo, le abrió el abrigo y apartó el asa de la bolsa que llevaba cruzada en bandolera. Su cabello se desparramó por la acera enmarcándole el rostro con una especie de halo. Tenía dos manchas de un rojo intenso en la camisa. Parecía un ángel caído, allí tendida sobre el asfalto.

Él me miró con incredulidad.

—Le han disparado —dijo.

Yo le devolví la mirada y luego fijé la vista detrás de él. En medio de la muchedumbre que se había ido formando había un hombre vestido de negro que se alejaba lentamente. Llevaba un abrigo largo y un sombrero de fieltro. Parecía deslizarse entre la gente, era como si la multitud se lo fuera tragando. Oí el ruido de las sirenas.

—¡Eh! —grité.

El hombre que estaba arrodillado junto a Sarah se dio la vuelta hacia mí con la cara encendida.

—¿Qué pasa? —dijo.

Pero yo ya había echado a correr abriéndome paso entre la multitud.

—¡No puedes irte! —le oí gritarme— ¿Es que no la conoces?

Yo no apartaba la vista del hombre de negro mientras avanzaba por la calle abarrotada de gente: lo perdía y luego volvía a localizarlo entre la muchedumbre a medida que se alejaba. Iba hacia el oeste, increíblemente rápido. Para cuando habíamos cruzado la Octava Avenida yo ya estaba sin resuello. En la Novena lo había perdido por completo. Me quedé de pie en la esquina y miré arriba y abajo.

Un vagabundo tirado sobre unos cartones me observaba con curiosidad. Parecía estar tan cómodo y relajado como si estuviera tumbado en el sofá de su casa. Con el brazo derecho sujetaba a un chihuahua y con la mano izquierda sostenía un cartel que decía: «NO ME IGNORES. TU PODRÍAS ESTAR IGUAL QUE YO ALGÚN DÍA». Lo ignoré.

—Por cinco pavos, te diré por dónde ha ido —dijo después de un rato.

Me quedé mirando aquella cara sucia con una barba rubia descuidada, la camiseta de los Rangers hecha jirones, los zapatos desparejados. No tenía *tan* mal aspecto para ser alguien que dormía en la calle sobre unos cartones. Me saqué cinco dólares del bolsillo y se los di. Él señaló hacia el sur.

—Ha tirado algo en uno de esos contenedores y luego ha cogido un taxi.

—¿Un taxi? —dije con la voz teñida de desesperación y enfado.

El vagabundo se encogió de hombros y el diminuto perro me ladró amenazadoramente.

Me acerqué a los contenedores de basura que me había señalado: había tres juntos al borde de la acera; desprendían un hedor insoportable.

—¿Cuál?

—Ése —dijo señalando el de la derecha.

Yo dudé.

—La chica guapa no quiere mancharse las manos —le dijo al perro al tiempo que me sonreía divertido—. Bienvenida a mi mundo.

Lo atravesé con la mirada y levanté la tapa. Me desconcertó el olor y lo que vi: encima de una bolsa blanca de basura había una pistola con silenciador. No sé si fue el olor o la pistola, pero por un momento creí que iba a vomitar. En vez de eso, alargué la mano y cogí el arma, más para convencerme de que era real que para otra cosa. Era real. Me la quedé mirando sin creer lo que estaba pasando: después de ver cómo le disparaban a una chica en plena calle, había salido corriendo detrás de su atacante y encontrado la pistola con silenciador que éste había usado. Sentí un peso oprimiéndome el pecho; empezaron a temblarme las manos. No estoy segura de cuánto tiempo me pasé allí inmóvil.

—Baje el arma y levante las manos.

Me quedé como clavada en el suelo y aparté la vista del objeto que tenía entre las manos. Estaba rodeada de policías: cuatro agentes uniformados y dos coches patrulla que se detuvieron junto a nosotros. El vagabundo había desaparecido.

La depresión no es algo dramático, pero sí total: es traicionera; casi no la notas al principio; igual que un ladrón de guante blanco, se cuela por una ventana abierta mientras duermes y al principio se lleva cosas pequeñas: el apetito, las ganas de devolver las llamadas... Luego vuelve a por los objetos más grandes, como el deseo de vivir.

Y para cuando quieres darte cuenta, tienes las piernas embotadas, como llenas de arena; la sola idea de cepillarte los dientes se te hace un mundo, parece una tarea imposible; de repente, te encuentras viviendo la vida en blanco y negro: ya nada tiene brillo, nada es hermoso, la música suena débil y distante, las cosas que te hacían reír parecen aburridas y fuera de lugar.

Yo estaba hundiéndome en ese agujero mientras me interrogaban los detectives de homicidios del distrito de Midtown North. Les conté mi media verdad, una y otra vez, de tantas maneras como quisieron: estaba devolviéndole una llamada a Myra Lyall y me enteré por Sarah de su desaparición. Sarah me pidió que nos viéramos. Hubo un malentendido: ella pensó que yo podría ayudarla a averiguar lo que le había pasado a Myra. Sarah se marchó del restaurante cuando se dio cuenta de que yo no sabía mucho más que ella. Yo la seguí, me sentía mal por no poder ayudarla. Vi cómo caía al suelo y para cuando llegué hasta ella tenía dos disparos en el pecho y estaba muerta. Vi escaparse al hombre que me pareció podía haber sido el que le disparó, salí corriendo detrás de él y encontré el arma.

Si Sarah había guardado mi mensaje del contestador, sabrían que había algo más en mi historia de lo que les había dicho, pero, estando tan asustada como estaba, me imaginé que lo habría borrado.

—¿Y por qué estaba Myra Lyall tratando de ponerse en contacto con usted? —me preguntó el tercer agente que había entrado a hablar conmigo.

Era más mayor, estaba pálido y parecía cansado. Se le salía la tripa por los botones de la camisa y llevaba unos pantalones grises que le quedaban cortos. Se presentó, pero ya se me había olvidado su nombre al poco rato. Para entonces mi depresión era más bien absoluta apatía.

—Supongo que en relación a un artículo que estaba escribiendo sobre los niños de Proyecto Rescate.

Me miró un instante.

—De eso me suena su cara.

—Eso es —dije bostezando pese a lo maleducado y arrogante que parecía ser, o quizá precisamente por eso.

Estaba tan harta de los policías y de sus juegos estúpidos: todos se consideraban tan listos, creían saber algo sobre la naturaleza humana, sobre mí. Pero no era el caso. No tenían ni idea. Había estado en demasiadas salas de interrogatorio como aquella desde que empezó la investigación sobre Proyecto Rescate, y todo el procedimiento había dejado de intimidarme o asustarme.

El policía siguió mirándome fijamente. Sus ojos eran fríos e inexpresivos y los tenía enrojecidos. Aquel hombre había visto tanto mal que seguramente ya ni siquiera reconocía la bondad.

—¿Está cansada, señorita Jones?

—No se hace usted una idea.

Él lanzó un ligero suspiro y bajó la mirada para concentrarse en las cutículas de sus uñas. Luego me volvió a mirar.

—Una chica ha muerto. ¿No le importa a usted eso en absoluto?

La pregunta me dejó desconcertada. Por supuesto que me importaba. De hecho, si me permitía pararme a pensar en ello, en mi parte de responsabilidad por lo que le había pasado, en cómo era la segunda persona que había muerto delante de mí en menos de dos años, me derrumbaría como un montón de escombros.

—Por supuesto —dije en voz baja, y admitirlo me hizo sentir un dolor en el pecho y un nudo en la garganta. Esperaba poder contener las lágrimas. No quería llorar—. Pero no sé quién la mató ni por qué. Acababa de conocerla hacía veinte minutos.

El agente asintió con gesto solemne, se levantó y salió de la habitación sin decir una palabra más. Crucé los brazos sobre la mesa y apoyé la cabeza sobre ellos, tratando de no pensar en Sarah cayendo al suelo delante de mí, tratando de no recordar la noche en que Christian Luna se desplomó en aquel banco del parque con un perfecto círculo rojo en la frente. Traté de no ver la pistola y el silenciador sobre la bolsa de basura en el contenedor. Pero, por supuesto, todas esas imágenes se agolparon en mi mente desfilando ante mis ojos como una macabra sesión de diapositivas. Los tentáculos negros me rodeaban el cuello apretando cada vez con más fuerza.

La puerta se abrió y se cerró. Esperé unos segundos antes de alzar la vista para ver quién era el siguiente que venía a interrogarme. Nunca creí que me alegraría de ver a Dylan Grace, pero cuando apareció sentí que se relajaba hasta el último músculo de mi cuerpo. Fue entonces cuando empecé a llorar: no sollozaba, simplemente me caían las lágrimas y me moqueaba ligeramente la nariz. Él se acercó y me ayudó a levantarme.

—Salgamos de aquí —dijo en voz baja.

—No irá a esposarme, ¿verdad? —dije secándome los ojos con un pañuelo de papel que se sacó del bolsillo, pues me imaginaba que estaba bajo custodia federal; no se me ocurría ninguna otra razón para que me hubiera sacado de la comisaría.

—No si se porta bien.

Su compañero, cuyo nombre sigo sin saber —y realmente nunca puse demasiado interés— me acompañó hasta el sedán mientras el agente Grace se encargaba del papeleo necesario. Hablaban de mí como una testigo federal: se lo oí decir al agente Grace y uno de los policías que me habían interrogado. No estaba segura de qué significaba eso exactamente.

Su compañero no me dirigió la palabra, simplemente abrió una de las puertas traseras, la volvió a cerrar una vez estuve dentro y se quedó de pie fuera. Hacía un día luminoso y soleado, fresco y con algo de viento. Se encendió un cigarrillo con cierta dificultad y luego se apoyó contra el capó. Yo intenté abrir la puerta, pero no se podía desde dentro.

Después de que el agente Grace se metiera en el coche nos dirigimos hacia la parte alta de la ciudad. Yo supuse que íbamos hacia el cuartel general del FBI, pero acabé dándome cuenta de que no era así. No pregunté adónde íbamos, simplemente aproveché el trayecto para cerrar los ojos y pensar en cómo iba a librarme de aquellos dos tipos a tiempo de ponerme en contacto con Grant y llegar a The Cloisters a la hora. Lo crean o no, todavía no era ni la una de la tarde: aún tenía tiempo.

Cuando el coche se detuvo abrí los ojos. El agente Grace le dio a su compañero un sobre marrón.

—Hay que rellenar estos papeles —dijo.

—¿Y por qué tengo que hacerlo yo?

—Es parte de tu formación —le dijo Grace con una sonrisa—. Ya tendrás tiempo, cuando seas tú el que esté formando a un novato, para que te haga él a ti el papeleo entonces.

—¿Y adónde vas con la testigo?

Yo observaba su reflejo en el retrovisor, vi el resentimiento en la cara del compañero de Grace y la indiferencia en la de éste, que salió del coche sin decir una palabra más y me abrió la puerta. Estábamos en la 95 con Riverside. Yo no tenía nada claro lo que estaba pasando. El compañero me dedicó una mirada torva a través del cristal y luego puso el coche en movimiento a toda prisa y se incorporó al tráfico con un rechinar de neumáticos.

—¿Qué estamos haciendo aquí? —le pregunté a Grace.

—Vamos a dar un paseo —contestó.

Mi corazón empezó a latir más deprisa. No me gustaba el compañero del agente Grace, pero parecía el típico «poli bueno»: tal vez era desagradable como persona, pero no parecía peligroso. Supongo que no me fiaba demasiado de Grace. No había mucha gente cerca, pues estábamos en un barrio residencial de clase trabajadora pegado al de Morningside Heights: Riverside Park es una franja estrecha de terreno entre Riverside Drive y el río Hudson. Está justo encima de una alta divisoria y la autopista discurre en paralelo unos metros más abajo, así que podía oír el tráfico aunque los árboles bloqueaban mi visión de la carretera. Una pareja pasó al lado nuestro haciendo *footing* mientras avanzábamos por el sendero que conducía al parque. Aparte de ellos, el barrio parecía desierto.

—¿Qué estamos haciendo aquí? —le pregunté otra vez al tiempo que me detenía.

No quería seguir andando hasta no haber entendido qué era lo que quería. Él se detuvo también, se metió las manos en los bolsillos y me miró. Luego caminó hacia uno de los bancos que había a lo largo del sendero del parque y se sentó. En algún lugar a poca distancia se oyó la alarma de un coche durante un momento y luego se hizo el silencio de nuevo. Yo dudé un segundo, pensando si debía sentarme o no, y al final decidí quedarme de pie.

—Vamos a dejarnos de chorradas, ¿te parece? —dijo.

—¿Qué quiere decir?

—Estamos los dos solos, Ridley, nadie nos oye, así que dime qué está pasando.

—¿Y por qué iba a hacerlo?

—Porque tú y yo tenemos un objetivo común y podemos ayudarnos mutuamente.

Miré hacia las copas de los árboles sobre nuestras cabezas: el cielo azul estaba surcado por unos algodonosos cirros altos. Olía a tubo de escape y césped húmedo y se oía una radio con música de salsa por allí cerca.

—No tengo ni la menor idea de lo que usted pueda considerar nuestro «objetivo común».

—¿No resulta obvio?

—No.

—Los dos estamos buscando a tu padre.

Sabía que se refería a Max y le odié por haberlo dicho así. Tal vez porque era cierto: yo estaba buscando a mi padre, en sentido literal y figurado. Tal vez siempre había sido así. En mi pecho surgió una negativa que se me quedó atrapada en la garganta.

—Todos lo estamos buscando —continuó—: yo, tú, y tu novio también.

—Max está muerto.

—¿Sabes una cosa? Tal vez tengas razón, pero aun así necesitas encontrarlo, ¿no es cierto? Aun así necesitas saber quién era… o quién es. —Yo miraba a cualquier parte menos a su cara—. ¿Sabes siquiera por qué? —me preguntó inclinándose hacia delante y apoyando los codos sobre los muslos. Intuía que íbamos camino de tener otro monólogo de los suyos—. Porque hasta que no lo sepas, hasta que no lo sepas *de verdad*, crees que no podrás encontrar la respuesta a una pregunta aún más importante, la de quién eres tú, quién es Ridley Jones.

—Yo sé quién soy —dije alzando la barbilla hacia él.

Pero sus palabras habían abierto en mi interior un precipicio de pánico, de miedo a que pudiera llevar razón, a que no consiguiese saber quién era hasta que no conociera realmente a Max. Desde hacía un año, la única cosa sobre mí misma de la que estaba segura era de *no ser* la hija de Ben y Grace, de no ser una hija buena de gente buena. No sabía de quién era hija en realidad. La biología la tenía un poco más clara, pero ahí acababa todo.

Tal vez estén pensando ustedes que me equivocaba, tal vez opinen que si fueron Ben y Grace los que me criaron, los que me educaron y me dieron cariño, que entonces ellos eran mi familia, que ellos eran mis verdaderos padres. Y, por supuesto, hasta cierto punto eso era verdad. Pero el hecho es que somos más que la suma de nuestras experiencias, más que las lecciones que hemos aprendido, ¿no es cierto? ¿Acaso no es verdad que hay algo misterioso en nosotros? Cualquier madre les dirá que su bebé nació con al menos una parte de su propia e irrepetible personalidad, de sus inclinaciones y fobias, que no ha tenido nada que ver con el aprendizaje o la experiencia. Ésa era la parte de mí que me faltaba. Me faltaba el misterio, la parte que existía antes de que naciese, la que habitaba en el ADN de Max. Y si no lo conocía a él, ¿cómo iba a ser capaz jamás de conocerme a mí misma? Por alguna razón, no me asaltaban las mismas preguntas acuciantes respecto a Teresa Stone, mi madre biológica. Ella me parecía una figura distante, casi un mito en el que no creía realmente. Tal vez esas preguntas surgirían más tarde pero, por el momento, Max ocupaba un inmenso espacio en mi vida.

Había tratado a Jake con tanta dureza por su obsesión con Max… Supongo que porque en realidad estaba enfadada conmigo misma por tener la misma obsesión.

—¿De verdad? —me preguntó el agente Grace—. ¿De verdad sabes quién eres?

—Sí —respondí a la defensiva.

—Entonces, ¿por qué lo persigues?

Solté una leve carcajada.

—No lo estoy persiguiendo, pero ¿por qué lo persigue usted?

—Es mi trabajo.

—No —dije al tiempo que me sentaba y le clavaba una mirada severa—. Hay más.

Ahora le tocaba a él apartar la mirada. Hasta ese momento no me había dado cuenta de por qué no me fiaba de aquel hombre: era porque tenía algún motivo oculto, algo más profundo que el mero deseo de hacer bien su trabajo. Él necesitaba algo de Max también. Yo lo había presentido desde el principio sin haber sido capaz de poner nombre a lo que intuía.

—¿Cuál es tu historia Dylan? —Era la primera vez que lo tuteaba, pero de repente me pareció que era lo correcto: nos convertía en iguales, ya que me había dado cuenta de que él había empezado a hacerlo hacía un rato —aunque yo le había negado el permiso para hacerlo en más de una ocasión—. ¿Qué estás buscando?

Esperaba que se enfadara, o que me dijera que no tenía por qué responder a mis preguntas, pero en vez de eso exhaló profundamente y al hacerlo sus hombros se relajaron un poco. Vi algo en su cara que no había notado antes y que, de algún modo, lo hacía parecer más viejo, que teñía sus ojos con una expresión más dura y más triste.

—Max Smile —comenzó a decir y luego enmudeció y sus labios se volvieron una fina línea.

Parecía que las palabras no conseguían salir de su garganta. Miró hacia lo lejos y yo no insistí sino que bajé la vista, para que no sintiera que lo estaba mirando fijamente, y me metí las manos en los bolsillos tratando de combatir el intenso frío. Después de un rato —tal vez un minuto, quizá cinco— dijo:

—Max Smiley mató a mi madre.

Dejé que sus palabras quedaran suspendidas en el aire un instante, que se mezclaran con el sonido del tráfico y la música de salsa en la lejanía. Oí una pelota de baloncesto botar sobre un suelo de cemento: lenta, solitaria. Vi a lo lejos a un adolescente terriblemente delgado, solo en una cancha tirando canastas y fallándolas todas.

No sabía qué preguntarle primero: ¿cómo?, ¿cuándo?, ¿por qué? Aquella información parecía estar expandiéndose por todo mi cuerpo, provocando en éste un cosquilleo a medida que avanzaba, y comencé a sentir el zarpazo de un fuerte dolor de cabeza detrás de los ojos.

—No entiendo —dije.

—Olvídalo —contestó—, es irrelevante.

Le puse la mano en el brazo pero la retiré rápidamente.

—No cambies de idea ahora —dije; él todavía estaba mirando hacia aquel punto distante—, dime qué pasó; si no quisieras hacerlo no me habrías traído hasta aquí y no habrías dicho nada en absoluto.

En aquel momento pensé en Jake, en todos los secretos de su pasado que yo había tenido que ir descubriendo poco a poco, abriéndome paso a través de las capas de mentiras y medias verdades. La preocupación sobre dónde estaría y por qué no había llamado era como una torcedura de tobillo: todavía podía seguir andando, pero el dolor me servía de recordatorio constante. Desde que nos conocimos, sólo recordaba otra ocasión en la que había desaparecido de aquel modo y había sido en medio de unas circunstancias desesperadas. Yo me había preguntado más de una vez si habría matado a Esme, si estaba huyendo, pero no podía creerlo realmente. O tal vez simplemente no quería reconocer que pudiera existir la posibilidad de que la ira de Jake se hubiera apoderado de él al final.

—Los detalles carecen de importancia —dijo.

—Pero tú crees que la mató.

—Sé que lo hizo —dijo girando por fin la cabeza para mirarme.

—Pero ¿cómo puedes estar tan seguro? —le pregunté. Él seguía en silencio y con el rostro inescrutable—. No puedes hacer una afirmación incendiaria como ésa y luego cerrarte en banda. ¿Quién era tu madre? ¿Por qué conocía a Max? ¿Cómo murió? —le pregunté—. ¿Por qué crees que Max la mató?

Volvió a exhalar profundamente.

—Encontraron su cuerpo en un callejón detrás del hotel donde se alojaba en París. La habían matado de una paliza —contestó.

Sus palabras hicieron que se me helara la sangre en las venas. Pensé en las cosas que Nick Smiley me había contado. Sin embargo, la voz de Dylan era monótona y su rostro impenetrable; parecía estar ausente en lo que a emociones se refiere.

—Lo siento mucho —dije.

No hubo respuesta. Yo no conseguía entender la manera que aquel tipo tenía de comunicarse: tan pronto era imposible hacer que se callara, como lo tenías haciendo su mejor imitación de una silenciosa tumba. Lancé un suspiro, me puse de pie y caminé un rato arriba y abajo para moverme un poco porque me estaba quedando helada. Algo no me cuadraba. Y seguía pendiente de la hora.

—¿Por qué crees que Max la mató? —le pregunté otra vez.

Sin detalles, toda aquella historia parecía inventada, no sonaba convincente.

Él abrió la boca y volvió a cerrarla. Y entonces:

—Dejémoslo en que tuvo motivos y oportunidades más que suficientes.

Yo negué con la cabeza. No quería faltarle al respeto, ni quitarle importancia a su tragedia, pero aquello no era precisamente una prueba irrefutable.

—Vas a tener que ser un poco más específico —dije—. Y, de todos modos, no veo qué tiene eso que ver conmigo. Quiero decir que —continué ya que él no decía nada— si te has centrado en mí porque crees que sé algo sobre Max, estás hablando con la persona equivocada.

—Yo creo que no —respondió—. Creo que tú eres exactamente la persona con la que tengo que hablar. Ya te he dicho que no creo que me estés contando todo lo que sabes, y te estoy dando la oportunidad de hacerlo ahora; estamos solos, ahora mismo tú no eres una testigo federal y yo no soy un agente, simplemente somos dos personas que pueden ayudarse a encontrar lo que necesitan para sobrevivir. Tú necesitas encontrar a tu padre. Yo necesito encontrar al hombre que mató a mi madre. Son la misma persona. Podemos ayudarnos o podemos hacernos daño. Depende de ti.

—Tengo una idea mejor: ¿por qué no nos dejamos en paz mutuamente? Hoy he visto a una persona morir delante de mí. Quiero irme a casa y olvidar que todo esto ha ocurrido. ¿Qué te parece si tú vuelves a tu trabajo y yo a mi vida y nos olvidamos hasta de habernos conocido? Podrías seguir alguna terapia, tal vez yo también lo haga.

Y dicho eso, comencé a retroceder.

Quizá los dos perseguíamos algo similar: ambos queríamos que Max Smiley respondiera por las cosas que podía haber hecho. Pero no me creía ni por un instante que estuviéramos en el mismo bando. A juzgar por la información de que disponía yo, aquello no era más que una estratagema para ganarse mi confianza y conseguir que cooperara con él, que le contara lo que sabía, seguramente que lo guiara hasta el que sería el arresto de su vida, el que daría el empujón definitivo a su carrera.

Estaba confundida y asustada, y también hambrienta. Me sentía vapuleada por los acontecimientos de los últimos días y por aquel hombre que quería hacerme creer que era mi amigo y mi aliado. Así que hice lo único que me pareció que podía hacer en aquel momento: salir corriendo.

10

Corro fatal: no estoy hecha para correr, no tengo ni velocidad ni aguante. Pero aun así me las ingenié para escapar de Dylan Grace, aunque sospecho que sólo fue porque no se puso de pie y me persiguió con verdadera determinación… y porque conseguí coger un taxi antes de que él llegara a la calle.

—¡Ridley, no seas imbécil!

Lo saludé con la mano mientras el taxi se alejaba a toda velocidad.

—No debería huir de su novio —me sermoneó el taxista. Yo miré la placa de identificación: Obi Umababwai. Tenía un acento africano muy fuerte—. No hay tantos hombres buenos por ahí sueltos.

Lo atravesé con la mirada por el retrovisor.

—¿Dónde vamos? —me preguntó después de haber conducido un par de manzanas en dirección sur.

—Todavía no lo sé, señor —le respondí—. Siga conduciendo un rato.

—Debe de ser usted rica —dijo.

—Por favor, simplemente limítese a conducir —contesté.

Saqué el móvil del bolsillo y marqué el número que había copiado de la página web de Grant. Mientras llamaba, recé para que no me saltara el contestador. Era la una y media.

—Sí, dispara —dijo a modo de respuesta.

—Necesito verte —respondí.

Hubo un silencio.

—¿Te conozco?

—¿Me tomas el pelo? Nos conocimos ayer por la noche en Yaffa. Dijiste que querías volver a verme.

Empezó a negarlo todo; luego lo pilló. La verdad es que para ser un teórico de la conspiración no desenfundaba demasiado rápido... Seguramente quedaba con sus colegas los jueves por la noche para jugar a *Dragones y Mazmorras*, y ahí acababa su contacto con nada que se pareciera ni remotamente a una intriga real.

—¡Ah, sí! —dijo en tono reverente—. Me alegro de que me hayas llamado.

—¿Podemos vernos ahora mismo?

—¿Ahora? —dijo en tono sorprendido y un tanto receloso.

—Ahora o nunca. No me sobra el tiempo precisamente.

Otro silencio. Su respiración sonaba entrecortada, irregular.

—¿Dónde?

Le dije dónde nos encontraríamos y colgué. Me imaginé que para él aquello era el acontecimiento del día y seguramente del año. Repetí la dirección para el taxista que me dedicó una mirada de desaprobación por el retrovisor.

—Lo que usted diga, guapa.

Sonó el móvil y vi el número de Dylan en la pantalla. Descolgué y me puse el teléfono a la oreja pero no dije nada.

—Ridley, estás cometiendo un tremendo error —dijo—. ¿De verdad quieres ser una jodida fugitiva?

El tono de su voz y el hecho de que estaba soltando tacos me indicaban claramente que estaba enfadado de verdad. Colgué y cerré los ojos, me apoyé en el respaldo de cuero de imitación del taxi, que estaba limpio como una patena, y dejé que me llevara a toda velocidad hasta Times Square.

A juzgar por mi vida adulta, nadie lo diría, pero no hubo mucho dramatismo en mi adolescencia: mi hermano se encargó de provocar suficiente caos por los dos, así que yo sentí que mi responsabilidad era la de ser la hija «buena», la que nunca daba ni un solo problema a nadie. Una vez me pillaron con un paquete de tabaco (ni siquiera era mío), en alguna ocasión llegué tarde a casa... Nada grave. No recuerdo que me castigaran jamás.

Pero hubo un tiempo, después de que Ace se marchara, en que le eché un poco de cuento. Estaba tan triste y tan enfadada... Me sentía como si no hubiera manera de librarse del dolor que me oprimía el pecho, no podía dormir, no me concentraba en el colegio. Perdí el interés por ir de compras o al cine con mis amigos. Lo único que quería era quedarme en mi habitación y dormir. Fingía estar enferma para quedarme en casa: cosa supuestamente nada fácil cuando se es la hija de un pediatra, pero simplemente le decía a mi padre que me dolía el estómago y siempre lo aceptaba sin hacer preguntas.

La verdad es que mis padres no parecían darse cuenta de lo que yo sufría, tal vez porque estaban demasiado ocupados con sus propias depresiones: habían intentado meter a mi hermano en un programa de rehabilitación en contra de su voluntad y lo que habían conseguido era que se marchara de casa; ahora vivía en alguna parte, en el centro, haciéndose Dios sabe qué a sí mismo. Había dejado el instituto unos cuantos meses antes de graduarse y mis padres no podían hacer nada al respecto porque acababa de cumplir los dieciocho. Aquello los había destrozado: algunas noches, cuando no podía dormir, bajaba a la cocina a comer algo y en dos ocasiones había oído a mi padre llorar tras las puertas cerradas de su estudio.

Una mañana mis padres se estaban peleando mientras desayunábamos. No me habrían prestado menos atención si hubiera sido invisible. Cogí mis cosas y me marché sin decirles adiós y, en vez de esperar al autobús del colegio en la esquina, eché a andar colina abajo hacia la estación de tren y me subí al de las 7:05. En Hoboken cogí otro tren a la calle Christopher y estuve dando vueltas por el West Village durante un rato. Al final me fui hacia la 57. Max se había ido al trabajo para cuando llegué a su apartamento. Dutch, el portero, me dejó subir; Clara, la doncella de Max, me abrió la puerta, me hizo pasar y me preparó un sándwich de queso y una taza de leche con cacao. Después me fui a la habitación de invitados, bajé las persianas y me eché en la cama a dormir.

Clara no me preguntó nada, simplemente vino una vez a ver cómo estaba y se marchó enseguida cerrando la puerta. Me sentía protegida en aquel lugar fresco envuelto en la penumbra. Me gustaba el silencio, el tacto suave de las sábanas que olían a lilas. No sé cuánto tiempo estuve durmiendo.

Clara debió de llamar a Max porque él volvió a casa a primera hora de la tarde. Me despertó llamando suavemente a la puerta.

—Vamos a comer algo —dijo sentándose a los pies de la cama.

Me llevó al American Grill de la Rockefeller Plaza. Estuvimos mirando a los patinadores dar vueltas por la pista de hielo mientras yo devoraba una gigantesca hamburguesa con queso, unas patatas fritas y un batido. No me hizo las preguntas que yo esperaba que me hiciera. De hecho, no recuerdo haber hablado demasiado, simplemente comimos juntos compartiendo un silencio cómodo hasta que yo no pude dar un solo bocado más y entonces me llevó al cine. Ya no me acuerdo de a qué película fuimos; algo gracioso para mayores de dieciocho que mis padres nunca me hubieran dado permiso para ver. Las carcajadas de Max eran escandalosas y le ganaron las miradas y los siseos iracundos de unos cuantos de los escasos espectadores de la primera sesión. Todo lo que recuerdo es que el sonido de su disparatadamente estruendosa risa era contagioso y al poco rato yo también me estaba riendo y sentí que se me quitaba un peso del pecho, que parte de la tristeza se disipaba y podía respirar otra vez.

En su limusina, camino de vuelta al apartamento, Max me dijo:

—A veces esta vida es un asco, Ridley. Hay cosas que salen mal y no se arreglan. Pero por lo general las cosas malas no nos matan y las buenas, que también las hay, son suficiente como para poder seguir. Mucha gente ha hecho grandes esfuerzos para que a ti te vengan más cosas buenas que malas. Y lo de Ace… —hizo una pausa—, eso está más allá del control de todos nosotros.

—Lo echo de menos —dije, y el mero hecho de decirlo en voz alta fue un alivio—. Quiero que vuelva a casa.

—Todos queremos que vuelva, Ridley. Y no pasa nada si estás triste por eso. Pero lo que quiero decir es que no dejes que te anule, no te jodas la vida porque Ace se ha jodido la suya. No hagas novillos y te escapes de tus padres, no te escondas en la oscuridad. Tú eres como una luz resplandeciente, no permitas que los Aces de este mundo la apaguen. —Asentí con la cabeza. Me sentaba bien hablar con alguien que no sintiera tanto dolor como yo—. Ahora mismo, tus padres están destrozados, ten paciencia con ellos.

Mi padre me estaba esperando en el apartamento de Max. Mientras nos dirigíamos hacia New Jersey de vuelta a casa en medio del denso y lento tráfico de la hora punta hablé, con mi padre de cómo me sentía, pero me pidió que no sacara esos temas con mi madre.

—Cuando esté preparada, nos sentaremos todos a hablar, pero ahora mismo lo tiene todo demasiado reciente.

Nunca volvió a mencionarse el nombre de mi hermano en casa.

Llamé a Ace desde el taxi un par de veces. No hubo respuesta. No tenía contestador. Traté de aplacar el miedo a que me dejara tirada y a acabar teniendo que ir a The Cloisters sola.

Mientras bajábamos a lo largo del Hudson a gran velocidad no pude evitar preguntarme por qué todos los hombres de mi vida estaban tan heridos. ¿Qué le pasaba a mi karma que atraía ese tipo de energía? Pensé en Max y me pregunté si era realmente posible que estuviera vivo, si era él a quien encontraría esperándome en The Cloisters, o si tal vez sería Jake. Me los imaginé describiendo círculos a mi alrededor igual que dos lunas negras. Tenía la sensación de que llevaban trayectorias cruzadas y acabarían por colisionar si yo no llegaba antes hasta uno de los dos, y que ambos —o tal vez yo— quedarían destrozados por el impacto. Y si añadía a Dylan Grace a la ecuación, sólo Dios sabía lo mal que podrían ponerse las cosas.

Justo al lado de Times Square hay un local de juegos virtuales con cibercafé llamado Strange Planet. Tiene tres pisos repletos con lo último en videojuegos y está abarrotado todo el día y hasta altas horas de la noche de *friquis* informáticos y pirados. Aquel local oscuro y lleno de gente, con varias salidas, era el lugar ideal para una reunión clandestina con un chiflado de los ordenadores. Los cristales de las ventanas eran casi negros, así que cuando entré me pareció haber aterrizado en medio de un extraño mundo futuro. Surfistas, tías en patines, punkis y piratas informáticos iban de juego en juego bebiendo batidos y tratando por todos los medios de dar la impresión de estar a la última. Había una pequeña multitud en torno a un chaval gordito que se contoneaba con movimientos bruscos mientras echaba una partida de un juego de kung-fu. Unos grandes altavoces escupían música tecno a todo volumen, pero se diría que nadie se daba cuenta. Una chica asiática que bailaba desenfrenadamente en una especie de juego de discoteca parecía moverse a su propio ritmo.

De un modo extraño, todo aquello me recordaba a uno de los fumaderos de los tiempos en que salía a la calle, desesperada, en busca de mi hermano: eran lugares oscuros habitados por zombis que sólo pensaban en el siguiente chute, totalmente indiferentes al momento presente y dónde se encontraban, con las miradas vidriosas clavadas en cosas que yo no veía ni podía entender. Tanto en uno como en otro lugar yo me sentía invisible y anónima, justo como me gustaba últimamente.

Subí corriendo por unas escaleras que había al fondo hasta el cibercafé y encontré un puesto libre hacia el final, me pedí un capuchino y leí mis correos electrónicos mientras esperaba a Grant, suponiendo que lo reconocería cuando lo viera.

Tenía la bandeja de entrada llena de los consabidos correos basura; avancé hacia abajo por la página hasta llegar a un correo de mi padre: la línea del asunto decía: «¡Nos lo estamos pasando en grande!» Era un mensaje corto en el que me contaba que estaban en España y que les encantaba la «espectacular arquitectura» y «la comida y el vino deliciosos». Me sujeté la cabeza con la mano tratando de luchar con un sentimiento de ira tan intenso que pensé que iba a vomitar el capuchino. Borré el correo. Como de costumbre, mis padres se habían marchado a su pequeño universo particular mientras que el mío se desplomaba a mi alrededor. Estaba empezando a comprender por qué a Ace le gustaban tan poco. Entonces vi el correo electrónico de mi hermano: la línea del asunto decía: «No podré ir esta noche, Ridley. Te sugiero que te lo pienses mejor. Lo siento».

Le respondí: «Cobarde». Lo envié. Últimamente había cometido el error de engañarme a mí misma creyendo que podría contar con mi familia si me encontraba en un atolladero. Pero ahora recordaba lo que había aprendido el año pasado: *Estás sola.*

Saqué el móvil del bolso y llamé a Jake otra vez. Saltó el buzón de voz antes de que sonara una sola vez. «¡Dios mío! —le dije al teléfono en voz baja—, ¿dónde estás?»

El cibercafé estaba abarrotado con todo tipo de gente: estudiantes con mochilas, hombres y mujeres de negocios con bolsas para el portátil, hasta una anciana con un andador aparcado junto a la silla; el resplandor de las pantallas que tenían delante iluminaba sus rostros. Nunca me había sentido tan sola. Miré la hora en el móvil: Grant ya llegaba cinco minutos tarde y yo tenía seis horas antes de mi cita en The Cloisters, una cita a la que acudiría —tal y como me había temido—, sola. Metí la mano en uno de los bolsillos laterales del abrigo y saqué la cartera en la que llevaba un revoltijo de recibos y tarjetas de visita y muy poco dinero. Rebusqué en aquel lío hasta que la encontré: una tarjeta de visita que me había dado el único agente del FBI que me había tratado como es debido durante la investigación de mi padre. Su nombre era Claire Sorro; debía de tener unos diez años más que yo; era profesional y cortés, y me había tratado bien cuando el resto se habían mostrado fríos y oficiosos. Marqué su número y me apoyé contra los paneles de madera de imitación que me rodeaban.

—Sorro —dijo al coger el teléfono.

—Agente Sorro, soy Ridley Jones.

—Ridley —dijo con una voz que sonaba cautelosa; me pregunté si ya se sabía que me había escapado del agente Grace.

—Tengo que hablar con alguien sobre el agente especial Dylan Grace.

—Está bien… —dijo, como si dejara la frase inacabada.

—No debería estar trabajando en el caso de Myra Lyall; tiene su propia historia con Max Smiley: cree que fue él quien mató a su madre, y me está utilizando para descubrir si Max podría estar todavía vivo.

—Ridley —comenzó a decir, pero la interrumpí.

Si hubiera estado escuchándome a mí misma me habría dado cuenta de que lo que decía no tenía mucho sentido, que estaba asumiendo que ella sabía un montón de cosas de las que no tenía por qué estar al tanto.

—Sé que no debería haberme escapado de él, pero estaría dispuesta a venir al cuartel general del FBI si lo retiran del caso. Podría venir mañana. Yo no tuve nada que ver con el asesinato de Sarah Duvall. —Cogí aire.

—Ridley —dijo ella rápidamente aprovechando la pausa—, no tengo la menor idea de quién estás hablando.

—Del agente Dylan Grace —repetí.

—Nunca he oído hablar de él.

El corazón empezó a latirme con fuerza.

—Pero lo que sí sé, Ridley, es que tu cara está apareciendo en todos los boletines de noticias; dicen que te buscan en relación con el asesinato de Sarah Duvall y que un cómplice te ayudó a escapar de la comisaría de policía.

—No, nada de cómplice —dije notando la garganta seca—, el agente Grace me sacó de allí. Soy una testigo federal.

—Ya no, hace tiempo que el caso Proyecto Rescate se cerró.

—He estado bajo vigilancia durante un año, alguien en el FBI todavía sigue buscando a Max Smiley, y creyeron que volvería a buscarme porque me quiere.

El silencio que siguió me hizo entender que sonaba como si estuviera loca, como si fuera una lunática desesperada tratando de encontrar a un hombre muerto que la quiso en otro tiempo.

—Ridley —dijo la agente Sorro con cautela empleando un tono de voz tranquilizador—, Max Smiley está muerto, y tú lo sabes.

Intenté pensar en todas las cosas que Dylan Grace me había dicho y de repente los recuerdos se volvieron borrosos. ¿Cuánto de todo aquello era producto de mi propia imaginación? ¿Cuánto había dicho él realmente? Le conté a la agente Sorro que Grace me había enseñado su placa en la calle aquel día que me llevó al cuartel general para interrogarme sobre las fotografías, que me estaba siguiendo, que tenía acceso a los registros de llamadas de mi teléfono, que me había sacado de la comisaría. Debía de sonar como si estuviera totalmente histérica, probablemente delirante. Me pregunté si la agente estaría rastreando la llamada, si podría localizar la señal y deducir dónde me encontraba.

Otro intenso silencio.

—¿Cómo dijiste que se llamaba ese hombre?

—Dylan Grace —contesté sintiéndome más estúpida a cada segundo que pasaba—. ¿En serio me estás diciendo que nunca has oído hablar de él?

—Te estoy diciendo que nunca he oído hablar de él —dijo— y además estoy buscando en la base de datos en este preciso momento. —Oí el ruido de las teclas—. No aparece nadie con ese nombre. En todo el país, no hay ningún Dylan Grace que trabaje para el FBI.

Me di un momento para asimilar lo que me decía. Por un segundo me pregunté si me lo habría imaginado todo, si *todo* aquello no era más que producto de mi imaginación. Tal vez debería internarme en algún sitio, hacer que me viera un médico.

—Escucha, Ridley, me da la impresión de que te has metido en un buen lío y que estarías más segura si te entregaras. La policía simplemente quiere hablar contigo —añadió en un tono de voz que indicaba sin lugar a dudas que creía que se me había ido la cabeza—. Podemos encontrarnos en algún sitio y yo te acompañaré si quieres. Lo arreglaremos todo. Tenemos que averiguar quién es ese tipo, por qué se está haciendo pasar por un agente del FBI y qué es lo que quiere de ti en realidad. Nos podemos ayudar mutuamente.

Justo en ese momento oí un ruido en la línea que me devolvió a la realidad. Sopesé los pros y los contras de entregarme: ella tenía razón, seguramente estaría más segura. Pero una parte de mí ya había decidido que esa cita en The Cloisters era el único camino hacia Max. Algo en mi interior se aferraba a esa posibilidad y, pese a que no tenía motivos para pensar que fuera cierto, simplemente no podía abandonar. Si no estaba en The Cloisters a las ocho, no daría con Max jamás. Y no estaba segura de poder vivir con eso.

—Está bien agente Sorro, gracias —dije.

—¿Dónde quieres que nos encontremos?

—Humm... Lo pensaré y ya la llamaré yo.

—Ridley...

Colgué y me quedé allí sentada un instante con los nervios a flor de piel y fuertes retortijones de estómago. Dylan Grace, mi amigo imaginario, me había mentido, me había engañado... Y lo sorprendente era que no me sorprendía tanto ni me sentía tan traicionada. Hasta cierto punto, supongo que siempre había sospechado que no era quien decía ser, y casi era un alivio saber que no me había equivocado respecto a él.

Recorrí el local con la mirada: nadie se fijaba en mí; todo el mundo estaba concentrado al máximo en la pantalla que tenían delante. Quería gritar pidiendo ayuda, pero por supuesto no lo hice. Entoces vi a un tipo joven que subía resoplando por las escaleras: tenía la cara macilenta y las facciones blandas, pero era un rostro bonito enmarcado por unos rizos dorados; llevaba gafas de montura fina plateada. Estaba segura de que era Grant. De repente me entró miedo al pensar en que tal vez estaba poniendo al pobre muchacho en peligro; temí que acabaría arrodillada en el asfalto inclinándome sobre su cuerpo sin vida. Pensé en salir corriendo, pero me vio y comenzó a avanzar hacia mí.

—Sabía que eras tú —dijo al tiempo que se sentaba resollando trabajosamente.

Se quitó las gafas y las limpió con el borde de la camiseta en la que podía leerse: «LO ÚNICO QUE HACE FALTA PARA QUE TRIUNFE EL MAL ES QUE LOS HOMBRES DE BIEN NO HAGAN NADA».

Me sorprendió tanto que me reconociera que no abrí la boca.

—¡Joder, te has metido en un buen follón! —Su voz estaba teñida de admiración—. Debes de haberla jodido a base de bien en otra vida para que en ésta te lluevan los problemas otra vez.

Me pareció que su comentario era muy poco sensible y así se lo dije.

—Perdona —respondió—, tienes razón. ¿Cómo te escapaste de la policía?

La pregunta me dejó completamente desconcertada. Así que era verdad que mi cara estaba por todas partes. Una parte de mí había albergado la esperanza de que la agente Sorro hubiera estado exagerando o hasta inventando cosas, que todo fuera una elaborada estratagema para mantener en secreto la investigación sobre si Max estaba vivo o muerto.

—No me di cuenta de que me estaba escapando —contesté poniéndome a la defensiva—, pensé que me marchaba bajo custodia de los federales.

Él ladeó la cabeza y me miró.

—¿Qué quieres decir?

Le conté toda la historia, empezando por el día en que Dylan se me había acercado en la calle y terminando por cómo me había ido de Riverside Park huyendo de él. Hasta le hablé a Grant del mensaje de texto y mi cita en The Cloisters.

—¡Joder —dijo sacudiendo la cabeza—, esto es mucho más grande de lo que me había imaginado!

Se lo estaba pasando demasiado bien, y eso empezaba a irritarme.

—Has sido muy valiente al venir teniendo en cuenta que unas cuantas personas con las que he estado en contacto en los últimos días están muertas o han desaparecido —dije vengándome así del comentario que me había hecho antes.

—A mí no va a tocarme nadie, mi perfil es demasiado alto —dijo encogiéndose de hombros, como quitándole importancia, pero con cierta incertidumbre escrita en los ojos.

Pensé que igual bromeaba: ¿de verdad se consideraba «perfil alto»? Estuve a punto de soltar una carcajada, pero vi que lo decía en serio y opté por asentir con cara de entender a qué se refería.

—Por supuesto que lo eres —dije, pero él no pareció detectar el sarcasmo en mi voz.

—¿Cómo supiste de mí? ¿Por mi página web?

—No —dije—, Jenna Rich me habló de ti.

—Ah —dijo avergonzado.

Me pregunté si no habría oído por otro lado las cosas nada agradables que Jenna decía de él y de repente el tipo me dio pena.

—Me dijo que eras un genio de los ordenadores y que tenías algunas teorías interesantes sobre Myra Lyall, así que después de echar un vistazo a tu página web pensé que tal vez podrías ayudarme.

Eso pareció animarlo un poco.

—¿Ayudarte? Pero ¿cómo? —preguntó inclinándose hacia delante inmediatamente.

Escribí la dirección de la web misteriosa en el navegador del ordenador que yo estaba ocupando y apareció la página en rojo.

—Necesito saber qué es esta web —dije, y le conté también lo de las imágenes del Covent Garden que había visto en el ordenador de Jake.

Él se acercó al tiempo que se colocaba bien las gafas sobre la nariz; desprendía un olor agradable, como a rosquillas de crema. Tenía un cierto aire de oso de peluche que resultaba bastante atractivo. Se puso a teclear y al momento aparecieron dos pequeñas ventanas estrechas y un cursor parpadeando en uno de ellas, esperando a que tecleáramos algo.

—Está esperando un nombre de usuario y una contraseña —dijo volviéndose hacia mí.

—¿Cómo has hecho eso? —dije llena de reticente admiración.

Soltó aire por la nariz con gesto de suficiencia.

—Es el típico programilla de espionaje; materia del primer trimestre de Introducción a Quiero ser Espía.

Me di cuenta de que tenía la frente cubierta de sudor y me pregunté si estaría nervioso o simplemente tenía calor: no estaba nada en forma, aquel local era un horno, y hasta yo había llegado al final de las escaleras con la respiración entrecortada. Negué con la cabeza y dije:

—No entiendo.

—Se llama esteganografía, de «escritura oculta» en griego, y es una forma de insertar mensajes dentro de otros aparentemente inofensivos. Hay programas, como por ejemplo el Noise Storm o Show que permiten sustituir bits que no son útiles o no se utilizan en los archivos normales... como gráficos o sonidos, hasta vídeo. Lo único que he hecho es teclear un poco hasta que he dado con la ventana en la que estaba la información oculta.

Miré a la pantalla; mi mente ya estaba tratando de imaginar cuáles serían el nombre de usuario y la contraseña de mi padre. Seguramente los mismos del ordenador de casa porque, si hay una palabra que defina a mi padre, ésa es «predecible». Alargué la mano hacia el teclado.

—¡Espera! No pongas lo primero que se te ocurra: si te equivocas, seguramente eso alertará al administrador de la página de que un usuario no autorizado está intentando obtener acceso y desaparecerán las ventanas, incluso todo el sitio.

Lo miré y retiré la mano.

—Aquí hay algo que no es lo normal en sitios web estenográficos —dijo como si estuviera pensando en voz alta—, quiero decir que por lo general estarían ocultos tras otro: una página porno... hasta una librería en línea de novelas de misterio, y los mensajes estarían escondidos en elementos de ese sitio que sirve de tapadera... ficheros de imágenes o sonido, como te decía.

—O un vídeo de transmisión continua —dije pensando en el ordenador de Jake.

Él asintió.

—Y además los mensajes podrían estar cifrados. Hay un programa que se llama Spam Mimic. Imagínate que tuvieras un mensaje en un sitio web como éste: recibirías un correo electrónico que parecería el típico *correo basura*, algo que la mayoría de la gente borraría, pero tú sabrías que es un aviso de que tienes un mensaje esperándote.

Pensé en el ordenador de mi padre, en todo el correo basura que tenía, y me pregunté si uno de aquellos mensajes no habría sido en realidad un aviso.

Grant siguió hablando:

—Cuando hicieras clic en el vínculo que contiene el correo electrónico, te mandaría directamente al mensaje del sitio web, lo recuperarías y supuestamente dispondrías de los medios para descifrarlo.

—¿Y quién iba a montar todo ese tinglado?

Él se encogió de hombros.

—El gobierno ha estado haciendo mucho ruido con todo el tema de que los terroristas utilizan este tipo de métodos para comunicarse y quieren endurecer la legislación que regula las aplicaciones informáticas que permiten crear mensajes cifrados porque es prácticamente imposible rastrearlos: a no ser que alguien dé con un sitio web como éste y sepa lo que tiene delante, pasan totalmente desapercibidos. Este tipo de comunicaciones se utiliza cada vez más en lugar del teléfono y el gobierno se está poniendo nervioso porque eso está reduciendo significativamente el «parloteo» que ellos tienen controlado a través de las medidas ordinarias de lucha antiterrorista.

No estaba segura de a qué se refería exactamente con «parloteo», aunque lo había oído antes en ese sentido. Se lo pregunté.

—Verás, el gobierno puede hacer un seguimiento de la actividad terrorista vigilando la frecuencia con que se comunican los terroristas conocidos: el hecho de que incremente el tráfico, o incluso si disminuye, junto con otra serie de cosas como por ejemplo contenidos interceptados y observaciones vía satélite, les indica que está pasando algo. Pero los sitios web como éste, los teléfonos móviles de usar y tirar, hasta los cibercafés, le están complicando mucho la vida. Claro que organizaciones como el FBI y la CIA seguramente utilizan páginas web similares constantemente para comunicarse con los agentes en el terreno, los colaboradores que no están en plantilla y ¡vete a saber quién más! Es sólo que no quieren que nadie más los use.

—Sarah Duvall me dijo que vio una página como ésta en el ordenador de Myra Lyall la tarde que ésta salió a todo correr del *Times*.

—¡No jodas! —exclamó—. ¿Puedo poner eso en mi web?

Me lo quedé mirando.

—Sinceramente, no me parece muy buena idea.

Se volvió a quitar las gafas y las limpió con el borde de la camiseta de nuevo. Para entonces ya estaba sudando abundantemente.

—¿Hay alguna manera de saber quién creó esta página o de dónde procede?

—Puedo apuntarme la dirección de la web y mirármelo en casa a ver si encuentro algo —dijo volviendo a ponerse las gafas—. Hay maneras de rastrear estas cosas y conozco a un par de tíos que me podrían ayudar.

Era obvio que estaba intentando dar la impresión de que «controlaba», pero con poco éxito: una diminuta gota de sudor rodó por su mejilla.

—¿Quieres que te traiga un agua o algo?

—Disculpa —dijo pasándose la mano por la frente para luego secársela en los pantalones—, sudo cuando me emociono, y todo esto es muy emocionante; quiero decir que no puedo creer que esté aquí sentado con Ridley Jones.

Pronunció mi nombre de un modo, con tal admiración y reverencia, que se me revolvió el estómago.

—¿A qué te refieres?

—Llevo meses escribiendo sobre todo el asunto de Proyecto Rescate; si no hubiera sido por ti, no se habría descubierto nada; y ahora tú eres una fugitiva, Max Smiley podría seguir vivo... Es demasiado.

Sentí que me ardía la cara de ira e irritación.

—Estamos hablando de mi vida, Grant, no de la película de la semana. Ha muerto gente. Esto es muy serio.

—Lo sé, lo sé —dijo—, eso es lo que lo hace tan alucinante.

—Oye —dije frotándome los ojos (estaba agotada)—. ¿Crees que podrás ayudarme, sí o no?

—¿Qué quieres que haga?

—Quiero saber la procedencia de esta página web, cómo entrar, y qué clase de mensajes contiene.

Se quitó las gafas otra vez y me miró a los ojos; la dulzura de oso de peluche se había desvanecido por completo cuando dijo:

—¿Y qué gano yo con todo esto?

Me encogí de hombros.

—¿Qué quieres?

—Una entrevista en exclusiva con Ridley Jones para mi página web —respondió sin dudar.

¡*Menudo buitre*!, pensé. De repente le brillaban los ojos y tenía una expresión petulante en el rostro mientras se echaba hacia atrás sobre el respaldo de la silla. Yo me moría de ganas de darle un puñetazo en su inmensa y mullida tripa.

—Está bien —accedí—, pero cuando todo esto haya terminado.

Él arqueó una ceja.

—No te ofendas, pero ¿cómo sé yo que lo conseguirás? Ya me entiendes: tú misma has dicho que todos los que han tenido algo que ver con este embrollo han muerto o están desaparecidos, ¿qué te hace pensar que tu caso va a ser diferente?

Me entraron arcadas. La gente dice las cosas con verdadera mala leche, ¿no?

Me esforcé por proyectar una imagen de seguridad y le sonreí débilmente.

—Ése, Grant, es un riesgo que vas a tener que correr.

Me pregunté si se desmarcaría de todo aquel asunto: en realidad no tenía obligación alguna de implicarse y seguramente sería mucho mejor para él si se mantenía al margen. Pero yo contaba con que podría más su curiosidad.

—¿Cómo podré ponerme en contacto contigo? —me preguntó.

Le di una tarjeta de visita en la que aparecían mi nombre, el teléfono de casa, el móvil y mi dirección de correo electrónico.

—Yo me pondré en contacto contigo en un par de horas —le dije.

—¿Un par de horas? —protestó alzando las manos—. Tía, es imposible.

—Grant, no tengo mucho tiempo; haz lo que puedas.

Asintió, anotó la dirección de la web en el reverso de mi tarjeta y se la metió en el bolsillo de los vaqueros.

—Será mejor que me pire ahora mismo. —Él también me dio su tarjeta—. Ahí tienes mis teléfonos, son todos seguros; y también tienes una dirección de correo electrónico segura.

Me metí la tarjeta en el bolsillo y lo observé mientras se levantaba.

—Lo digo completamente en serio, ¿sabes? —dijo mirándome—. Tu cara está por todas partes, en la televisión, en la web del *Times*... seguramente saldrá en las noticias de la noche, así que si no quieres que te pillen ve con mucho cuidado.

Me acordé de la última vez que mi cara había estado por todas partes: justo después de que salvara a Justin Wheeler. La gente me paraba por la calle para abrazarme, para felicitarme... Incluso en aquella ocasión, mi vida se había ido a la mierda como resultado de toda esa publicidad. Me pregunté qué pasa entonces cuando tu cara está por todas partes pero por ser una fugitiva de la justicia, y caí en la cuenta de que no resultaría tan fácil llegar hasta The Cloisters.

—Tú también —respondí—. Y ni una palabra sobre la página web, Grant, ni sobre nuestra conversación por teléfono ni esta reunión. Podrías meternos a los dos en un buen lío.

Asintió con la cabeza y echó a andar.

—¡Bueno, eh, primera pregunta de la entrevista! —dijo volviéndose hacia mí—: ¿Qué se siente siendo el bebé por antonomasia de Proyecto Rescate?

Me lo quedé mirando.

—Es una mierda, tío —respondí—. Una buena mierda.

Me quedé un rato más dando vueltas en la oscuridad protectora de Strange Planet mientras intentaba decidir qué hacer. Me tomé otro capuchino. Tenía la impresión de que en el instante en que pisara la calle —saliera de nuevo a la luz—, me identificarían y me llevarían detenida, lo que tal vez no habría sido tan mala cosa, por lo menos para mi seguridad personal. Me pasé unos cuantos minutos mirando fijamente a la pantalla en rojo, dando sorbos al café y pensando en lo que me había aconsejado la agente Sorro. Pero luego me acordé de Dylan Grace y de lo que él me había dicho en el parque. Había resultado que era un mentiroso y sólo Dios sabía para quién trabajaba o qué era lo que pretendía, pero tenía razón en una cosa: tanto si estaba vivo como si estaba muerto, yo estaba persiguiendo a Max.

Haber descubierto la verdad sobre mi pasado no me había ayudado a ver con más claridad; más bien tenía la impresión de que el tenue concepto que tenía de mí misma se hacía cada vez más borroso. Cada día me sentía menos conectada con la mujer que solía ser.

Resultaba evidente que la única manera de comprenderme a mí misma era encontrar a Max, mi padre. Debía encontrarlo o me perdería por completo; tenía la absoluta certeza de que así era. Si me entregaba, tal vez nunca lograría las respuestas que necesitaba; era como si una puerta se estuviese cerrando y si no me colaba por la rendija antes de que se cerrara del todo, quizá quedara cerrada con llave para siempre.

Me acordé de aquel día en el bosque detrás de mi casa. Max me había dicho: «Hay una cadenita de oro que va de mi corazón al tuyo. ¡Créeme, yo siempre te encontraré!» Y tenía razón. Yo ya lo había sabido entonces y lo sabía ahora. Y también sabía que yo era la única que podría hacer que Max volviera a casa. La conexión que había entre nosotros siempre me había parecido un regalo, pero ahora la veía como una maldición.

Claro que también había otras cosas en las que me había visto envuelta —o arrastrada, según se mire—, como por ejemplo la desaparición de Myra Lyall, los asesinatos de Esme Gray y Sarah Duvall, toda aquella historia de Dylan Grace. (Por no hablar de dónde demonios estaba Jake.) Myra Lyall le había reprochado a Sarah que no tenía «fuego en las entrañas», esa curiosidad insaciable por conocer simplemente la verdad. Nunca habría podido acusarme a mí de eso. ¿Qué era lo que había hecho que toda esa gente estuviera muerta o desparecida, o mintiendo? ¿Qué era lo que habían descubierto? ¿Quién quería asegurarse de que no hablaran? ¿Quién era el hombre vestido de negro que había osado matar a Sarah Duvall en plena calle y luego había desaparecido? ¿Y qué tenía todo eso que ver conmigo?

Ace me había acusado de buscarme problemas aposta. Puede que llevase razón, pero a veces no podía evitar pensar que eran los problemas los que me buscaban a mí.

Cuando supuse que ya habría oscurecido salí del Strange Planet, hice una parada en una tienda de barrio para comprar unas cuantas cosas y cogí una habitación en un hostal cerca de la Calle 42, uno de esos sitios que las chicas decentes de los barrios de las afueras ni siquiera saben que existen, lleno de gente sin rumbo fijo, vagabundos, putas y personas que se aferran como pueden a los confines del mundo, apenas capaces de reunir el dinero suficiente para pagarse la habitación ese día. Escaleras oscuras, pasillos mugrientos, seres humanos vacíos por dentro caminando a trompicones: verdaderamente, aquello era el país de los perdidos.

La habitación era pequeña y estaba muy sucia pese a oler a desinfectante; se oían gritos y el sonido a todo volumen de varios televisores a través de las delgadas paredes. No iba a quedarme: sólo necesitaba el diminuto cuarto de baño de la habitación durante un rato. En la bolsa de plástico llevaba un tinte de pelo, una maquinilla de afeitar eléctrica, unas gafas de sol y una gorra negra.

Cuando salí del baño, los espesos mechones de mi melena rojiza (una de las cosas que más me gustaban de mi físico) estaban metidos en la bolsa de plástico fuertemente anudada que llevaba en la mano, a punto de acabar en el contenedor que había a la puerta del hostal. Le había dado la vuelta a la chaqueta de cuero que llevaba puesta dejando a la vista el forro de seda y le había cortado todas las etiquetas. Les quité los cristales oscuros a las gafas y me dejé puesta la montura (no hay nada que llame más la atención que alguien que lleva gafas de sol por la noche). Luego cubrí mi nuevo corte de pelo de cortísimos cabellos rubio platino peinados en punta con la gorra.

¿La chica del espejo? Ni la conocía.

11

Siempre he sido atractiva; no explosiva ni preciosa, simplemente lo suficientemente mona como para arreglármelas bastante bien y no tan bella como para llamar la atención sin quererlo. Y de un modo extraño, siempre he estado agradecida de que así fuera. Nunca quise parecerme a las chicas del catálogo de Victoria's Secret con todos los huesos marcados y ojos de vampiresas, ni a las modelos de las portadas de las revistas con esa belleza de foto retocada de estudio. Jamás me he acicalado gran cosa, ni me he matado de hambre, ni me he contoneado tratando de atraer la atención de los hombres, intentos que por otra parte siempre me han parecido alto tristes y desesperados en otras mujeres. Mi madre solía decirme: «Tú eres la que elige, cariño, no la que espera a que la elijan». Ella sabía algo que la mayoría de las mujeres parecen haber olvidado: que ser consciente de la propia valía es probablemente la cualidad más atractiva del mundo, que una mujer centrada y segura de sí misma no necesita matarse de hambre ni someterse a la automutilación de pasar por un quirófano, que tal vez incluso elija no teñirse las canas y, aun así, siempre poseerá el tipo de belleza que la edad y las modas no pueden marchitar.

Mi madre también decía: «Si haces cosas que te rebajen, los hombres pensarán que te pueden conseguir fácilmente, que eres de usar y tirar». Esas cosas incluían teñirme el pelo, hacerme un tatuaje de *henna,* y llevar tops muy cortos y medias de rejilla. Restricciones todas ellas que yo le echaba en cara, pero aun así creo que entendía la verdad que encerraban sus palabras. Estaba pensando en esto por las miradas lascivas que parecía desatar mi pelo rubio platino asomando por la gorra. No estaba acostumbrada a que me lanzaran ese tipo de miradas por la calle, de verdad. Bueno, esto es Nueva York, así que siempre hay algún colgado que te silba o hace un ruido desagradable cuando pasas; pero lo más que yo solía recibir de un hombre normal era una mirada fugaz o una sonrisa. Ahora, en cambio, a medida que avanzaba por Broadway hacia el metro, los hombres se me quedaban mirando con gesto raro y me dedicaban sonrisas poco respetuosas. Apreté el paso y tuve que contenerme para no pasarme la mano por el pelo. ¿Era el rubio platino, o tal vez había algo en mí que hacía evidente mi miedo y mi desesperación?

Bajé corriendo las escaleras de la estación de metro de Times Square y esperé a que aparecieran el 1 o el 9. Cuando llegó el tren entré por la puerta más próxima y luego caminé por dentro para cambiar de vagón hasta llegar al que estaba más vacío; entonces me hundí en un asiento en una esquina al fondo y cerré los ojos.

Noté que alguien se sentaba a mi lado y me acurruqué más contra la pared sin abrir los ojos.

—Un cambio de imagen interesante, un poco como el de Madonna en los tiempos de *Vogue*.

Abrí los ojos. Jake con una sonrisa divertida en los labios. No sabía si abofetearlo o darle un abrazo; opté por lo segundo. Él me estrechó con fuerza, con tanta como yo a él.

—Lo siento mucho —me susurró al oído—, lo siento mucho.

Nos bajamos en la Calle 191 y encontramos un café cubano en medio del ajetreo del barrio de Inwood: está al final de Manhattan, no es el Bronx, pero no anda lejos; el tren va por la superficie y las calles son una mezcla mugrienta de restaurantes familiares y lavanderías, ultramarinos y edificios de apartamentos. Es un barrio de clase trabajadora bastante seguro pero lo suficientemente cercano a las zonas malas como para que las tiendas de ultramarinos tengan verjas y a los empleados parapetados tras un cristal antibalas. Además, es un área de fuerte influencia latina, lo que significa que el café es fantástico y el aire está lleno de aromas a cerdo asado, arroz, fríjoles y ajo.

Encontramos una mesa al final del café y yo me quité aquellas gafas ridículas.

—Creen que mataste a Esme —le dije.

—Y a ti te buscan para interrogarte por el asesinato de esa asistente del *Times* —respondió él—; y por haberte escapado de la policía.

Parecía cansado y estaba pálido, pero le brillaban los ojos. Rezumaba una tensión que no era normal en él. Vino la camarera y pedimos café con leche y tostadas al estilo cubano.

—Ayer no estuve ni cerca de Esme Gray —continuó Jake—. La última vez que la vi fue cuando le hice aquella visita para hablar de Max.

—¿Y la mancha de sangre en el suelo de tu estudio?

Él sacudió la cabeza.

—Ayer por la noche volví al estudio esperando encontrarte allí. La puerta estaba abierta y yo sabía que la había dejado cerrada, así que me fui al parque de Tompkins Square; pensé que te vería antes de que subieras las escaleras, pero me despisté un momento y para cuando volví a mirar, ibas tan rápido que no llegué a tiempo. Estaba a punto de seguirte escaleras arriba cuando vi a los federales y cambié de idea. También vi que te ibas con uno de ellos más tarde y yo me marché corriendo.

—Podías haber llamado —dije en tono muy serio—, me he estado volviendo loca preguntándome dónde estabas; te he dejado un millón de mensajes.

Sostuvo el móvil en la mano.

—Se me acabó la batería. Y además sé que han estado vigilándote y escuchando tus llamadas; pensé que era mejor que intentara verte por ahí, en la calle.

Asentí y bajé la mirada hacia la mesa. Reparé en que no parecía muy sorprendido por el hecho de que hubiera sangre en el estudio, en que no me había preguntado nada sobre qué más había visto ni sobre qué habían encontrado los federales (si eso es lo que eran). Yo tampoco le pregunté por qué no tenía ni la menor curiosidad.

—Casi no te he reconocido —dijo pasándome la mano por el pelo—. ¿Por qué te has hecho semejante escabechina? Simplemente deberías entregarte. Esto es una locura.

—No puedo —respondí y me pasé una mano por la cabeza sintiendo el tacto de los cabellos tiesos y en punta.

—¿Por qué no?

—Ya sabes por qué.

—Ridley, está muerto.

—Tú no crees que lo esté y, además, aunque así sea... aun así yo... —Me di cuenta de que no era capaz de terminar la frase.

—¿Aun así tú qué?

—Aun así necesito saber quién era. Tú deberías comprenderlo mejor que nadie.

Me cogió las manos por encima de la mesa. Yo me quedé mirando su bello rostro, esos ojos color verde aguamarina, las leves arrugas que los rodeaban, la incipiente barba oscura de su mentón perfecto; su boca, de un delicioso tono rosado, como el de los caramelos de frambuesa. Sentí esa atracción física que siempre despertaba en mí.

Él bajó la vista un momento y luego volvió a mirarme.

—He estado pensando en lo que dijo Esme, lo de cambiarnos de nombre e irnos lo más lejos posible. Tal vez podríamos hacerlo; podríamos ir a cualquier parte del mundo y empezar de nuevo, formar nuestra propia familia; simplemente desaparecer. Quiero dejar atrás todo esto, quiero pasar página. Me siento como si hubiera malgastado una gran parte de mi vida con todo este asunto, con toda esta ira. Puede hacerse: simplemente dejarlo todo atrás, ¿no crees?

Todo en mi interior quería decirle: «sí, sí, es posible, vámonos». Podíamos montar un chiringuito de playa en algún lugar del Caribe o cultivar olivos en la Toscana... Yo me alejaría de mi lastimosa familia, de la pesadilla de Max y de quién podría haber sido. Tendríamos niños y les contaríamos que los dos éramos huérfanos y no teníamos familia. Nunca sabrían nada del veneno que encerraban nuestros pasados, nunca les afectaría; ellos podrían empezar de cero. Sonaba maravillosamente bien y, por un instante, casi lo creí posible. Pero no se puede hacer eso, ¿verdad que no? Puedes romper lazos que te atan, pero no sin perder una parte de ti. Puedes dejarlo todo atrás y esconderte de la gente de la que vienes, pero siempre los oirás llamarte en la distancia. Al menos así es para mí.

No dije nada de todo eso, pero sé que él pudo leer las emociones en mi rostro. Me soltó las manos y se apoyó en el respaldo de la silla; empezó a recorrer con las uñas una esquina del forro de plástico adhesivo de la mesa que se estaba despegando. Vi cómo abandonaba su fantasía con un profundo suspiro.

—Entonces, ¿ahora qué? —me preguntó.

No había decepción en su voz, sólo resignación, como si ya hubiera sabido que no teníamos esa posibilidad. Dudé un momento antes de contarle lo del mensaje de texto y mi cita en The Cloisters, lo de Grant y la llamada de teléfono que había tenido que hacer.

—Tú también la viste —dije—, la web; estaba en tu ordenador y se veía un vídeo de una calle de Londres. ¿Cómo conseguiste entrar?

Él negó con la cabeza.

—No la he visto nunca. Ya te lo he dicho: no volví al estudio esa noche. Había algo sospechosamente inmóvil en sus facciones y no estaba segura de creer lo que decía, pero asentí y le pregunté:

—¿Y no fuiste tú el que me mandó el mensaje de texto?

Negó con la cabeza de nuevo.

—No, claro que no. —Y al cabo de un instante—: ¿Quién crees que lo envió? ¿A quién esperas ver aparecer?

Yo no sabía la respuesta: ¿esperaba ir y encontrarme a Max esperándome para responder a todas las preguntas que me atenazaban el corazón?, ¿que esas respuestas me permitieran reconciliarme con quién era él y con todo lo que había hecho en el pasado? Quizás una parte de mí creía en esa posibilidad, pero una parte aún mayor no tenía ni idea de qué esperar y ni siquiera estaba convencida de que fuera tan buena idea. Ya lo sé, ya lo sé: ¡pues claro que no lo era!

Estábamos allí, Jake y yo, en ese lugar en el que el silencio es una respuesta, donde te conoces tan bien que hay preguntas que no hace falta responder.

Di un sorbo al café y seguí mirando hacia la puerta que daba a la calle, como había estado haciendo desde que llegamos.

—Tienes que prometerme una cosa —le dije.

—¿El qué?

—Si está vivo, si lo encontramos, necesito saber que no le harás daño.

Me miró con ojos inexpresivos.

—¿Es eso lo que piensas, que quiero vengarme de Max Smiley?

—¿No es así?

No dijo nada durante un momento; luego alzó los ojos al techo. Y finalmente:

—¿Por qué tienes tanto interés en protegerlo?

—Es mi padre —dije.

—Tu padre biológico —respondió inclinándose hacia delante.

—Sí, pero eso también cuenta para algo; hay cosas que necesito de él, incluso ahora, del mismo modo que hay cosas que tú necesitas de tus padres biológicos. Lo entiendes, ¿verdad?

Asintió con la cabeza lentamente.

—Lo entiendo. —Y entonces—: Lo que más me interesa en estos momentos es protegerte, Ridley. No quiero que te hagan daño, ése es mi único objetivo.

—¿Y de qué tienes que protegerme? —le pregunté.

—Sobre todo de ti misma. Estoy tratando de evitar que te arrastre la corriente.

—¿Estás diciendo vaguedades a propósito? ¿De qué me estás hablando?

Iniciamos un breve concurso para ver quién aguantaba más la mirada, y perdió él: bajó los ojos hacia la mesa y no volvió a mirarme. A veces Jake me parecía igual que una caja negra; tenía la sensación de que no sabría todo lo que había que saber sobre él hasta que nuestras vidas no hubieran quedado reducidas a jirones esparcidos a nuestros pies.

—Llama al tío de la web —sugirió tras un minuto de silencio—. Por lo menos que sepamos en qué nos estamos metiendo.

No había respondido a mis preguntas, no había hecho la promesa que le pedía, y yo estaba empezando a arrepentirme de haberle dicho nada sobre la cita en The Cloisters.

Saqué el móvil del bolsillo y me di cuenta de que casi estaba sin batería. Marqué todos los números que me había dado Grant y en todos me saltó el contestador. Me sorprendió, pues creí que habría estado esperando mi llamada, y empezó a envolverme una sombría sensación de desasosiego.

—¿No contesta?

Negué con la cabeza y me froté los ojos; luego miré al reloj que había en la pared detrás del mostrador: sólo quedaban dos horas. Jake parecía inquieto de repente, no paraba de mirar hacia atrás en dirección a la puerta y alrededor del restaurante.

—Salgamos de aquí. Es mejor que sigamos moviéndonos.

Caminamos por Broadway a paso vivo, acurrucándonos el uno contra el otro, muy juntos, con los brazos entrelazados. Seguro que a cualquiera que nos vieran debíamos parecerle la típica pareja joven, caminando de vuelta a casa, pero estábamos tan lejos de eso: cada uno persiguiendo sus propias metas, los dos con la cabeza llena de miedos y el corazón rebosante de preguntas y deseos que no entendíamos ni nosotros mismos. Si hubiera podido ver lo que ocurriría en unas cuantas horas, habríamos parado un taxi, nos habríamos ido directamente al JFK y habríamos estado en la Toscana a la mañana siguiente.

12

Me desperté en medio de una oscuridad lechosa que indicaba que estaba a punto de amanecer. Tenía un dolor de cabeza horrible que sólo habría cabido esperar después de una noche suicida de borrachera o un leve accidente de coche. Era un dolor tan intenso que casi no me atrevía a moverme. Y entonces reparé en otro dolor que atravesaba mi costado derecho como un cuchillo. Contuve las ganas de vomitar. Estaba en una habitación que no reconocía. Una habitación de hotel, eso sí era evidente, uno elegante y decorado con gusto, con paredes color crema y una moqueta mullida de un rojo intenso. La colcha que me tapaba era de una gamuza suave color hueso y las fundas de las almohadas de fino algodón. El miedo me atenazaba el pecho y oprimía mis pulmones. En la mesita de noche de madera oscura había un reloj que marcaba las 5.48 a.m. La habitación olía a lavanda.

Intenté sentarme, pero mi cabeza y mi costado me lo impidieron. Tenía la garganta dolorosamente seca e irritada. Alargué el brazo fuera de la cama, cogí el teléfono, me lo llevé a la oreja con dificultad y marqué el cero.

—Buenos días, señorita Jones. ¿En qué puedo ayudarla? —Una enérgica voz masculina, acento británico.

—¿Dónde estoy? —dije con voz ronca. ¿Estaba soñando?

Él soltó una breve carcajada.

—Una noche para recordar, parece… Está usted en el Covent Garden Hotel, en Londres, señorita.

Entonces acudieron a mi mente las imágenes de unos muros altos de piedra y unos hombres desconocidos saliendo de un claro en medio de una arboleda. Oí disparos y el sonido de mis propios gritos. Vi a Jake cayendo al suelo. Vi sangre, mucha sangre. El hombre que había visto en la calle cuando Sarah Duvall fue asesinada se acercó pero no pude ver su cara. Me preguntaba una y otra vez: «¿Dónde está el fantasma? ¿Dónde está el fantasma?» No tuve tiempo de asustarme, de preguntarme si esas imágenes eran recuerdos o retazos de un sueño. Me desmayé otra vez.

Fort Tryon Park estaba prácticamente en silencio de no ser por el murmullo del tráfico de la Henry Hudson en la distancia. Jake y yo habíamos estado allí juntos antes, la noche que Christian Luna murió a mi lado. Nos habíamos quedado sentados en el coche de Jake en el aparcamiento para que él me consolara mientras yo sollozaba presa de un ataque de histeria en el asiento del copiloto. Aquella había sido una mala noche; confiaba en que la de hoy fuera mejor. Atajamos por el césped y nos dirigimos hacia The Cloisters. El aire era fresco y húmedo, pero yo noté que una fina capa de sudor me cubría la frente mientras avanzábamos entre los árboles.

Mientras caminábamos, seguí llamando a Grant sin quitar ojo al indicador de la batería. Seguía sin responder, y la ligera sensación de miedo que sentía se fue acrecentando a medida que íbamos saliendo de la relativa seguridad de los árboles en dirección al paseo asfaltado. La sombra de las piedras góticas del museo The Cloisters se cernía amenazadoramente sobre nosotros, recortada sobre el telón de fondo del cielo estrellado. Me agarré al brazo de Jake.

—Tal vez esto no ha sido buena idea —dije mientras nos acercábamos al edificio.

Jake me miró.

—Humm, ya —dijo con un susurro cortante—. Yo estoy aquí sólo porque me imaginé que si no vendrías sola, pero podemos irnos ahora mismo.

Estaba a punto de tomarle la palabra cuando vimos las luces de los faros de un coche que se acercaba lentamente desde Broadway por el paseo asfaltado. Vimos cómo se apagaban las luces del coche, pero éste siguió avanzando hacia nosotros.

Estaba oscuro cuando me desperté de nuevo. El reloj marcaba las 9:08 a.m. El martilleo de mi cabeza había pasado, pero no del todo. Notaba húmeda la sábana bajera, palpé con la mano y cuando la saqué vi que la tenía manchada de sangre. Me incorporé con dificultad y encendí la luz resistiendo como pude las oleadas de dolor que me recorrían provocándome náuseas. La sangre me había calado la camisa, me la levanté y vi que el vendaje que me rodeaba la cintura estaba teñido de sangre tan oscura que era casi negra.

No recuerdo haber pensado nada en concreto, simplemente sentía una calma extraña, estaba como ausente. Me puse de pie intentando no marearme. Reflejada en el espejo de la cómoda ornamentada que había frente a la cama, vi la imagen de una chica que apenas conocía: estaba pálida, tenía unas profundas ojeras negras y parecía temblorosa y poco firme sobre sus propias piernas. Sus cabellos rubios en punta estaban apelmazados y sucios. Tenía un corte con mal aspecto debajo de un ojo y el cuello amoratado. Me agaché para vomitar bilis en la papelera.

Conseguí llegar hasta el cuarto de baño apoyándome en los muebles: un sillón mullido, un tocador, una librería. Me quité el vendaje con cuidado mirándome en el espejo: tenía un agujero en el costado que rezumaba sangre; una fuga lenta. Al verlo sentí que iba a perder el conocimiento, pero traté por todos los medios de no desmayarme sobre el frío suelo de mármol bajo mis pies. Me imaginé que quienquiera que me hubiese puesto el vendaje también me había sacado la bala que había provocado la herida, puesto que apreté los bordes suavemente con los dedos y no noté nada duro ni ningún cuerpo extraño bajo la piel, aunque el dolor me hizo vomitar más bilis amarillenta en el lavabo.

Empapé una toalla de cara con agua tibia y, sentándome sobre la tapa del retrete, me la puse sobre el costado. No sabía qué más hacer. La idea de llamar a la policía o a una ambulancia ni siquiera se me ocurrió. Debía de estar en estado de choque. En cualquier caso, el dolor era insoportable: todo se volvió negro una vez más.

El coche se detuvo y yo me quedé inmóvil, como clavada en el suelo; sentía la presencia de Jake justo detrás de mí. Supongo que si hubiera hecho caso a mi instinto habríamos salido corriendo en ese momento, pero algo me impedía moverme y me obligaba a permanecer allí observando. En mi corazón y mi estómago sentía un extraño torbellino de miedo y excitación, terror y esperanza. ¿Estaba allí? ¿Estaba tan cerca como aquel coche? ¿Me había visto allí de pie? Jake empezó a tirarme del brazo. Retrocedimos en dirección hacia los árboles. Noté que mi móvil vibraba dentro del bolsillo y lo saqué rápidamente: el número de Grant parpadeaba resplandeciente en la pantalla.

Lo cogí en el momento en que Jake estaba empezando a tirar de mí con más insistencia. Seguimos retrocediendo para alejarnos del coche.

—No es momento de hablar por teléfono, Ridley —dijo Jake (él odiaba los móviles más incluso que yo).

—¿Grant? —respondí ignorando a Jake.

—Ridley —dijo con voz extraña y tensa—. No vayas, no vayas a The Cloisters. Estás jodida.

—¿Cómo? —Traté de recordar si le había contado lo de la cita en The Cloisters, pero no era capaz de hacer memoria.

—¡Grant! —grité y luego se oyó un terrible gorgoteo—. ¡Grant! —insistí, y esta vez sonaba más como una plegaria.

Antes de que se cortara la comunicación Grant alcanzó a decir una cosa más:

—Corre, Ridley, corre.

Me desperté otra vez. Seguía en aquella habitación de hotel. Me sentía mejor, o más bien sentía menos, como si me hubieran medicado. Tenía compañía: en la pequeña y pulcra zona de estar que había junto a la cama estaba Dylan Grace sentado en un sofá. Tenía los ojos cerrados y la sien apoyada sobre un puño, los pies encima de la mesa de café. No estaba segura de si estaba dormido o no, pero se le veía pálido y con mala cara. Yo no tenía energía suficiente como para tenerle miedo: mi cabeza estaba demasiado embotada. Con toda seguridad me habían dado algo, porque una vaporosa sensación de calma me recorría todo el cuerpo.

—¿Quién eres? —pregunté.

En realidad era una pregunta filosófica. Él abrió los ojos y se incorporó.

—Sabes quién soy, ¿no? —dijo frunciendo algo el ceño, como si no estuviera seguro.

—Sé quién dices ser. También sé que eres un mentiroso —contesté arrastrando las palabras y vocalizando con dificultad.

—Estás rodeada de mentirosos —respondió—, yo soy el menor de tus problemas.

Pensé que era una afirmación muy contundente y que no estaba segura de saber a qué se refería.

—¿Dónde está Jake? —le pregunté. Él se frotó los ojos y no me respondió—. ¿Dónde está? —le pregunté otra vez alzando la voz al tiempo que intentaba sentarme y entonces se levantó rápidamente y se sentó a mi lado.

—¡Eh, tranquila! Te vas a abrir la herida otra vez —dijo poniéndome la mano en el hombro y empujándome suavemente para que me tumbara—. No sé dónde está Jake. Pero lo encontraremos, te lo prometo.

—¿Qué me ha pasado? ¿Cómo he acabado aquí?

—Ya habrá tiempo para hablar. Ahora descansa.

Alargó la mano hacia la mesita de noche y de pronto tenía una jeringuilla en la mano.

—No —dije, sintiendo que un sollozo me oprimía el pecho.

Mi voz sonaba débil y tenue, como la de un niño. La mano que alcé para tratar de detenerlo no tenía fuerzas. Él no me miró a los ojos y se concentró en dar golpecitos al tubo de plástico de la jeringuilla que sostenía en alto.

—Lo siento —dijo; y me clavó la aguja en el brazo.

El dolor duró poco pero fue intenso. La oscuridad que siguió, total.

—¿Qué te ha dicho? —me preguntó Jake que para entonces me había soltado el brazo y me miraba con gesto preocupado.

—Que corriera —contesté mientras seguía mirando al teléfono horrorizada.

Jake me cogió la mano.

—Pues parece un consejo muy sensato. Vámonos de aquí. Esto ha sido un error.

Pero en el momento en que me arrastraba hacia los árboles vimos el resplandor de las linternas en medio de la oscuridad. Nos quedamos clavados en el sitio. Cinco puntos oscilantes de luz blanca —quizá más— se movían hacia nosotros, resplandeciendo en medio de la noche al tiempo que se abrían paso entre los árboles por los que acabábamos de pasar no hacía mucho. El corazón iba a salírseme del pecho. Vi que Jake tenía esa expresión suya de cuando nos habíamos metido en un lío, esa mirada sombría e intensa de total concentración.

Dos hombres habían salido del coche para bloquearnos el camino de vuelta a la zona asfaltada. El ruido de las puertas sonó igual que unos disparos en medio del silencio que reinaba en el parque. Me quedé mirando sus siluetas: ambos eran altos y delgados y se movían a grandes zancadas hacia nosotros. Ninguno de los dos era Max, eso podía verlo perfectamente, incluso en la oscuridad y sin que se les distinguieran las caras. Por supuesto que ninguno era Max. ¡Qué tonta había sido al venir y arrastrar a Jake conmigo! Había dejado que me llevaran hasta allí guiada por una fantasía estúpida. «Ellos creen que tú sabes dónde está. Creen que los puedes guiar hasta él», recordé que había dicho Grant. ¿A qué se refería? ¿Quién era esa gente? Tenía los pies clavados en el suelo; algo me obligaba a permanecer inmóvil, observando. Apenas me di cuenta de que Jake tiraba de mí.

—¡Ridley, despierta! ¡Tenemos que salir de aquí! —me gritó al tiempo que me agarraba por los hombros con ambas manos y me empujaba para que me moviera.

Nos dimos la vuelta y corrimos rodeando un lateral del museo con nuestras pisadas resonando sobre el asfalto: no teníamos otra opción, no había forma de salir a la calle. A medida que íbamos bordeando el edificio intentamos abrir un par de pesadas puertas de madera y hierro forjado y las cristaleras con pestillo que encontramos a nuestro paso: todas estaban cerradas, por supuesto. Hacía muchas horas que el museo estaba cerrado. En su interior había claustros medievales de estilo francés, pasillos laberínticos que iban a parar a estancias de techos altos... miles de sitios donde poder esconderse. Afuera, en cambio, estábamos completamente al descubierto. El muro de piedra que rodeaba todo el conjunto no estaba lejos. Oí ruido de gente corriendo. No estaba segura de qué opciones teníamos; a decir verdad, no parecía que tuviéramos demasiadas.

—¿Dónde vamos? —le pregunté a Jake mientras nos acercábamos al muro apresuradamente.

Él se sacó de la chaqueta una pistola que yo no había visto antes.

—Vayamos hacia esos árboles y sigamos hacia el sur pegados al muro; confiemos en que no estén demasiado motivados: igual se marchan.

No sabía si estaba tratando de ser gracioso. Fue entonces cuando se oyeron las aspas de un helicóptero que parecía haber salido de la autopista que había debajo. Al poco rato no oíamos nada debido al ruido y el viento que había, y nos cegaba la luz de los potentes focos que llevaba el aparato en el morro. De repente, los hombres que habíamos visto moviéndose entre los árboles se acercaban muy deprisa. Echamos a correr.

Me desperté llamando a Jake. Lo veía cayendo al suelo. Me desperté extendiendo los brazos hacia él pese a saber que estaba muy lejos de encontrarse a mi lado. Oía la pregunta una y otra vez: «¿Dónde está el fantasma?» Odiaba mi abotargada cabeza y mi cuerpo débil que sentía como si ni siquiera fuera mío, como si estuviera lleno de arena. A Jake y a mí nos había pasado algo horrible y yo no tenía ni idea de qué era.

La habitación estaba vacía y me pregunté si Dylan Grace habría estado allí en realidad. En cualquier caso, tenía que ponerme en marcha, no podía seguir allí más tiempo. Me levanté de la cama con más facilidad que antes. El vendaje de la cintura estaba seco y limpio. Vi mis vaqueros, mis zapatos y mi chaqueta en el suelo junto a la puerta y, con mucho dolor, conseguí vestirme. Miré a mi alrededor buscando el resto de mis pertenencias, pero no vi nada más.

El pasillo estaba desierto y el ascensor llegó rápidamente. No tenía nada, ni bolso ni dinero ni pasaporte ni documento alguno que me identificara. ¿Cómo había llegado hasta Londres? ¿Estaba realmente en Londres? ¿Cómo iba a volver a casa? Estaba demasiado desconcertada y perdida como para tener miedo.

En el elegante vestíbulo —suelos de madera oscura cubiertos con alfombras orientales, paredes de color granate y mullidos sofás forrados en terciopelo— no había un alma; el restaurante y la recepción estaban desiertos. Debía de ser de madrugada. Miré a mi alrededor buscando un reloj y encontré uno tras el mostrador de recepción: las 2:01 a.m. Toqué el timbre y salió un hombre por una puerta que había a un lado del mostrador: era joven y menudo, con el cabello rubio ceniza y los ojos muy, muy oscuros. Tenía una nariz aguileña y los labios finos y estaba muy pálido; muy inglés.

—¡Ah, señorita Jones! Debe de querer usted recuperar sus pertenencias —dijo—. ¿Tiene el resguardo?

Metí la mano en mi bolsillo y —¡mira por dónde!— saqué un papelito con aspecto de resguardo y se lo entregué sin decir una palabra porque tenía miedo de vomitar sobre el reluciente suelo de madera si abría la boca. Él asintió con un gesto cordial de cabeza y se dirigió hacia la consigna. Al rato volvió con el desgastado bolso de bandolera con el que yo había estado cargando antes de que todo aquello (fuera lo que fuese) ocurriera. Lo acepté cuando me lo ofreció y lo abrí. Dentro estaban mi cartera, mi cuaderno, mi pasaporte, mis llaves, el maquillaje, el móvil; todo. Por algún motivo, el ver mis cosas, su aspecto inofensivo y familiar, me hizo sentir aún más enferma y asustada.

—Disculpe la intromisión —dijo con suavidad—, pero no tiene usted muy buen aspecto.

Yo negué con la cabeza. Toda aquella conversación era surrealista. De hecho, no estaba segura de que estuviese teniendo lugar en realidad. El suelo bajo mis pies era mullido e inestable.

—No estoy... no... estoy segura de cómo he llegado hasta aquí. ¿Lo sabe usted? Me refiero a... cómo he llegado hasta aquí. ¿Cómo sabe usted mi nombre? ¿Cuánto tiempo llevo... aquí?

Él salió de detrás del mostrador y me agarró por los hombros con un brazo al tiempo que me sujetaba por el codo con la otra mano. Dejé que me llevara hasta un sofá y me ayudara a sentarme entre los mullidos cojines.

—¿Quiere que llame a un médico, señorita Jones?

Asentí con la cabeza al tiempo que decía:

—Creo que es una buena idea.

Lo vi bajar la mirada, y bajé los ojos hacia donde él tenía fijos los suyos: se me había abierto la herida otra vez y la sangre había calado el vendaje; una mancha igual que una rosa roja florecía en el blanco de mi camisa, una camisa que no reconocía como propia.

—Señorita Jones —le oí decir.

Me miraba con cara de sincera preocupación y había cierto pánico en su voz. Parecía una persona muy amable.

—Señorita Jones, quédese ahí sentada mientras… —estaba diciendo.

Pero nunca llegué a oír el final de la frase.

SEGUNDA PARTE

EL FANTASMA

13

Jung creía que una de las principales razones de la violencia contra las mujeres era un *ánima* —o el arquetípico simbolismo femenino en el inconsciente masculino— no integrada; también creía que todos los hombres poseen características femeninas y todas las mujeres características masculinas. Sin embargo, a los hombres se les ha enseñado que su parte femenina es algo vergonzoso y debe reprimirse. El resultado de esa supresión ha sido una especie de misoginia generalizada, los encuentros sexuales fríos e impersonales y toda una serie de culturas en las que las mujeres no están seguras en su propio hogar. Todo ello formaría parte de las teorías de Jung sobre «la sombra», el lado oscuro del yo que nos esforzamos por ocultar y destruir para conseguir vernos tan sólo enfrentados a él una y otra vez, por lo general en «otro». Creía que en este aspecto de la psique humana radica el racismo, los sesgos culturales y la violencia de género, que la mentalidad del «nosotros frente a ellos» era un patrón de pensamiento que muestran quienes no han asumido su sombra y proyectan los aspectos que odian de sí mismos en el grupo de gente que consideran opuesto al suyo propio.

Yo soy la niña con los deberes hechos y el pijama puesto, la que mira a Max pasar en su bici calle arriba y abajo. Es tarde y hace frío, pero en el fondo envidio su libertad; me pregunto si, en el fondo, él tiene envidia de mi pijama de osos y mi cara recién lavada. Tal vez somos los dos iguales. Tal vez somos la sombra del otro.

Me despiertan con las sirenas y esos pensamientos extraños y la imagen de Max en mi cabeza. Las sirenas de Nueva York y Londres son tan diferentes. Las de Londres, con su oscilación de intensidad característica, parecen mucho más educadas: «Abran paso —parecen suplicar—. Háganse a un lado». Las de Nueva York en cambio son de una osadía insistente, abiertamente maleducadas: «¿A qué coño estás esperando? —preguntan— Apártate de en medio, de una puta vez. ¿No ves que es una emergencia?» En Nueva York, convives con el sonido de las sirenas sobrevolando las fronteras de tu subconsciente: ambulancias, coches de bomberos, coches de policía...; parece que en la ciudad siempre hay alguien que tiene problemas y siempre hay alguien apresurándose a acudir al rescate. Acaba uno por no darse ni cuenta; se convierten en parte de la música de la ciudad.

Las sirenas londinenses suenan acongojadas, como si dijeran: «Ha sucedido algo horrible y haremos todo lo que esté en nuestras manos, aunque seguramente ya sea demasiado tarde». Las neoyorquinas por su parte no tienen la menor duda de que llegarán a tiempo.

La que oí era una sirena de Londres, de intensidad oscilante, que se iba alejando. Tardé un segundo en darme cuenta de que me encontraba en una habitación de hospital, fresca y tranquila; estaba en penumbra, tan sólo entraba algo de luz por la ventanita de cristal de la puerta y a través de las rendijas del marco de la ventana y las contraventanas cerradas; no era la luz del sol sino de las farolas de la calle. No sabía qué hora sería.

Me quedé allí tendida sin moverme y recorrí la habitación con la mirada; cuando mis ojos se acostumbraron a la oscuridad me di cuenta de que había una mujer delgada sentada en una silla junto a la puerta: un rectángulo de luz le iluminaba parte de la cara; tenía el pelo muy rubio, casi blanco, y la boca ancha y con las comisuras hacia abajo en lo que parecía ser casi una caricatura de un mohín. Pese a que estaba ligeramente inclinada hacia un lado, con la cabeza apoyada en una mano, parecía extremadamente eficaz y centrada, y tenía un aspecto formal vestida con traje de chaqueta azul marino y zapatos de salón de tacón razonablemente bajo. Tenía la vista clavada en la pared, la mirada perdida y la mente a años luz de distancia.

Yo me aclaré la garganta, me incorporé un poco y alargué la mano hacia la jarra de agua que vi junto a la cama. La mujer se levantó rápidamente y se acercó a mí, llenó el vaso de agua y me lo dio.

—¿Se encuentra usted bien?

Dadas las circunstancias, era una pregunta difícil de contestar.

—Depende —dije con voz ronca y descarnada. Ella me miró intrigada—. De donde esté, de cómo haya llegado hasta aquí y de qué es lo que me pase.

Intentaba ir de que controlaba, de listilla, pero en el fondo me sentía totalmente hueca por dentro.

Ella apartó la vista educadamente mientras yo trataba de beber del vaso que sostenía a duras penas con mano temblorosa, pero al final alargó la mano para ayudarme a sostenerlo y fue todo mucho más fácil.

—Confiaba en que usted sería capaz de darme la respuesta a algunas de esas preguntas —dijo con fuerte acento londinense, aunque se veía que se esforzaba por reducirlo al mínimo.

—¿Quién es usted? —le pregunté.

—Inspectora Madeline Ellsinore. Soy la encargada de investigar su caso.

—¿Mi caso? —dije dejando el vaso sobre la mesa y echándome hacia atrás.

—Pues sí —dijo ella cruzando los brazos sobre el pecho al tiempo que posaba la mirada sobre mi rostro—: una americana aparece en Londres, se hospeda en un hotel y cuelga el cartel de «No molestar» en la puerta durante dos días; la única vez que alguien tiene contacto con ella en ese tiempo es cuando llama a recepción para preguntar dónde está, y al final se descubre que tiene una herida de bala infectada y en muy mal estado cuando aparece en el vestíbulo del hotel con paso inseguro al final del segundo día; pierde el conocimiento y se la llevan urgentemente al hospital más cercano; pese a que lleva documentación más que de sobra, pasaporte, dinero en efectivo y tarjetas de crédito, no consta en ninguna parte su llegada a Londres en ningún vuelo comercial de los últimos seis meses. Yo diría que hay material suficiente para abrir un caso, ¿no le parece?

Asentí con la cabeza lentamente. Su tono era formal pero amable, tenía los ojos de un color azul muy pálido, era menuda, de poca estatura y delgada, pero daba la impresión de ser rápida y fuerte como una atleta profesional.

—¿Cómo llegó usted hasta Inglaterra, señorita Jones? ¿Y qué está haciendo aquí?

Sacudí la cabeza:

—No tengo la menor idea.

Resulta raro admitir algo así. ¿Alguna vez se han despertado tras una noche de borrachera en una habitación extraña con una persona desconocida durmiendo a su lado? Pues es algo así, pero mucho peor: me sentía como si me hubiera despertado en el cuerpo de otra persona.

Ella parpadeó un par de veces.

—Eso me resulta difícil de creer —dijo por fin.

—Lo siento —respondí—, pero es la verdad.

Me miró impertérrita con ojos escrutadores. Había en ella una cierta frialdad robotizada, pese a ser una mujer bonita con voz suave y aterciopelada.

—¿Y quién le disparó, eso lo sabe? —me preguntó sin rodeos, como si se estuviera conformando con ese pequeño detalle como premio de consolación a falta de nada mejor.

Sacudí la cabeza de nuevo. El suelo parecía haber desaparecido debajo de mí y me sentía como si flotara en una vida que no me pertenecía.

—Señorita Jones, ¿se da cuenta de que es usted «persona de interés» para el Departamento de Policía de Nueva York en relación al asesinato de Sarah Duvall?

Los recuerdos de esa mañana se agolparon en mi mente: Sarah cayendo al suelo y muriendo ante mis ojos, yo persiguiendo al hombre de negro hasta que me detuvo la policía, Dylan Grace sacándome de la comisaría de Riverside Park y luego yo escapándome de él. A partir de ahí todo había ido de mal en peor. Pensé en Grant y su estúpida página web, en Jake cayendo al suelo. Traté de recordar lo que nos había pasado después de que quedáramos envueltos en el estruendo y el resplandor de los focos del helicóptero. Cuanto más pensaba en ello, más escurridizos se hacían los recuerdos. Sentí unas náuseas terribles y un dolor lacerante detrás de los ojos.

—El FBI también quisiera tener una charla con usted sobre un tal Dylan Grace.

Pensé en lo que él me había dicho en el parque: ¿Más mentiras?, ¿cómo podía estar segura?, ¿realmente había estado en el hotel o lo había soñado? Recordaba que él tampoco tenía buen aspecto y que me había pinchado con una aguja. Negué con la cabeza otra vez.

—La verdad es que no sabe usted lo que le pasó, ¿no es cierto? —me preguntó con incredulidad acercándome un pañuelo de papel de una caja que había junto a la cama.

Me sequé los ojos y me soné la nariz. Me llegaban los recuerdos a ráfagas: correr con Jake junto al muro de piedra de The Cloisters, el ruido de los disparos en mitad de la noche, caer al suelo violentamente como si me hubieran empujado, la sombra oscura de un hombre cuyo rostro no podía ver preguntándome: «¿Dónde está el fantasma?» Sobre todo recordaba mucho dolor: insoportable, total, casi imposible de describir por su intensidad; el tipo de dolor que, por suerte, aniquila los recuerdos.

—No —dije por fin—, la verdad es que no.

Pero, entre ustedes y yo, ésa no era toda la verdad. Poco a poco iba recordando: una rodilla en mi espalda, una capucha negra que alguien puso sobre mi cabeza… Simplemente no podía explicarme nada de todo aquello; era una pesadilla sin pies ni cabeza.

—¿Le dice algo el nombre de Myra Lyall? —Asentí con la cabeza lentamente—. Una periodista especializada en sucesos del *New York Times* —añadió ella—. Tenía alguna conexión con usted, si no me equivoco. Quería hablar con usted acerca de un artículo en el que estaba trabajando, sobre Proyecto Rescate. Luego desapareció.

—Sí —admití.

—Sarah Duvall era su asistente. —Yo asentí otra vez—. Encontramos el cuerpo de Myral Lyall ayer en un canal, aproximadamente a kilómetro y medio de distancia de King's Cross (el barrio de mala nota, uno de ellos); su cuerpo estaba dentro de un baúl; descuartizado.

Creó que me lo soltó así para maximizar el impacto. Traté de pensar en lo que estaba diciendo de manera conceptual, ignorando los detalles logísticos. Aun así, volvieron la náusea y los temblores —que habían ido disminuyendo—, y de manera aún más intensa.

—Tampoco hay constancia de que ella viajara a Londres —añadió.

Yo no respondí. No sabía qué decir. Sentía una mezcla de pesar por la muerte de Myra Lyall y terror por los detalles de cómo había sucedido. Me pregunté cómo podía ser que yo hubiera acabado en un hotel de lujo en Covent Garden y ella en un baúl, flotando en un canal de Londres. Cortada en pedazos.

—Señorita Jones, si tiene usted la menor idea de qué está pasando, le recomiendo encarecidamente que me lo cuente —dijo. Fue hasta la silla que estaba junto a la puerta y la puso al lado de la cama, se sentó lentamente, como si se estuviera acomodando para tener una larga y agradable charla—. No puedo ayudarla ni puedo protegerla si no lo hace. Usted parece una chica agradable, ¿sabe? También parece asustada y desde luego no la culpo por ello, pero ha muerto mucha gente y, según parece, ha sido usted muy afortunada al no haber corrido la misma suerte. Tal vez podamos ayudarnos mutuamente.

«Yo no pedí que nada de esto ocurriera. Nada de esto en absoluto», le habría dicho a Ace. «¿Estás segura?», me habría respondido él.

Al final decidí que todo aquel asunto me venía grande y le pedí que me enseñara su placa, que ella me mostró sin dudarlo. Ya me habían engañado una vez, ¿se acuerdan? Cuando me convencí de que era quien decía ser, le conté todo —en cualquier caso, todo lo que recordaba— a la inspectora Ellsinore. Mientras hablábamos, hubo un ir y venir constante de enfermeras y doctores que palparon mi costado y apuntaron con una luz a mis pupilas, inspeccionaron la herida y luego cambiaron el vendaje.

La inspectora Ellsinore tomó muchas notas. Cuando acabé con mi declaración le pedí que me ayudara a contactar con la embajada americana; lo hizo inmediatamente por teléfono y la embajada prometió que me enviarían un abogado al hospital.

Cuando colgué, ella me puso una mano en el brazo y dijo:

—Ha hecho lo correcto, Ridley. Todo saldrá bien.

Asentí con gesto taciturno.

—¿Y qué va a pasar ahora?

Ella miró la hora.

—Usted descanse, yo me pondré en contacto con las autoridades estadounidenses y les informaré de que está cooperando. Y mañana pensaremos en cómo y cuándo podemos mandarla a casa. ¿Hay alguien con quien desee que me ponga en contacto para que sepa lo que le ha pasado?

Mis padres estaban dando vueltas por Europa, haciendo fotos y mandando postales. Seguramente podrían haber llegado en cuestión de horas, pero no quería que vinieran. Ace era claramente incapaz de ofrecer la menor ayuda o apoyo, y seguro que ni tenía pasaporte. No sabía nada de Jake, ni su paradero ni si estaría bien. Pensar en él hizo que se me saltaran las lágrimas y me provocó la ya familiar sensación de pánico sobre si le habría pasado algo y dónde estaría.

—No. Pero si averigua algo más sobre el paradero de Jake Jacobsen querría saberlo, por favor.

—Haré lo que pueda para averiguar qué ha sido de él; trate de no preocuparse.

Me dejó su tarjeta en la mesa que había junto a la cama, recogió sus cosas y se dirigió hacia la puerta; entonces se volvió hacia mí con la mano ya en el pomo y dijo:

—Y... lo siento, Ridley, pero vamos a tener que dejar a dos oficiales a la puerta de su habitación: tanto para protegerla...

—Como para evitar que escape —dije acabando la frase por ella.

Asintió con la cabeza.

—Es sólo hasta que estemos seguros de qué ha pasado y de cómo ha acabado usted aquí; lo entiende, ¿verdad? Así que haga el favor de no intentar salir del hospital. Descanse. Va a tener usted un par de días muy movidos, me temo.

El aire de la habitación era fresco y esterilizado y me quedé allí tendida durante no sé cuánto tiempo. Me levanté una vez para ir al baño pero tanto el viaje como la tarea en sí resultaron tan dolorosos que decidí aguantarme las ganas la próxima vez. Tenía una cuña en la cama pero me negaba a usarla: simplemente no podía enfrentarme a eso. Me sentía entumecida, deprimida y muy, muy sola. El teléfono de la mesita de noche estaba allí, esperando a que me decidiera, pero no había nadie con quién hablar. La verdad era que estaba completamente sola, y así había sido desde el día en que Christian Luna me envió esa fotografía que cambió mi vida. Desde entonces, la única persona en quien había confiado de manera consistente era Jake, e incluso esa relación estaba plagada de mentiras y medias verdades por su parte. Traté de apartar de mi mente la imagen de su cuerpo ensangrentado cayendo desde una altura considerable.

Intenté ordenar en mi cabeza todo lo que había pasado, todo lo que sabía: Dylan Grace y Myra Lyall, las cosas que había dicho Grant, el vídeo retransmitido desde una esquina en Covent Garden, el hecho de haberme despertado en un hotel que estaba tan sólo a unas cuantas manzanas de aquel lugar. Traté de ver con mi mente de escritora todos aquellos acontecimientos disparatados y de extrapolar posibles conexiones, elaborar teorías, pero acabé sintiéndome aún más enferma y asustada. Pensé en el terrible final de Myra Lyall, en la muerte de Sarah Duvall en plena calle, en Esme Gray, en la llamada de teléfono de Grant. Incluso antes de los acontecimientos más recientes, Dylan Grace me había acusado de ser el hilo que lo conectaba todo; y ahora me daba cuenta de que era verdad.

Todo había empezado porque yo quería conocer a Max, quería ver su verdadero rostro para así comprender mejor quién era yo. Pero no me había acercado a mi objetivo en absoluto. De hecho, nunca había estado más lejos de mí misma: casi no reconocía mi imagen reflejada en el espejo. En definitiva, toda aquella historia había resultado un letal y rotundo fracaso.

Una enfermera vino a acomodarme las almohadas y a darme unas pastillas.

—Son para dormir, cielo —dijo cariñosamente.

Las acepté y fingí tomármelas respondiéndole con una amplia sonrisa. Cuando se hubo marchado me las saqué de la boca y las tiré dentro del vaso que había en la mesilla. No quería tomarme nada para dormir, no me sentía lo suficientemente segura como para eso.

Pasé un tiempo en una especie de duermevela en que a ratos me vencía un sueño inquieto hasta que oí algo raro en el pasillo: de pronto estuve totalmente despierta y el terror me atenazó el estómago. Fue un ruido suave, repentino, un murmullo como de algo que se arrastra seguido de un golpe seco que duró sólo un instante. Pero algo no iba bien... Era como si hubiera habido un cambio en el aire. Permanecí sentada en la cama con los ojos muy abiertos y escuché durante un rato.

Me relajé un poco al cabo de uno o dos minutos: no se oía nada, aparte de los sonidos habituales de una televisión con el volumen alto en otra habitación, los pitidos acompasados de alguna máquina, y el zumbido extraño y omnipresente que seguramente provenía de las luces fluorescentes y los cientos de equipos médicos, todo estaba en silencio. Había empezado a quedarme dormida otra vez cuando oí otro ruido que provenía del otro lado de la puerta: una silla que se movía. Vi pasos a través de la rendija de la puerta. Me levanté de la cama con gran esfuerzo y miré a mi alrededor: el baño era una trampa, no había salida, y no estaba en condiciones de agacharme para esconderme en el espacio que quedaba entre la cama y la ventana, así que fui de puntillas hasta colocarme justo a un lado de la puerta y busqué con la mirada algo con lo que defenderme. El esfuerzo había sido agotador.

Debe de haber sido una escena digna de verse: yo allí de pie en calcetines y bata de hospital y el trasero al aire. Me agaché aguantando como pude el increíble dolor para coger del suelo una de mis botas, que estaban debajo de la silla en la que había estado sentada la inspectora Ellsinore: era lo único que tenía fuerzas para coger y que al mismo tiempo pareciera suficientemente contundente y pesado como para surtir el menor efecto como arma defensiva.

Mi respiración se iba acelerando y sentía la adrenalina corriéndome por las venas. Vi junto al teléfono la tarjeta de la inspectora Ellsinore y también el interruptor para avisar a la enfermera que debería haber pulsado cuando aún estaba en la cama. Consideré la posibilidad de volver a echarme pero, teniendo en cuenta lo que me había costado llegar hasta donde estaba, me parecía totalmente imposible caminar —ni tan siquiera arrastrarme— para cubrir la distancia que hubiera tenido que recorrer. Apoyé la espalda contra la pared con la bota en alto y agucé el oído. Pasó un minuto, tal vez dos, y empecé a preguntarme si no estaría sufriendo un ataque de paranoia (¿acaso podía culpárseme si así fuera?) o los efectos del choque postraumático. Estaba a punto de dejar la bota de nuevo en el suelo cuando la puerta comenzó a abrirse tan lentamente que no me di cuenta hasta que no vi en el interior de la habitación la silueta oscura de un hombre: estaba de pie de espaldas a mí, mirando la cama vacía.

Sin darme tiempo a perder los nervios, lo golpeé con la bota en la cabeza con todas mis fuerzas, tanto que el golpe hizo que el dolor de mi herida se extendiera por todo mi cuerpo; me tambaleé hacia atrás y la bota cayó al suelo al mismo tiempo que él se desplomaba dejando escapar un gemido de dolor. Mi intención había sido asestar el golpe y luego salir corriendo al pasillo para pedir ayuda, pero el dolor en mi costado era tan intenso que casi no podía respirar ni moverme. Mi propio cuerpo me había traicionado, y me indignaba mi debilidad física. La ira y la frustración me dieron fuerzas para apoyarme en la pared y avanzar así, por muy despacio que fuera, hacia el pasillo.

—Ridley, para.

Lo miré: aunque estaba oscuro, podía verle la cara allí sentado con una mano en la sien y distinguía la gota de sangre que le caía por la mejilla. Era Dylan Grace. Había un millón de cosas que quería preguntarle, pero sólo conseguí decir:

—Apártate de mí… gilipollas.

Me dejé caer al suelo con la espalda apoyada en la pared: pensé que probaría a ver si arrastrarme por el suelo era menos doloroso… Es verdaderamente terrible darse cuenta de lo poco que valoramos nuestra fuerza física y gozar de buena salud hasta que éstas nos fallan: hubiera dado lo mismo que la puerta estuviera a un kilómetro de distancia.

Dylan me agarró por la muñeca. Tuvo suerte de que yo no alcanzara mi otra bota.

—Vienen a por ti, Ridley —dijo con voz desesperada—. Ven conmigo, o quédate y muere en esta habitación. La decisión es tuya.

Me desplomé contra la pared, sin opciones y sin fuerzas. Morir —o por lo menos perder la consciencia— estaba empezando a parecerme una posibilidad interesante: un fundido en negro a cámara lenta, poner punto final al miedo y el dolor. ¿Tan malo sería? Él empezó a moverse hacia mí y yo estaba a punto de usar las pocas fuerzas que me quedaban para ponerme a chillar como una loca cuando oí un ruido en el pasillo, un sonido que reconocí aunque por un momento no pude identificarlo; era el sonido del metal escupiendo metal, de un proyectil cortando el aire pero sin la explosión: un disparo hecho con silenciador. Tal vez lo había oído en la calle sin ser consciente de ello cuando mataron a Sarah Duvall. Siguió un ruido sordo que parecía deberse a algo —alguien— cayendo al suelo violentamente. Esos sonidos hicieron que los gritos quedaran atrapados en mi garganta.

Dylan se arrastró hasta donde yo estaba y me hizo un gesto llevándose un dedo a los labios. Se sacó una pistola de la chaqueta, un arma plana de color negro como la que llevaba Jake, como la que yo misma había disparado tan mal en aquel almacén de Alphabet City. No sabía qué tipo de pistola era, pero me alegraba de verla.

El silencio que siguió pudo haber durado horas o segundos: ¿dónde estaban los agentes que supuestamente montaban guardia a mi puerta? (¿En Inglaterra los llaman agentes o *bobbies*? En cualquier caso, a los pobres les deberían dejar llevar armas.) Supongo que ya sabía la respuesta a esa pregunta. Intenté ser valiente. El miedo, el dolor y el cansancio se me hacían casi insoportables; notaba esa sensación extraña de que se me empezaba a ir la cabeza, como ya me había pasado en otras ocasiones de mucho estrés o cuando había corrido un grave peligro.

Entonces comenzó a abrirse la puerta: una silueta alta y desgarbada apareció en el interior igual que un espectro; tenía los brazos a los costados y llevaba un arma en la mano. Podía oler su colonia, hasta podía distinguir que tenía el dobladillo del abrigo descosido por la parte de atrás. Contuve la respiración. Dylan se levantó y empuñó el arma sin hacer el menor ruido, y cuando la silueta se volvió a toda velocidad al notar algo raro a su espalda, Dylan disparó. La explosión iluminó la oscuridad con un fogonazo cegador y provocó un terrible estruendo; yo noté el olor acre a pólvora colándoseme por la nariz hasta llegar a mi garganta, al tiempo que el hombre se desplomaba en el suelo sin haber tenido siquiera tiempo de levantar el arma. Me quedé mirando a aquel rebujo humano en que se había convertido mi supuesto asesino y del que salió un sonido igual que un gorgoteo.

Dylan me tendió la mano.

—¿Puedes caminar?

Dudé, miré a un lado y a otro, pasando la mirada de Dylan a aquel hombre y viceversa: tal vez el hombre había venido a salvarme de Dylan Grace. O tal vez tanto uno como otro habían venido a por mí por sus propios e igualmente malvados motivos.

—No tienes tiempo para decidir si puedes fiarte de mí o no —me dijo. Se oía jaleo en el pasillo—. Esta gente no puede protegerte.

Asumí que se refería a la policía y al personal del hospital. La verdad es que en eso parecía llevar razón, así que le di la mano y dejé que tirara de mí para levantarme. Él cogió mi bolso del armario, lo que me pareció de lo más ocurrente por su parte porque yo me lo habría olvidado por completo. Recordé con consternación que la inspectora Ellsinore me había confiscado el pasaporte. Realmente no veía la forma de salir de todo aquello.

Salimos por la puerta: él cargaba prácticamente con todo mi peso. En el pasillo, vi los cuerpos de los dos agentes encargados de protegerme hundidos sobre las sillas; estaba empezando a formarse un charco de sangre bajo uno de ellos. Una enfermera yacía boca abajo en el suelo con el cuello en una posición extraña; uno de sus dedos hacía involuntarios movimientos espasmódicos.

—¿Cuántos más? —dije.

Aún hoy, no estoy segura de si me refería a cuánta gente más moriría o a cuántos más vendrían a por mí.

—No lo sé —respondió en voz baja.

Atravesamos una puerta en dirección a las escaleras. Se oían gritos y carreras. Dylan me tapó con su abrigo de lana y miró mis calcetines.

—Bueno, me temo que no hay mucho que podamos hacer al respecto, ¿no crees?

Entonces fue cuando me di cuenta de que él tenía acento y no supe qué pensar, pero no tenía fuerzas para preguntar nada.

Bajamos un sinfín de escaleras. Podría contarles lo lento y doloroso que resultó pero seguramente ya se lo imaginan. Por fin fuimos a dar a un callejón; se oían ruidos en la escalera a nuestras espaldas. Un viejo Peugeot nos esperaba en medio de la oscuridad y el húmedo frío. La tapicería era áspera y mis calcetines estaban empapados cuando Dylan me ayudó a meterme en el asiento de atrás.

—Túmbate ahí —dijo.

—¿Dónde vamos? —le pregunté mientras cerraba la puerta.

—Tú intenta tranquilizarte. Todo irá bien —contestó al tiempo que se sentaba en el asiento delantero y cerraba la puerta con fuerza. Por un instante pensé que estaba esperando a alguien que condujera, pero luego me acordé de que en Inglaterra el volante va al otro lado. Arrancó el coche: el motor sonaba diminuto y enclenque.

—¿Tienes un plan o algo así? —le pregunté mientras daba marcha atrás para salir del callejón y enfilaba lentamente por una calle desierta.

Un enjambre de coches de policía con sirenas ululantes pasó a toda velocidad en dirección contraria. No me contestó. Yo estaba empezando a darme cuenta de algo que lo caracterizaba: si le preguntabas algo y creía que no te iba a gustar la respuesta, simplemente no te contestaba.

—Tú sólo trata de... no preocuparte —dijo por fin.

Tenía acento inglés. Seguro. Igual irlandés. O tal vez escocés. No se me dan muy bien los acentos.

—¿Quién coño eres, tío? —le pregunté una vez más.

—Ridley —dijo mirándome por el retrovisor—, soy el único amigo que tienes.

No hacía más que decir eso, pero me estaba costando creérmelo.

14

El envolvente ruido del helicóptero me paralizó. Jake tiró de mí y seguimos corriendo a lo largo del muro manteniéndonos lo más cerca posible de éste. Los disparos que llegaban desde arriba hacían que el suelo escupiera y saltaran pequeñas esquirlas a nuestros pies. Miré hacia atrás. No había ni rastro de los hombres que había oído antes: ¿dónde estaban? El hecho de que no pudiera verlos me ponía más nerviosa que si los hubiéramos tenido pisándonos los talones: ¿y si nos estaban acorralando como a ovejas camino del matadero y, de alguna manera, se las ingeniaban para cerrarnos el paso más adelante?

—El helicóptero no puede seguirnos si nos metemos entre los árboles —gritó Jake señalando hacia el lugar donde terminaba el muro y comenzaba una zona frondosa de árboles que se extendía hasta la autopista; por allí podríamos avanzar colina abajo a través del pequeño bosque hasta la Henry Hudson.

Su voz era como un susurro en medio del ruido atronador del helicóptero, pero lo oí y asentí con la cabeza. Corrimos como locos en dirección a lo que yo confiaba sería un lugar seguro y, cuando llegamos a la esquina del muro este con el muro sur, Jake trepó por la pared de piedra y luego me ayudó a mí a subir.

No fue fácil: me caí una vez, lo intenté de nuevo y al final lo conseguí. Creo que si no hubiera sido gracias al miedo y la adrenalina nunca lo habría logrado, y la bajada por el otro lado fue más bien una caída en mi caso; Jake en cambio hizo un aterrizaje bastante más elegante justo a mi lado. Oímos el helicóptero que se retiraba pero permanecía cerca. Aguzamos el oído: ni una voz; ni una pisada.

—Lo siento —le dije a Jake—, siento haberte metido en todo esto.

—No, Ridley. *Yo* soy el que lo siente.

—¿Tú? Pero ¿por qué? Tú sólo estabas tratando de protegerme —dije alzando la vista hacia él.

Jake me rodeó los hombros con un brazo y me atrajo hacia sí; yo me volví hasta quedar frente a él y lo abracé por la cintura escondiendo la cara en su cuello.

—En estos últimos días me he dado cuenta de algo —dijo con voz grave y un tono muy serio—: Ridley, sí que puedo dejarlo todo atrás, no es más que una decisión. Los dos podemos hacerlo, no necesitamos todas las respuestas para continuar con nuestras vidas; no tiene por qué ser así. —Entonces me besó en los labios: un sabor delicioso, el sabor de las infinitas posibilidades de una vida juntos. En ese momento lo creí; creí que tenía razón—. Si salimos de ésta —me susurró al oído—, te prometo que todo será diferente. Te lo juro, Ridley, te lo juro.

Permanecimos abrazados hasta que se oyó el ruido de algo que cortaba el aire igual que si una cuchilla estuviera desgarrando una tela. Nos pusimos de pie para echar a correr, pero vi que los hombros de Jake hacían un movimiento brusco y que la sangre empezaba a empaparle la chaqueta y luego una pernera del pantalón; él extendió el brazo hacia mí al tiempo que caía hacia atrás. Yo grité su nombre, alargué la mano, y entonces sentí un calor insoportable en el costado y caí al suelo bruscamente, como si alguien me hubiera empujado con una fuerza tremenda por la espalda. Vi que el rostro de Jake estaba cada vez más pálido e inmóvil. La boca me sabía a sangre y a tierra.

Me desperté sobresaltada y con un sollozo atrapado en la garganta. El coche se movía a toda velocidad; estábamos en una autopista.

—¿Está muerto? —pregunté.

—¿Quién? —dijo Dylan sin apartar los ojos de una carretera rodeada de una oscuridad total, lo que indicaba que debíamos haber salido de la ciudad.

—Jake.

—No lo sé, Ridley —respondió en voz baja.

—No me mientas.

—No te miento. De verdad que no lo sé.

Existen muchos tipos de muerte en este mundo, y morir físicamente es lo de menos; en cambio morir por dentro, morir a la esperanza…, eso sí que es grave.

Nunca me ha asustado mi propia muerte. No es que desee morir, claro que no, es sólo que siempre he visto la muerte como una situación de apagón general: ya eres historia y, o es el final... o es el principio; y tanto en un caso como en el otro, no me imagino que haya mucha oportunidad de echar la vista atrás. Nunca me he creído esa historia del fuego eterno y el lago de azufre, la idea de que haya una recompensa o un castigo cuando morimos, que se lleve una especie de contabilidad de nuestras buenas, malas y mediocres acciones, la idea de que el alma sea clasificada conforme a ese balance no me parece creíble: la humanidad juzga de ese modo, pero yo tiendo a pensar que Dios probablemente no. Él o Ella simplemente sigue enseñándonos con infinita paciencia hasta que por fin «nos enteramos», bien sea en esta vida o en la siguiente.

Sospecho que el luto es peor que la muerte. Cuando alguien a quien amas muere, es prácticamente imposible asumirlo: la total finalidad del hecho, la impotencia que se siente, hace que te parezca como si estuvieras a punto de abrasarte envuelto en el fuego de la agonía emocional que sientes. Cuando Max murió, me dolió tanto que no podía creer que aún fuera capaz de seguir con mi vida cotidiana. De hecho, me sorprendí a mí misma en más de una ocasión deseando que me atropellara un coche o sufrir una caída desde una altura considerable. No es que quisiera morir: simplemente quería que algo me arrollara, que mi cuerpo estuviera tan destrozado como mi espíritu para poder parar, echarme y comenzar a sanar.

No me da miedo morir. Sé que hay cosas mucho peores.

Estaba pensando en todo eso tendida en el asiento de atrás mientras Dylan conducía en medio de la oscuridad por una autopista desierta.

—¿Dónde me llevas?

—A un sitio donde estaremos a salvo hasta que se me ocurra qué hacer. Necesito pensar.

—Me vas a contar qué está pasando ahora mismo —le dije.

Ni una palabra. Salió de la autopista para tomar una pequeña carretera secundaria. Durante unos cuantos kilómetros, todo era oscuridad interrumpida de vez en cuando por algún que otro puntito de luz de una ventana a lo lejos. Olía a hierba y a estiércol. Giramos a la derecha, avanzamos por un camino sin asfaltar y luego por otro flanqueado por grandes árboles al final del cual se intuía la sombra de una estructura de piedra, una casa; daba sensación de vacío, de abandono.

—Ésta era la casa de veraneo de mi familia.

—¿Era?

—Ya no me queda mucha familia. Así que supongo que ahora es mía.

—¿Y que hay de esa madre tuya que murió asesinada, agente Grace, de todo ese rollo que me contaste en el parque? ¿Max también se ocupó del resto de tu familia?

Él se estremeció, como si lo hubiera abofeteado.

—Lo que te dije era verdad —contestó mientras salía del coche—, no toda la verdad, pero sí verdad.

Me abrió la puerta y me ayudó a salir. Odiaba tener que apoyarme en él. Estaba sucia y calada hasta los huesos, tenía frío y se me hundieron ligeramente los pies en el suelo mojado. Cuando me fallaron las piernas, él me cogió en brazos, lo que no es tan fácil como parece en las películas.

—Déjame en el suelo, gilipollas —dije sintiendo a un mismo tiempo vergüenza y enojo.

—Es la segunda vez que me llamas así esta noche —comentó avanzando rápidamente hacia la casa.

Me depositó en la entrada y abrió la pesada puerta de madera con una llave que había escondida en algún sitio sobre el marco. En el interior de la casa el aire era frío y olía mucho a humedad, algo así como en una cripta. Fui renqueando hasta un sofá —de color rojo y lleno de polvo— que vi junto a una butaca y un diván a juego. Era duro e incómodo, pero aun así mucho mejor que permanecer de pie. También había una sencilla mesa de café y una chimenea junto a la que se apilaba un montón de leña listo para ser usado. Me acurruqué para protegerme del frío y miré a Dylan Grace, sin disimular el odio que sentía, mientras él encendía el fuego y me cubría con una manta beige, horrorosa y maloliente. Entonces se marchó de la habitación y oí cómo andaba de acá para allá haciendo algo en una habitación que, a juzgar por el ruido de cacharros, asumí debía ser la cocina. Me quedé adormilada otra vez.

Cuando me desperté estaba sentado en la butaca con los pies apoyados en el diván. El fuego iluminaba la mitad de su rostro: era un hombre guapo, de una belleza dura como ya he explicado; incluso agotado, pálido y ojeroso, de aquel modo descarnado, resultaba tremendamente atractivo. Casi podía imaginarme a mí misma sintiéndome atraída por él, si no fuera porque era un mentiroso y un asesino. Aunque eso no había parecido ser un impedimento para mí en el pasado.

—Nadie es quien tú crees —dijo dándose cuenta de algún modo de que estaba despierta—; ni yo, ni Max Smiley, ni siquiera Jacobsen.

No desvió la vista hacia mí; seguía con la mirada fija en las llamas. Aquella declaración parecía ser una obviedad tan innecesaria que ni siquiera me molesté en contestar.

—¿Quién es el fantasma? —le pregunté.

Entonces sí que me clavó la mirada bruscamente.

—¿Dónde has oído eso?

Negué con la cabeza.

—No estoy segura, simplemente lo oigo una y otra vez en sueños: «¿Dónde está el fantasma?»

—Hay mucha gente interesada en la respuesta a esa pregunta —dijo sin apartar los ojos de mí.

—¿Incluido tú?

Se encogió de hombros.

—Primero come algo, luego hablaremos.

Se levantó y salió de la habitación apresuradamente. No me molesté en llamarlo ni traté de impedir que se marchara. Estaba empezando a acostumbrarme a sentirme desvalida; y ahora ni siquiera tenía ropa; ni fuerzas. Me había metido en líos con la policía de dos países, por no mencionar al FBI, y de paso estaba aprendiendo a tener más paciencia, así que me limité a quedarme allí sentada un rato mirando al fuego y tratando de recomponer el millón de piezas de aquel rompecabezas que me ocupaba la mente, pero no conseguí nada salvo el consabido dolor de cabeza.

Él volvió al poco rato con una sopa de tomate y un té en una bandeja de madera. Guiándome por el estado en que estaba la casa, no quería ni pensar en el tiempo que llevarían tanto la lata de sopa como el té en un armario de la cocina, pero me sorprendió el hambre que tenía; ya ni me acordaba de cuándo había probado bocado por última vez. Intenté comer despacio porque no quería que me sentara mal, pero, aun así, me tomé el cuenco de sopa en un abrir y cerrar de ojos. Mi estómago se quejó un poco pero no vomité, gracias a Dios. Cuando me terminé el primero, Dylan me sirvió otro cuenco de sopa y también me lo terminé, y luego me ofreció unas pastillas y un gran vaso de agua.

Lo miré.

—No voy a tomarme ninguna pastilla que me des tú.

Él señaló la bandeja con un gesto de la cabeza.

—Te has tomado la sopa y el té. Te podía haber echado algo en la comida si lo que pretendía era drogarte. —El acento inglés: iba y venía—. Son antibióticos; si no te los tomas te pondrás cada vez peor.

Tenían aspecto de poder ser antibióticos: eran unas pequeñas cápsulas de dos colores. Así que, en contra de mi buen juicio, me las tomé. Me pareció un riesgo que podía asumir.

—¿De dónde los has sacado?

—Los tengo guardados para las emergencias.

Yo no sabía bien si lo decía en broma, pero no pregunté.

Se sentó frente a mí con los codos apoyados sobre las rodillas y no dijo nada mientras yo me bebía el agua. Me sentía con más fuerzas, menos mareada, y estaba a punto de empezar a hacer preguntas cuando él dijo:

—Max Smiley eligió un buen momento para morir. —Lo miré sin decir nada: parecía triste y agotado (y no sólo físicamente). Casi sentí pena—. Después de toda una vida haciendo el mal, se quitó de en medio justo antes de que le pasara factura. Tuvo una muerte demasiado dulce y hubo gente que se sintió estafada.

—¿A qué te refieres con «haciendo el mal»? ¿A Proyecto Rescate?

—Proyecto Rescate no es precisamente lo peor.

Ya había oído decir eso antes; a Jake. Y casi las mismas palabras exactamente.

—Me parece que vas a tener que entrar en detalles un poco más. No hago más que oír que Max era un monstruo, pero nadie me dice nada que me anime a creerlo. Sé que no era el hombre que yo pensaba, hasta ahí llego, pero «hacer el mal» es una expresión bastante fuerte, ¿sabes? Vas a tener que sustentar esa afirmación con algo.

Se puso de pie tan de repente que me sobresalté y, pasando por delante de mí, fue hasta una mesa que había detrás del sofá de la que cogió una carpeta marrón y volvió a sentarse con ella entre las manos.

—Éste es el informe más completo que existe sobre Maxwell Smiley —dijo.

—¿Confeccionado por quién?

—La mayor parte por mí atando cabos con la información de que disponen varios cuerpos policiales de todo el mundo.

Era una carpeta gruesa; parecía como salida de las películas: de aspecto ominoso y altamente confidencial. Combatí el deseo que se apoderó de mí de no leer ni una palabra cuando se pusieron en marcha todos mis impulsos reflejos de negar la realidad. De una cosa estaba segura: aquella carpeta no podía contener nada bueno.

—¿Y cómo sé que no se trata de otro montón de mentiras? —dije sintiéndome enojada y a la defensiva de repente—. No has hecho más que mentirme desde el día en que nos conocimos: sé que no eres agente del FBI, ni tan siquiera estoy segura de que me hayas dicho tu verdadero nombre; ya no tengo claro ni cómo llamarte. Uno de mis recuerdos más recientes de ti es que me clavaste una aguja en el brazo y ahora estoy sentada contigo en esta casa en mitad de la nada; tu acento cambia constantemente... Hasta donde yo sé, podrías ser incluso un psicópata que me ha secuestrado con intenciones de tomarse mi hígado de cena. Por última vez: ¿quién coño eres?

Esa sonrisa, esa sonrisa suya tan irritante se dibujó en su rostro. Si no hubiera estado en un estado tan lamentable, me habría abalanzado sobre él para retorcerle el pescuezo, pero tuve que conformarme con lanzarle una mirada asesina que, como todos sabemos, no es tan efectivo ni de lejos.

—Sí que trabajo para el FBI, pero no hay mucha gente que lo sepa, incluida tu amiga la agente Sorro, pero trabajo para ellos.

—¿De qué va esto, «oscuras operaciones encubiertas de alto riesgo» de las que luego los gobiernos niegan toda responsabilidad y conocimiento cuando salen mal? —dije soltando una breve carcajada.

Quería sonar sarcástica, como si me estuviera riendo de él, pero el aire de misterio que rodeaba a Dylan Grace en aquellos momentos, allí sentado frente a mí, hubiera sido suficiente para que me creyera cualquier cosa.

—No, no es eso exactamente.

—Entonces, ¿qué es?

—La verdad es que eso no tiene mucha importancia. Lo importante es que no quiero hacerte daño sino ayudarte. Tienes que entenderlo.

Negué con la cabeza.

—¿Por qué tiene que ser todo tan complicado contigo, como un galimatías ? Y además, ¿por qué iba a creerme ni una palabra tuya?

—Porque acabo de salvarte el culo —soltó con previsible arrogancia.

—Bueno, y entonces ¿dónde están los refuerzos, la caballería? ¿Van a venir a rescatarnos y llevarnos a casa? ¿Por qué estamos aquí para ver si «se te ocurre qué hacer»? —Moví los dedos en el aire haciendo ese gesto odioso que se usa para indicar las comillas—. No te ofendas, pero te diré que da la impresión de que todo esto te viene muy grande, y no parece que vaya a venir nadie corriendo a sacarnos las castañas del fuego precisamente.

—Tienes razón —reconoció al tiempo que su sonrisa se desvanecía—, estoy sin apoyo en estos momentos.

Sacudí la cabeza; no sabía qué pensar de aquel hombre.

—Vamos a ver, para empezar, ¿qué quiere decir eso exactamente? —Siguió mirándome a los ojos pero no dijo nada—. Significa que estamos completamente solos, ¿no? —Se encogió de hombros otra vez y asintió con un leve movimiento de cabeza—. Y tu acento... ¿Eres inglés?

—Mi padre era americano y mi madre inglesa. Mi familia y yo vivimos en Inglaterra desde que yo tenía aproximadamente un año hasta que cumplí los dieciséis. Luego volvimos a Estados Unidos. El acento aparece cuando estoy estresado, borracho o agotado.

Negué con la cabeza.

—¿Y por qué iba a creerme nada de lo que digas?

—No te he mentido. Ni una sola vez.

—No, solamente has omitido algunos detalles importantes, ¿no es eso?

Otro de esos silencios incómodos que se le daban tan bien.

—¡Dios! Verdaderamente eres un ser despreciable —dije.

Él sostuvo la carpeta en alto y dijo:

—Está todo aquí, todo lo que sé sobre Max, tu padre.

Puso la carpeta sobre el sofá y se marchó de la habitación. Oí una puerta que se cerraba y me quedé sola junto al fuego; sola con Max, el fantasma.

15

No somos nuestros padres. No. Seguramente han oído toda la vida que esas características de la personalidad de nuestros padres que tanto nos irritan acabarán manifestándose en nosotros mismos. Quizás hasta creen que es cierto. Yo personalmente pienso que es un cuento, una excusa, algo que la gente se dice a sí misma para no sentirse culpable por no asumir la responsabilidad de sus propios actos. Tal vez si se va por la vida sin analizarse, sin solucionar los problemas con uno mismo, sin decidir de manera consciente qué descartar y qué conservar a medida que se avanza, o si no se responsabiliza uno de su propia felicidad interior, en ese caso, es muy probable que acabe uno convertido en el borracho, maltratador o frío y distante juez que fueron su madre o su padre. Pero yo creo que podemos elegir. Creo que todos elegimos la vida que vivimos, que nuestra existencia es la suma de las decisiones que tomamos, tanto las pequeñas como las grandes. No siempre elegimos lo que nos pasa y desde luego no elegimos de dónde venimos, pero sí que podemos elegir cómo reaccionamos ante los acontecimientos. Elegimos ser destruidos o aprender una lección. Nietzsche (quien siempre me ha parecido bastante psicópata) decía que «lo que no nos mata nos hace mas fuertes». Yo me aferro a esa filosofía; necesito creerla.

En estos momentos, necesito creer que no soy mi padre, que su ADN no es como una infección de la que soy portadora, un virus latente que podría apoderarse de mí un día y convertir la sangre que fluye por mis venas en veneno.

Creo que Dylan me dejó sola con aquella carpeta durante una hora aproximadamente y luego volvió a la habitación y se sentó a mi lado. Yo tenía la carpeta abierta en el regazo. Había mucho más que leer, pero perdí la sangre fría; no tenía fuerzas para seguir pasando las páginas. Me imaginaba a Max, de pie frente al cadáver de su madre con una macabra sonrisa en los labios. Lo vi esperando junto a la ventana de Nick, observando con una expresión desalmada en los ojos, amenazante por su sola presencia. Lo vi dar un puñetazo a mi hermano.

—Lo siento —dijo Dylan.

Yo clavé la mirada en las titilantes llamas del fuego que ahora ya estaba bajo. El aire se estaba volviendo frío otra vez. No podía creer las cosas que había leído, las fotografías que había visto. Traté de asimilar toda aquella información, traté de procesarla, pero me sentía como suelo sentirme cuando veo imágenes de pobreza extrema o de guerra en la televisión: sabes que es real, pero una parte de ti simplemente no puede aceptar lo que ve debido a lo lejano que se encuentra todo eso de tu realidad.

—No conozco a este hombre —dije.

Él asintió; entendía a qué me refería.

—¿Por qué me enseñas todo esto? —pregunté con voz suave.

Tenía la impresión de que siempre había alguien entregándome una carpeta llena de malas noticias y estaba empezando a molestarme.

Él permaneció en silencio un momento, con la vista en el suelo, mirando fijamente algún punto entre sus pies.

—Ya lo hemos hablado en alguna ocasión: creo que eres el único camino hacia él.

Entonces me acordé de aquella conversación del primer día:

—¿Sabe usted cuál es la razón número uno por la que los testigos protegidos son descubiertos por sus enemigos y acaban muertos?

—¿Cuál?

—Amor.

—Amor.

—No consiguen permanecer alejados, no pueden evitar hacer esa llamada o aparecer de incógnito en esa boda o ese funeral. He visto el apartamento de Smiley. Es prácticamente un santuario en su honor,

señorita Jones. Max Smiley hizo cosas terribles en su vida, hizo daño a mucha gente, pero si había alguien a quien amaba, era a usted.

Yo sabía que era verdad. Siempre lo había sido. Max y yo estábamos conectados. Siempre nos encontraríamos.

—Quieres usarme como cebo —dije sin mostrar emoción alguna.

—La verdad, Ridley, es que llevas ya un tiempo haciendo de cebo, sólo que últimamente ningún pez ha mordido el anzuelo. —No dije nada—. Jake Jacobsen te ha estado utilizando desde antes de conocerte —continuó.

—Tal vez fue así al principio —reconocí—; quería llegar hasta Ben. —Dylan negó con la cabeza y bajó la mirada al suelo otra vez. Parecía como si la conversación le resultara dolorosa—. Vio mi foto en el *Post* —añadí inclinándome hacia delante al tiempo que mi corazón comenzaba a latir con más fuerza—. Lo mismo que Christian Luna. Fue una coincidencia. Necesitaba mi ayuda.

—¿Crees que fue así como dio contigo?

Aquel día en el puente de Brooklyn (ahora me parecía que hacía un siglo) cuando por fin Jake me contó la verdad (o por lo menos parte), reconoció que se había mudado a mi edificio para estar cerca de mí, para encontrar el modo de acercarse a Ben: necesitaba saber más sobre Proyecto Rescate y no se le ocurrió otro modo de conseguirlo. Yo ya le había perdonado por eso hacía mucho tiempo y así se lo dije a Dylan.

—Piénsalo un poco, Ridley, ¿cuándo se mudó Jake?

Hice memoria tratando de encontrar algún punto de referencia para situar su llegada en la línea temporal de mis recuerdos de los últimos años; pensé en la mañana en que salvé a Justin Wheeler; dos cosas me retrasaron aquel día: una, que tenía el buzón a rebosar y una nota iracunda del cartero, así que recogí el correo y volví a mi apartamento para dejarlo; la otra, que me entretuve hablando con la vecina, una anciana llamada Victoria, que me paró para hablarme del ruidoso vecino que acababa de mudarse al piso de arriba. Sentí un vacío en el estómago mientras los recuerdos de aquella conversación volvían a mi mente. Fue una semana después cuando Jake y yo nos vimos por primera vez. A medida que iba recordando, el presente fue pasando a un segundo plano y nuestro encuentro y todos los acontecimientos que siguieron se agolparon como un torbellino en mi mente.

La forma en que nos conocimos y todo lo que pasó después había sido tan intenso, tan apasionado. Tal vez por eso nunca me di cuenta. O tal vez simplemente no quería darme cuenta. Pero ahora veía claramente lo que Dylan estaba intentando decirme: Jake se mudó a mi edificio la noche *anterior* al evento que cambiaría mi vida para siempre.

¿Era posible? ¿Qué significaba? No estoy segura de cuánto tiempo pasé allí sentada, analizando la secuencia de acontecimientos, tratando de encontrar una explicación que probase que me equivocaba; una niebla espesa se instaló en mi mente.

Tuve que obligarme a pronunciar las palabras:

—¿Estás insinuando que él sabía quién era yo… antes de que yo misma lo descubriera? —Dylan bajó la cabeza—. Pero ¿cómo es posible?

De repente sentí vergüenza, como una cría de la que todo el mundo se ríe en el patio del colegio con crueldad y es la última en enterarse de lo que pasa. Me ardía la cara.

Lo fui asimilando poco a poco, y cuando me di cuenta de que era cierto, traté de pensar en una explicación que lo aclarara todo y explicara por qué me había mentido sobre cómo había dado conmigo, en una razón por la que se habría visto obligado a inventar algo así. Patética, lo sé. Pero, de todos modos, no se me ocurría nada. Y entonces empecé a preguntarme: si no había dicho la verdad sobre cómo me encontró, ¿sobre qué más había mentido? Pensé en las cosas que Jake me había contado sobre cómo había seguido la pista a Max hasta un bar de Jersey para hablarle cara a cara de Proyecto Rescate, en que unas semanas más tarde Max había muerto.

Había llegado a creer que el que Max se diera cuenta de cuánto mal había hecho, había sido lo que lo llevó a beber tanto la noche que murió; que en cierto modo se había suicidado emborrachándose y luego salido de la carretera en aquel puente. Pero el hombre del que hablaba el informe que tenía en las manos no era de los que se matarían debido al sufrimiento causado a otras personas. El hombre del informe no tenía conciencia, en absoluto. ¿Significaba eso que Jake había tenido algo más que ver con su muerte, o con Max mismo, de lo que yo creía? Se me heló la sangre en las venas al pensar en la posibilidad de que así fuera.

—Creo que mucho de lo que sabes sobre Jake es cierto —dijo Dylan con suavidad—. No se inventó las historias sobre su infancia, sobre su búsqueda para descubrir quién es en realidad y de dónde viene.

—¿Y tú cómo lo sabes? —dije llena de ira—, ¿cómo sabes todo eso de Jake?

—Porque llevo años vigilándolo.

Lo contemplé allí sentado.

—¿Por qué? —le pregunté.

Me sonrió tristemente. La respuesta era evidente, así que contesté yo por él:

—Porque él me ha estado vigilando a mí, esperando a que Max se pusiera en contacto conmigo; él tampoco se creyó nunca que Max hubiera muerto esa noche y estaba convencido de que un día trataría de localizarme, de hablar conmigo. ¿Es eso lo que me estás diciendo?

—Y cuando Max lo hiciera, Jake estaría durmiendo a tu lado —dijo Dylan—, y él sería la primera persona a quien se lo contarías.

Me sentí como si tuviera una pesada losa oprimiéndome el pecho. Pensé en todas las noches que había pasado con Jake y en cuánto lo amaba. La idea de que todo hubiera sido parte de un plan o fuera simplemente una forma de pasar el rato mientras esperaba a que Max apareciera era como un puñal directo al corazón.

—Y tú estarías escuchando.

Se volvió a encoger de hombros.

—Max Smiley es un hombre con los medios y recursos —y los motivos— suficientes a su disposición como para desaparecer de la faz de la Tierra para siempre. Hasta donde sabemos, sólo tiene una debilidad, un resquicio en su corazón donde alberga sentimientos.

No me hacía falta preguntar a qué o quién se refería. Pensé en la paciencia que debía hacer falta para esperar día tras día a que Max se pusiera en contacto conmigo, en lo mucho que Jake tenía que haberlo deseado.

—Nunca entendí la obsesión de Jake. Durante todo este tiempo, pensé que se trataba tan sólo de la necesidad de saber qué le había ocurrido a él, del deseo de llevar a Max y todos los otros implicados en Proyecto Rescate ante la justicia. Creí que simplemente quería cerrar el círculo, pero tiene que haber sido mucho más que eso.

—Seguramente así era al principio.

—¿Y luego?

—Supongo que cuanto más descubría sobre Max, más crecía su obsesión por encontrarlo. Creo que llegó un momento en que esa obsesión sobrepasó el deseo de encontrar respuestas a sus propias preguntas personales y que encontrar a Max se convirtió en su razón de vivir, que al final empezó a ser lo que lo definía como persona.

Yo podía imaginarme que ése hubiera sido el caso, de hecho hasta podía verme reflejada a mí misma en lo que decía, pero al mismo tiempo me di cuenta de que la respuesta de Dylan no funcionaba del todo para mí; de que, durante meses, la obsesión de Jake me había parecido excesiva; de que había ido en aumento de un modo que me resultaba incoherente.

Al principio de nuestra relación, creí que iría a menos con el tiempo, pero había sido justo lo contrario. Otra cosa era que yo me obsesionara: aquel hombre era mi padre.

—Supongo que tú también sabes un par de cosas sobre la obsesión —le dije pensando en las fotos de la escena del crimen que había en la carpeta: había visto lo que Max le había hecho a su madre y ahora entendía mejor a Dylan.

—Supongo que sí.

—Tú convertiste la tuya en una profesión.

Se encogió de hombros.

—Es una manera como otra cualquiera de ganarse la vida —respondió tratando de sonreír, pero la sonrisa se le heló en los labios y me pregunté si yo volvería a sonreír alguna vez.

—¿Cómo descubrió Jake que yo era hija de Max?

—Tal vez no lo descubrió, quizá sólo sabía que Max te amaba.

—Y entonces, ¿por qué mintió cuando me encontró?

—Para eso no tengo respuesta.

Había tantas cosas más que quería preguntar, tantas preguntas sobre los últimos dos años y las últimas dos semanas... No habíamos hecho más que arañar la superficie pero, antes de lanzarme a indagar, esperé allí sentada un momento: quería preguntar sobre los hombres de The Cloisters, sobre cómo había acabado yo en Londres y a quién había matado Dylan en el hospital, pero tenía miedo de que, una vez que empezara, las respuestas sólo provocarían más interrogantes.

—Myra Lyall está muerta —dije—. Encontraron su cuerpo en un baúl flotando en un canal.

Dylan asintió:

—Lo sé.

—¿Qué fue lo que descubrió? La gente que se la llevó, ¿son los mismos que me llevaron a mí?

—No estoy seguro, Ridley, no sé qué os pasó a ninguna de las dos; de hecho, confiaba en que tú podrías responder a algunas de esas preguntas.

Fruncí el ceño: intuyo que porque me había imaginado que la única razón por la que no había acabado también flotando dentro de un baúl era porque Dylan Grace «me había salvado el culo», como tan elocuentemente decía él. Craso error de nuevo.

—Entonces, ¿cómo me has encontrado?

¿Recuerdan lo fácil que me resultó escapar de Dylan en el parque? Fue porque él ya se esperaba que huyera, de hecho quería que lo hiciera.

—Sospechaba que estabas ocultando algo, así que pensé que te dejaría escapar y te seguiría, a ver adónde me llevabas. Estábamos controlando las llamadas de tu móvil y pudimos seguir tus movimientos hasta el cibercafé y el hostal de la 42, pero luego te perdimos la pista aunque le pasaste a mi compañero por delante de las narices... Por cierto, te felicito por tu nuevo corte de pelo, muy al estilo de los Sex Pistols.

—Gracias —respondí—. Tú tampoco tienes muy buena pinta.

—Hiciste algunas llamadas desde Inwood, así que nos dirigimos hacia allí. La última llamada que registramos fue la que le hiciste a Grant Webster. Para cuando nos dimos cuenta de dónde estabas y llegamos hasta allí, te habías esfumado. La policía ya había aparecido, los habían llamado por los disparos y el helicóptero, pero no sabían qué había pasado; estaban registrando la zona y encontraron algunos casquillos de automática y semiautomática. Nada más.

—Ni rastro de Jake.

Dylan negó con la cabeza.

—No, Ridley, te lo diría si supiera algo, te lo juro.

Asentí.

—Fuimos al apartamento de Grant Webster en el Village.

—¿Estaba...? —No podía acabar la pregunta.

—¿Muerto? Sí —respondió él con voz suave.

Aquel sentimiento enfermizo de culpabilidad que tan familiar estaba empezando a resultarme me invadió de nuevo: yo era culpable en parte de lo que les había ocurrido a Sarah, Grant, Jake... hasta a mí misma, y no sabía muy bien cómo encajarlo, así que bloqueé aquel pensamiento. Dylan continuó:

—Por su llamada sabíamos que tú estabas metida en un lío y que él había descubierto algo y había intentado prevenirte. Pero Grant tenía una especie de «botón rojo» en el ordenador y consiguió borrar todos los datos almacenados antes de morir. Cualquier cosa que supiera, había desaparecido con él.

Negué con la cabeza:

—Me extraña mucho. Debe de haber copias de seguridad por alguna parte —dije recordando su página web y cómo regañaba a la gente por no proteger y hacer copias de la información importante; y la verdad es que él me había parecido una persona que predicaba con el ejemplo.

—Si las hay, no hemos sido capaces de encontrarlas.

—Grant dijo que me habían tendido una trampa, que «ellos» creían que yo sabía dónde estaba Max y que los podría llevar hasta él.

—¿Y es así?

Me lo quedé mirando.

—Humm, no y tú lo sabes, pero ¿por qué no me crees? Llevas vigilándome mucho tiempo; si me hubiese comunicado con Max en secreto, ¿no te habrías enterado?

—Yo no sabía lo de la página web: podrías haber estado usando el ordenador de casa de tus padres adoptivos para comunicarte con él.

Pensé en lo que Grant había dicho sobre lo poco que le gustaban al gobierno las webs codificadas y los programas esteganográficos, y empecé a pensar también en aquella transmisión continua de vídeo y en cómo quizá no era más que un modo de ocultar un mensaje. Una vez más, me pregunté cuál sería el nombre de usuario de mi padre. Habría apostado a que podría adivinarlo si tuviera acceso a un ordenador.

Dylan me estaba observando de ese modo en que lo hacía él, como si creyera que mirándome fijamente conseguiría que admitiera las muchas mentiras que él creía que le había contado. Lo triste era que estaba tan perdida como él: podíamos pasarnos horas y más horas dándole vueltas al mismo asunto. No me molesté en repetir que hacía poco que había descubierto la página web y que no sabía cómo entrar.

—Bueno, en cualquier caso, te perdimos la pista —dijo—. Ni siquiera sabía por dónde empezar a buscar. El hecho de haberte detenido cuando no tenía derecho a hacerlo y luego haberte sacado de la comisaría y permitir que te escaparas me trajo muchos problemas. Me gané una buena reprimenda y hasta puede que me hubieran suspendido de mis funciones si no llega a ser porque estoy tan involucrado en esta investigación que sería imposible sustituirme a estas alturas.

—¿Así que es verdad que trabajas para el FBI?

Él asintió lentamente.

—Para el Grupo de Vigilancia Especial del FBI. Hacemos seguimientos de agentes extranjeros, espías y otras personas que no son objeto específico de investigación.

—¿Como yo?

Volvió a decir que sí con la cabeza.

—Y como Jake Jacobsen. El hecho es que no soy exactamente un agente en el terreno; yo me dedico a recabar datos, realizar tareas de vigilancia y seguir las comunicaciones y los movimientos. Si veo algo sospechoso, doy la voz de alarma. Jacobsen nos interesa por sus dotes de investigador. Llevamos siguiéndolo casi dos años, y como resultado, también a ti.

Pensé en lo que decía por un momento, en el hecho de que llevaran vigilándome durante Dios sabe cuánto. Miré a Dylan Grace, un hombre que probablemente había oído todas mis conversaciones privadas, leído todos mis correos electrónicos y visto cada uno de mis movimientos desde que conocí a Jake. La sola idea me llenaba de vergüenza y a la vez me intrigaba. ¿Cómo de bien podía llegar a conocerse a una persona observando su vida a vista de pájaro? Desde esa posición podían verse las expresiones faciales que adoptaba con cada persona, se la podía oír contar las mismas historias a gente distinta (cada versión ligeramente diferente, adaptada específicamente al interlocutor), podía verse la cara que ponía cuando creía que nadie la veía, podía oírsela llorar por las noches hasta que la rendía el sueño, o hacer el amor con un hombre al que quería pero en el que no podía confiar. ¿Significaba eso que la conocerías mejor, más íntimamente, que si hubieras sido su amante o su amigo? ¿O, por el contrario, no la conocerías en absoluto al no habérsete permitido jamás entrar en su corazón?

Dylan siguió hablando:

—Estuve atento al registro de llamadas de tu móvil, las retiradas de efectivo en cajeros, los movimientos de tus tarjetas de crédito y tu pasaporte. Nada de nada durante dos días. Me temí lo peor: pensé que habías desaparecido igual que Myra Lyall.

—¿Y entonces?

—Entonces apareció un cargo en tu Visa de un hotel en Covent Garden y tomé el primer avión a Londres. Soborné al recepcionista para que me diera tu número de habitación y te encontré en aquel estado lamentable. A través de mis contactos en Londres pude conseguir unos antibióticos y algún analgésico, eso era lo que te inyecté en el brazo. Salí para comprar unas vendas y antiséptico para curarte la herida y cuando volví habías llegado hasta el vestíbulo. Vi cómo te metían en la ambulancia.

Pensé en la secuencia de los acontecimientos y me pareció que su historia era suficientemente creíble dadas las circunstancias. Todavía me costaba asimilar que aquella fuera mi vida, que hubiera acabado allí con él. Por más que no me fiara completamente, tampoco le tenía miedo. Y, últimamente, eso ya era algo.

—Está bien, pero entonces, ¿dónde está el resto del FBI? Si de verdad trabajas para ellos, ¿por qué no ha venido nadie a ayudarnos?

—Porque… Pero ¿no te das cuenta? Se supone que no debo estar aquí; debería estar sentado en un despacho escuchando tus llamadas de teléfono, no aquí *contigo*.

—«Sin apoyo», ¿no? —dije utilizando sus mismas palabras de antes.

Asintió.

—Está bien —dije—, y ahora ¿qué?

Apretó los labios hasta que quedaron reducidos a una fina línea y miró hacia el fuego un instante y luego a mí otra vez.

—Estoy abierto a todo tipo de sugerencias —dijo.

—Estupendo.

«Si de verdad permites que la vida te lleve, si cedes el control y dejas de aferrarte a la monotonía, no puedes ni imaginarte dónde acabarás. Pero la mayoría de las personas se agarran con uñas y dientes a lo que conocen y lo único que consigue que aflojen un poco es una tragedia. Viven en la misma ciudad en que nacieron y se criaron, van al mismo colegio al que asistieron sus padres, consiguen un trabajo que les permita llevar una vida digna, se buscan alguien a quien creen amar, se casan y tienen hijos, van de vacaciones al mismo sitio todos los años... Quizás están inquietos a veces: alguien comete una infidelidad, alguien se divorcia... pero todo volverá a ser igual de aburrido con la siguiente persona. A no ser que ocurra algo terrible: una muerte, que se incendie la casa, un desastre natural. Entonces la gente empieza a mirar a su alrededor y piensa: "¿Esto es todo? ¿Y si hay otra manera de vivir?"»

Max siempre pontificaba así cada vez que bebía. Estaba obsesionado con la gente «normal» y lo tristes que eran sus vidas; sentía que la mayoría de las personas eran poco más que zombis que iban por la vida sonámbulos y morirían sin haber dejado ni la menor huella sobre la faz de la Tierra. Max era un titán, una estrella fugaz: durante su vida, fue responsable de la construcción de miles de edificios e innumerables obras de caridad en países de todo el mundo, y les pagó la universidad por lo menos a diez jóvenes con el dinero de la beca en memoria de su madre que estableció en Detroit. Él tenía que hacer las cosas a lo grande. Para él eso era una vida normal.

Yo en cambio creo que la mayoría de la gente simplemente trata de ser feliz y que casi todas sus acciones, por muy equivocadas que resulten ser, persiguen ese objetivo. Casi todas las personas, lo único que quieren es sentir que pertenecen a algún lugar, que son importantes para alguien. Y si se analizan todos los errores y las meteduras de pata de que son responsables, casi siempre puede establecerse la conexión en origen con ese deseo. Maltratadores, adictos, gente cruel y despiadada, manipuladores... todos son pura y simplemente gente que se embarcó en esa búsqueda de la felicidad al principio de sus vidas y luego se toparon con alguien que les dijo, de palabra o con hechos, que no eran dignos de conseguirlo; así que creyeron que no les quedaba más remedio que usar las garras para pasar por encima de otros si querían lograrlo, dejando un rastro de sufrimiento y cicatrices a su paso. Pero, por supuesto, lo único que cosecharon fueron más desgracias, tanto para otros como para ellos.

Hasta los psicópatas y los sociópatas de este mundo que cometen los crímenes más impensables contra víctimas inocentes están buscando la felicidad. Lo que ocurre es que sus mentes están llenas de pensamientos retorcidos y oscuros: esa gente tiene mal el cableado. Hay muchos que creen que la maldad se debe a la presencia de algo, pero yo creo que es más bien la ausencia de algo la que la provoca.

¿Era Max un hombre malvado? Todavía no lo sé. Si me hubiera fijado más como había hecho Ace, tal vez habría reparado en las señales que me decían que sí. Pero yo había sucumbido por completo a sus encantos. Si toda la cadena de acontecimientos que acabaron por derrumbar los cimientos mismos de mi vida no se hubiera producido, tal vez nunca me hubiera planteado quién era Max en realidad y quizás hubiera seguido viviendo feliz en mi ignorancia. Una parte de mí —una gran parte de mí—, desearía haber seguido el consejo de Nick Smiley: debería haber dejado que los muertos descansaran en paz.

Bajé la mirada hasta la carpeta que tenía en el regazo tratando de conectar las fotos que tenía delante; eran de un hombre que parecía distinto en cada una de ellas, tomadas a lo largo de varias décadas: Max cuando debía de tener unos treinta años, mucho más delgado de lo que yo lo había conocido, con una camisa blanca y unos pantalones de camuflaje, saliendo de un Mercedes cerca de un estadio abandonado en Sierra Leona, flanqueado por dos hombres armados con metralletas; Max con una espesa barba sentado en un café de París con un grupo de hombres, con la mano sobre un sobre marrón y una sonrisa de depredador en los labios; Max dando un apretón de manos a un hombre de piel oscura vestido con ropajes negros y un turbante en la cabeza. Había muchas fotos similares, todas algo borrosas y tomadas desde bastante distancia: reuniones clandestinas celebradas por todo el mundo en parajes desiertos, aparcamientos vacíos, varaderos y almacenes abandonados; grandes cantidades de armas y hombres de aspecto peligroso.

El Max Smiley que yo conocía era un empresario de la construcción de prestigio mundial a quien sus negocios obligaban a viajar mucho. Construía condominios de lujo en Río, hoteles en Hawai y rascacielos en Singapur; jugaba al golf con senadores y hacía pesca en alta mar con príncipes saudíes. Siempre hubo algo ligeramente turbio en los negocios de Max, sí, siempre hubo rumores sobre con quién hacía negocios exactamente. Y luego el escándalo de Proyecto Rescate sacó a la luz que Max tenía contactos con el crimen organizado a través de su abogado, Alexander Harriman, y el FBI empezó a investigar a fondo sus cuentas bancarias aunque estuviera legalmente muerto.

—Encontramos cientos de millones de dólares en cuentas en paraísos fiscales. —La voz de Dylan interrumpió mis pensamientos—. Y eso es sólo el dinero del que pudimos seguir el rastro. Cuánto más hay por ahí en cuentas que no fuimos capaces de vincular con él o con sus negocios y diversas obras sociales, eso ni me lo puedo imaginar.

Dejé la carpeta sobre la mesa y me eché en el sofá. Ni sabía cuánto rato llevábamos hablando. Yo debería haber estado reposando pero, en aquellos momentos, dormir no me parecía una opción. Mi cuerpo había sobrepasado los límites del cansancio, pero mi mente estaba intranquila.

—Y me imagino que el dinero no venía exactamente de la promoción inmobiliaria.

—No, aunque Max era rico incluso si sólo se cuenta lo que había obtenido por métodos legales; ganaba varios millones al año de beneficios personales netos. Pero el dinero de que hablo venía por otros cauces. Empezamos a observar algunas de sus cuentas: había movimientos, retiradas e ingresos.

—¿Por eso empezaste a sospechar que tal vez seguía vivo?

Dylan asintió.

—Y entonces la investigación quedó bloqueada —dijo.

—¿Por quién?

—Por la CIA.

—Pero ¿por qué?

—Nos dijeron que nuestra vigilancia interfería con otra investigación que había en marcha y nos pidieron que nos retiráramos, o más bien nos lo ordenaron.

—Estos hombres de las fotografías, esas reuniones... ¿qué clase de negocios estaba haciendo?

Dylan vino a sentarse en el suelo a mi lado, cogió la carpeta de donde yo la había dejado y sacó una foto del montón que había dentro.

—A estos hombres se les relaciona con la mafia albanesa.

—¿Y de qué los conocía? —pregunté.

Mi voz no sonaba como de costumbre sino débil y distante. Unos pensamientos negros estaban empezando a anidar en mi cabeza: pensé en los niños de Proyecto Rescate y no pude dejar de preguntarme cuánto más, que ni siquiera era capaz de imaginarme, habría en todo aquel asunto. Dylan recitó los nombres de los hombres que aparecían en las fotos: reconocidos terroristas, personas vinculadas a las mafias rusa, italiana e italoamericana.

—Así que fueran cuales fueran los tratos que se cerraban en esas reuniones, ésa es la razón por la que la CIA está todavía buscándolo —concluí.

—Eso creo —dijo, y yo me pregunté si me contestaba con evasivas a propósito, si quería plantarse. Se lo pregunté—. Ya te he dicho que mi investigación quedó bloqueada —me repitió—. Sigo sin saber qué era lo que estaba haciendo Max con esos hombres. En ésta —dijo sacando otra foto que parecía más reciente—, estos hombres de aquí son agentes de la CIA. Esta reunión se celebró un mes antes de que muriera.

—De la CIA —repetí.

—Operando de incógnito. Él seguramente no sabía con quién estaba en realidad. La investigación de la CIA comenzó mucho antes que la nuestra.

—Tal vez Myra Lyall descubrió algo sobre esas negociaciones, las que quiera que fuesen. Cualquiera de todas esas personas puede haber sido responsable de su muerte, de la de Sarah Duvall, de la de Grant Webster. Cualquiera de ellos puede haber sido el que me hizo desaparecer en el parque y quiso quitarme de en medio en el hospital.

Él asintió de nuevo y dijo:

—Cualquiera de ellos, incluida la CIA.

Dejé pasar un momento para asimilar lo que acababa de decir.

—Estás hablando como un paranoico.

Me miró como si no fuera muy espabilada y yo estaba a punto de preguntarle sobre su madre cuando de repente se puso de pie.

—Creo que ya es suficiente por esta noche. No nos podemos quedar aquí mucho tiempo y tú necesitas descansar antes de que nos tengamos que seguir moviendo.

No le discutí. Había infinitamente más que decir, cientos de preguntas que aún quedaban por hacer, pero yo ya tenía incluso demasiada información con lo que lidiar y mi cerebro no admitía más: si añadía un solo dato adicional, estaba segura de que perdería alguna facultad básica como la capacidad de sumar y restar, por ejemplo. Así que dejé que me guiara hasta un pequeño dormitorio que estaba junto al cuarto de estar; dentro había una mecedora y una cama doble con cabecero de hierro forjado y un edredón de retales. Me ayudó a meterme bajo las húmedas sábanas y encendió otro fuego. Me quedé allí tendida observándolo, pensando en que mi padre había matado a su madre y en que eso no auguraba nada bueno para nuestra relación; o lo que fuera que teníamos. Me pregunté si alguna vez había conocido a algún hombre al que Max no hubiese destruido por completo al nivel emocional más profundo; ese fue mi último pensamiento antes de que me venciera un sueño ligero e intranquilo.

En dos ocasiones aquella noche Dylan me trajo unas pastillas que me tomé sin protestar. La segunda vez me di cuenta de que se quedaba un momento de pie en la puerta. No podía ver la expresión de su rostro. Esperé a que dijera algo, pero al cabo de uno o dos minutos se marchó cerrando suavemente a su espalda. Pensé en llamarlo y preguntarle en qué estaba pensando, pero no tenía claro que quisiera saberlo verdaderamente.

A la mañana siguiente amaneció lloviendo. La lluvia golpeaba el cristal y, por un instante, antes de abrir los ojos, conseguí imaginarme que estaba de vuelta en el East Village y faltaba más o menos una hora para que salvara a Justin Wheeler y toda aquella pesadilla se pusiera en marcha. Imaginé el millón de posibilidades que había tenido ante mí, empezando por seguir durmiendo o levantarme para ir a la cita con el dentista que había acabado cancelando. Cualquier cosa que hubiera hecho de modo diferente aquella mañana podría haberme salvado de despertarme en esa habitación extraña sintiéndome yo misma como una extraña.

Tenía sinusitis pero el costado me dolía mucho menos. Salí de la cama y caminé descalza por el frío suelo de madera hasta la cristalera de seis paneles para contemplar el frondoso bosquecillo que había fuera: una hembra de gamo con su diminuta cría mordisqueaban la hierba envueltas en la bruma del amanecer. Contuve la respiración mientras las observaba: perfectas y completamente tranquilas, ajenas a mí y al caos que se había desatado a mi alrededor.

Me tranquilizó contemplarlas regresar a paso tranquilo hacia el bosque hasta que las perdí de vista: me hizo sentir segura, como si nada pudiera hacerme daño en aquel lugar.

Vi unas ropas apiladas en perfecto orden sobre la mecedora que había junto a la puerta: un jersey de lana azul, unos vaqueros desgastados y unas Nike en más o menos buen estado que parecían aproximadamente de mi número. Ni calcetines ni ropa interior, pero ¿qué podía esperarse?

Una puerta que había a un lado de la chimenea conectaba la habitación con un pequeño cuarto de baño. En la chimenea ardía un buen fuego, como si lo hubieran avivado hacía poco rato. Entré en el baño, me lavé con agua fría en el lavabo y me quedé mirando mis cabellos con desconsuelo durante unos minutos. Comprobé que el vendaje estaba limpio y decidí no tocarlo por si acaso.

El jersey era inmenso, así que le enrollé las mangas. Los vaqueros me quedaban un tanto estrechos de cadera y las deportivas me hacían daño en el dedo meñique. Pero tenía un pase.

Cuando entré en el cuarto de estar, esperaba encontrarme a Dylan junto a la puerta, de pie como un centinela, sin embargo estaba tumbado en el sofá medio dormido.

—Pues menudo perro guardián —dije.

—No estoy durmiendo, sólo descansando los ojos.

Entonces vi el arma en su mano y me di cuenta de que seguramente no había pegado ojo. Debería haber sentido pena por él, pero no fue así. Parte de mí le echaba la culpa de todo aquello, aunque no sabía muy bien por qué. Pasé por delante de él en dirección a la puerta. Dylan había dejado mi bolso junto a ella, así que me agaché con cuidado para cogerlo y lo llevé hasta la pequeña mesa del comedor. Lo oí sentarse y noté que me estaba mirando fijamente mientras yo rebuscaba en mi bolso tratando de encontrar lo que andaba buscando —estaba al fondo del todo—: saqué la carterita de cerillas que había encontrado en el apartamento de Max, lo que ahora me parecía haber ocurrido hacía toda una vida —o dos—, y se la di a Dylan.

Le conté dónde la había encontrado y que había tenido la impresión de que alguien más había estado allí ese mismo día.

—¿A ti te dice algo? —le pregunté.

Él sostuvo las cerillas a la luz y después de un segundo asintió con la cabeza lentamente.

—Esto es de un *afterhours* de Londres que se llama Kiss. El símbolo es parte del teorema de Descartes sobre circunferencias tangentes. Y lo de Kiss es por un poema titulado «The Kiss Precise», el «beso exacto», que explica cómo cada uno de los cuatro círculos es tangente, besa, a los otros tres. Por más que las ideas de Descartes se centraban más bien en las circunferencias, me da la impresión de que el dueño de la discoteca lo ve como una especie de símbolo de cómo todo está conectado.

—¡Vaya! —dije después de un segundo—. No me habías parecido un pirado de las matemáticas.

Él se encogió de hombros.

—Supongo que soy una caja de sorpresas...

Eso era lo que me temía.

—Hay una nota dentro —dije. Él abrió la carterita de cerillas y la leyó, pero no dijo nada—. ¿Quién crees que podría ser Ángel?

Negó con la cabeza:

—Ni idea.

—Tenemos que ir a Kiss, y también necesitamos un ordenador para intentar entrar en esa página web, y además me gustaría mirar mis correos electrónicos, por si Grant me envió algo antes de que lo... —No pude terminar la frase.

Ésas eran las cosas en las que había estado pensando mientras me lavaba y me vestía: quería recuperar el control de mi maltrecha existencia de algún modo. No me gustaba la persona vapuleada con el pelo teñido de rubio platino; la hija de Max, herida, escondiéndose, acechada por un sinfín de peligros. Quería ser yo misma otra vez.

—¿Tienes fuerzas suficientes? —me preguntó escéptico.

—La verdad es que no, pero ¿qué otra opción nos queda? ¿Sentarnos a esperar a que la policía o algún enemigo de Max nos atrape? La mejor defensa es un buen ataque, ¿no te parece?

—Lo que me parece es que deberíamos entregarnos —dijo avanzando hasta quedarse de pie a mi lado.

—No —dije inmediatamente con tono seguro—, todavía no.

La sola idea de quedarme atrapada en un sitio me llenaba de terror. Y además se estaba cerrando una puerta: si no encontraba a Max, y rápido, él desaparecería para siempre como el fantasma que era. Ya habría tiempo de pagar las consecuencias de los errores que cometiera; pero después.

Me volví hacia Dylan y me sorprendió que estuviera tan cerca.

—La he jodido, Ridley, tenías razón: esto es demasiado, me viene grande.

Simplemente estaba reconociendo haberse equivocado, sin gestos melodramáticos, sin remordimiento tan siquiera, y me gustaba la facilidad con la que era capaz de admitir sus errores. Creo que es una buena cualidad en una persona.

Me había puesto una mano en el hombro y no me gustaba estar tan cerca de él, no me gustaba su olor ni sentir el calor de su cuerpo. Quería apartarme, pero me di cuenta de que no podía, y en vez de eso me acerqué aún más. Él me atrajo hacia sí y luego me besó en los labios. Sentí cómo el calor recorría todo mi cuerpo y fue porque buscaba consuelo desesperadamente por lo que dejé que me besara, por lo que yo también lo besé. Me rodeó con sus brazos, con seguridad pero también con cuidado, con delicadeza. Jake siempre me besaba con una especie de reverencia, con una suavidad tal que resultaba casi dolorosa. Dylan en cambio lo hacía como si le perteneciera, como si me conociera. Me aparté, lo empujé y entonces le di una buena bofetada: el ruido que hizo mi mano contra su cara me llenó de satisfacción, me hizo sentir bien, casi tan bien como me había sentido besándole.

—Gilipollas —le dije, odiando mi pulso por acelerarse y mi cara por amotinarse tiñéndose de rojo.

—Con esta van tres —dijo con un amplia sonrisa al tiempo que se llevaba la mano a la mejilla con delicadeza, como si lo hubiera besado en vez de abofetearlo.

—Te crees que porque has leído unos cuantos correos electrónicos y escuchado un puñado de conversaciones telefónicas sabes algo de mí. —Él se metió las manos en los bolsillos y clavó la mirada en el suelo—. Pues que sepas que no tienes ni idea, ¿entendido? —Dijo que sí con la cabeza. No podía ver si había dejado de sonreír, pero me parecía que no. Me colgué el bolso al hombro y caminé hacia la puerta—. ¿Nos vamos o qué?

Podría contarles que hacía fresco, que el cielo estaba cubierto y tenía un monótono color gris plomizo, y que el sol luchaba desesperadamente para abrirse paso por entre una densa capa de nubes. Pero es que estábamos en Inglaterra y al final del otoño, ¿no? Nos dirigimos en coche hacia la ciudad en silencio. Yo tenía los ojos cerrados o miraba por la ventana para dejarle bien claro a Dylan que no tenía ganas de conversación. Había un millón de cosas que quería preguntarle, pero hubiera deseado poder encontrar las respuestas en otra persona.

Durante un rato intenté recuperar alguno de los fragmentos diseminados de mi memoria: cómo había llegado a Inglaterra, qué me había pasado, cómo había conseguido llegar hasta la habitación del Covent Garden Hotel, de quién era la voz que oía en mi cabeza preguntándome una y otra vez lo mismo. No obstante, una especie de presentimiento terrible se apoderó de mí y desistí de hurgar más en los recuerdos de mi pasado más reciente. Tal vez algunas cosas era mejor olvidarlas.

Al final me aburrí de ignorarlo y me volví hacia él. En cuanto lo hice, me dijo:

—Tienes razón, ha sido una gilipollez por mi parte besarte, y tú ya tienes bastantes preocupaciones, pero no era mi intención aprovecharme ni nada por el estilo, es sólo que…

No acabó la frase que quedó suspendida en el aire, como flotando entre nosotros.

—¿Por qué no me hablas de tu madre? —le pregunté.

—Seguro que no quieres oír mi triste historia.

—Sí que quiero —contesté, y sentí el deseo de alargar la mano para tocarlo justo donde lo había golpeado antes o para posarla en su brazo, pero no lo hice—. De verdad que quiero saber qué pasó.

Yo ya había visto la foto de la escena del crimen que había en la carpeta: a Alice Grace le habían matado de una paliza en un callejón detrás del Hôtel Plaza Athénée de París en 1985.

Dylan dejó escapar un suspiro. Y entonces dijo:

—Cuando era niño, siempre creí que mis padres se dedicaban a la hostelería, que viajaban por el mundo comprando hoteles al borde de la quiebra y los transformaban en establecimientos de cinco estrellas. Ése era el negocio de la familia de mi madre y nunca cuestioné que ellos se dedicaban a lo mismo. No fue hasta mucho después de la muerte de mi madre cuando me enteré de la verdad, de que mis padres eran los dos antiguos oficiales de inteligencia de las fuerzas especiales británicas y que, después de licenciarse y abandonar el ejército, antes de que yo naciera, habían pasado a trabajar para la Interpol.

Tenía los ojos fijos en la carretera, a mí no me miraba ni tan siquiera de reojo y me di cuenta de que apretaba el volante con tanta fuerza que se le habían puesto los nudillos blancos.

—La Interpol realiza sobre todo actividades de recogida de información y hace las veces de algo así como de sistema mundial de comunicación policial. Sus agentes no son equiparables a los de ninguna otra fuerza del orden, no pueden realizar arrestos ni registros ni redadas. Mi madre era en realidad una analista especializada en recabar datos y estudiar la información procedente de las comunicaciones clandestinas interceptadas y las tareas de vigilancia.

—¿Tu madre era espía? —dije mirándolo fijamente mientras me preguntaba si no estaría un poco chiflado.

La verdad era que estaba empezando a darme un poco de pena: yo era una experta en tratar de encontrar explicaciones para el comportamiento de mi propia familia, en intentar entender las cosas que habían hecho e inventar argumentos que las justificaran.

Él dijo que sí con la cabeza y continuó:

—En cierto modo, supongo que eso es lo que era. En cuanto a mi padre, era fotógrafo del servicio de vigilancia. La mayoría de las fotos más antiguas de Smiley que has visto las hizo él.

Esperé a que continuara mientras contemplaba los árboles pasar a toda velocidad en una nebulosa de verdes y negros. Íbamos bastante rápido.

—La mayor parte del trabajo de ambos es material clasificado, pero yo conseguí enterarme a través de un viejo amigo de mi padre de que los dos habían estado recogiendo datos sobre Smiley durante más de siete años.

—¿Por qué? ¿Para quién?

—Había llegado a oídos de la CIA que Max Smiley tenía algunos contactos «censurables» en el extranjero y les interesaba saber más sobre sus actividades. La Interpol aceptó encargarse de vigilarlo cuando estuviera en Europa o en África. Mis padres eran dos de los agentes encargados del caso.

Llegados a este punto Dylan exhaló profundamente. Yo no apartaba los ojos de su perfil, observándolo del mismo modo que él me observaba a mí: en busca de señales que me indicaran que decía la verdad. Pero ¿qué sabía yo de honestidad? Seguramente no la habría reconocido aunque la tuviera delante de las narices.

—No hay muchas fotos de mi madre, ¿sabes? Tengo una de cuando era niña, pero solía esconderse de la cámara porque no podía permitirse que anduviesen por ahí sueltas un montón de imágenes suyas; era fundamental para su trabajo ser tan invisible como fuera humanamente posible. Pero era una mujer espectacularmente bella, con el cabello negro azabache y los ojos de un azul tan profundo que casi eran de color morado. Tenía la piel muy blanca y solía recogerse el pelo y llevar gafas oscuras para no llamar la atención.

Mi padre solía llamarla «la aguafiestas», porque cuando entraba en una habitación todo el mundo dejaba lo que estuviera haciendo y se daba la vuelta para mirarla, tanto hombres como mujeres.

Yo podía ver algo de aquella belleza en Dylan, en el gris de sus ojos, en sus labios carnosos y la fuerza de su mentón, en el negro resplandeciente de su pelo. Pero había algo en él que hacía que no resultara fácil mirarlo, tal vez fuera su aura; el hecho era que me entraban ganas de apartar la mirada.

—Fue a París sola porque la madre de mi padre estaba enferma, a punto de morir, así que él se quedó para cuidarla. En teoría, mi madre no corría ningún riesgo: se suponía que el *maître* trabajaba para la Interpol y había colocado un micrófono en la mesa en la que se sentaría Smiley a cenar. Nadie sabe cómo la descubrieron. No era una persona descuidada y estaba perfectamente entrenada. Nadie sabe cómo acabó muriendo de un modo tan horrible, cómo fue a parar su cuerpo a aquel callejón detrás del hotel, igual que un despojo arrojado a la basura. Lo que sí se sabe es que tuvo una muerte lenta, que sufrió. Al *maître* también lo asesinaron. La Interpol creyó que él era quien había delatado a mi madre y que luego también lo mataron porque sabía demasiado.

Permanecí en silencio un momento, por respeto a su madre, por cómo había muerto y lo mucho que debía dolerle a él hablar de ello. Luego le pregunté:

—¿Cómo sabes que fue Max quien la mató?

Vi que agarraba el volante con más fuerza aún y que un músculo diminuto comenzaba a marcarse en su mandíbula.

—Lo sé porque dar una paliza a una mujer hasta matarla era la «firma de autor» de Max, eso era lo que le ponía, ¿o es que todavía no te has dado cuenta? —Su tono era tan cortante y pronunció las palabras con tal dureza que retrocedí en el asiento—. ¡Despierta ya, Ridley! Despierta de una puta vez. Tu padre, tu amado Max, odiaba a las mujeres, las asesinaba: prostitutas, masajistas, acompañantes, mujeres que conocía en bares... Luego dejaba sus cadáveres tirados en habitaciones de hotel o callejones oscuros, en contenedores y coches abandonados. Además de Proyecto Rescate y sus contactos con la gente más indeseable del planeta, dejó un reguero de cadáveres de mujeres brutalmente asesinadas a su paso. Mujeres a las que mató con sus propias manos.

Paró el coche en el arcén tan bruscamente que el movimiento me zarandeó de un lado a otro con tal violencia que casi me golpeé la cabeza contra la ventana y mi cinturón de seguridad se bloqueó. Se volvió hacia mí. Estaba pálido de ira y una vena azul le palpitaba con fuerza en la sien.

—Le gustaba oír cómo sus huesos se quebraban bajo sus puños —dijo apretando los suyos—, le gustaba oírlas gritar y luego gemir y sollozar mientras las asfixiaba y les arrancaba la vida a golpes.

Para entonces Dylan estaba chillando y yo me cubrí la cara con las manos y me apoyé contra el frío cristal de la ventana hasta que se calló. Podía oír su respiración entrecortada, el ruido de los coches que pasaban a nuestro lado a toda velocidad y el murmullo de los neumáticos sobre el asfalto mojado; notaba cómo se mecía el Peugeot cada vez que pasaba uno. Cuando aparté las manos de mi cara vi que él tenía los ojos enrojecidos y húmedos y que me miraba con una intensidad sombría. En la curva que describían sus labios ya podía distinguirse el remordimiento. Me lo quedé mirando, hipnotizada por lo que vi: su rostro era el de la verdad, dura y desagradable; la reconocí en cada poro. Ésa era la razón por la que yo había estado sintiendo tales deseos de apartar la mirada. Me di cuenta de que nunca lo había visto antes; el rostro de alguien que no tuviera ningún secreto que ocultar, ninguna mentira más que contar; y lo odiaba por eso.

Alargué el brazo hacia la parte trasera del coche para coger mi bolso, abrí la puerta con violencia, salí del coche y eché a andar. El aire frío y la para entonces insistente lluvia me produjeron una sensación maravillosa de alivio. Oí el ruido de su puerta al cerrarse y sus pisadas sobre el asfalto.

—Ridley —gritó—. Ridley, por favor.

Había tal pesadumbre en su voz que estuve a punto de detenerme, pero al final seguí avanzando. Pensé que podía hacer autostop, ir a la policía y conseguir que me arrestaran o me deportaran o me asesinaran o lo que fuera. Me daba exactamente igual.

Cuando sentí su mano sobre mi brazo me di la vuelta y empecé a darle puñetazos en el pecho con una furia que más bien resultó patética porque estaba tan débil y tan exhausta que, en vez de defenderse, me atrajo hacia él y me estrechó entre sus brazos. Al final dejé de forcejear. Dylan estaba temblando —yo no sabía si de frío o debido a la emoción—, podía oír el latido de su corazón, rápido y contundente. Me abandoné al llanto, allí de pie bajo la lluvia en mitad de la autopista.

—Lo siento mucho —me susurró al oído—. Lo siento mucho. Tú tenías razón, soy un gilipollas. No te merecías eso. —Me estrechó con más fuerza y yo le rodeé la cintura con los brazos—. No te merecías nada de todo esto.

Alcé la vista hacia él y vi en el gris de sus ojos todo el dolor de este mundo.

—Y tú tampoco —respondí.

Un destello fugaz atravesó su rostro; creo que era gratitud. Y entonces me besó otra vez y, en su pasión, en su deseo, reconocí el sabor de su honestidad. Yo abrí las puertas de par en par, aceptando plenamente a aquel hombre, su honestidad y su beso y, en ese momento, supe algo con certeza: que Dylan Grace había tenido razón desde el principio. Él era el único amigo que tenía.

Resultó que llevaba unas dos mil libras en el bolso, casi cuatro mil dólares. No tenía ni idea de cómo habían llegado hasta allí. Dejamos el Peugeot en un aparcamiento público y cogimos una habitación en un hotel destartalado cerca de Charing Cross Road. La habitación era fea, pero estaba limpia y era suficientemente cómoda; Dylan insistió en que nos quedáramos allí un rato descansando y esperando a que anocheciera. Me lavó la herida y me cambió el vendaje con mucha delicadeza. Le dejé hacer, aunque me podría haber ocupado yo misma. Desde el beso en la autopista se había instalado entre nosotros un silencio denso y cargado: nos hablábamos con mucha educación o no nos dirigíamos la palabra.

Yo estaba deseando ir a un cibercafé pero acepté que era más sensato esperar a que oscureciera y, además, cada vez me encontraba peor y estaba más cansada. Me tumbé en la cama de matrimonio, que desprendía un ligero olor a tabaco. Dylan cogió la silla que había al lado y puso la tele. Después de una hora de noticias, todavía no había salido nada sobre nosotros y el vistazo que habíamos echado a los periódicos del vestíbulo del hotel cuando llegamos había dejado claro que tampoco habíamos conseguido salir en la prensa escrita.

—¡Qué raro! —dijo Dylan volviéndose hacia mí—. Creía que nuestra foto estaría por todas partes después de semejante lío.

—Igual no quieren que trascienda.

—Imposible: dos policías y una enfermera muertos, más quien quiera que fuese el tipo que maté yo; tú desaparecida... No hay forma de evitar que semejante desmadre trascienda. Lo normal sería que tuvieran hasta el último agente en danza para encontrarnos.

—Pues parece bastante obvio que no ha trascendido.

Él tenía la cabeza apoyada en una mano y se frotó las sienes.

—Puedes echarte en la cama si quieres —le dije, pues me imaginé que debía estar cansado y le tenía que doler todo el cuerpo después de haber estado conduciendo de aquí para allá y haber pasado la noche sentado en una silla.

Me miró.

—¿Seguro?

Asentí con la cabeza y él se levantó de la silla y se tumbó a mi lado. Los muelles de la cama chirriaron bajo su peso y yo me acerqué y dejé que me rodeara con sus brazos. Le oí lanzar un largo suspiro y sentí que los músculos de su pecho y sus hombros se relajaban. Sólo quería sentirme segura durante un rato. Y así fue, porque me quedé dormida en esa posición. Cuando me desperté estaba empezando a oscurecer.

Dylan dormía a pierna suelta: su respiración era profunda y regular. Yo tenía la cabeza sobre su hombro; él me rodeaba con un brazo y tenía el otro doblado por encima de su cabeza. Recordé la expresión de su cara en el coche cuando había hablado de Max, las cosas que había dicho, que el dolor había hecho que se le saltaran las lágrimas. Odiaba lo que me había dicho, sentía que la información que iba descubriendo era como un cáncer que crecía dentro de mí, algo negro y letal que acabaría por hacerse con el control de mi sistema nervioso y lo paralizaría, que me mataría; de eso estaba segura.

Recordé el interminable desfile de acompañantes y mujeres del brazo de Max que, en mi inocencia, siempre había asumido que eran sus novias. «Un hombre así, tan roto y vacío por dentro no puede amar de verdad —había dicho mi madre de él en una ocasión—. Por lo menos él es lo suficientemente listo como para darse cuenta.» ¿Sabía ella cómo era en realidad? Imposible, imposible que lo supiera. Imposible.

En la carpeta había una lista, una especie de línea temporal. No la había mirado más que por encima porque no entendía bien qué era, pero ahora me daba cuenta y me horrorizaba. Me deslicé fuera de la cama y fui hasta la silla donde estaban apiladas nuestras cosas; la carpeta estaba también allí, debajo de mi bolso. Me senté en el suelo con las piernas cruzadas a lo indio y abrí la carpeta sobre mi regazo; pasé las páginas hasta llegar a la que buscaba: una línea temporal, supuestamente confeccionada por la División de Crímenes en Serie del FBI en colaboración con la Interpol, una lista de mujeres asesinadas, perpetrador sin determinar; estaba organizada por fechas y zonas geográficas. Comenzaba en Michigan en los guetos que rodean la Michigan State, la universidad a la que fue Max: se habían encontrado los cuerpos de cuatro prostitutas, de las que hacían la calle, a lo largo de los cuatro años que Max había vivido en la zona. Número uno: Emily Watson, diecisiete años, su cadáver fue encontrado en un callejón bajo unas bolsas de basura junto a la puerta trasera de un restaurante chino. Número dos: Paris Cole, veintiún años, fue hallada bajo un puente del río Detroit. Número tres: Marcia Twinning, dieciséis años, su cuerpo apareció en una casa de yonquis del centro de Detroit. Número cuatro: Elsie Lowell, veintitrés años, cadáver descubierto en un solar abandonado con parte del cuerpo quemado. La lista seguía; mujeres en Nueva York, Nueva Jersey, Londres, París, El Cairo, Milán... por todo el país y por todo mundo, y con dos cosas en común: todas habían sufrido una brutal paliza que les causó la muerte y Max estaba en la zona cuando ocurrieron los hechos. Mujeres jóvenes, perdidas, que hacían la calle; víctimas de un depredador que luego había abandonado sus cuerpos como si fueran basura. La lista terminaba el año que murió Max.

Sentí que se me revolvía el estómago al tiempo que mi mente se nublaba, abrumada por un millón de preguntas. ¿Qué quería decir exactamente que esas muertes coincidieran con los movimientos de Max por todo el mundo? Seguro que se podía hacer una lista similar para cualquiera de nosotros; se cometen cientos de asesinatos por todo el planeta cada día. Y, en caso de que existieran pruebas fehacientes de que había sido él quien asesinó a esas mujeres o de que había tenido algo que ver con cualquier actividad ilegal, con cualquiera de esas personas que aparecían en las fotos, entonces ¿por qué no lo habían arrestado nunca? ¿Por qué no se habían presentado siquiera cargos contra él? Y eso que no parecían haber tenido demasiada dificultad para encontrarlo y seguirle la pista…

—¿Quieres hablar de algo de esa carpeta? —me preguntó Dylan desde la cama sobresaltándome.

—No —respondí—. Estoy harta de hablar.

Me sentía como si llevara días hablando sin parar.

Había tantas cosas que desconocía o no comprendía, tantas cosas que no tenían sentido en todo aquello… y además siempre tenía presente a Jake de forma inconsciente. ¿Dónde estaba? ¿Qué le había pasado? ¿Cuánto de nuestra vida juntos había sido una mentira, una invención suya para acercarse a mí y enterarse de si Max seguía vivo? ¿Cuánto de lo que había en aquella carpeta sabía Jake ya? Pensé en su propia carpeta, la que me había dejado y luego había desaparecido después de la última noche que hicimos el amor, y deseé haber prestado más atención a lo que contenía.

Oí que Dylan se sentaba en la cama y estiraba la espalda haciendo sonar los huesos. Soltó un gemido grave y me volví hacia él: claramente le dolía. Al mirarlo pensé en Jake otra vez. Eran dos hombres tan distintos... pero tenían en común esa obsesión por encontrar a mi padre. Era raro, relacionado con el karma de algún modo. Sabía que todo aquello encerraba una lección para mí, pero estaba muy lejos de saber cuál. Él me miró y sentí que me invadía una extraña sensación de atracción y remordimiento; aparté la vista.

—¿Qué quieres hacer? —dijo en voz baja.

—Necesito algo de ropa, no puedo ir de discotecas con esta pinta —le contesté recorriendo con la mirada el horroroso jersey azul lleno de bolas y los pantalones demasiado ajustados; me los había desabrochado para minimizarme el riesgo de lesión y estar un poco menos incómoda, pero no era cuestión de andar por todo Londres con la cremallera bajada.

16

Fuimos a Knightsbridge a comprar algo de ropa para mí que pagamos en efectivo con el dinero que había encontrado en mi bolso. Dylan me seguía de un lado para otro —inquieto y vigilando a nuestro alrededor constantemente—, mientras que yo, en menos de una hora, me compré unos vaqueros negros y una chaqueta de piel vuelta también negra en Lucky (descosida, desgastada y deshilachada, y por un precio prohibitivo, pero preciosa), un par de botas Dr. Martens de las que no llevan cordones (imagínense un estilo «cabeza rapada» pero chic), y un jersey fino de punto acanalado y cremallera al cuello en color negro de Armani. Me sentí mejor después de ir de compras, más normal. Y, además, me sentaba todo de muerte —no en el sentido literal, aunque dadas las circunstancias…—, lo que casi compensaba el hecho de que mi vida corriera peligro, fuera una fugitiva buscada en varios países y tuviera una amnesia parcial.

Ustedes estarán pensando que no era el mejor momento para ir de compras, que tenía otros fuegos que apagar, y seguramente lleven razón. Pero a veces hay que recomponer el exterior para poder hacer lo propio con el interior.

Mi corte de pelo estaba hasta empezando a gustarme, pero me planteé si no sería buena idea cambiármelo otra vez. Al final decidí que bastaría con un gorro de lana y unas gafas de sol porque ya es bastante traumático teñirse y cambiarse radicalmente el corte cuando no se está acostumbrada, y yo ya había tenido mi dosis de traumas para una buena temporada.

Además, como no había visto mi foto en la televisión ni en los periódicos, me dejé envolver por una certeza imaginaria de que la policía no nos reconocería. Ni que decir tiene que también me las ingenié para no pensar en el hecho de que seguramente había gente infinitamente más peligrosa buscándonos. ¡Quién sabe, tal vez quería que me cogieran! El hecho es que andaba muy baja de moral, me sentía completamente desconectada de mí misma; creo que la palabra es «insensible»: mi cuerpo se había vuelto insensible a excepción de la herida de mi costado, que irradiaba un dolor sordo y constante pero estabilizado a unos niveles tolerables por lo que fuera que tenían las pastillas que me daba Dylan.

El cibercafé que encontramos cerca del hotel también era pizzería, así que pedimos una y nos instalamos en un sitio tranquilo hacia la parte de atrás. Había un portátil emitiendo un zumbido grave en cada mesa y ese extraño resplandor azulado de las pantallas de ordenador inundaba todo el local. Estaba bastante tranquilo ya que había muy poca gente: una chica con cara triste y una enorme pila de libros de texto que estaba sentada un par de mesas más allá dando sorbos de una taza con la mirada perdida; un hombre de mediana edad con un jersey beige y gafas gruesas que estaba sentado cerca de la puerta y movía los labios mientras leía algo en la pantalla; el resto de las mesas estaban vacías, lo que me suponía un gran alivio.

—No sé si esto es muy buena idea —dijo Dylan mientras yo empezaba a teclear—. Lo más seguro es que estén vigilando tu cuenta de correo electrónico y puedan averiguar desde dónde estás accediendo a ella.

—¿Y cuánto tiempo crees que les llevará hacer eso?

Se encogió de hombros.

—Podrían tardar un rato.

—Entonces para cuando lo averigüen ya nos habremos ido.

Asumí que se refería al FBI, pero tal vez estaba hablando de la otra gente que buscaba a Max. «Max Smiley eligió un buen momento para morir. Hubo gente que se sintió estafada», había dicho él, pero sin dar más detalles sobre quién podría estar buscando a Max y por qué, así que se lo pregunté.

—Un hombre como Max tiene enemigos —dijo evitando entrar en detalles—. La gente con la que trataba querría vengarse; tú eres su hija y no creo que les llevara mucho tiempo llegar a la misma conclusión que todos los demás: que eres el camino hacia él.

—Eso ya lo veo —dije recordando a los hombres del Bronx—, pero ¿quiénes son?

Dylan sacudió la cabeza.

—No lo sé... los albaneses, los rusos, los italianos..., las familias de las mujeres que podría haber asesinado... Hay donde escoger.

Me di cuenta de que, mientras hablaba, no dejaba de mirar hacia la calle a través del gran ventanal de la entrada, hacia la puerta. Estaba inquieto.

—¿Qué pasa?

—No lo sé, pero me parece muy raro que no parezcan estar buscándonos —respondió insistiendo una vez más en algo que ya había dicho que le preocupaba—. A mí me parece que es una historia de titulares, ¿no crees?

Tenía razón, por supuesto: una americana con un tiro en el costado aparece en Londres pero no hay constancia alguna de cómo ha llegado hasta allí; alguien la saca de la habitación del hospital donde se encontraba bajo vigilancia policial dejando a su paso un reguero de cadáveres; desde entonces se desconoce su paradero y nadie sabe si considerarla una fugitiva o asumir que ha pasado a engrosar la lista de víctimas; un agente insurrecto del FBI también ha desaparecido sin informar a la agencia y se sospecha que podría ser él quien se la ha llevado, aunque tampoco está claro si se trata de su captor, su salvador o su cómplice. Todo un bombazo mediático. Irresistible de hecho.

Por la ventana que teníamos al lado vimos pasar a dos *bobbies* uniformados haciendo su ronda a paso tranquilo y con caras inexpresivas teñidas de aburrimiento. No parecían estar en situación de máxima alerta precisamente, pero Dylan estuvo tenso hasta que por fin pasaron de largo.

—¿Preferirías que nuestras caras estuvieran por todas partes y no pudiéramos dar un paso? —le pregunté—. ¿Estarías más tranquilo si no tuviéramos más opción que entregarnos?

—En cierto modo, sí. Eso por lo menos sería lo normal dadas las circunstancias. Todo esto me da mala espina —contestó con un ligero acento inglés que había vuelto a hacer su aparición.

Me pareció gracioso que ya lo conociera lo suficientemente bien como para saber cuándo estaba estresado.

Entré en mi cuenta de correo y luego me deslicé en el asiento corrido de enfrente, al lado de Dylan, y le di la vuelta al ordenador para que los dos viéramos la pantalla. Al sentarme a su lado, él me pasó el brazo por los hombros y noté el contacto frío y metálico de la pistola que llevaba a la cintura. Me había olvidado de que iba armado, así que sirvió para recordarme lo increíblemente jodida que era nuestra situación, y me sorprendí a mí misma preguntándome si, efectivamente, él llevaría razón y lo mejor que podíamos hacer era entregarnos. Recordé las palabras de Jake en The Cloisters. Creo que lo que había intentado decirme era que tal vez no necesitáramos comprender el pasado para poder tener un futuro, que no era imprescindible saber de dónde veníamos para seguir adelante. ¿Estaba en lo cierto?

Le expliqué a Dylan lo que Grant me había contado sobre la página web de la pantalla roja: que se podían ocultar mensajes tras datos innecesarios; le hablé del Spam Mimic y de que era posible que correos que parecieran correo basura fueran en realidad alertas que te avisaban de que debías entrar en la web.

—¿Crees que tu padre estaba usando esta web para comunicarse con Max?

—Parece bastante plausible —dije, y la sola idea que así fuera hizo que se me atenazara el pecho de ira, pero no podía pensar en todo aquello en ese momento.

Miré por encima todo el correo basura que tenía en la bandeja de entrada. Esperaba tener también algún correo de Ace, pero no había nada suyo: si sabía el lío en que me había metido, no debía de importarle. Un mensaje de mis padres con fecha de hacía tres días me informó de que estaban en Córcega; no hablaban más que de lo exquisita que era la comida; increíble. Supuse que ya debían de estar camino de vuelta a casa. Seguí avanzando por la página y entonces vi el mensaje de Grant y lo abrí inmediatamente. Decía así:

> *Estás metida en un buen lío y yo no tengo mucho tiempo. La página web de la que hablamos tiene su origen en Londres; no tengo tiempo de averiguar dónde exactamente y quién la creó, pero sí te diré que el código es muy sofisticado. No me extrañaría que fuese un centro de comunicaciones de la CIA. He intentado entrar y puede ser que haya hecho saltar las alarmas. El sitio se ha bloqueado y mi sistema me alerta de que alguien está tratando de entrar en mi red, así que, por precaución, voy a largarme de aquí. He enviado mis copias de seguridad a un lugar seguro. Si me pasa algo, la gente sabrá por qué.*
>
> *Me pondré en contacto contigo cuando esté fuera de peligro. Mientras tanto, no intentes entrar en la página a no ser que estés en un lugar público… e incluso en ese caso, no te lo aconsejo. Ten cuidado y no te olvides de que todavía me debes la entrevista.*

Grant había enviado el correo a las 19:03h. Dylan y yo sabíamos que una hora más tarde estaba muerto. Era culpa mía y ahora sentía todo el peso de esa responsabilidad sobre mis hombros mientras leía y releía su correo. Una parte de mí albergaba la esperanza de que hubiera un mensaje codificado oculto en sus palabras pero, aunque así hubiera sido, yo no habría sabido cómo descifrarlo. Traté de contener las lágrimas y me comí un trozo de la pizza que nos habían traído a la mesa mientras releía el correo de Grant una vez más.

—Todas las personas que han intentado entrar en esa página web están muertas o han desaparecido —dijo Dylan—. Myra Lyall, Sarah Duvall, Grant Webster y Jake Jacobsen.

Asentí con la cabeza.

—Todos excepto Ben —dije.

Tecleé de memoria la dirección de la web en el buscador y a los pocos segundos apareció la pantalla en rojo.

—Pero ¿qué estás haciendo? —dijo Dylan apartando mi mano del teclado con suavidad.

—Voy a entrar —dije volviéndome para mirarlo—. ¿Qué otra alternativa tengo?

—Puedes *no* entrar.

—¿No quieres llegar hasta el fondo de todo esto? Quiero decir que… A ver, ¿cuánto tiempo llevas con esta persecución obsesiva?

—El suficiente como para saber que un día de estos acabará conmigo. Es sólo que no estoy seguro de querer que ese día sea hoy. —Su respuesta me desconcertó—. Tras la muerte de mi madre, durante años, yo creí que había tenido un accidente de coche. Como ya te he contado, no sabía que mis padres eran agentes de la Interpol. Después de que ella muriera, mi padre se volvió una especie de fantasma, pasó de ser un hombre rebosante de fuerza y energía a convertirse en un muerto viviente. Perdió más de diez kilos, y eso que ya estaba bastante delgado; el color de su piel se volvió pálido y mortecino, nunca estaba en casa. Yo me sentía como si los hubiera perdido a los dos. A él lo mataron cuando faltaban pocos días para el tercer aniversario de la muerte de mi madre. Yo tenía dieciséis años. Mi tío, el hermano de mi padre, me trajo a Estados Unidos a vivir con su familia y me contó la verdad sobre mis padres y que ambos habían muerto persiguiendo a Max Smiley.

—¿Cómo murió tu padre?

Dylan dio un trago del gran vaso de agua con hielo que tenía delante y me fijé en que le temblaba ligeramente el pulso.

—La versión oficial es que se suicidó, que fue incapaz de superar la muerte de mi madre, pero por los informes clasificados a los que tuve acceso cuando empecé a trabajar para el FBI me enteré de que más bien fue ejecutado: encontraron su cuerpo en un prostíbulo de Estambul; el FBI cree que había seguido a Smiley hasta allí y lo mataron antes de que consiguiera hacer lo que sin duda se proponía.

—¿Matar a Max?

Él asintió.

—Yo me prometí a mí mismo que haría pagar a Smiley por las cosas que había hecho, que sería yo quien lo llevara ante la justicia. Nunca he pretendido vengarme, nunca ha sido mi intención hacerle daño o matarlo. Simplemente quiero que responda de la muerte de mis padres… y de la de todas esas mujeres que asesinó. Sin embargo, hay una parte de mí que siempre ha creído que eso no me traería más que sufrimiento y, algún día, probablemente la muerte; y tengo la sensación de que ese día no está lejos.

Sus palabras eran lúgubres y su rostro reflejaba una infinita tristeza. Yo quería abrazarlo, consolarlo, pero algo me detuvo. Permanecí en silencio un instante y luego dije:

—¿Cómo es posible que te contratara el FBI con semejante historial?

Se encogió de hombros.

—Pasé toda una serie de pruebas psicológicas y, sinceramente, creo que mi gran motivación tampoco les parecía mala cosa. Lo que sí hicieron fue no enviarme a misiones en el terreno, y por eso me dedico a la vigilancia y la recogida de información en vez de andar por la calle capturando a los malos. —Yo no sabía qué decir, así que me limité a mirar fijamente a la pantalla roja—. Esta historia ha dominado mi vida, ¿sabes? —continuó—. Durante mucho tiempo. Pero últimamente me he estado planteando si no me habré equivocado. No he hecho gran cosa con mi vida aparte de esto, y ya voy cumpliendo años. —Ahora su voz sonaba distante, como si estuviera pensando en voz alta.

—¿Qué quieres decir?

Apartó la mirada.

—Nada. No sé.

—Porque yo no puedo dejarlo ahora. Si tú quieres hacerlo, lo entenderé, de verdad, pero yo tengo que encontrarlo.

Me miró durante un instante y entonces dijo:

—¿Por qué?

—Ya sabes por qué. Tú mismo lo dijiste.

—Pero ¿y si no es cierto? ¿Y si encontrar a Max Smiley no hace que te conozcas mejor? ¿Y si resulta que cuanto más lo conozcas más te alejarás de quien eres tú en realidad? —Yo negué con la cabeza y luego la apoyé sobre mis manos—. Mira a Jacobsen, mírame a mí, mira lo que nos hemos hecho a nosotros mismos.

Me alejé un poco de él.

—Pero no es vuestro padre —dije alzando la voz pese a que me había propuesto no gritar—. Tú y Jake estáis buscando justicia, tal vez venganza aunque ninguno de los dos lo admitís. Son metas artificiales, por eso os están destruyendo: incluso si conseguís vuestro objetivo, eso no os hará sentir mejor.

Asintió con la cabeza, como si fuera una idea que él ya había considerado.

—Y si tú consigues tu objetivo, si lo encuentras, ya sea en el sentido literal o figurado o ambos, entonces, ¿qué, Ridley?

—No lo sé —reconocí.

Los dos nos volvimos hacia la pantalla en rojo; yo lo miré una vez más y él asintió. Tecleé aquí y allí como había hecho Grant hasta que aparecieron dos pequeños rectángulos; escribí un nombre de usuario que sabía que Ben utilizaba a menudo: «elbuendoctor» y luego introduje la contraseña que usaba para todo: «niñita».

Tenía la petulante seguridad de haber acertado, pero me equivoqué: al cabo de unos minutos de esperar a que ocurriera algo, la pantalla roja se desvaneció y apareció en su lugar una página de error.

—¡Mierda! —dijo Dylan en voz baja.

Borré la página y también la de mi correo del registro del ordenador, saqué algo de dinero de mi bolso, lo dejé en la mesa y me puse de pie. Dylan también se levantó y me cogió de la mano. Avanzamos hacia una señal de «salida de emergencia» que vimos en la parte trasera del local lentamente, con cuidado de no parecer asustados. Salimos por una puerta verde de metal y fuimos a dar a un callejón que llevaba a la calle que había detrás del restaurante. Una vez en ella echamos a correr.

Pero, por supuesto, era inútil correr. Si hubiera estado prestando atención me habría dado cuenta: no estábamos en paradero desconocido; no éramos fugitivos; estábamos ya atrapados en los pegajosos hilos satinados de una intrincada tela de araña. Sólo que todavía no lo sabíamos. O por lo menos yo no.

Yo debería haber estado muerta. Para todos los demás —Myra Lyall, Sarah Duvall, Grant Webster y Esme Gray—, verse implicados en aquel lío —fuera lo que fuese en realidad— había supuesto su final. ¿Por qué no yo? Porque nadie quiere que muera el cebo antes de que el pez haya mordido el anzuelo. Pero eso todavía no se me había ocurrido. Estaba corriendo a ciegas, aterrorizada, y aquello me superaba en todos los sentidos imaginables.

A falta de ninguna alternativa mejor volvimos al hotel. Yo me sentía enferma y agotada cuando entramos en la habitación y me dolía mucho el costado. Estaba en un estado febril y me pregunté si no habría empeorado la infección. No podíamos hacer nada salvo esperar. El *afterhours* al que queríamos ir, el Kiss, no abría hasta medianoche. Me senté en la cama y contemplé cómo la habitación comenzaba a flotar desagradablemente a mi alrededor. Dylan se sentó a mi lado y me puso la mano en la frente.

—Estás sudando.

—No me encuentro bien.

Sacó unas pastillas de un frasco que llevaba en el bolsillo y me las dio. Me las tragué sin agua y esperé mientras avanzaban trabajosamente por mi garganta. Me tumbé en la cama sobre el lado bueno y miré a Dylan.

—¿Quién crees que mató a Esme Gray? —le pregunté. Él no dijo nada—. La última vez que la vi —continué—, me dijo que tuviera cuidado o acabaría como «esa periodista del *New York Times*». ¿No te parece raro que dijera eso? ¿No da la impresión de que sabía algo sobre la muerte de Myra Lyall?

—Puede ser —respondió.

—¿Crees que ella tuvo algo que ver con todo esto?

Dylan se encogió de hombros.

—Estaba implicada hasta el fondo en todo el asunto de Proyecto Rescate y fue ella la que identificó el cuerpo de Max.

—Estuvo enamorada de él; hace mucho tiempo.

—La forma en que murió, de una paliza... Así es como mata él. —Sus palabras me helaron la sangre en las venas, me entraron escalofríos: no era sólo lo que decía sino el hecho de que, además, hablase de Max en presente; eso era algo que, de hecho, yo todavía no era capaz de aceptar.

—Pero si ella era su cómplice, ¿por qué iba a matarla? Tal vez alguien estaba tratando de hacer que pareciera cosa de Max, que diera la impresión de que seguía vivo.

—Si no fue él, el siguiente en mi lista sería tu novio, Jake Jacobsen.

Negué con la cabeza.

—Imposible.

—¿Se lo preguntaste? ¿Le preguntaste por la sangre en el suelo de su estudio?

Parecía que eso hubiera pasado hacía una eternidad.

—Dijo que ni se había acercado a Esme ese día y que no tenía la menor idea de qué había pasado en el estudio, que llevaba horas fuera.

—Entonces, ¿dónde estuvo todo el día?

Me encogí de hombros.

—No se lo pregunté.

—Y él no te lo dijo.

—No —respondí cerrando los ojos y preguntándome qué había significado yo para Jake en realidad y dónde estaría ahora.

Las palabras de Jake aún retumbaban en mi cabeza; aún lo veía, cayendo. Parecía estar tan lejos que dudaba de que volviéramos a encontrarnos jamás.

—Trata de descansar un poco. Encontraremos la explicación de todo esto, te lo prometo.

—Pero es que todos los demás —Myra, Sarah, Grant—, toda esa gente que se vio envuelta en todo este asunto, tal vez averiguaron cosas que alguien no quería que supieran y eso les costó la vida. Esme, en cambio, parecía estar implicada a sabiendas, y entonces, ¿cómo es que acabó muerta?

Sentí que Dylan me ponía la mano en la frente, pero no me contestó. Al cabo de un rato empezó a vencerme el sueño y cuando estaba a punto de dormirme del todo lo recordé.

Supe que no estaba sola en cuanto me desperté tendida en un duro suelo de moqueta áspera. Notaba el movimiento a mi alrededor, sonidos y olores. Rápidamente me di cuenta de que estaba dentro de un avión y fui consciente del dolor: el terrible dolor en el costado que me provocaba la herida del disparo aún reciente; dolor en la mandíbula, en la pierna. Traté de moverme con cuidado y el dolor lacerante me hizo gritar.

Él estaba inmóvil, sentado en un asiento forrado de cuero que había cerca, observando mis esfuerzos. No movió un dedo para ayudarme. La luz era tenue, pero aun así sabía que era el hombre que había visto en la calle, el que había perseguido después de que le disparara a Sarah Duvall. No podía verle la cara, pero sabía que al menos parte de ella estaba cubierta de cicatrices horribles. Llevaba el mismo sombrero de fieltro negro y unas gafas oscuras.

—¿Dónde estoy? —pregunté—. ¿Quién es usted?

De alguna manera, conseguí ponerme de pie apoyándome en el reposabrazos del asiento que tenía al lado. Era un avión pequeño, sin duda privado. Tenía un mueble bar y cinco asientos amplios forrados de cuero; daba la impresión de estar algo viejo y había un olor en el ambiente que me revolvió el estómago. Las piernas empezaron a fallarme de nuevo, así que me senté.

—¿Dónde está el fantasma? —preguntó con un fuerte acento que yo habría dicho que era de algún país de Europa del Este.

—¿Quién?

—El fantasma —repitió—, tu padre, Maxwell Smiley.

—Está muerto —respondí.

Me envolvió una calma extraña. Mis circunstancias también lo eran; más que eso, eran incomprensibles. Pensé que debía estar en estado de choque. Estoy segura de que así era.

—Hemos visto las fotos —dijo con tono paciente.

Yo seguía sin mirarle a la cara porque no quería ver su rostro: creo que pensaba que si no lo miraba tal vez no moriría allí con él, así que clavé la vista en mi regazo y me pregunté de quién sería la sangre que cubría mis piernas. Probablemente mía, quizá de Jake.

—Si nos llevas hasta él —dijo—, podremos olvidar que nos hemos conocido, no sé si me entiendes.

Sí, claro —pensé—. *Seguro que sí.*

—Está muerto, yo misma esparcí sus cenizas desde el puente de Brooklyn.

Aquel hombre lanzó un suspiro y, como si fuera una coreografía ensayada, entraron otros dos. Hicieron girar mi asiento y cuando alcé la vista para mirarlos vi que llevaban pasamontañas. Es una imagen horrible y les deseo que jamás tengan que enfrentarse a ella. Quienquiera que inventase los pasamontañas no debía de estar pensando nada bueno: son intencionadamente aterradores, están diseñados para atemorizar. Forcejeé con ellos tratando de defenderme aunque sabía que era inútil. Uno me sujetó los brazos con las dos manos sin mayor esfuerzo al tiempo que apoyaba la rodilla en mi regazo, mientras el otro apretaba mi herida con el puño lentamente. Yo solté un grito horrible, un sonido en el que a duras penas reconocía mi propia voz. Incluso hoy es el día en que sigo sin recordar el dolor. Dicen que la mente no tiene capacidad para recordar el dolor físico, y no saben lo que me gustaría que eso también fuera cierto para el miedo.

—¿Dónde está el fantasma? —insistió el hombre de negro con tono impaciente, una y otra vez hasta que perdí el conocimiento.

Aún a día de hoy, sigo siendo incapaz de recordar lo que ocurrió desde ese momento hasta que me desperté por primera vez en la habitación del hotel en Covent Garden; y no es mi intención recuperar ese recuerdo; a veces es mejor fiarse del subconsciente, y si éste decide no despertar a la jauría, más vale no andar dando patadas a los perros.

Me desperté sobresaltada haciendo que Dylan, que había estado dormitando en la silla que había a mi lado, diera un salto.

—¿Qué pasa? ¿Qué tienes?

—¿Por qué no me mataron? —pregunté sentándome en la cama—. Cuando se dieron cuenta de que no sabía dónde estaba, ¿por qué no me mataron?

—Lo intentaron en el hospital —dijo frotándose los ojos.

—Sí, ya, pero ¿para qué esperar? Me podían haber matado mucho más fácilmente cuando me tenían en su poder.

—Te escapaste. Ha tenido que ser eso.

—Pero ¿cómo? Estaba atrapada en un avión y me estaban torturando unos hombres con pasamontañas en la cabeza.

Me miró fijamente. Había algo raro en la expresión de su cara: preocupación, ira... No estaba segura de qué era.

—Pero ¿de qué estás hablando?

Le conté lo que acababa de recordar. ¿O era un sueño? Vino a sentarse a mi lado y me puso las manos en los hombros.

—¿Estás segura de que fue así como ocurrió?

—Sí... —dije, pero luego me lo pensé: mis recuerdos estaban envueltos en una especie de nebulosa, pero no me parecía que fuera un sueño; las imágenes no tenían ese aire irreal, ese toque impresionista que tienen los sueños—. No... No lo sé.

—¿Recuerdas algo más?

Me miraba con mucha intensidad pero, bueno, la verdad es que era un tipo bastante intenso.

Negué con la cabeza.

—¿Por qué no me mataron? —volví a preguntar.

Quería saberlo. Me parecía importante saberlo. Y lo era, sólo que no sabía por qué.

—Simplemente alégrate de que no lo hicieran —dijo apartando la mirada.

Parecía enfadado y yo no entendía por qué. Miré el reloj: era más de medianoche.

Mientras permanecía allí sentada, los recuerdos ya empezaban a desvanecerse un poco. Me pregunté quién sería aquel hombre. ¿Había algo en él que me resultaba familiar? ¿Lo había visto antes de que disparara a Sarah? Rebusqué en mi memoria tratando de recordar a la gente que había conocido a través de Max, pero no conseguí identificarlo. Quizás era sólo una broma pesada de mi propio cerebro debida al choque postraumático.

—¿Dylan? —dije.

Él se había levantado y había ido hasta la ventana, tenía una mano sobre el cristal y estaba mirando hacia la calle.

—Sí, dime, Ridley —con acento inglés otra vez: ¿estrés?, ¿fatiga? Probablemente ambos.

—¿Cuánto sabes de mí? —No estaba segura de por qué le había preguntado eso. Sigo sin estarlo.

—¿Cómo? —dijo sin volverse.

—Quiero decir que, después de todo este tiempo vigilándome, ¿cuánto sabes?

No me respondió inmediatamente y supuse que no iba a hacerlo, y entonces:

—Sé que todavía escuchas a Duran Duran. Que cantas en la ducha. Que roncas. —No dije nada: estaba avergonzada y sorprendida y, de repente, me arrepentía de haber hecho la pregunta—. Sé que te gusta comer helado después de hacer el amor con Jake. Sé que a veces te duermes llorando, que lloras cuando estás estresada o furiosa o muy cansada. Sé que estás más enfadada con tus padres de lo que admitirás jamás. Sé que tienes mente de investigador, un deseo irrefrenable de descubrir la verdad sobre las cosas y las personas, y que eres terca como una mula.

Sentí que me recorría una poderosa oleada de ira.

—¡Cállate! —dije.

Se dio la vuelta para mirarme y se acercó hasta quedar de pie junto a mí.

—Sé que echas de menos la vida que llevabas antes; que, si pudieras, tal vez darías marcha atrás en el tiempo.

—¡Cállate! —repetí levantándome de la cama.

La ira me impedía respirar. Él me puso las manos en los antebrazos; traté de soltarme pero me sujetó con fuerza.

—Sé que odias todo esto. Pero lo que más odias es lo que sabes de Maxwell Smiley ahora. Odias que sea parte de ti.

Un sollozo se escapó de mi garganta y seguí forcejeando para soltarme, pero él me sujetó con más fuerza aún. Yo quería taparme los oídos con las manos y echar a correr.

—Pero también sé que no importa, Ridley, que hay un auténtico pozo profundo y rebosante de bondad en tu interior: eres una de las pocas personas verdaderamente honestas, buenas y preocupadas por los demás que conozco. No importa de dónde vengas. Nada podrá cambiar eso, jamás.

Había bajado la voz y ahora era prácticamente un susurro. Me soltó los brazos y, con mucha delicadeza, secó las lágrimas que corrían por mis mejillas con los pulgares. Luego me puso la mano en la nuca y me atrajo hacia él. Me besó apretando su cuerpo contra el mío y yo me encontré a mí misma aferrándome a él; podía sentir la fuerza que encerraban sus brazos y su torso, sus muslos. Aunque hubiera querido no habría sido capaz de apartarme de él, y sabía que no me habría dejado ir fácilmente, incluso si se lo hubiera pedido, incluso si me hubiera resistido. Ya les dije antes que me abrazaba como si me conociera; tal vez era porque, efectivamente, me conocía.

Sentí la desesperación con que me deseaba; y me sorprendió, porque era un hombre que se guardaba para sí muchas cosas, que siempre había parecido distante, hasta cuando derribaba todas y cada una de las barreras que yo había erigido. Lo que me sorprendió aún más fue la desesperación con que yo lo deseaba a él: a pesar de que sentía el espectro de Jake sobrevolando sobre mis hombros —o precisamente por esa razón—, yo deseaba a Dylan Grace. Todavía le pertenecía a Jake en tantos sentidos que el hecho de hacer el amor con Dylan era una traición para todos y, de un modo extraño, precisamente eso me seducía: a esas alturas, saltarme todos los límites se había convertido en lo mío.

Comenzó a desnudarme sin dejar de mirarme a los ojos; una a una, todas nuestras ropas fueron cayendo al suelo. En la cama, sentí el tacto de su piel ardiente contra la mía y, durante un rato, me bastó simplemente con esa sensación, con sentir mis piernas entrelazadas con las suyas, mis brazos rodeándole los hombros, mis labios sobre su cuello. Me bastó con que los contornos de nuestros cuerpos se fundieran. Lo oí suspirar y noté que me abrazaba con más fuerza.

—Ridley —susurró—. Dios…

Había tanta emoción contenida en aquellas dos palabras que, de algún modo, me desconcertó e hizo crecer mi deseo. En aquellos momentos, él sentía algo que yo no sentía, pero no importaba: yo quería darle lo que necesitaba. La sensación era tan maravillosa, me parecía tan fuerte y tan firme, me hacía sentir tan segura, que quería quedarme allí un minuto, a salvo en el refugio que suponía para mí que él me conociese tal y como era.

Cuando me tomó dijo:

—Ridley, mírame.

Nos miramos a los ojos; incluso mientras me besaba, me miraba a los ojos. Supongo que habrá a quien eso le parezca raro, pero yo sabía que necesitaba verme los ojos y quería que yo viera los suyos: tal vez porque me había observado en secreto durante tanto tiempo, necesitaba que yo supiera que me estaba viendo por primera vez, y yo sentí que me reconocía y me entregué a ese sentimiento mientras mis manos exploraban el paisaje tierno de su cuerpo, mientras aspiraba el aroma de su piel y saboreaba sus delicados labios carnosos, su cuello, el hueco entre su clavícula y su garganta.

Tuvo cuidado de no poner peso sobre mi herida pero, aun así, estar con él me causó tanto dolor como placer.

Permanecimos abrazados en medio de la oscuridad: él me rodeó con los brazos y yo tomé sus manos entre las mías. Había muchas cosas que quería decirme, casi podía oírlas retumbando en el silencio, pero no dijo nada. Me quedé escuchando el ritmo de su respiración y pensé que me gustaba ese sonido, que me gustaba la sensación de tenerlo a mi lado.

—No debería haberte dicho esas cosas —dijo por fin—. No debería saber esas cosas de ti aún. No es justo.

Tenía razón, por supuesto: debería haberse ganado el derecho a saber todo eso, yo debería haber tenido la oportunidad de concedérselo; pero ésa no era nuestra realidad, las cartas ya estaban sobre la mesa y, o jugábamos, o rompíamos la baraja.

Se lo dije. Noté que asentía dando a entender que comprendía lo que le estaba diciendo. Nos quedamos así un momento más, ambos plenamente conscientes de que no nos quedaba mucho tiempo. Al poco rato, entramos por turnos en la pequeña ducha del cuarto de baño, nos vestimos en silencio y echamos a andar hacia la puerta. Justo antes de salir, él me miró y me besó suavemente. Yo me aferré a él un instante.

—Gracias —me dijo al oído.

Viniendo de otra persona habría sonado raro, como si le hubiera dado algo y me mereciera su gratitud, pero yo entendía lo que quería decir y me conmovió. No supe qué contestar, así que lo besé de nuevo. Sentí que se encendía otra vez el fuego entre nosotros, pero no había tiempo; nos apartamos el uno del otro y salimos por la puerta cogidos de la mano.

17

Mientras salíamos del voluminoso taxi negro se me ocurrió que no tenía la menor idea de qué habíamos venido a buscar a aquella discoteca. Yo había encontrado un nombre garabateado en una carterita de cerillas y allí estábamos… Esto debería darles una idea de lo perdidos y desesperados que estábamos. Aquella calle llena de naves y viejas fábricas en el West End londinense estaba casi desierta. Pagué al taxista y cerré la puerta sintiendo algo parecido a la desolación cuando el coche arrancó y se alejó.

—¿Qué pasa? —me preguntó Dylan al notar que dudaba.

—Nada, todo va bien.

Mientras caminábamos juntos por la calle tuve la sensación de que estábamos cometiendo un error, me dio la impresión de que eran la pura cabezonería y la falta de una alternativa mejor las que nos habían llevado hasta allí. Noté que la energía de Dylan se volvía silenciosa y vigilante a medida que avanzábamos leyendo los números en las fachadas de los edificios. No había nadie por la calle que pareciese estar de camino a una discoteca y no se notaban las vibraciones de la música a todo volumen.

Un farol azul sobre unas puertas de metal bruñido fue la única señal de que habíamos dado con el sitio. Dos hombres —uno blanco y otro negro, los dos grandes como armarios y ambos con largos abrigos negros y gafas de sol— estaban de pie junto a las puertas.

—Nombre —dijo el tipo negro cuando nos acercamos al tiempo que alargaba la mano hacia una tablilla con sujetapapeles que estaba colgaba de la pared a su lado.

Le entregué las cerillas que llevaba en el bolsillo y pregunté:

—¿Es aquí?

Se sacó del bolsillo algo que parecía un bolígrafo pero resultó ser una diminuta linterna negra. Apuntó la luz hacia la carterita de cerillas y apareció otro símbolo sobre ésta. Yo alargué el cuello para ver qué era, pero él apagó la linterna antes de que pudiera mirarlo bien. Me sorprendí un poco cuando vi que me devolvía las cerillas, se hacía a un lado y abría la puerta.

—Bienvenidos a Kiss. El ascensor de la izquierda les llevará hasta la zona VIP. Sólo tienen que pasarla por la ranura de la puerta —dijo entregándome una tarjeta negra. Yo la cogí y le di las gracias con un movimiento de cabeza.

Las puertas se cerraron a nuestras espaldas y echamos a andar por un largo pasillo iluminado con más luces de color azul.

—Parece que eres una clienta distinguida, Ridley Jones —susurró Dylan al tiempo que llegábamos al final del pasillo y pasábamos la tarjeta por el lector de la puerta.

Yo le sonreía débilmente.

—Ya veremos.

El ascensor bajó en vez de subir como esperábamos. Cuando se abrieron las puertas, entramos en un espacio cavernoso en el que retumbaba la música tecno y la gente se hacinaba en una gigantesca pista de baile, un mar de cuerpos apenas cubiertos de ropa que parecía no tener fin. Me sentí abrumada por una sensación parecida a la que me producían las discotecas de Nueva York; mi mente de persona observadora casi no podía tolerar recibir tanta información de golpe: los tatuajes, los pírsines, las lentillas color morado que llevaba una mujer, el pelo en punta color rosa oscuro de otra… Inmediatamente sentí que me sobrepasaba la infinidad de detalles y empezó a invadirme el sentimiento raro, como de estar colocada, que me producen ese tipo de situaciones. Dylan me cogió del brazo y me atrajo hacia él mientras avanzábamos en dirección a la barra.

—No quiero que nos separemos aquí dentro —me gritó al oído y, aun así, apenas pude oír lo que me estaba diciendo.

Me asaltó la pregunta de si, en otras circunstancias, habría bailado conmigo, si su cuerpo se habría movido en la pista con tanta gracia y tanto ritmo como en la cama. Sospechaba que sí. Tenía una pinta de lo más a la última con el pelo enmarañado y las gafas de sol puestas, la barba incipiente. Llevaba puesta una chaqueta de cuero, una camiseta de FCUK que yo le había comprado en Knightsbridge y unos Levis viejos. Cuando lo conocí, nunca hubiera dicho que era un tío que estuviera particularmente en la onda, pero supongo que sí.

—¿Qué pasa? —gritó.

Me debía de haber quedado mirándolo fijamente. Negué con la cabeza.

El labio inferior del camarero que nos atendió en la barra estaba totalmente oculto tras una hilera de aros plateados. Era una visión absolutamente espeluznante. No me fío de la gente que se perfora partes sensibles del cuerpo. ¿Acaso no es la vida ya lo suficientemente dolorosa? ¿No deja suficientes cicatrices? Llevaba la cabeza rapada y tenía un tatuaje de un trébol negro de cuatro hojas debajo de un ojo.

Dylan se apoyó en la barra y le dijo algo a gritos. Yo me quedé ensimismada observando a la gente. La música retumbaba con violencia, podía sentirla bajo la piel. Me acordé de una vez —cuando estaba en la universidad—, que nos tomamos un éxtasis y nos fuimos a bailar, de cómo la música parecía correr por mis venas y apoderarse de mí a un cierto nivel espiritual. No experimenté demasiado con drogas después de aquello porque me di cuenta de que no me gustaba sentirme desconectada de la realidad, pero bailar estando de éxtasis, experimentando esa alteración de las conexiones cerebrales que provocaba, fue una experiencia de una intensidad increíble y me dejó un recuerdo que siempre vuelve a mí cuando oigo música de discoteca. Sentí el deseo de lanzarme a la pista, zambullirme en aquella marea de cuerpos iluminada por los destellos de los estroboscopios —esas luces que hacen que los movimientos parezcan a cámara lenta—, y perderme en la música.

Me quedé contemplando a una mujer de color con pelo rubio platino perfectamente alisado y enfundada en un vestido de charol y botas a juego: apretaba su cuerpo escultural contra el de un rubio igual de espectacular; él llevaba una túnica blanca con una especie de gasa por encima que se le levantaba todo el rato por culpa del aire de los ventiladores y la envolvía a ella como si fuera humo. Observé cómo un hombre nada bien vestido y con los ojos llenos de inseguridad trataba de ligar con una pelirroja que parecía aburrirse soberanamente y estar teniendo serias dificultades para mantener el equilibrio. Vi a una chica jovencita con vaqueros y top bailando sola, girando sobre sí misma sin seguir ningún ritmo en particular excepto el que oía dentro de su propia cabeza; tenía la mirada perdida y no podía ir más puesta.

Dylan me dio una cerveza y señaló una escalera estrecha que llevaba hasta una cortina de terciopelo.

—¡Ángel! —gritó.

Dije que sí con la cabeza y echamos a andar hacia allí.

La vida es como un rompecabezas raro, ¿saben?: hay veces que tienes las piezas en la mano antes de saber siquiera dónde colocarlas. Estaba pensando en eso mientras subíamos por las escaleras, en cómo había encontrado la carterita de cerillas con un nombre desconocido escrito en ella en el apartamento de Max, y jamás se me habría pasado por la cabeza que me llevaría hasta una discoteca de Londres en compañía de un agente insurrecto del FBI, los dos buscando lo mismo y a la vez cosas totalmente diferentes, los dos con nuestras vidas reducidas a una maraña que no alcanzábamos a desenredar y que no paraba de enredársenos en los pies haciéndonos tropezar. Si de verdad hubiera estado observando las señales, habría sabido que no había manera de salir de aquella situación indemne, que, a partir de aquel momento, no iba a ocurrir nada bueno. Pero todavía era lo suficientemente ingenua como para creer que todo se arreglaría de algún modo.

Tras la gruesa cortina de terciopelo había menos ruido.

—Ésta es la sala VIP —dijo Dylan—. El camarero me ha dicho que encontraremos a Ángel aquí.

Junto a otra puerta inmensa de cromo bruñido había otro lector de tarjetas igual al del ascensor: la luz cambió de rojo a verde al deslizar la nuestra por él y se abrió la puerta. Entramos.

Dentro se respiraba una tranquilidad cuya intensidad sólo era comparable con el estruendo de abajo: en el aire cargado de humo resonaban unos acordes suaves de jazz; era un amplio espacio abierto de techos oscuros y tenebrosos en el que había largas mesas bajas y cojines esparcidos por el suelo; estaba subdividido en varias zonas más pequeñas separadas gracias a la disposición de los muebles y también había unos reservados de aspecto acogedor con mesas bajas en el centro; algunos tenían las vaporosas cortinas que servían para delimitarlos echadas, y tras ellas se intuían voces susurrantes y sombras en movimiento. La habitación estaba iluminada únicamente con velas repartidas por las mesas, las paredes y los gigantescos candelabros de hierro forjado y arañas del mismo metal que colgaban del techo. El ambiente resultaba gótico y tremendamente moderno a la vez. Tras una de las cortinas, una mujer se rió y sonó igual que si hubieran vertido cubitos de hielo en un vaso de cristal. Hubiera sido un lugar fantástico para quedarse un rato si mi vida no hubiera dado tanto asco.

Nos deslizamos en el interior de uno de los reservados con cortinas y nos sentamos muy juntos sobre un mullido cojín forrado en terciopelo.

—Alguien vendrá a buscarnos —me susurró Dylan.

Cuando me acerqué a él me puso el brazo sobre los hombros con naturalidad. Traté de imaginarnos en una cita. Traté de imaginarnos sin todas esas cosas horribles que habían pasado entre nosotros y alrededor de nosotros. Pero no pude. Ya lo sé: me estaba comportando como una quinceañera. Ya, patético. Tenía que centrarme, así que lo hice.

Al cabo de un rato, entró en nuestro reservado un joven delgado vestido completamente de negro y con la raya del ojo y los labios pintados, también de negro.

—Hemos venido a ver a Ángel —dije cuando nos preguntó qué queríamos beber.

—¿A Ángel? —preguntó arqueando una ceja.

Asentí con la cabeza y él sonrió de un modo extraño y nos miró, primero a uno y luego al otro, varias veces.

—Como vosotros digáis —continuó; tenía algo de frenillo—. ¿Y quién le digo que pregunta por ella?

Dudé un instante y miré a Dylan.

—Dile que Max —intervino él rápidamente.

Él joven hizo un gesto afirmativo con la cabeza y se alejó. Yo miré a Dylan y él se encogió de hombros.

—¿Se te ocurre algo mejor? —preguntó.

No dije nada, me limité a dar unos sorbos a la Guinness que me había dado abajo; era oscura y tenía un sabor intenso, un poco fuerte para mi gusto. Por lo general, no soy una gran bebedora de cerveza, pero la verdad es que aquella no estaba mal y el suave efecto que estaba empezando a tener sobre mí era agradable y contribuyó a que me relajara un poco.

Después de un rato vino otro hombre, esta vez con un aspecto más parecido al de los gorilas de la puerta, que nos acompañó por un pasillo oscuro. Era corpulento y tenía un aspecto amenazador, y su largo gabán negro rozaba el suelo a medida que avanzábamos dejando atrás una hilera de puertas que había casi al final del pasillo. Sentí que se me secaba la boca y la adrenalina empezaba a dispararse. Pensé en los largos pasillos, las puertas accionadas con tarjeta y el ascensor por los que habíamos pasado para llegar hasta allí. Comencé a sentirme atrapada, a preguntarme si no estaríamos cometiendo un terrible error, pero me pareció que era demasiado tarde para decir nada. Aquella era nuestra última pista. Después, no tenía ni idea de lo que pasaría.

El hombre nos abrió la última puerta, entramos y volvió a cerrarla. Resultaba bastante obvio lo que Ángel hacía para ganarse la vida: estábamos en una habitación de iluminación tenue dominada por una inmensa cama que había a la derecha. A la izquierda, una especie de salita. Era un sitio sórdido y vulgar. Supongo que lo que me esperaba era mucho terciopelo y mucha vela, cojines mullidos y música ambiente, pero eso no eran más que imaginaciones de mi calenturienta mente de escritora queriendo añadir detalles y crear cierta atmósfera. O tal vez era la Ridley ingenua con la cabeza llena de citas secretas, queriendo poner el toque romántico donde no había nada más que una transacción comercial: aquella habitación rezumaba pragmatismo; la gente que la visitaba quería una cosa y la quería sin florituras.

Miré el rostro de Dylan; su expresión era impenetrable y no podía verle los ojos con las gafas de sol puestas. Yo quería marcharme pero oí que se abría otra puerta y supe que ya era demasiado tarde.

Ella entró en la habitación a través de una cortina de terciopelo que abrió con los brazos en un gesto de lo más expansivo al tiempo que decía con voz ronca y aterciopelada:

—¡Max, he estado intentando ponerme en contacto contigo!

En su rostro se dibujaba una amplia sonrisa que se desvaneció casi de inmediato cuando nos vio. Debía de haber sido espectacular (aquella mujer asiática con una frondosa melena negra y un cuerpo increíblemente esbelto que teníamos delante) y los vestigios de esa belleza aún residían en la delicadeza de sus facciones, pero ahora parecía manoseada y agotada, rota. Pensé en las mujeres y niñas raptadas y vendidas como esclavas sexuales sobre las que había leído en los artículos de la carpeta de Jake. Me pregunté si ella habría sido una de esas niñas y si ése era el aspecto que se tenía en esos casos después de diez o quince años, y pensarlo me entristeció profundamente.

—¿Quiénes sois vosotros? —preguntó.

Vi que estaba empezando a retroceder hacia la cortina, pero Dylan la atrapó antes de que pudiera ir demasiado lejos, la agarró en un segundo y le dio la vuelta con violencia al tiempo que le tapaba la boca. Ella forcejeó un instante y luego se quedó inmóvil. Tardé un segundo en darme cuenta de que la estaba encañonando con la pistola por la espalda. Ni siquiera me había fijado en que la había traído. Se me hizo un nudo en el estómago.

—Ten la puta boca cerrada —dijo él con voz grave y amenazante.

La llevó hasta la silla y la obligó a sentarse bruscamente.

—Dylan —dije atónita: de repente, apenas lo reconocía.

Él me ignoró.

—¿Cómo? —le preguntó a Ángel agarrándola por el cuello y apuntándole con la pistola a la sien—. ¿Cómo has estado intentando ponerte en contacto con él?

Ella lanzó un grito espantoso, algo así como un gruñido, y le clavó las uñas en la mano con la que le agarraba el cuello hasta hacerle sangre, pero Dylan no se inmutó.

—¿Cómo? —repitió él con una voz que me resultaba irreconocible, prácticamente un gruñido.

Dylan aflojó un tanto la presión de la mano y ella aspiró aire desesperadamente y lo miró con ojos suplicantes. Yo me acerqué a él y le puse una mano en el hombro.

—No te lo puedo decir —respondió Ángel con las lágrimas deslizándose por sus mejillas formando ríos negros de rímel—, él me mataría.

—Muere ahora o muere más tarde. Tú decides.

Ángel me miró a los ojos y sentí un zarpazo terrible en las entrañas; de remordimiento, miedo, dolor. Pero ¿*qué* estábamos haciendo?

—Dylan, para —dije.

—Ridley —dijo volviéndose hacia mí—, no te metas.

Retrocedí y me quedé de pie junto a la puerta. Estaba paralizada, completamente sobrepasada por los acontecimientos, sin ningún tipo de referencia sobre cómo había que comportarse en una situación así. ¿Cómo me había imaginado que resultaría aquella visita? No lo sabía.

—Te voy a dar un segundo más y luego te romperé el cuello, ¿lo entiendes? —continuó él.

No podía moverme. ¿De verdad iba a matar a aquella mujer si no nos decía lo que queríamos saber? Me parecía imposible, pero sonaba más que convincente. Tal vez aquello era parte del secreto para salir bien parado de ese tipo de situación. Ella asintió con la cabeza y me inundó una poderosa sensación de alivio. Cuando Dylan le soltó el cuello, Ángel tosió y dejó escapar un leve sollozo.

—Sólo puedo dejarle mensajes en Internet —dijo con voz ronca—. Hay una página web.

—Dame la dirección, tu nombre de usuario y también tu contraseña —le ordenó.

Luego me miró y saqué rápidamente un bolígrafo y un papel del bolsillo y se los di a ella. (Es que los escritores; no vamos a muchos sitios sin esas dos cosas). Ángel escribió en el papel durante unos instantes y luego me lo devolvió.

No me sorprendió ver la dirección que para entonces ya tenía memorizada. Su nombre de usuario era <angelamor> y su contraseña <carambola>.

—¿De qué lo conoces? —le pregunté—. ¿Qué relación tiene contigo?

Ella me miró como si fuera completamente imbécil y empezó a frotarse el cuello por la parte donde Dylan la había agarrado.

Intenté imaginarme a Max en un sitio como aquel pero no podía, por mucho que lo intentara. ¡Una parte tan grande de las cosas que había descubierto sobre Max no casaban en absoluto con los recuerdos que yo tenía de él! Me di cuenta de que me la había quedado mirando fijamente y Ángel apartó los ojos. Dylan cogió el papel que yo tenía en la mano, lo miró y luego la miró a ella.

—Si nos estás mintiendo, te juro por Dios que te encontraré —dijo Dylan.

Su expresión, el tono de su voz, hacían que me resultara imposible reconocerlo.

Ella negó con la cabeza y soltó una risita amarga.

—Ya estoy muerta —dijo.

Entonces él se le acercó por detrás de improviso y la golpeó en la cabeza con fuerza; Ángel se desplomó sobre la silla igual que una marioneta a la que le hubieran cortado los hilos y Dylan se volvió hacia mí y debió de ver el terror en mis ojos porque se quedó paralizado.

—No está muerta, Ridley —dijo con un acento más fuerte que nunca—. Sólo necesito que esté callada un rato para que podamos salir de aquí.

Me acerqué a ella para buscarle el pulso y comprobé con alivio que, efectivamente, su corazón seguía latiendo. Dylan me agarró del brazo y salimos de Kiss como si no hubiera pasado nada.

Nos metimos en un taxi que pasaba por la puerta y le pedimos al conductor que nos llevara a un cibercafé. El hombre no dejó de hablar en todo el trayecto sobre los atentados en el metro de hacía tan sólo unos pocos meses y sobre «los putos moros» y los «putos americanos», y sobre cómo estaban jodiendo el mundo. Yo casi ni oía lo que decía mientras contemplaba por la ventanilla los edificios que dejábamos atrás a toda velocidad y miraba a Dylan de reojo constantemente; él se había quitado las gafas de sol y no paraba de mirarme de reojo también.

—¿De verdad pensaste que nos iba a dar la información sin más? —preguntó por fin.

Yo me encogí de hombros.

—¿La habrías matado si no lo hubiera hecho? —susurré.

—Por supuesto que no —contestó lleno de incredulidad—. No.

—¿Así que simplemente estabas interpretando el papel de tipo duro?

—Sí —dijo arrugando la frente.

—Pues estabas de lo más convincente.

Entonces fue él quien se encogió de hombros.

—Si no, no habría funcionado.

Nos quedamos en silencio un instante y entonces él dijo:

—Supongo que es que se me olvida todo el rato.

—¿El qué?

—Que tú no me conoces tan bien como yo a ti.

Lo miré y vi los arañazos de las uñas de Ángel: estaban en carne viva y tenían pinta de doler bastante. No sabía qué decir. Tenía razón y eso me recordó lo poco sólida que era aquella relación, cómo había empezado envuelta en un velo de mentiras y se estaba gestando en un crisol de peligro e incertidumbre. Los únicos dos «actos sociales» a los que habíamos ido juntos eran un asesinato en una habitación de hospital a oscuras y amenazar a una prostituta en un *afterhours* del West End. Me preguntaba si tendríamos algo en común aparte de nuestra obsesión compartida por encontrar a mi padre, y si tendríamos oportunidad de comprobarlo.

«Algunos estamos perdidos y algunos nos encontramos. Creo que ésa es la verdadera diferencia —había dicho Max en una ocasión—. Hay gente que no se hace tantas preguntas y que no tiene ese fuego en las entrañas que les empuje a plantearlas cuando se enfrentan al mundo. Se contentan con vivir unas vidas predecibles en las que todo lo que encuentran a su paso es como una reposición de *Jeopardy*; ya conocen las respuestas y el desenlace y no sienten la necesidad de viajar, ni de hacer preguntas que levantan dolor de cabeza y confunden, como por ejemplo: ¿quién soy?, ¿por qué estoy aquí?, ¿a esto es a lo que se reduce todo?... Muy al contrario, irradian una cierta confianza en sí mismos y el mundo que los rodean, trabajan, van a la iglesia cuando toca, cuidan de sus familias... Saben que lo que creen es lo correcto. Saben que cualquier otra cosa es un error o es mala.

»Otros estamos perdidos: siempre buscando. Nos torturamos con cuestiones filosóficas y anhelamos ver el mundo; lo cuestionamos todo, hasta nuestra propia existencia; hacemos preguntas que llevaría toda una vida siquiera enunciar y nunca estamos satisfechos con las respuestas porque no reconocemos en nadie la autoridad suficiente como para darlas; vemos la vida y el mundo como un enorme rompecabezas que tal vez seríamos capaces de resolver algún día si consiguiéramos reunir las piezas suficientes. La idea de que quizá nunca lleguemos a comprender, de que nuestras preguntas podrían quedar sin respuesta hasta el día de nuestra muerte, no se nos pasa por la cabeza prácticamente nunca. Y cuando eso ocurre, nos aterroriza.»

Aterrorizada, así estaba yo, allí sentada con Dylan frente a la pantalla del ordenador al fondo de un cibercafé abierto las veinticuatro horas. Eran las cuatro de la mañana y me sentía como si fuéramos las dos últimas personas que quedaban en Londres. Tecleamos la dirección en el buscador y apareció la pantalla en rojo. Toqué unas cuantas teclas y aparecieron las ventanas, introduje el nombre de usuario y la contraseña de Ángel y se abrió una ventanita en el centro de la pantalla. Observé cómo las mismas imágenes del mismo vídeo que ya había visto en el ordenador de Jake comenzaban a desfilar ante mis ojos y, entonces, un hombre que había aparecido por la derecha avanzó hacia el centro de la imagen: se movía despacio, con ayuda de un bastón, y caminaba con paso inseguro mientras que el resto de la gente parecía pasar por su lado muy rápidamente; llevaba un largo abrigo marrón y una gorra con visera de ese típico tejido escocés de lana, *tweed*. Se detuvo y se volvió hacia la cámara.

Estaba delgado y pálido como un fantasma, como si algo lo estuviera devorando por dentro; no era el hombre que yo conocía, era alguien vacío, hueco por dentro y destrozado. Miró a la cámara que debía de estar al otro lado de la calle y movió los labios, pero yo no podía oír lo que decía, como en un sueño. Aunque estaba muy cambiado, no me cabía la menor duda de a quién estaba viendo: era Max. Mi padre.

Sentí un dolor horrible en mi interior que supongo que siempre había estado ahí y era lo que me había estado empujando durante todo ese tiempo. Un dolor que era la razón de todo lo que había hecho, de cada error, de cada acción descabellada y peligrosa desde que Dylan se me acercó en la calle. Había destrozado mi propia vida para llenar ese vacío que sentía por dentro y que no era sino la oscura sombra de mi padre. Necesitaba algo que todavía creía que sólo él podía darme y casi me había destruido a mí misma para conseguirlo.

—¿Qué está diciendo? —me preguntó Dylan.

El vídeo era un bucle cerrado de imágenes que se repetían una y otra vez: Max cruzando la calle lentamente, dándose la vuelta y diciendo algo a la cámara. En total debían de ser unos diez segundos.

Lo vi varias veces, acercándome para distinguir bien la boca. A la cuarta lo entendí y acto seguido me eché hacia atrás sobre el respaldo de la silla.

—¿Qué? —insistió Dylan—. ¿Qué está diciendo?

Alcé la vista hacia él.

—Está diciendo «Ridley, vete a casa».

Se abalanzaron sobre nosotros en ese momento, tal vez porque se dieron cuenta de que habíamos llegado a un callejón sin salida, de que mis patéticas pistas me habían llevado hasta allí pero no daban para más. Entraron por las dos puertas, delantera y trasera, apuntando con sus linternas a las ventanas que teníamos al lado, con las armas desenfundadas y los chalecos antibalas puestos, y haciendo mucho ruido. Completamente desproporcionado, si se me permite opinar. Aun así, simplemente me quedé allí mirando a la pantalla, observando a Max; luego hundí la cabeza entre las manos sintiendo el tacto de mi nada familiar pelo cortado en punta. Dylan, de pie a mi lado, tampoco se movió. Dos hombres lo cachearon y le quitaron la pistola.

No me sorprendió ver aparecer a la inspectora Madeline Ellsinore por la puerta. Me estaba mirando fijamente y me pareció leer en sus ojos algo parecido a la empatía.

De hecho, ni siquiera me extrañó ver a Jake con el chaleco antibalas de color negro puesto encima de la ropa y una pistola en la mano.

18

Hasta hace poco, llevaba una existencia sin demasiados acontecimientos extraordinarios —por no decir que simplemente me limitaba a ir tirando—, hasta que un único hecho le dio un vuelco a mi vida (y, ahora que lo pienso, incluso tomada en el sentido literal, la expresión no se aparta demasiado de la realidad). Mientras esperaba sentada en una habitación gris con una iluminación implacable de tubos fluorescentes que parpadeaban sin cesar, pensaba en el momento en que corrí a salvar a Justin Wheeler en plena calle. Dylan tenía razón: una parte de mí hubiera deseado dar marcha atrás y cambiar cada minuto si fuera posible, pero ahora sé que todo esto empezó mucho antes de aquel día. Yo vivía engañada pensando que tenía cierto control sobre mi vida y sólo ahora estaba empezando a comprender que no era así en absoluto.

Él entró en la habitación y cerró la puerta. No dijo nada mientras se sentaba a la mesa frente a mí. Yo era incapaz de alzar la vista hacia él; su traición era tan profunda, tan incomprensible, que en ese momento temía explotar por dentro si lo miraba.

—Ridley —dijo por fin.

—¿Era todo mentira? ¿Todo?

No dijo nada durante un instante; y entonces:

—Lo siento.

—¿Que lo sientes?

—Pero sí que me preocupaba por ti, Ridley —dijo con una voz que no reconocí: había algo frío y oficial en su actitud, especialmente en aquella situación—. Y todavía lo hago y tú lo sabes, pero eso no era parte del plan; fue un imprevisto, algo que nunca anticipé que sucedería, una complicación.

—Un error —dije.

¿Había dicho «preocuparse por mí»? ¿Igual que se «preocupa» uno por el medio ambiente o por el estado de salud de una octogenaria tía lejana? Pensé en todo el amor que había sentido por el hombre que tenía delante, en todas las veces en que le había entregado mi cuerpo, mi corazón y mi más absoluta confianza; pensé en todas las verdades que le había revelado, en todas las dolorosas confidencias que habíamos compartido. Yo había desnudado mi alma ante él, le había abierto hasta la última puerta, y eso hacía que ahora sintiera una profunda vergüenza y un deseo incontrolable de cubrir mi desnudez en su presencia.

—No, no un error —respondió en voz baja, una voz más parecida a la del hombre que yo conocía.

Sentí que ponía su mano sobre la mía y yo la aparté inmediatamente. Conseguí sacar fuerzas de flaqueza y lo miré. Parecía cansado y triste, tenía unas ojeras pronunciadas y los labios apretados formando una fina línea que le daba un aspecto adusto.

—No vuelvas a tocarme jamás —dije. Él dejó caer la cabeza. El odio que me inspiraba no podría haber sido mayor—. Simplemente necesito tener algo claro —continué—: todo lo que me contaste sobre ti, esa historia de que eras un niño de Proyecto Rescate, nuestra relación, tus esculturas, todo cuanto sé sobre ti, ¿todo eso no eran más que mentiras?, ¿una historia inventada para hacer creíble tu personaje?

Él asintió con la cabeza lentamente.

—Sí.

Las náuseas eran tan fuertes que juro que pensé que iba a vomitar allí mismo; pero conseguí controlarme aunque notaba en la garganta el regusto de esa cerveza negra que me había tomado un poco antes: su sabor en mi garganta era como el de la verdad, amargo y ácido.

—¿Por qué? —dije oyendo la desesperación en mi voz.

—Ya sabes por qué.

Negué con la cabeza.

—No. No te hacía falta engañarme de ese modo para encontrar

a Max. Podías haberme vigilado, observarme en la distancia. Yo nunca lo habría sabido. —No me respondió sino que me dio tiempo para pensarlo. Entonces lo entendí—. ¡Pero claro!, necesitabas manipularme, mantener la obsesión viva en mi mente, plantar las semillas aquí y allá, enseñarme esa carpeta. Llegaste a conocerme tan bien que sabías perfectamente los hilos de los que tenías que tirar para conseguir que emprendiera la búsqueda cuando llegara el momento.

Me alegró ver la vergüenza y el remordimiento escritos en su cara, pero no era en absoluto suficiente con eso. Había un sinfín de cosas que nunca llegué a entender del todo y que ahora estaban perfectamente claras: la obsesión de Jake por Max, el hecho de que siempre consiguiera encontrarme estuviera donde estuviera, que siempre pareciera saber lo que estaba pensando, que siempre se las ingeniara para avivar el fuego de mi curiosidad, para mantener el pasado vivo. Durante casi dos años. De repente no me sentía tan mal por haberme acostado con Dylan.

Pensé en los últimos momentos que habíamos pasado juntos en el café cubano del Bronx y en el muro de The Cloisters.

—Todo lo que me dijiste la última vez que estuvimos juntos, esas promesas que me hiciste. ¿Por qué tenías que decir esas cosas?

Él sacudió la cabeza y vi que se le humedecían los ojos. Se levantó y se acercó a la estrecha ventana cubierta con tela metálica. Lo comprendí: que no era todo mentira, que había habido algo real entre nosotros. Pero ahora era irrecuperable. Durante esos últimos momentos, debió de darse cuenta de que se acercaba el final y, a su manera, trató de salvarnos a los dos. De algún modo, eso empeoraba aún más las cosas.

—Así que lo de aquella noche fue obra de la CIA, fueron ellos los que me mandaron el mensaje de texto, los que nos persiguieron en The Cloisters, los que me trajeron a Londres.

—No —dijo sacudiendo la cabeza.

—Entonces, ¿quién?

—Creemos que Max envió el mensaje. Si hubieras ido sola, seguramente lo habrías visto.

Pensé en el coche que había avanzado lentamente por el camino, en los hombres que había entre los árboles. ¿Habría estado Max dentro del coche?, ¿se habría escondido en el bosque?

—Entonces, ¿no eran tus hombres? ¿No era la CIA que había venido por Max?

Él negó con la cabeza de nuevo. Claramente no se me estaba dando nada bien atar cabos.

—Hay mucha gente, mucha gente peligrosísima y terrible que está buscando a Max. No sé si te estaban siguiendo a ti o si interceptaron el mensaje, pero llegaron antes que mis hombres.

—Grant —dije en voz baja—. Yo le dije a Grant Webster dónde iba y a qué hora. Así es como se enteraron.

—Tal vez —dijo asintiendo lentamente.

Dejé caer la cabeza mientras me preguntaba si lo habrían torturado para conseguir la información. Recordé la excitación que sentía por estar implicado en toda aquella intriga.

—¿Y quién me trajo a Londres? —pregunté—. ¿Quién puso todo aquel dinero y el pasaporte en mi bolso?

—Hay unos cuantos sospechosos —dijo evitando entrar en detalles.

—¿Cómo quién? —insistí yo. No me contestó, simplemente me clavó la mirada y yo me enfurecí—. ¡Me torturaron! —grité al tiempo que me ponía de pie y me levantaba la camisa para que viera la herida y los moratones—. Yo no sabía nada sobre Max, ni siquiera que lo llamaban el fantasma, no tenía la menor idea de qué me estaban preguntando.

—Yo no tuve nada que ver con eso —replicó cortante—. Traté de protegerte, Ridley, y fracasé —añadió tirando del cuello del jersey que llevaba puesto para enseñarme el grueso vendaje de su hombro.

Recordé que había visto cómo le disparaban, que lo vi caer, y ese recuerdo hizo que todo empezara a dar vueltas a mi alrededor. Me quedé mirando aquellos ojos verdes durante ni sé cuánto tiempo y tengo que reconocer que lo soportó sin apartar la vista. No sé qué es lo que buscaba yo en sus ojos, pero sí estoy segura de que no lo encontré. No lo entendía: ni a él ni cómo había sido capaz de hacer lo que hizo ni cómo había podido yo creer ciegamente en la mentira que él era. Y ahora allí estábamos: enseñándonos las heridas. No tengo claro qué tratábamos de probar ninguno de los dos. Me bajé la camisa y volví a sentarme. Él hizo lo mismo.

—Yo jamás habría tomado parte en eso —dijo.

—Pero ¡el hecho es que sí que lo hiciste! Tú fuiste el principal responsable. —El silencio que siguió quemaba como un hierro candente—. ¿Por qué no me mataron? —dije al fin—. Cuando se dieron cuenta de que no sabía dónde estaba Max, ¿por qué me perdonaron la vida? ¿Cómo llegué hasta el hotel?

Él lanzó un suspiro.

—Todo el mundo quiere la misma cosa de ti, Ridley.

Puso la mano sobre una carpeta que había sobre la mesa —yo estaba tan distraída que ni la había visto—, la abrió y sacó una fotografía que me acercó. Reconocí al hombre de la foto inmediatamente: era el del avión, el de las cicatrices en la cara; el mismo que había matado a Sarah Duvall. Su fealdad era macabra: ojos de una palidez extrema que parecían no tener párpados, boca ancha de labios finos y nariz con una forma extraña. Y aquellas cicatrices, quemaduras creo. Parecía un hombre que había sufrido de forma inhumana y eso lo había hecho malvado. Me estremecí. No estaba segura de que llegara a olvidar su voz jamás.

—¿Quién es?

—Su nombre es Boris Hammacher.

Esperé a que siguiera hablando pero no lo hizo. ¿Por qué tenía la sensación de que siempre era yo la que debía arrancarle la información a la gente? ¿Es que nadie era capaz de decirme lo que necesitaba saber?

—¿Y? —dije.

—Y es un asesino —por llamarlo de algún modo—, es el tipo al que se llama cuando se quiere encontrar y asesinar a alguien.

—¿Y está buscando a Max? —pregunté.

—Creo que no sería descabellado asumir que ése es el caso —dijo asintiendo con la cabeza.

—Me dejó con vida porque pensó que Max vendría a buscarme.

—Eso diría yo si tuviera que adivinar.

¿Se dan cuenta de lo escurridizo que es, de cómo nunca confirma ni desmiente nada? Es posible que no tuviera las respuestas a mis preguntas, pero lo más seguro es que no quisiera dármelas.

—Es el hombre que vi en la calle —dije tomando la foto en mis manos y recordando cómo salí corriendo detrás de él y lo rápido que se movía entre la gente—. Él mató a Sarah Duvall. ¿Por qué? Ella no sabía nada.

Jake se levantó y empezó a caminar arriba y abajo por la habitación.

—No lo sé, Ridley, no sé si te estaba siguiendo a ti o a ella. Tal vez pensó que sabía algo sobre la desaparición de Myra; quizá no estaba seguro de qué clase de pistas podría haber dejado ésta. Puede que pensara que Sarah era simplemente un cabo suelto; incluso cabe la posibilidad de que estuviera intentando asustarte.

—¿Fue él quien mató a Myra Lyall? —pregunté.

—Myra Lyall descubrió cosas que no debería haber sabido. Ya estás al tanto de que estuvo investigando para un artículo sobre los niños de Proyecto Rescate y alguien le filtró una información de que la CIA creía que Max Smiley seguía vivo. Empezó a hacer muchas preguntas a la agencia, le hizo una visita a Esme Gray... Pero simplemente estaba lanzando la caña a ver qué pescaba: hasta donde nosotros sabemos, nunca dio con nada relevante. Creemos que Boris Hammacher pensó que sabía más de lo que en realidad sabía y cuando vio que no era el caso la mató.

—¿Para quién trabaja Hammacher? ¿Quién está buscando a Max?

—Podría ser cualquiera de una larga lista. Max tenía muchos enemigos.

Pensé en ello por un instante, en cómo Myra, Sarah y Grant estaban todos muertos por causa de Max, y en que la única razón por la que yo no me había reunido con ellos era que todo el mundo estaba apostando por la probabilidad de que Max volviera a buscarme algún día.

—¿Quién mató a Esme Gray?

—Esme Gray está viva.

—Pero…

Volvió a la mesa y se sentó.

—¿Nunca te preguntaste cómo era posible que no la sentaran en el banquillo? ¿No te pareció raro que nadie pagara nunca por Proyecto Rescate? Vino a nosotros cuando Max trató de ponerse en contacto con ella y negoció un trato para ella y su hijo: su inmunidad a cambio de ayudarnos a localizar a Max Smiley y, en cuanto a Zack, su hijo, saldrá de prisión en los próximos cinco años.

Esa información no me resultaba nada agradable pero, comparada con todo lo demás, que un hombre que había tratado de matarme y aún me odiaba pudiera salir de prisión en breve no parecía para tanto.

—¿Por qué fingir su muerte entonces?

—Cometió errores contigo. Te dio demasiada información al mencionar a Myra Lyall. Dylan Grace también andaba siguiéndole la pista. Esme llevaba trabajando para nosotros desde que nos dimos cuenta de que había identificado erróneamente el cuerpo de Max Smiley, así que sabía mucho de nuestra investigación; pero tenía la paranoia de que Max descubriría que lo había traicionado e iría a por ella. En resumen, teníamos miedo de que se convirtiera en el eslabón débil de la cadena y acabase rompiéndose si tirábamos demasiado, así que la sacamos del terreno de juego.

—¿Elegisteis una muerte causada por una paliza intencionadamente? Así es como mata Max según el FBI.

Se encogió de hombros.

—Simplemente necesitábamos que quedase irreconocible.

Yo no dije nada, me limité a mirarlo esperando que eso bastara para expresar que, en más de un sentido, me daba asco.

—¿Y qué pasa con el ADN, las huellas digitales y la dentadura? Hoy en día ya no basta con destrozarle la cara a alguien y olvidarse.

—La CIA se hizo cargo de la investigación para que pudiéramos ocuparnos de todo eso. Se hace constantemente con los testigos protegidos.

Nos quedamos los dos en silencio durante un rato. Había tantas preguntas... Yo deseaba conocer la respuesta de algunas; de otras no. Y ni siquiera sabía por dónde tirar ahora. Al final volvía a hablar:

—Bueno, ¿dónde está Max?

—Sabemos que no está en Londres. Seguramente no lo pisa desde hace años; la imagen que viste estaba superpuesta a la de la calle. Diseño gráfico por ordenador. Podría estar en cualquier lugar del mundo.

Podría estar en cualquier lugar del mundo pero estaba vivo, y eso me llenaba de miedo, de furia y, sí, me abría una leve puerta a la esperanza.

—Entonces, ¿qué hacemos aquí?

—Al igual que nosotros, Boris Hammacher pensó que Max estaba aquí. Sospechamos que por eso te trajo a Londres. Y nosotros seguimos a Dylan Grace hasta dar contigo.

—Porque todo el mundo quiere lo mismo de mí.

Pensé en toda la gente que me rodeaba, como buitres sobrevolando la carroña putrefacta en que se había convertido mi vida; todos esperando a que Max moviera ficha para poder mover ellos la suya. Pero Max no había aparecido. A mí me habían disparado, raptado y torturado, me habían dejado sufriendo en una habitación de hotel en un país extranjero, me habían llevado a un hospital donde alguien había tratado de matarme, me habían raptado de nuevo, había corrido por todo Londres y por fin me habían arrestado. Pero Max no había aparecido. Supongo que las víctimas de aquella broma eran ellos. O tal vez yo.

Era consciente de que, probablemente, hasta aquella conversación estaba llena de engaños y medias verdades; pero también sabía que era la primera conversación casi honesta que había tenido con el hombre que tenía delante. Eso me entristeció. De repente, me sentí tan cansada como si no hubiera dormido durante días. Me daba envidia Rip van Winkle, el de la historia de Washington Irving: yo también quería quedarme dormida —pero no veinte sino cien años—, y que, cuando me despertara, todo lo que odiaba y amaba en el mundo se hubiera convertido en polvo.

—Entonces, ¿qué es? —dije—. ¿Por qué busca todo el mundo tan desesperadamente a Max Smiley? ¿Por qué anda tanta gente a la caza del fantasma? —El rostro de Jake era como una máscara impenetrable—. ¿Por los asesinatos de los que es sospechoso? —Ni una palabra—. No —dije rompiendo el silencio—, a nadie le importan lo más mínimo unas cuantas prostitutas; aunque me imagino que un par de agentes de la Interpol asesinados sí que podría causar alguna que otra tensión internacional. Y, aun así, tiene que haber algo más. Tiene que tratarse de algo más que un simple hombre.

—Max Smiley es más que un simple hombre —dijo Jake—; es el eje central de toda una red criminal internacional, y lo ha sido durante décadas.

—¿Red criminal? ¿Qué clase de red criminal?

—Ridley, es muy complicado.

—Pero tenemos tiempo, ¿no?

Suspiró y se echó hacia atrás en la silla.

—Todo empezó con Proyecto Rescate: él y Esme Gray idearon esa manera de sacar de sus casas a los niños que sufrían abusos y enviarlos a familias adineradas; a través de Alexander Harriman, Max se asoció con la mafia italoamericana para que le hicieran el trabajo sucio.

—Todo eso ya lo sé —dije en tono impaciente.

Él levantó una mano como para disculparse.

—Toda la operación acabó por convertirse en un negocio muy lucrativo que fue creciendo.

—Pero luego las cosas empezaron a ponerse feas la noche que Teresa Stone murió. Max se desmarcó, ¿no? —dije con el corazón latiéndome cada vez más deprisa y deseando aferrarme a la versión de los hechos que me había dado Alexander Harriman, el abogado de Max.

Jake me miró como si me compadeciera. Debía de recordarle a una cría que se obstina en seguir creyendo en los cuentos de hadas.

—Si lo hubiera hecho, Ridley, no estaríamos aquí, ¿no te parece? —No dije nada. ¿Qué podía decir?—. Max Smiley era un hombre de negocios. Se podía hacer dinero, y mucho, con todo aquello. Proyecto Rescate pasó a un segundo plano, sí, pero los contactos de Max le permitieron ampliar su campo de acción. —Recordé los artículos sobre la trata de blancas en Albania que había en la carpeta de Jake. Entonces lo supe. Quería taparme los oídos para no oír el resto—. No hay un salto tan grande entre robar bebés para vendérselos a los ricos y engatusar a mujeres y niñas en discotecas para venderlas como esclavas sexuales.

Me sujeté la cara entre las manos.

—¿Qué es lo que estás diciendo? —le pregunté hablando a través de los dedos—. ¿Qué tenía él que ver con todo eso? ¿Qué hizo?

—Creemos que financiaba la construcción en Europa de discotecas regentadas por la mafia albanesa. En esas discotecas, sobre todo en la zona de los Balcanes y Ucrania, se engañaba a las mujeres con falsas promesas de un trabajado bien pagado en Inglaterra o Estados Unidos, o simplemente se las drogaba y las raptaban. Luego las llevaban a otros países de Europa y Asia o a Estados Unidos con documentación falsa. Tú estuviste en una, Kiss. —Me lanzó una mirada de reojo y luego siguió hablando—: Él se quedaba con un porcentaje de las ganancias, tanto legales como ilegales. Por supuesto estaba también el beneficio añadido de disponer de un lugar donde dar rienda suelta a sus apetitos sin temor a ser descubierto: esas mujeres, literalmente, han desaparecido de la faz de la Tierra; se les facilita documentación falsa, se les inyecta heroína para que se hagan adictas, nadie vuelve a saber nada de ellas. Y a nadie le importa en absoluto a las garras de qué clase de monstruo van a parar.

Tenía la desagradable sensación de que la habitación daba vueltas a mi alrededor.

—¿No es posible que no supiera lo que ocurría en esas discotecas? —pregunté aunque ya sabía la respuesta.

Me costaba mucho trabajo entender cómo un hombre que había dedicado gran parte de su vida a recaudar fondos para ayudar a mujeres y niños víctimas de abusos a través de su fundación, pudiera haber estado involucrado en una organización que hacía dinero vendiendo a jóvenes y niñas como esclavas sexuales. No tenía ningún sentido... ¡Como tantas otras cosas! Me acordé de lo que Dylan me había dicho —más bien chillado— en el coche: «¡Despierta ya, Ridley! Despierta de una puta vez. Tu padre, tu amado Max, odiaba a las mujeres, las asesinaba».

No respondió a mi pregunta, se limitó a seguir hablando:

—En el desarrollo de esa «actividad empresarial», Max Smiley tuvo tratos con los personajes más influyentes del negocio de la trata de blancas. Si consiguiéramos encontrarlo y detenerlo, si lográramos hacerlo hablar, la CIA y el resto de agencias policiales internacionales podrían desbaratar, hasta incluso asestar un golpe mortal a esa clase de operaciones y salvar así a infinidad de mujeres, posiblemente conseguir que los principales responsables fueran juzgados por un tribunal internacional. ¿Lo entiendes, Ridley?

Pensé en las fotografías que había visto: Max en compañía de aquellos hombres, sonriendo mientras compartía mesa con mafiosos y terroristas en un café de París. Estaba empezando a tener esa sensación que experimento cuando me siento acorralada y me entra pánico: mi respiración se hizo entrecortada de repente y comencé a ver puntitos blancos de luz bailando ante mis ojos.

—Ridley —dijo Jake, que, a pesar de todo, me conocía bastante bien—, no te desmayes. —Luego alzó la voz girando la cabeza hacia la puerta—: Traedle agua, por favor.

Se levantó y vino a ponerse de rodillas a mi lado. Otro hombre entró en la habitación con un botellín de agua y se lo dio a Jake; él lo abrió y me lo pasó. Bebí un poco y traté de fijar la vista en un punto en la pared. Ya había sufrido suficientes humillaciones como para durarme hasta el final de mis días y no quería además desmayarme delante de sabe Dios cuánta gente que sin duda nos estaba observando a través de un circuito cerrado de televisión. Lo único que podía pensar era: *¿A la gente le pasan ese tipo de cosas?*

—Ridley, no te vengas abajo, ¿de acuerdo? Todo se arreglará.

No entendía cómo era capaz de decir algo tan ridículo.

—¿Y por qué no voy a hacerlo? —pregunté—. ¿Por qué no iba a venirme abajo?

—Porque necesito tu ayuda, Ridley.

—¿Mi ayuda? No digas estupideces.

No dijo nada, exhaló profundamente y bajó la mirada al suelo dejando la mano sobre el respaldo de mi silla. Yo di unos cuantos sorbos más y seguí mirando al punto en la pared que me estaba ayudando a no perder el conocimiento.

—¿Mi ayuda para qué? —pregunté por fin (la curiosidad pudo más).

—Necesito que nos traigas a Max Smiley.

Estuve a punto de echarme a reír hasta que me di cuenta de que lo decía completamente en serio. También me di cuenta de que no tenía opción, de que, de hecho, nunca la había tenido.

Desde el momento en que Max me encontró en el fuerte del bosque que había detrás de la casa de mis padres, habíamos estado avanzando hacia el punto en que nos encontrábamos entonces. «Ridley, hay una cadenita de oro que va de mi corazón al tuyo. ¡Créeme, yo siempre te encontraré»!, me había dicho.

Y ahora, años más tarde, por fin entendía lo que había querido decir: estábamos unidos por las vivencias, por la sangre y por el infinito amor que sentíamos el uno por el otro y que iba más allá de nuestras personalidades, más allá de nuestras identidades y nuestras buenas y malas acciones. Cuando yo me había perdido, Max siempre había sabido encontrarme y me había traído de vuelta a casa; sin hacer preguntas, sin juzgar, sin recriminaciones. Él respetaba que yo sintiera la necesidad de desaparecer y aceptaba que su papel era traerme de vuelta. No me había dado cuenta hasta ese momento de que ahora era yo la encargada de hacer lo mismo. No importaba lo que hubiera hecho, no importaba a quién hubiera hecho daño ni a quién hubiera asesinado, no importaba qué clase de monstruo fuera Max Smiley. Era mi padre. Y tanto si lo sabía como si no, estaba perdido, y era mi deber —y sólo mío— traerlo de vuelta a casa.

TERCERA PARTE

LA VUELTA A CASA

19

Unas quince horas más tarde, estaba mirando a una pantalla de televisor en la que aparecían unas imágenes de mi padre (Ben, no Max) captadas por una cámara de circuito cerrado. Lo estaban interrogando dos agentes de la CIA: un hombre alto de cabellos oscuros cortados al rape y una mujer de origen latino con ojos que brillaban como dos ascuas incandescentes, ambos vestidos con sendos trajes azul oscuro de corte clásico. Me fijé en que Ben no parecía asustado en absoluto, en que se echaba hacia atrás en la silla y tenía los brazos cruzados sobre el pecho. Su rostro tenía una expresión adusta y en sus ojos se leía el desprecio. Había reconocido que se había comunicado con Max, pero no parecía pensar que eso tuviera nada de malo.

—No es un delito desaparecer de tu propia vida, ¿no cree? —preguntó.

—Ése *no* es el delito del señor Smiley, señor Jones —dijo la agente, que tenía la espalda apoyada contra la pared.

—No tienen ustedes prueba alguna de que sus alegaciones contra él sean ciertas —dijo mi padre con su tono de enojo característico—. Si las tuvieran, ya lo habrían detenido hace tiempo.

No me quedaba más remedio que reconocer que yo había pensado lo mismo y se lo había dicho a Jake, que me contestó que nunca habían tenido pruebas suficientemente contundentes como para asustarlo y conseguir que les diera los nombres de las personas con las que había hecho negocios. Lo podrían haber atrapado imputándole ocultación de activos o delitos fiscales, pero lo que perseguían era encontrar cargos que —si se probaran— pudieran incluso valerle la pena de muerte, pues pensaban que ésa sería la única forma de conseguir que estuviera dispuesto a negociar una confesión. En cualquier otro caso, unos cuantos años en una prisión federal serían un auténtico paseo comparado con lo que algunos de sus socios podrían llegar a hacerle —a él o a alguno de sus seres queridos— si hablaba, y nunca conseguirían que les dijera nada. Así que se dedicaron a vigilar y esperar. Pero, a medida que pasaba el tiempo, él se volvía cada vez más etéreo, más invisible, más cauto en sus movimientos, hasta que se esfumó ante sus propios ojos. Y entonces «murió». Por eso empezaron a llamarlo «el fantasma».

Llevaban horas tratando de sacarle algo a mi padre, pero sólo habían conseguido que reconociera que, aproximadamente año y medio después de la muerte de Max, éste se había puesto en contacto con él y le había dado instrucciones sobre cómo descodificar los mensajes de la página web de la pantalla roja. Mi padre les contó que entraba en la web casi a diario y que recibía algún mensaje cada pocos meses, siempre bastante vago: preguntas sobre cómo estaba yo y el resto de la familia. Max nunca dijo dónde estaba y Ben sabía de sobra que no debía preguntárselo.

—No comprendía por qué nos había hecho algo así, causándonos tanto sufrimiento a todos —dijo mi padre—, pero me imaginé que tenía sus razones y yo las respetaba.

El agente sacudió la cabeza, se sentó frente a mi padre y se echó hacia delante con gesto desdeñoso.

—¿Las respetaba? ¿Pretende hacernos creer que en todos los años que ha conocido usted a Max Smiley nunca sospechó de lo que era capaz, que podría ser un asesino, que sus negocios contribuían a la destrucción de muchas vidas? ¿Que nunca se imaginó ni por un momento que había desaparecido porque todo aquello estaba empezando a pasarle factura? Smiley dejó que usted y Esme Gray pagaron los platos rotos de Proyecto Rescate, casi destruyó la vida de su hija adoptiva —de hecho casi la mataron por su culpa—, y usted, todavía lo protege.

Mi padre apartó la vista de la dura mirada del agente.

—Siempre trato de ver el lado bueno de las personas a las que quiero —contestó—. Trato de concederles el beneficio de la duda.

Sonaba como si estuviera a la defensiva, casi fuera de sí. A mí me daba vergüenza verlo comportarse de aquel modo: tenía las mejillas encendidas y tuve que sentarme en una silla. Jake, que estaba de pie a mis espaldas, me puso una mano en el hombro. Yo se la aparté.

—Te he dicho que no vuelvas a tocarme jamás —le solté en tono cortante.

Noté cómo retrocedía un paso. Yo lo odiaba. También odiaba a mi padre. Odiaba a todo el mundo.

—¿Qué es lo que ha hecho por usted para que lo defienda de ese modo? —le preguntó la agente sacudiendo la cabeza.

Mi padre se estremeció.

—No tengo nada más que decirles. Y quiero un abogado.

Ella soltó una leve carcajada y lo miró risueña, como compadeciéndose.

—Somos de la CIA, señor Jones, lo que significa que la manera habitual de hacer las cosas no es aplicable en este caso.

—Y eso, ¿qué se supone que quiere decir? —preguntó.

Por primera vez, parecía estar empezando a preocuparse: tenía la frente cubierta de sudor y, agarrándose al borde de la mesa, se inclinó hacia delante.

—Significa que no tiene derecho a un abogado. Significa que podemos retenerlo por tiempo indefinido si creemos que es usted un peligro para la seguridad nacional. Se sabe que Max Smiley hacía negocios con organizaciones terroristas internacionales, y usted ha estado en contacto con él, lo que lo convierte como poco en testigo y, en el peor de los casos, en cómplice.

Mi padre permaneció en silencio. Se frotó los ojos con el pulgar y el índice. ¿Era lealtad o miedo lo que hacía que siguiera protegiendo a Max? Yo no tenía ni idea.

Me volví hacia Jake porque no podía seguir mirando a mi padre.

—¿Y ahora qué pasa conmigo? —le pregunté.

—Nada —contestó—, puedes marcharte y seguir con tu vida.

Me lo quedé mirando y dije:

—Claro, y mientras tanto tú te dedicarás a observar cada uno de mis movimientos, a escuchar todas y cada una de mis conversaciones por teléfono y a leer hasta el último correo electrónico que reciba. Viviré igual que si estuviera en una pecera.

Jake asintió con gesto serio.

—Y luego —añadió—, al cabo de unas semanas, tratarás de ponerte en contacto con Max usando las claves que te dio Ángel y veremos qué pasa.

—¿Y Dylan?

Jake asintió de nuevo.

—Se han retirado todas las sanciones y amonestaciones de su expediente —dijo entregándome un documento—, tal y como está previsto en nuestro acuerdo contigo.

—¿Volverá al trabajo? —le pregunté releyendo por encima la página que ya había leído y firmado unas horas antes.

Jake negó con la cabeza.

—No, eso no lo hemos podido arreglar, ya no volverá a trabajar para el FBI: ese tipo es una bomba de relojería andante.

No pude evitar quedarme mirando a Jake: no me parecía que estuviera tan cambiado; era raro después de todo lo que había pasado, pero seguía siendo Jake. Por más que ahora llevara un traje y tuviera un aire de fría profesionalidad, todavía podía ver en él al hombre que había conocido el año pasado, y eso me hacía sentir como si el pecho se me desgarrara en dos.

—¿Y tú?

—No tendrás que volver a verme.

Me sobresalté ligeramente al pensarlo; me di cuenta de que él era perfectamente capaz: de desaparecer de mi vida como si nunca me hubiera hecho el amor, como si nunca me hubiera cogido de la mano, como si jamás hubiera sabido todos mis secretos. Quizá no me quería y, pese a que tal vez sentiría cierto dolor en algún rincón de su interior, podría hacerlo. De hecho, lo haría.

—Pero aun así seguirás ahí, escuchando, observando —dije pensando en lo extraño y triste que resultaría.

—Sólo hasta que encontremos a Smiley; luego desparaceré —respondió frunciendo el ceño; me pareció que sus hombros se tensaban y deseé que fuera señal de que sufría.

—Bien —dije poniéndome de pie.

—¿No quieres escuchar el resto de la conversación con Ben?

—No —respondí—, ya he oído bastante; de todo el mundo. Lo que quiero es irme a casa.

Después de que yo aceptara cooperar, habíamos vuelto a Estados Unidos la noche anterior —ya tarde— en un vuelo comercial con destino a Nueva York —Jake, yo, y otros dos agentes—, y me había pasado todo el tiempo con la CIA desde entonces. No estaba segura de en qué ciudad nos encontrábamos porque me habían llevado hasta allí en la parte trasera de una furgoneta blanca sin identificación alguna y sin ventanas. A Dylan no lo había vuelto a ver desde que nos detuvieron en el cibercafé en Londres.

Primero habíamos ido a una clínica donde un médico me limpió y curó la herida, me puso una inyección de antibióticos, y me dio otros cuantos en pastillas y unos analgésicos —que todavía no me había tomado porque quería tener la cabeza despejada— para el camino.

Después Jake me acompañó por interminables pasillos blancos con puertas grises a ambos lados hasta llegar a un aparcamiento subterráneo donde nos metimos en otra furgoneta (o la misma, ¡quién sabe!). Había un conductor esperándonos al volante y, en cuanto Jake cerró la puerta, la furgoneta se puso en marcha. Él se sentó a mi lado en la parte de atrás y me dio un móvil con el que podía enviar mensajes y también correos electrónicos; la verdad es que era bastante imponente, de diseño muy plano y elegante; me explicó que estaba todo preprogramado para que pudiera ponerme en contacto con ellos.

—Llévalo siempre contigo. Tendrás cinco minutos para responder a cualquier mensaje, llamada o correo que recibas de nosotros; si pasado ese tiempo no hay respuesta, alguien vendrá a buscarte.

—¿Para protegerme o para llevarme detenida?

—Eso dependerá de la razón por la que no hayas respondido a tiempo.

Asentí con la cabeza.

—Y recuerda, Ridley —dijo cuando hubo terminado con las instrucciones—, no pongas la música demasiado alta, no dejes que se moje el teléfono, evita las zonas sin cobertura, usa las escaleras en lugar del ascensor siempre que puedas (no le pregunté por qué)... Puede que no seamos los únicos que te están observando. Tú no nos verás ni nos oirás, no te darás ni cuenta de que estamos ahí. Si sospechas que alguien te está siguiendo, si oyes ruidos o algún clic en el teléfono, o si la pantalla de tu ordenador empieza a hacer cosas raras, tienes que decírnoslo enseguida.

—Está bien, entendido —dije un tanto desconcertada por lo extraño que me resultaba todo aquello y pensando cuánto lo habría disfrutado Grant.

Yo en cambio nunca me había sentido tan deprimida; no pude evitar preguntarme si me escucharían mientras iba al baño: un pensamiento raro, ya lo sé.

Debí de dormirme un rato porque lo siguiente que recuerdo es que nos estábamos deteniendo. Me quedé allí sentada un momento, luego miré a Jake. La seriedad de su rostro me indicaba lo grave de mi situación: estaba preocupado; no sé si porque dudaba de que yo fuera capaz de soportar la presión o porque no estaba convencido de poder protegerme pese a toda la vigilancia, o si era simplemente que le pesaba todo lo que habíamos perdido.

—Ridley —dijo al tiempo que me abría la puerta—, ten cuidado.

Salí pasando por encima de él y una vez estuve de pie en la acera le respondí:

—Esto no va a funcionar, ¿sabes?

—Ya veremos —dijo. Nos miramos a los ojos un instante. No sé qué vio en los míos, pero eso hizo que se acercara a mí—. Ridley —añadió en tono de advertencia—, tú limítate a hacer lo que te he dicho, ¿de acuerdo?

—¿Acaso tengo elección? —respondí echando a andar hacia mi edificio.

Él cerró la puerta sin decir una palabra más y la furgoneta se alejó a toda velocidad. Yo entré rápidamente, alegrándome de que no hubiera nadie en el vestíbulo ni en el ascensor. Aguanté a duras penas hasta llegar a mi apartamento y entonces me puse a llorar. Sabía que me estaban oyendo pero no me importaba. Lo descargué todo —todo el dolor y toda la ansiedad— en los cojines del sofá. Cuando empecé a sentirme mejor, pedí comida china como para cuatro del Young Chow de la Cuarta Avenida y me duché con el agua tan caliente como pude soportar sin escaldarme.

Cuando llegó la comida me senté con ella ante el televisor mientras cambiaba de canal distraídamente, y devoré los rollitos de huevo, la sopa de *wonton* y el pollo con sésamo sin ver realmente ninguna de las imágenes de la pantalla que tenía delante. Me moría de hambre. Cuando por fin estuve tan llena que no podía más, me tomé los antibióticos y tres de los analgésicos que me había dado el médico y luego, ignorando por completo la luz del contestador que parpadeaba junto al teléfono, me metí en la cama y dormí casi doce horas.

Me despertó la brillante luz del día y confiaba en sentirme mejor, pero no era así: estaba completa y profundamente perdida; los negros tentáculos que habían estado tirando de mí me rodeaban ahora cubriéndome como un manto de depresión: me pasé gran parte de la mañana con la mirada fija en una gotera que había en el techo, justo encima del sofá.

Dicen que los tres primeros años de vida son los más importantes, que si durante esos años un niño no recibe cuidados y cariño, el daño es irreversible; que si no tiene la oportunidad de ver y aprender, de desarrollar empatía, compasión y confianza, ya no será capaz de aprender esas cosas más adelante.

No sé lo que le pasó a Max durante sus primeros años, pero me lo puedo imaginar: Max era una persona dañada. Sé que ya he dicho esto antes, pero lo que quisiera es que entendieran ustedes realmente, que tuvieran verdadera compasión. Traten de imaginarse a un niño pequeño, frágil e inocente, que, en vez de ser objeto de adoración, fuera blanco de la ira; que, en vez de recibir caricias y mimos, sufriera bofetadas y golpes. Imaginen que, en lugar de aprender a amar, sólo aprendiera a temer. Imaginen que sólo conociese el miedo y el dolor y, de algún modo, acabara sirviéndose de ello para sobrevivir. ¿De qué sería luego capaz esa persona en su vida adulta? No quiero excusar nada, sólo les pido que lo piensen.

Ben me pidió que nos encontráramos en la fuente de Washington Square. Yo no respondí a su llamada cuando vi su número parpadeando en la pantalla del móvil: había medio decidido que no volvería a hablar con él ni con Grace. Dejó un mensaje.

—Seguramente tú no querrás verme —decía; podía detectar el cansancio en su voz, sonaba viejo y asustado—, y no te culpo. —Siguió una larga pausa durante la que sólo se oía su respiración—. Pero aun así quiero pedirte que nos veamos. Te invito a un capuchino y podemos ver cómo juegan al ajedrez, como solíamos hacer hace ya una eternidad, lo sé. Estaré allí a eso de las cuatro. Te esperaré.

Creo que intentaba ser astuto al no mencionar directamente el sitio; tal vez se imaginaba que me estaban vigilando o que lo vigilaban a él. Pero no hacía falta ser ningún genio para saber que hablaba de Washington Square, la meca neoyorquina del ajedrez al aire libre; y además a mí me seguirían en cualquier caso. Yo sabía que los aparatos que llevaban en aquellas furgonetas eran capaces de recibir la señal y seguir las conversaciones aunque se estuviera aparcado a varias manzanas de distancia. No tenía intención de ir pero, a eso de las tres y media, me sorprendí a mí misma poniéndome el abrigo y echando a andar hacia la puerta.

El cielo tenía ese extraño color azul que tira a negro. La fuente que había en mitad del parque no tenía agua y la gente atravesaba con paso vivo aquel inmenso espacio abierto al fondo de la Quinta Avenida en vez de quedarse por los alrededores como ocurría en primavera o verano.

Durante el buen tiempo, aquel lugar se llenaba de gente sentada por los bancos, al borde de la fuente o en el césped a mirar a los artistas callejeros que tocaban la guitarra o hacían juegos de magia rodeados de una pequeña multitud. La zona de los juegos para niños se llenaba de chiquillos que se balanceaban en los columpios, trepaban por las barras y se deslizaban por los toboganes bajo la atenta mirada de padres y niñeras. En los meses de más calor, Washington Square era uno de los lugares más bulliciosos de la ciudad, pero aquel día, en cambio, los árboles negros extendían sus brazos nervudos sin hojas hacia el cielo.

Lo vi sentado en un banco; llevaba un abrigo largo de lana y una gorra; tenía las manos en los bolsillos y estaba echado hacia atrás contemplando el cielo. No sé en qué estaría pensando, pero cuando me acerqué noté que tenía los ojos enrojecidos. Me senté a su lado. Me miró, apartó la vista y luego volvió a mirarme y se incorporó en el asiento.

—Ridley —dijo pasándome la mano por el pelo—, casi no te he reconocido.

Dejé que me tocara, aunque lo que realmente quería era darle un manotazo. Me pasó los dedos por los cabellos en punta y luego me acarició la mejilla. Yo le sonreí sin ganas.

—Es mi nueva imagen de fugitiva —dije—, ¿qué te parece?

—No me gusta —dijo sacudiendo la cabeza.

—Ni a mí tampoco —respondí cortante—, pero no es más que una de las muchas cosas de mi vida que no me gustan y, aun así, con esto puedo vivir sin mayor problema, que es más de lo que puedo decir sobre las otras.

Mis palabras se quedaron flotando en la neblina que había salido de mis labios para instalarse entre nosotros. Intenté mirarle a los ojos, pero él apartó la vista hacia otro lado.

—Sabía que no era de fiar —dijo por fin—, nunca me gustó.

—¿Quién?

—Ese Jake Jacobsen. Te ha estado mintiendo todo este tiempo.

La caradura y el atrevimiento de su comentario, su completa ignorancia de la ironía que encerraba, me dejaron sin palabras. Lo miré y sentí la más absoluta pérdida de fe, la decepción más profunda que nadie me haya causado jamás —incluido Max—; la ira me oprimía el pecho como si fuera una pesada losa y me impedía responder. Traté de respirar con calma, de recomponerme, pero pasó un rato hasta que pude articular una palabra de nuevo.

—¿Siempre has sabido lo que es en realidad? —dije por fin sorprendiéndome de lo tranquila que sonaba mi voz.

Me pregunté si eso lo amedrentaría, si me preguntaría de quién estaba hablando, si fingiría pensar que me refería a Jake. Pero me sorprendió.

—Por supuesto —dijo mirándome de frente. En su rostro había entereza—. Por supuesto que lo sabía. ¿Por qué crees que nos quedamos contigo aquella noche sin hacer preguntas? ¿De verdad crees que éramos tan ignorantes, tan estúpidos como para no darnos cuenta de todas las leyes que rompíamos, como para poner en peligro Proyecto Rescate? Te acogimos por miedo, Ridley, por miedo a lo que un hombre como Max podría llegar a hacerle a una niña tan pequeña.

Me lo quedé mirando. Hablaba como si asumiera que yo tenía que entender, como si hasta esperara que yo ya lo hubiese sospechado. Me dio envidia su sentido de la rectitud y me pregunté cómo se sentiría uno al estar tan seguro de que hace lo correcto, pese a la abrumadora evidencia en contra.

—¿Así que sabías lo de Proyecto Rescate también?

Negó con la cabeza.

—Ya te he dicho en una ocasión que sólo sabía que actuábamos al margen de la ley, pero desconocía el alcance del lado oscuro de toda la operación. No voy a seguir tratando de convencerte de que es así y, en cualquier caso, ahora ya carece de importancia lo que yo supiera entonces.

Había adoptado un aire de suficiencia que me pareció repulsivo. Aún lo quería, pero sentía que se acrecentaba el abismo que nos separaba y no estaba segura de que llegaría a ser capaz de cruzarlo de vuelta algún día; sufría por dentro porque mi padre siempre había sido el amor de mi vida.

—Entonces dime, papá, ¿qué es lo que te parece importante ahora?

—¿Qué te han pedido que hagas?

—¿Quién? —Él me miró y yo sacudí la cabeza—. Eso no es asunto tuyo —dije al fin.

Él se puso muy derecho y me cogió por los hombros.

—No vuelvas a decir eso. Todo lo que tenga que ver contigo es asunto mío. Eres mi hija. No llevas mi sangre, pero eres mi hija en todos los sentidos importantes. Si te pasara algo...

No terminó la frase y yo tampoco me apresuré a romper el silencio que siguió. No traté de soltarme, pero me contuve para no echarme en sus brazos como quería. Lo miré: sus cabellos blancos como la nieve, las arrugas profundas alrededor de los ojos, sus mejillas sonrosadas. A nadie le hubiera parecido que mi padre era guapo, ya se lo he dicho a ustedes antes, pero su rostro era fuerte, su mirada poderosa.

—No lo entiendes —dijo—, ni lo entenderás hasta que no tengas hijos, sólo entonces comprenderás el amor sin límite, el deseo insaciable de proteger. Un padre haría cualquier cosa para proteger a un hijo. —No estaba segura de si estaba hablando de sí mismo o de Max. Y entonces añadió—: Aléjate de él, Ridley.

—¿Por qué?

—Tú mantente alejada.

—¿Por qué lo querías tanto, papá?

Él lanzó un suspiro.

—Conocía su otro lado, el Max que tú adorabas; ese también era real, ¿sabes?, también era Max. Trata de entender que yo no sabía nada de sus negocios, de sus… —Tragó saliva y no fue capaz de pronunciar la palabra «asesinatos»—. Yo no sabía nada de esas otras cosas de las que lo acusan. Yo no lo sabía.

Tal vez creía que si repetía las suficientes veces esas palabras —«Yo no lo sabía»— se harían realidad. O quizá sabía que debían estar escuchando nuestra conversación y estaba asegurándose de declarar su inocencia en relación a las acciones de Max.

—Pero sabías que mató a su madre —dije—, o por lo menos lo sospechabas, ¿no es verdad?

Pareció quedarse muy sorprendido y luego dejó caer la cabeza. Me alegré de que por lo menos no tratara de negarlo.

—Él te quiere, Ridley. De manera sincera y profunda, como cualquier padre quiere a su hija. Pero si cree que te has vuelto en su contra, que Dios te ayude, de eso estoy seguro. —Sus palabras eran como nitrógeno líquido helándome la sangre en las venas. No dije nada—. Sea cual sea el tipo de trato que te han ofrecido, aléjate de Max. Deja que muera. Nunca lo encontrarán. Nunca.

—¿Hace cuánto que sabes que sigue vivo?

Él sacudió la cabeza. Yo sabía que no diría nada en voz alta: mientras lo estaban interrogando; le había oído decir que había recibido un mensaje de Max un año y medio después de la supuesta muerte de éste, pero yo me preguntaba si mi padre habría ayudado a Max a fingir esa muerte. No se lo pregunté, sobre todo porque no quería saberlo.

—¿Dónde está, papá?

Miró al frente, como si estuviera buscando un rostro en medio de una multitud.

—Te lo suplico, niñita, aléjate de él.

Se puso de pie y yo hice lo mismo. Entonces me estrechó con fuerza, con desesperación; yo lo rodeé con mis brazos y al final me dejé ir y me aferré a él, llorando por dentro al pensar en todo lo que habíamos perdido, preguntándome qué nos depararía el futuro.

—Siempre serás mi hija —me susurró con vehemencia, y yo me pregunté si sería cierto. No lo sabía. No sabía quién era él. No sabía quién era yo. No sabía quiénes éramos el uno para el otro—.

Haz lo que tengas que hacer, cariño —me dijo al oído—, pero ten cuidado. Lo que te pase a ti, me pasa a mí, trata de recordarlo si puedes; a pesar de todo, eso sigue siendo tan cierto hoy como lo ha sido siempre. —Entonces me soltó y comenzó a alejarse, pero luego se detuvo y dijo—: Hay algo más que deberías saber. Sobre Ace.

Me preparé para lo peor. De alguna manera ya lo sabía: teniendo en cuenta que ya le había oído fumar por el teléfono aquella noche, teniendo en cuenta que me había dejado en la estacada cuando se suponía que iba a acompañarme a The Cloisters, teniendo en cuenta que no había vuelto a saber nada de él…

—Ha vuelto a consumir; creo que esta vez lo hemos perdido para siempre.

Yo asentí y alcé los ojos al cielo negando con la cabeza en un gesto lleno de dolor y decepción.

Cuando volví a bajar la vista hacia mi padre él ya se estaba alejando. Me quedé allí de pie un largo rato mirando cómo iba haciéndose cada vez más y más pequeño hasta que dobló la esquina y desapareció. Me volví a sentar en el banco y así permanecí un buen rato, observando a unos niños que jugaban —bastante mal— con una pelota de arena. No fue hasta mucho después de que mi padre se hubiera marchado cuando me di cuenta de que me había metido algo en el bolsillo: una llave plateada relativamente pequeña y con la cabeza plana y redonda. No tenía ni idea de qué abría.

Decidí volver a casa a pie: quería tener espacio, sentir el aire frío en la cara. Para cuando llegué a mi apartamento tenía las manos rojas y doloridas por el frío, y los pies y los muslos ateridos bajo las botas y los pantalones. Durante todo el trayecto había estado dándole vueltas a la pregunta de qué sería lo que abría aquella llave: una taquilla, una caja fuerte... No podía llamar a mi padre y preguntárselo; tenía que averiguarlo sola.

Jake hablaba en serio cuando dijo que no me enteraría de que estaban allí. Mi imaginación esperaba ver a hombres vestidos de oscuro por las esquinas, sentados en un banco leyendo el periódico, silbando con pretendida naturalidad, apoyados en farolas junto a las que yo pasaría... Me había imaginado furgonetas blancas avanzando lentamente detrás de mí mientras yo trataba de seguir con mi vida. Pensé que me llamarían constantemente para darme instrucciones, pero el teléfono que llevaba conmigo a todas partes no había sonado ni una sola vez y no había llegado ningún mensaje. Casi podía convencerme a mí misma de que todo aquello no había sido más que un sueño. Cuando entré en el edificio, fingí por un instante que era simplemente Ridley Jones, escritora, que volvía de un paseo, y que el pensamiento más serio que ocupaba mi mente en esos momentos era qué me haría de cena.

Él estaba de pie en el vestíbulo junto a los buzones. No es exagerado decir que corrí a su encuentro; él me envolvió en un abrazo y yo hice lo mismo y lo besé en la boca. Sentía su cuerpo —fuerte, maravilloso— a través de la gruesa chaqueta de piel que llevaba puesta. Me estrechó con fuerza y lanzó un suspiro al tiempo que yo apartaba mi boca de la suya y apoyaba la cabeza contra su pecho.

—¿Estás bien? —me susurró al oído mientras me acariciaba la espalda.

Sentir cómo la tensión de mis músculos desaparecía al contacto de sus manos era tan agradable. Asentí con la cabeza sin apartarla de su pecho. Tenía miedo de hablar.

—Aquí no pueden oírnos —dijo él.

—¿Cómo lo sabes? —le pregunté yo.

Me había equivocado cuando dije que su rostro no era bello: había belleza en la mandíbula recortada, los ojos cálidos y profundos, el perfil enérgico de su nariz..., pero me habían asustado todas las desagradables verdades contenidas en sus facciones; eso era lo que me obligaba a apartar la vista una y otra vez.

—Porque cuando te vigilaba, siempre te perdíamos entre la puerta de la calle y la de tu apartamento. Debe de haber paneles de plomo dentro de las paredes.

Subimos hasta mi apartamento enrollándonos todo el tiempo en el ascensor: yo no conseguía saciarme —de él, del consuelo que encontraba en él— y sentía que el peso de la oscuridad que había llevado a cuestas durante los últimos días se aligeraba un poco. Él esperó en el pasillo mientras yo entraba en el apartamento y hacía algo de ruido; encendí la tele, pedí comida china (sí, otra vez) y volví fuera sigilosamente, confiando en que quien estuviera escuchando pensara que estaba viendo la televisión mientras esperaba a que me trajeran la cena. Me habían dicho que sólo escucharían —para dejarme algo de privacidad— y esperaba que no me hubieran mentido pero, en cualquier caso, no estaba demasiado segura de que importase: nadie me había dicho nunca que no pudiese ver ni hablar con Dylan Grace.

Nos sentamos juntos en los peldaños, apretándonos el uno contra el otro como si tratáramos de darnos calor.

—Me han dicho que llegaste a un acuerdo para que retiraran todas las sanciones y amonestaciones de mi expediente. —Asentí en silencio—. Gracias, Ridley —dijo poniéndome una mano en la mejilla—, nunca te habría pedido que hicieras eso por mí.

—Ya lo sé. Siento que hayas perdido tu trabajo.

Él se encogió de hombros y me sonrió débilmente.

—Seguramente me estaba matando de todos modos. —Yo me limité a mirar fijamente a las baldosas que había bajo nuestros pies—. ¿Qué quieren que hagas? —preguntó después de un rato de silencio.

Le conté todo sobre Jake y sobre lo que éste me había dicho, y también lo que querían que hiciera.

Él negó con la cabeza:

—No funcionará.

—Ya se lo he dicho yo también.

—Siento lo de Jacobsen; me puedo imaginar lo que debe de dolerte. Yo no tenía ni idea; su tapadera era de lo más elaborada; jamás me di cuenta de que era de la CIA.

Entonces fui yo la que se encogió de hombros y aparté la cara para que no viera el dolor en mi rostro. Era un dolor privado y no quería compartirlo con nadie.

Me abrazó fuerte otra vez y repitió:

—Lo siento.

Yo le conté lo de Esme Gray y lo de Ben y que me había reunido con este último en el parque.

—¡Vaya —exclamó él sacudiendo la cabeza lentamente—, sí que nos han engañado!

—Sí.

Nos quedamos allí sentados pensando en todo lo que había pasado. Entonces él me preguntó:

—¿Y ahora qué vas a hacer?

—No estoy segura —contesté.

Él asintió y dijo:

—Sea lo que sea, cuenta conmigo.

Yo le cogí la mano y se la apreté con fuerza.

Sonó el timbre de la calle en el interior de mi apartamento y entré sin hacer ruido, pregunté quién era y le abrí al repartidor. Dylan esperó en el piso de arriba hasta que se hubo marchado y luego volvió a bajar. Lo cogí de la mano y lo llevé dentro guiándolo hasta el dormitorio donde hicimos el amor con una intensidad muda en la que me perdí y a la vez me encontré a mí misma.

«Ridley, vete a casa», me había advertido el fantasma de Max desde una pantalla de ordenador. Su aspecto —escuálido, renqueando con ayuda de su bastón—, era un bucle continuo en mi mente: se colaba sin permiso en mis sueños y en todos los momentos en que no tenía la cabeza ocupada con algo específico: «Ridley, vete a casa». Su rostro estaba tan pálido, tan privado de la energía que yo siempre había esperado encontrar en él… Y su mensaje era serio y lúgubre, un oscuro presagio. Tenía un aspecto completamente distinto al del hombre que yo había conocido: mi adorado tío, mi padre fallido. Claro que no era ninguna de esas dos cosas.

Y sin embargo... al mismo tiempo era ambas. Y mucho —tanto— más.

En Londres, Dylan me había preguntado: «¿Y si conocer a Max Smiley no hace que te conozcas mejor? ¿Y si resulta que cuanto más lo conozcas más te alejas de quien eres tú en realidad?»

La verdad era que no había entendido qué quería decir. Yo era *de* Max, *venía* de él, y tenía claro que sólo si conseguía conocerlo podría descubrir esa parte de mi propio misterio. No era la hija de Ben, la niña buena; era la niñita de Max, sola en la calle cuando ya estaba oscuro, sin nadie que cuidara de mí. Pero mientras estaba allí tendida en la oscuridad y Dylan rodeaba con el suyo mi cuerpo desnudo, me pregunté una cosa: ¿y si no era el repentino descubrimiento de que yo era hija de Max lo que me había hecho convertirme en alguien irreconocible hasta para mí misma?, ¿y si era más bien mi negativa a dejarlo marchar? Porque, en definitiva, fue al emprender su búsqueda cuando mi vida comenzó a desmoronarse.

Había salido de mi propia piel para perseguir a Max. Había llevado a otras personas a la muerte. Había escapado de la custodia de los federales (o eso creía yo). Había cortado mis largos cabellos cobrizos y me los había teñido de rubio. Había ido a The Cloisters en mitad de la noche a petición de un misterioso mensaje de texto recibido en mi móvil. Me habían secuestrado y torturado. En Londres, de nuevo había escapado —esta vez de la policía— con Dylan, un hombre en el que no tenía motivo alguno para confiar y al que después había visto prácticamente torturar a una prostituta para sonsacarle información en una habitación «privada» de un *afterhours* del West End. Y, por fin, me habían detenido en un cibercafé en una operación policial internacional que había sido todo un ostentoso alarde de fuerza. Con cada terrible acción y su desastrosa consecuencia, había ido ganando en convencimiento de que pertenecía más a Max que a Ben pero, en realidad, yo había sido la responsable de todo aquello. No eran ni Ben ni Max los que llevaban las riendas de mi vida. No era mi madre adoptiva —Grace—, ni mi madre biológica —Teresa Stone—, sino yo.

Mientras estaba allí tendida escuchando la respiración acompasada de Dylan, ese pensamiento me hizo sentir tremendamente vacía por dentro; creo que ése es el momento en que todos nos hacemos mayores: cuando dejamos de echar la culpa a nuestros padres por los embrollos en que hemos convertido nuestras propias vidas y comenzamos a asumir responsabilidad por nuestros propios actos.

Me quedé echada en la cama junto a Dylan, sintiendo su aliento en el pelo, su brazo sobre mi cadera y mi abdomen. Yo tenía la cabeza apoyada sobre su otro brazo; la mano le colgaba fuera de la cama. Me quedé mirando los fuertes músculos de su antebrazo y las formas cuadradas de la palma de su mano mientras él movía el brazo sin despertarse. Lo tenía en la típica posición que debía resultar cómoda en el momento, pero que luego haría que se despertase con los músculos entumecidos y el brazo completamente dormido, así que apoyé la cabeza en la almohada para ahorrarle ese despertar desagradable.

De repente me sentí más fuerte. Pensar que tal vez fuera más Ridley que Ben o Max era algo nuevo y liberador, sentía que recuperaba algo de mi energía.

«Ridley, vete a casa.»

Empecé a pensar en la pregunta que había estado importunándome desde las fronteras del subconsciente: ¿cómo era posible que Max supiera que yo entraría en la página web usando el nombre de usuario y la contraseña que Dylan había obligado a Ángel a darnos? Y entonces se me ocurrió algo de lo que debería haberme dado cuenta desde el principio. Era tan obvio que casi me eché a reír: no era yo la que había estado persiguiendo a Max sino al revés. Y cuando había dicho «Ridley, vete a casa», no se refería a la mía sino a la suya.

20

Me di la vuelta para mirar a Dylan y él abrió los ojos, lo que me hizo sospechar que había dormido tan poco como yo, que tal vez estaba dando vueltas en su cabeza a un millón de sus propias preguntas. Encendí la radio que había en la mesita de noche y subí el volumen un poco, confiaba en que no demasiado como para levantar sospechas.

—He estado pensando —le susurré al oído.

—¡Vaya sorpresa! —respondió él esbozando una sonrisa lentamente.

Estaban empezando a gustarme los matices de su acento.

Nos vestimos en silencio y fuimos hacia la entrada.

—¿Cómo sabía que acabaríamos entrando en la web con la contraseña de Ángel? —le pregunté cuando ya estábamos fuera del apartamento—. ¿Cómo podía haberlo sabido?

—Yo me hice la misma pregunta. Tal vez te conoce así de bien —respondió apoyándose en la barandilla de la escalera.

Yo negué con la cabeza.

—Demasiadas variables, demasiados factores que tenían que coincidir para que yo acabara en Londres.

Notaba el frío de las baldosas bajo mis pies porque aún no me había puesto los zapatos. Sentí un escalofrío y me rodeé el cuerpo con los brazos.

—Pero quizás hubieras acabado allí de todos modos. Tal vez habrías descubierto dónde estaba esa discoteca sin mi ayuda, habrías ido a Londres sin mi asistencia ni la de quien sea que te llevara hasta allí.

Me estaba confirmando mis sospechas, pero ahora yo quería hacer de abogado del diablo, para comprobar si estaba en lo cierto.

—Pero yo no habría torturado a aquella mujer para sacarle la información —dije.

—Tal vez ella te la habría dado de todos modos.

—¿Por qué? ¿Cómo? —Se quedó callado un instante; yo lo miraba fijamente—. ¿Porque tenía que ser? ¿Porque él me estaba dejando pistas para llevarme hasta allí? —le pregunté.

—Es posible, ¿no? Primero las fotos, luego las llamadas de teléfono, el incidente en su apartamento cuando te pareció oler su colonia y que alguien había usado la ducha, la carterita de cerillas que encontraste, el mensaje de texto.

—¿Crees que fue él quien envió el mensaje? —le pregunté; supongo que yo pensaba lo mismo.

Dylan se encogió de hombros.

—¿Quién si no?

No podía ser nadie más. Max había estado tratando de acercarse a mí desde la tumba, intentado atraerme hacia él. Debió de ser terrible enterarse de que yo había descubierto que era mi padre; seguro que se moría (valga la expresión) por saber qué más podía estar descubriendo sobre él. Seguramente habría deseado tener la oportunidad de hablarme, de explicarme las cosas.

—Amor —continuó Dylan repitiendo lo que ya me había dicho en nuestra primera conversación—. Él te quiere.

Me pregunté si eso sería verdad. ¿Podía alguien como Max amar verdaderamente en el sentido estricto de la palabra? Si me hubiera querido de verdad, ¿no me habría dejado seguir con mi vida en vez de arrastrarme en medio de todo aquello? El amor no ata, no atenaza con un puño letal. No te lleva a la tumba con él.

Saqué la llave de mi bolsillo y se la enseñé.

—Creo que sé qué es lo que abre esta llave —dije.

—¿Qué?

A la hora de la comida, el Five Roses del East Village se llena hasta arriba de estudiantes, policías y gente del barrio en busca de una porción de la mejor pizza de toda la ciudad. Aquellos de ustedes que han estado conmigo desde el principio saben que allí fue donde comenzó todo, que fue enfrente de esa pizzería que se encuentra en los bajos del edificio en que yo vivía entonces donde me lancé en medio del tráfico para salvar a un niño de ser atropellado.

El bullicio de clientes dando cuenta de bocadillos de albóndigas con parmesano, *calzoni* rebosantes de salsa y queso, y porciones de la especialidad de Zelda, la pizza siciliana, era tal que, al entrar, apenas oí el tintineo de las campanas que anunciaban que se había abierto la puerta. El aroma a ajo, tomate y pasta crujiente le arrancó un rugido a mi estómago.

Zelda, la rezongona dueña del establecimiento, estaba detrás de la barra, yendo de acá para allá entre los hornos inmensos y la vieja caja registradora con movimientos gráciles y rápidos. Ya me había ayudado una vez. En todos los años que había vivido allí, nuestras conversaciones nunca habían pasado del alquiler o las dos porciones de pizza y el refresco que yo había pedido, pero aquel día en que mi situación se había vuelto realmente desesperada, fue ella la que me ayudó a escapar de la policía. No me habría sorprendido ahora si me hubiese echado de allí con cajas destempladas en cuanto me vio; como tampoco me habría sorprendido que me ayudara de nuevo.

Cuando me llegó el turno, me miró sin mostrar el menor interés, como si me viera todos los días.

—¿Dosporcionesyunacocacola? —masculló todo seguido con su fuerte acento italiano hasta el punto de convertir las palabras en una única e ininteligible.

—No, Zelda.

Se limpió las manos en el delantal, las apoyó en las caderas y me miró de un modo que me recordó a mi madre.

—¿Otra vez te has metido en un lío?

No estoy muy segura de cómo lo había adivinado, pero el caso es que, por un momento, pareció importarle. Oí que la persona que iba detrás de mí en la cola suspiraba y empezaba a quejarse entre dientes por lo mucho que tardaba yo.

—Porque no quiero líos, ya lo sabes.

Me acerqué a ella por encima del mostrador y bajando la voz le dije:

—Sólo necesito usar el baño.

Me miró llena de escepticismo y asintió con la cabeza fugazmente. Las dos sabíamos que yo no tenía ninguna necesidad de usar el baño, pero ella se inclinó hacia delante y levantó una parte del mostrador para dejarme entrar.

—Gracias, Zelda —dije mientras pasaba a su lado caminando por la alfombrilla de goma que cubría el suelo en dirección a la cocina, donde unas grandes perolas de salsa hervían a fuego lento y cientos de *stromboli* se hacían en el horno. De verdad que deseé haber tenido tiempo para comer.

—Ya sabes dónde está —dijo alzando la voz y siguiéndome con la mirada.

Le dije que sí con la mano y ella sacudió la cabeza en el momento en que yo salía al pasadizo y de ahí al patio trasero. Los tres perros de Zelda me recibieron ruidosamente, dando saltos presos de la excitación, y me llegó el olor a pasteles en el horno que despedía el sistema de ventilación de Veniero's, que estaba en la Calle 11. Avancé hacia las puertas de la gran trampilla que había en el suelo y tirando de una hasta abrirla bajé por las escaleras que llevaban al sótano y cerré la puerta a mis espaldas dejando a los perros aullando desconsolados. Estaba en el almacén donde Zelda guardaba el aceite de oliva, las cajas de ajos, la harina… todo perfectamente dispuesto en estanterías que parecían no tener fin. Estaba oscuro y no me molesté en encender la luz sino que fui palpando la pared a tientas hasta que encontré lo que buscaba: una puerta que conducía a un túnel que a su vez corría por detrás de los edificios que había al norte del Five Roses y salía a la Calle 11. Descorrí el pestillo y me detuve un momento frente a las fauces oscuras que se abrían ante mí, recordando que era un túnel largo, tenebroso y frío. Busqué a tientas un interruptor en la pared, pero lo que encontré fue una linterna colgada de un gancho. La cogí y la encendí apuntando hacia la oscuridad: un débil rayo de luz parpadeó amenazando con extinguirse en cualquier momento. El silencio era tan absoluto...

Cogí el móvil que me había dado Jake y lo tiré al suelo. Dylan sospechaba que debía de llevar algún tipo de dispositivo de rastreo para que pudieran seguir mis movimientos por la ciudad. Mi esperanza era que pensaran que simplemente estaba comiendo sin prisas en el Five Roses y que para cuando se dieran cuenta de que no era así ya fuera demasiado tarde.

¿Por qué hice aquello? Había llegado a un acuerdo con la CIA y el sentido común me habría aconsejado que lo cumpliera. Seguramente en aquel momento no hubiera sido capaz de explicar por qué lo hice, pero ahora tengo algo más de perspectiva: aquella tarde, simplemente me desbordó la sensación de que, si no escapaba de ellos, jamás podría encontrar a Max porque él sabría que me estaban siguiendo y se mantendría alejado. Lo conocía lo suficientemente bien como para saber que no caería en una trampa tan obvia. Sola en cambio, tal vez aún me quedara una oportunidad de dar con él. ¿Qué pasaría entonces? No tenía ni idea.

Tuve un momento de duda a la entrada del túnel; la amenazante oscuridad me asustó por un instante, era como si el aire estuviera electrizado de malos presagios. Consideré darme la vuelta y volver por donde había venido en vez de enfrentarme a aquella negrura, pero al final me armé de valor y corrí con la linterna iluminando poco más de un par de pasos delante de mí. Respiré aliviada cuando el haz de luz se posó sobre la puerta metálica que había al final del túnel. Busqué el pestillo; estaba atascado y mientras peleaba con él tratando de abrirlo se me fue acelerando la respiración; sentía como si la oscuridad se cerniese sobre mí acorralándome y, por un momento, pensé en gritar, incapaz de enfrentarme al recorrido de vuelta, pero por fin la puerta se abrió y me apresuré a salir a la calle trastabillando.

La claridad me deslumbró. Una mujer me miró extrañada mientras pasaba rápidamente por mi lado en patines. Dejé que la puerta se cerrara a mi espalda y entonces me volví: no había ningún mango ni asa por la parte de fuera, así que no habría podido abrirla de nuevo incluso si hubiera querido. Un sentimiento de culpabilidad mezclada con miedo me atenazaba el estómago al pensar en lo que acababa de hacer, en lo que me disponía a hacer.

Me encontré con Dylan en la parada de metro de Union Square, al fondo de la entrada por el Food Emporium de la Calle 14. Fuimos en tren hasta el apartamento de Max. Dutch nos dejó subir dedicándonos una de sus impertérritas miradas. *¿Qué pensará de mí?*, me pregunté —y no por primera vez— mientras entrábamos en el ascensor; él nos despidió cortésmente con un leve gesto de cabeza. El hecho es que su rostro era una máscara impenetrable: hubiera sido más fácil adivinar lo que pensaban las gárgolas que acechaban sobre la puerta de entrada del edificio.

Una vez ante la puerta del apartamento de Max, me volví hacia Dylan cerrándole el paso, le puse una mano en el pecho y dije:

—Antes de seguir, necesito saber qué es lo que persigues tú con todo esto; ¿por qué me estás ayudando?

Él se encogió de hombros, y sacudió la cabeza levemente.

—No tengo secretos para ti, Ridley. Siempre he sido honesto contigo sobre qué es lo que quiero de Max: simplemente que responda de las cosas que ha hecho, lo mismo que tú. Ya te lo he dicho, no pretendo vengarme; pero lo que sí quiero es protegerte, asegurarme de que no te hagan daño. Eso es todo. Te lo prometo.

Me cogió la mano, y yo recordé una ocasión en que Jake había hecho lo mismo y aquel recuerdo hizo que se me hiciera un nudo en el estómago. Asentí con la cabeza. Creía a Dylan. Aunque ya sabemos todos que eso no es garantía de nada.

Avanzamos por el pasillo, cuyas paredes estaban cubiertas de fotos enmarcadas de mi familia y mías. Era Jake el que había reparado en que el apartamento entero era algo así como un santuario en mi honor, que yo era el centro de todas las fotografías. Vi cómo Dylan recorría las paredes con la mirada y recordé que él también había dicho algo parecido. Ahora me avergonzaba de lo que me parecía una inmensa galería de mentiras, fotos bonitas mostrando rostros sonrientes de personas cuyos cimientos estaban podridos y a punto de derrumbarse: mis padres eran unos mentirosos; mi hermano era un drogadicto que había vuelto a las calles una vez más (ni siquiera había tenido tiempo de pensar en eso todavía); mi tío era en realidad mi padre, y además un asesino y un horrible criminal al que perseguían los cuerpos policiales de medio mundo. Y, sin embargo, ahí estaban nuestras fotos: gente atractiva y sonriente en fiestas de cumpleaños, bailes y excursiones al zoo. Ahí estaba yo: subida a los hombros de Max, en brazos de Ben, con mi madre que me daba de comer, medio agazapada detrás de un árbol mientras jugaba con Ace al escondite. Todas, bellas y piadosas mentiras.

Se lo dije a Dylan.

—No —dijo al tiempo que entrábamos en el dormitorio de Max—, no todo son mentiras. Hay tanta verdad como engaño en esas fotos.

Eso me hizo pensar en lo que mi padre había dicho de Max: que el hombre que nosotros conocimos era tan real como su lado oscuro. Pero yo no estaba segura de creérmelo.

—No supe quienes eran mis padres en realidad hasta después de que murieran —dijo rompiendo mi silencio—. Pero no por eso cambió en nada quiénes habían sido para mí.

—Te mintieron sobre su trabajo, y seguramente tenían que hacerlo para protegerte; eso es diferente.

—Ya lo sé, pero también es lo mismo: mentiras y más mentiras. Seguramente, tus padres también pensaron que tenían que mentir para protegerte. Cometieron muchos errores, pero te querían.

Asentí con la cabeza. No estaba segura de haber oído a nadie defender a mis padres antes, y le estaba agradecida por hacerlo, incluso aunque lo más probable fuera que tan sólo estuviese tratando de hacer que me sintiera mejor. Encendí las luces del dormitorio de Max y me dirigí hacia la estantería. La pequeña pieza de alfarería que yo le había hecho hacía tantos años estaba justo donde la había dejado. La levanté y, por un momento, pensé que me había imaginado la cerradura que había visto debajo, pero allí estaba; saqué la llave de mi bolsillo, la introduje en la cerradura y le di una vuelta.

La estantería se elevó lentamente —unos quince centímetros— dejando a la vista un cajón. Me quedé allí de pie mirándolo. En su interior había un abultado sobre marrón. Tardé unos segundos en reparar en la ironía: todo había comenzado con un sobre similar. Lo cogí; luego dudé un instante, sopesando las posibilidades que se presentaban ante mí. Todo mi cuerpo estaba en tensión; todos mis instintos me gritaban que me alejara. Pero ya me conocen.

—¿A qué estás esperando?

Pensé que la voz de Dylan sonaba extraña, así que me di la vuelta para mirarlo. Él no me miraba a mí sino a algo que había detrás de mí, y estaba alargando la mano para cogerme el brazo. Yo me di la vuelta y vi dos siluetas negras de pie a la puerta del dormitorio. Volví a mirar a Dylan esperando que sacara su arma, pero en vez de eso me atrajo con fuerza hacia él y se colocó delante de mí.

—Me quitaron el arma —murmuró, y asumí que se refería a que el FBI le había quitado la pistola cuando lo despidieron. Malas noticias.

—Bien, señorita Jones, ¿a qué está esperando?

Cuando uno de los hombres dio un paso al frente hacia la luz, yo retrocedí llena de sorpresa: era Dutch, el portero. Se había desecho de su elegante uniforme y ahora estaba allí delante, completamente vestido de negro y con una pistola imponente en las manos. No reconocí al hombre que iba con él, pero no parecía muy buena persona con aquellas cejas pobladas, los ojos oscuros y penetrantes y una cicatriz horrible que le llegaba de la oreja hasta la boca. También llevaba un arma. No me parecía nada justo, y estaba empezando a arrepentirme de haber dado esquinazo a la CIA: seguro que ellos tenían pistolas de sobra.

—Dutch, no entiendo nada —dije desconcertada.

—Por supuesto que no —contestó sin perder la amabilidad.

Me costaba tenerle miedo puesto que lo conocía desde la infancia, hasta recordaba una ocasión en que, siendo una adolescente, había bajado al sótano para buscar en el trastero de Max un viejo monopatín de Ace (yo acabé rompiéndome una muñeca en la acera justo enfrente del edificio de Max, lo que nos trajo no pocos problemas con mis padres a ambos). Era más bien tarde, alrededor de las diez, y me encontré con Dutch allí abajo, pues era donde estaban las taquillas y el vestuario que usaban los porteros para darse una ducha y cambiarse de ropa. Él llevaba una camisa de lamé plateado y pantalones negros y se había peinado y engominado el pelo hacia atrás; me parece que estaba preparándose para irse a la discoteca. A mi me sorprendió muchísimo verlo vestido como una persona con una vida fuera del edificio, ya que nunca lo había visto en ningún otro sitio. Recuerdo que él parecía un tanto avergonzado, seguramente por la camisa de tela brillante, pero es que eran los ochenta...

—Buenas noches, señorita Jones —había dicho inclinándose ligeramente como tenía por costumbre.

—Buenas noches, Dutch —había contestado yo mordiéndome la mejilla por dentro tan fuerte como pude para no echarme a reír.

Él se había marchado del sótano tan deprisa como pudo y yo, de vuelta en el apartamento, le había contado a Max lo que había pasado retorciéndome de risa de modo infantil.

—Nunca se ve más que una pequeña parte de las personas —había contestado él sonriendo—, no te olvides nunca, cariño.

Esas palabras me parecían ahora ominosas, casi proféticas.

—Señorita Jones, usted y su amigo van a tener que poner las manos donde yo pueda verlas.

Era tan educado, incluso en aquella situación. Su rostro todavía estaba teñido de aquella amabilidad profesional, igual que un lazo rodeando un trozo de metal. Yo empecé a sentir un peso en el pecho y un cosquilleo en los brazos debido a la adrenalina. La cara de Dylan se había vuelto dura e inmutable como el granito.

—Y, por favor, dense la vuelta —añadió al tiempo que obedecíamos su primera orden—. Tengo que reconocer —prosiguió mientras nos ataba las manos con una especie de cuerda de plástico— que, al aislarse de su entorno, nos lo ha puesto más fácil de lo que cabía esperar.

—Dutch —dije odiando profundamente que me temblara la voz—, ¿qué estás haciendo?

—Eso da igual —dijo en voz baja.

Sentí una cegadora explosión blanca de dolor. Y luego nada.

Me desperté tendida boca abajo, con los brazos atados a la espalda y la mejilla golpeándose contra el suelo metálico de un vehículo —una furgoneta seguramente— en movimiento. Dylan estaba a mi lado en una posición similar, pero parecía seguir inconsciente. Un fino reguero de sangre brotaba de un corte con bastante mala pinta que tenía en el labio: me pareció que le iban a tener que dar unos cuantos puntos; eso si no moríamos los dos esa misma noche.

Estoy segura de que no tengo ni que decirles que me daba la impresión de tener la cabeza debajo de un martillo neumático. Me pregunté cuánta violencia podría soportar el cuerpo antes de rendirse. Para ser alguien a quien nunca habían tocado con ira, alguien a quien ni siquiera le habían pegado de niña, desde luego no cabía duda de que, en los últimos años, había tenido una introducción bastante brusca al concepto de violencia física.

Veía la parte de atrás de la cabeza de Dutch que iba sentado en el asiento del copiloto; el otro hombre era el que conducía. Estaba asustada; sí, por supuesto, pero, de repente, también estaba muy —pero que muy— enfadada. Empecé a forcejear tratando de soltarme las manos y me di cuenta demasiado tarde de que eso sólo conseguía que las ataduras se apretaran más. Muy doloroso.

—Dutch —dije en voz alta—, ¿qué estás haciendo? —No se me ocurría qué más decir. Él no me respondió, ni siquiera se volvió para mirarme. Eso me puso aún más furiosa—. ¡Socorro! —empecé a chillar cuando la furgoneta se detuvo en un semáforo—. ¡Ayuda!

Sabía de sobra que era inútil, que nadie me oiría, pero aun así pensé que merecía la pena intentarlo y seguí gritando.

—Señorita Jones —dijo Dutch con tono calmado al cabo de unos minutos volviéndose hacia mí y apoyando el cañón de su pistola en la cabeza de Dylan—, por favor, cierre su puta boca; se me está poniendo dolor de cabeza.

Al ver a Dylan tan desvalido me callé inmediatamente.

—Creí que trabajabas para Max —dije con un leve hilo de voz.

—En otro tiempo, sí —respondió él—, pero desde que «falleció», la paga ha empeorado mucho; otros ofrecían más.

—Te has vendido al mejor postor —dije intentando parecer indignada.

Él me miró como si me compadeciera.

—¿No es eso lo que hemos hecho todos?

—Yo no —contesté.

Me sonrió durante un instante y entonces lo vi como realmente era: un asesino frío y calculador. Me pregunté qué servicios habría realizado aquel hombre para Max: ¿guardaespaldas?, ¿asesino a sueldo? Tal vez ambos. Se lo pregunté. El hecho de que me contestara no era buena señal.

—Digamos que yo iba por detrás limpiando. Un trabajo desagradable, créame. A su padre no le gustaba ensuciarse las manos. No de ese modo.

Miré a Dylan: sus ojos estaban abiertos y me estaba observando; me hizo un gesto como pudo, negando con la cabeza.

—No más preguntas —susurró.

Me daba cuenta de que era una sugerencia muy sensata, pero yo ya estaba más allá de ese punto: a menos que la CIA fuera capaz de averiguar qué me había pasado, tenía la impresión de que aquello acabaría mal.

—Buen consejo el de su amigo —dijo Dutch.

—Lo siento —le dije a Dylan.

—No es culpa tuya —respondió.

Pero sí que lo era.

La furgoneta se detuvo en medio de un espacio inmenso y cavernoso; una pesada puerta de metal se cerró después de que entráramos. Nos ayudaron a bajar del vehículo y subir unas escaleras metálicas y luego entramos por una gruesa puerta en lo que parecía una fábrica abandonada o un almacén. Las esquinas estaban en penumbra y había altas pilas de cajas por todas partes y grafitis en las paredes. Se filtraba algo de luz a través de las ventanas que quedaban muy arriba y tenían tanta mugre que los cristales estaban prácticamente negros. Podía oírse el eco de nuestras pisadas reverberando en las paredes y los altos techos. Apestaba a polvo y a moho y me estaba entrando sinusitis.

Intenté razonar sobre dónde podíamos estar: en el East Village aún quedaban viejas fábricas, en Tribeca (aunque la mayoría habían sido reconvertidas en exclusivos *lofts*). El Meatpacking District, la zona de los mataderos y las cárnicas, era otra posibilidad. No había manera de saberlo con certeza; estaba totalmente desorientada, ni tan siquiera estaba segura de cuánto había durado el trayecto, pero me imaginé que no podíamos haber ido más lejos del extrarradio o, como mucho, Jersey. Aquel lugar parecía tan sólido y tan apartado, que bien podríamos haber estado en la luna. Agucé el oído tratando de identificar algún sonido procedente de la calle pero todo estaba en silencio. Si moríamos allí —me pregunté—, ¿cuánto tardarían en encontrar los cadáveres? Se me revolvía el estómago de sólo pensarlo y me acordé de Ben y de las últimas palabras que me había dicho en el parque. Me imaginé lo que sería para él si yo desapareciera y no me encontraran jamás, o si hallaban mi cuerpo flotando en el East River. Nunca me había sentido tan culpable en toda mi vida.

Y además me di cuenta de que Dylan llevaba razón: mis padres habían cometido errores terribles pero me querían, y eso significaba algo; significaba más de lo que había creído.

Nos sentaron en dos sillas de metal muy incómodas junto a la pared del fondo. Me enfurecía que no se hubieran molestado en ocultar sus rostros. Desde luego que no auguraba nada bueno. Dylan y yo nos miramos a los ojos mientras nos ataban las piernas a las patas de las sillas. No sabía qué le estaría pasando por la cabeza en esos momentos, pero no parecía estar asustado, sino más bien... algo así como estar armándose de paciencia.

—¿Qué estás haciendo, Dutch? ¿Qué quieres? —le pregunté mientras su compañero terminaba de atarme a la silla con una violencia que me pareció innecesaria.

Él me miró con expresión inmutable y dijo:

—Quiero lo mismo que todo el mundo, señorita Jones, a Max Smiley.

Yo lancé un suspiro.

—Pues en ese caso te diré lo mismo que le digo a todo el mundo: no sé dónde está.

Se acercó a mí, sostuvo el móvil —otro aparato de aspecto sofisticado, ultraplano y ligero, bastante parecido al que me había dado la CIA— cerca de mi cara y me hizo una foto en la que estoy segura de que no salí nada favorecida; le dio el teléfono al otro hombre y éste encendió un ordenador portátil que había sobre una mesa improvisada con un tablón apoyado sobre dos cajas al tiempo que se sentaba en un cubo de plástico dado la vuelta que hacía las veces de silla.

—Fuiste tú —dije—; tú pusiste la carterita de cerillas allí para que la encontrara, tú hiciste que el apartamento oliera a su colonia, tú abriste la ducha.

—Cumpliendo órdenes —reconoció haciendo una leve inclinación de cabeza.

—¿Órdenes de quién?

—De Max —respondió como si fuera de lo más evidente.

—Pero entonces, ¿cómo es que no sabes dónde está? —Veía cómo el resplandor rojo de la pantalla del ordenador iluminaba el rostro del compañero de Dutch—. ¿Y ahora le estás enviando mi foto para que venga a por mí? Porque no lo hará —dije. Sabía de sobra que era mejor que me callara, pero simplemente era incapaz de dejar de hablar. Tal vez eran los nervios—. ¿Para quién trabajas ahora? ¿Para ese pirado de Boris Hammacher?

Dutch se volvió hacia mí; su rostro tenía esa expresión tan típica suya: fría, observadora, indiferente.

—Señorita Jones, sólo se lo voy a repetir una vez: cierre la puta boca.

—Se ha ido. Nadie lo encontrará jamás, ni yo, ni la CIA, ni mucho menos un gilipollas patético como tú —insistí yo (pero ¿es qué me había vuelto loca?)

Su rostro permaneció impertérrito mientras empuñaba el arma y le disparaba a Dylan en la pierna. Éste dejó escapar un gemido de dolor y sorpresa tan desgarrador y salvaje que no lo olvidaré jamás. Me entraron arcadas —de rabia y de pánico—; también soy consciente de que me puse a chillar pero no recuerdo qué dije; forcejeé inútilmente tratando de soltarme.

—Por favor, señorita Jones, cállese —me pidió Dutch con tono comedido y educado.

No hacía falta que me dijera que continuaría disparando hasta que obedeciera. Miré a Dylan, traté de mover mi silla para acercarme a él. Estaba pálido y tenía una expresión de dolor en el rostro. Bajé la vista hacia la herida de su pierna, vi que estaba sangrando mucho pero no a borbotones y recé para que el disparo no hubiera alcanzado ninguna de las arterias principales.

—Dylan —dije entre sollozos que hacían que todo mi cuerpo se convulsionara.

Él no me contestó. Tenía la mirada perdida y me pregunté si estaría en estado de choque. Yo por mi parte estaba ya bastante histérica a esas alturas.

El hombre que estaba sentado al ordenador conectó el teléfono al cable USB y se puso a teclear.

—Listo —dijo al cabo de un instante.

Dutch se acercó a Dylan, le quitó el cinturón y se lo apretó al máximo por encima de la herida. Él lanzó un gemido grave y dejó caer la cabeza hacia un lado.

—Mantendremos a su amigo con vida un rato más para asegurarnos de que usted continúa cooperando —dijo Dutch mientras se apartaba de él.

Entonces los dos hombres se marcharon: la puerta se cerró con un fuerte golpe tras ellos y nos quedamos solos a la luz de la pantalla roja.

—Dylan —dije yo—, Dylan, contéstame.

Tan sólo lanzó un leve gemido. Yo conseguí arrastrar mi silla hasta quedar a pocos centímetros de él. Podía oírlo respirar.

—Estoy bien, Ridley —dijo.

Luego enmudeció y yo me quedé a solas con mis pensamientos durante horas, retorciéndome tratando de soltarme las manos y los tobillos mientras la luz que entraba por las mugrientas ventanas iba transformándose en oscuridad.

21

Cuando pienso en algunos de los errores que he cometido con todo este asunto, creo que seguramente haber tirado el teléfono en el túnel debajo del Five Roses debió de ser el que tuvo consecuencias más graves. Como ya he dicho, lo más probable es que en aquel momento no hubiera sido capaz de explicar por qué lo hice; simplemente me dije a mí misma que era la única forma de llegar hasta Max, que él nunca caería en una trampa tan evidente como la que la CIA le había tendido. Pero la verdad es que tengo mis dudas sobre si ésa era la verdadera razón, sobre si no sería que, en cierto modo, yo tenía tendencias suicidas.

No estoy hablando en sentido literal: no andaba buscando un bote de somníferos ni tenía intención de tirarme por el puente de Brooklyn, pero tal vez ansiaba mi muerte hasta cierto punto: quizá quería dejar que Ridley Jones ardiera para ver qué surgía de las cenizas. Nunca se me ocurrió que podría no haber resurrección, que «muerta» quería decir precisamente eso: «muerta».

En aquel almacén a oscuras, con la respiración de Dylan como único sonido a mi alrededor, pude ver con escalofriante claridad lo que iba a ocurrir en las próximas horas: sabía que al cabo de un rato volverían a por nosotros, que nos llevarían en la parte trasera de la furgoneta a algún lugar apartado y que cuando llegáramos nos matarían. Simple y llanamente. Las cosas no podían ser de otro modo: una vez hubieran conseguido atrapar a Max —o si él no venía a por mí—, ya no les resultaríamos de utilidad y pasaríamos de ser una baza a convertirnos en un engorro.

—Nos van a matar —le dije a Dylan que llevaba un rato consciente y lúcido.

—Seguramente —dijo él—. Estás sangrando, deja de forcejear.

Yo tenía las manos dormidas, pero las ataduras de mis tobillos parecían haberse aflojado un poco; los tobillos me los habían atado con cuerdas; en cambio no conseguía deshacer las ataduras de plástico de las muñecas, y cada vez se me clavaban más en la carne y me daba la impresión de que ya no me llegaba la sangre a las manos. Al principio había dolido mucho, pero luego dejé de sentir las manos, de no ser por la terrible quemazón que notaba en las muñecas donde —me imaginaba— el plástico debía de estar rozándome la piel. También notaba la pegajosa humedad de la sangre.

Entonces se abrió la puerta: un rectángulo de luz iluminó la oscuridad al fondo de la habitación. Dutch y su compañero se acercaron a nosotros. El hombre de la cicatriz nos apuntaba con una pistola ancha y plana mientras Dutch se dirigía hacia mí empuñando un artilugio de aspecto desagradable. Antes de que pudiera reaccionar, ya se había colocado a mis espaldas. Vi que Dylan estiraba el cuello y, con un gesto de dolor, trataba de mover su silla.

—Conocí a un hombre que casi se cortó las manos tratando de soltarse de unas ataduras como éstas —dijo Dutch mientras usaba lo que fuera que tuviese en las manos para cortar el plástico.

Sentí cómo la sangre volvía a fluir por mis manos —lo que de hecho resultaba doloroso— y las alcé ante mis ojos: las tenía blancas como el papel; ni siquiera parecía que me pertenecieran, y los cortes de las muñecas me sangraban cuantiosamente.

—Y ahora me lo dices —comenté en tono sarcástico (por lo visto la perspectiva de una muerte inminente me envalentonaba).

Dutch soltó una risotada por lo bajo.

—Siempre me cayó usted muy bien, señorita Jones.

Creí que iba a seguir contándome cuánto sentía que hubiéramos llegado hasta aquel punto, pero se ahorró la farsa. Ahí estaba: un hombre al que nada le importaba lo más mínimo excepto ofrecer sus servicios al mejor postor, y que no tenía la menor intención de fingir lo contrario, lo cual hubiera sido de agradecer si no fuera tan espeluznante.

Me entregó la herramienta, que tenía el aspecto de unas tenazas para cortar cables y me dijo:

—Suelte a su amigo y ayúdele a ponerse de pie.

Hice lo que me decía. Dylan apoyó prácticamente todo su peso en mí y a punto estuve de caerme; tardé un segundo en darme cuenta de que esa casi caída era un truco para meter algo en el bolsillo de mi chaqueta que, a juzgar por el peso y la sensación, bien podía ser una navaja. La verdad era que no podía imaginarme que una navajita en el bolsillo fuera a resultar de gran ayuda. Dylan y yo nos miramos a los ojos. En los suyos no vi miedo, en absoluto, era más bien una mirada desafiante que parecía pedirme que tuviera valor y no perdiera la esperanza, dos cosas que me habían abandonado hacía ya un rato. Intenté rebuscar en mi interior para recuperarlas; yo había sido una persona optimista; en su día, hacía ya mucho tiempo. Traté de recordar la sensación mientras pasábamos lentamente por la pesada puerta de metal y bajábamos las escaleras hacia la furgoneta que nos esperaba.

No hay lugar más desolado ni lleno de desesperación en toda la Tierra que Potter's Field, «el campo del alfarero»; está en Hart Island, en el Bronx, y se llega en ferry desde los muelles de City Island en la ría de Long Island. Allí se encuentra el cementerio de la ciudad para indigentes y personas sin identificar, que se entierran hacinados unos sobre otros en tumbas numeradas que cavan presidiarios. Es una isla yerma y horrible en la que no hay más que unos cuantos árboles esparcidos aquí y allá y senderos de cemento; la hierba crece descontrolada y en verano se llena de asteres, unas flores silvestres de color azul. En la isla hay varios edificios —un hospital, un reformatorio y un viejo caserón abandonado— que cumplieron su correspondiente función pública en otro tiempo, pero que hoy están abandonados.

Siempre me ha fascinado ese lugar y su millón de muertos anónimos, no estoy segura de por qué. Leí en alguna parte que los cadáveres sin identificar se fotografiaban y se les tomaban las huellas dactilares para luego enterrarlos con todas sus ropas y posesiones y un certificado de defunción para que, si algún día alguien los reclamaba, pudieran ser identificados. Ese dato, que me pareció increíblemente morboso y triste, había quedado grabado en mi mente.

Por alguna razón, siempre había querido visitar el cementerio, aunque sólo fuera para poder decir que lo había hecho. Incluso había intentado que se me permitiera el acceso para escribir un artículo sobre él cuando todavía estaba en la universidad. Pero los trabajadores del cementerio, los presidiarios y los funcionarios de correccionales eran las únicas personas vivas que tenían permiso para poner los pies allí, y no se hacían excepciones con nadie.

—No es una atracción —me había dicho la responsable de relaciones públicas a la que había tenido que suplicar—, debemos mostrar respeto por los fallecidos en soledad.

Recuerdo la tremenda frustración y lo mucho que me molestó que no me permitieran ir. Aquella expresión «los fallecidos en soledad» volvió de repente a mi mente. *Ten cuidado con lo que pides, podrían concedértelo*, pensé mientras bajábamos de la furgoneta en los muelles.

—Entonces Judas, el que lo entregó, viendo que era condenado, devolvió arrepentido las treinta monedas de plata a los sumos sacerdotes y a los ancianos... Y después de deliberar, compraron con ellas el campo del alfarero, para sepultura de los extranjeros —dijo Dutch esbozando una sonrisa desagradable.

Yo ya había oído antes citar esas palabras, del Evangelio de san Mateo, como posible origen del nombre «campo del alfarero». Supuse que trataba de asustarnos, y estaba dando resultado, pero no le di la satisfacción de mostrar la menor reacción.

Ayudé a Dylan a bajar de la furgoneta. Sospechaba que estaba exagerando, por lo menos esperaba que así fuera. Su mirada era lúcida y soportaba más de su propio peso del que debía parecerles a los dos hombres a simple vista. Aun así, uno u otro nos apuntaban con la pistola en todo momento.

—¿Es usted religiosa, señorita Jones? —me preguntó Dutch cerrando las puertas de la furgoneta a nuestras espaldas.

El aire olía a marea baja y en algún lugar se oía el ruido de una driza mecida por el viento. Vi una lancha rápida amarrada al final del muelle. El aire frío atravesaba la chaqueta de cuero —demasiado fina— que llevaba puesta y también parecía colarse por mis botas y por los vaqueros.

No le contesté a Dutch. No estaba de humor para darle conversación.

—No —dijo él—, supongo que no.

No estaba segura de a qué se refería.

Caminamos hacia el final del muelle. Se divisaba la isla en la distancia, negra y ominosa, al otro lado de la ría. Parecía el lugar perfecto para deshacerse de dos cadáveres. Me aferré a Dylan con más fuerza aún. Él me apretó contra su cuerpo y entonces tuve la certeza de que estaba a mi lado y me sentí un poco mejor.

—¿Por qué aquí? —le pregunté a Dutch al tiempo que dejaba que el otro hombre sostuviera a Dylan.

Dutch me ayudó a subir a la lancha con un gesto galante, cogiéndome la mano y sujetándome por el brazo. Todo era de lo más cortés y civilizado.

—Hay un millón de razones —respondió—: lo primero de todo, me encanta este lugar, lo encuentro poético. Y además hay otras razones más prácticas, por supuesto: es fácil ver si nos siguen y si su padre viene solo.

—Y es un buen sitio para deshacerse de los cadáveres —añadí.

—Su suerte está en manos de Max, no en las mías —dijo.

—¿Así que si todo va bien, entonces nos dejarás irnos a casa esta misma noche? —respondí en un tono que confiaba en que transmitiese mi total escepticismo.

Él optó por no contestar y el otro hombre se sentó al volante de la lancha y puso el motor en marcha: hacía un ruido ensordecedor y llenaba la noche con un estruendoso murmullo de agua y una humareda que olía a gasolina.

—Bueno, entonces, ¿para quién trabajas? —le grité a Dutch alzando la voz por encima del estrépito.

No hubo respuesta.

—¿Qué había en el sobre?

No hubo respuesta.

Ya ven que no había aprendido la lección. Y la verdad es que me daba cuenta de que estaba empezando a poner a Dutch de los nervios, igual que el típico niño prodigio que al principio parece mono pero que acaba resultando de lo más cargante, pero no podía evitarlo. Estaba terriblemente tensa debido al nerviosismo y el miedo, rebosaba agresividad porque la situación me enfurecía, y me sentía llena de osadía ya que supuse que, en cualquier caso, íbamos a morir en Potter's Field. Me sacaba de quicio pensar que tal vez nunca sabría qué había en aquel sobre. Se me pasó por la cabeza agarrar a Dylan y lanzarnos los dos por la borda, pero el agua parecía negra y densa como el alquitrán, por no hablar de gélida. Con franqueza: simplemente me faltó valor.

Tras una travesía desagradable, heladora y muy movida, llegamos a la isla y atracamos bruscamente con la lancha topando contra el muelle con violencia. A Dutch casi se le cayó la pistola al agua, lo que le valió a su compañero una feroz reprimenda, pero el hombre no pareció inmutarse y se limitó a amarrar la lancha rápidamente y tirar de Dylan para subirlo al muelle. Dutch me ayudó a subir a mí poniéndome una pistola a la espalda: supongo que el tiempo de andarse con paños calientes había pasado y, a partir de ese momento, se trataba de ir al grano.

Una aparición es algo sutil y en ningún sitio resulta eso tan evidente como en un cementerio: nada de espectros dejando escapar aterradores gemidos ni de manos que surgen de las tumbas; en el caso de Hart Island, eran las extrañas ausencias las que hacían la isla tan espeluznante: el silencio era lo primero que se notaba, un silencio de acres y acres de muerte; no hay nada vivo y por tanto no se oye ni un ruido, y eso resulta opresivo además de ser la razón por la que los sonidos suenan allí cien veces más fuerte de lo que en realidad son: mi propia respiración acelerada por el miedo retumbaba en mis oídos tan atronadora como un motor de turbina.

Y luego está la oscuridad. La luna se escondía tras las espesas nubes y tan sólo iluminaba la noche una débil claridad grisácea. En el mundo en que vivimos, y sobre todo para las personas que viven en ciudades, las noches verdaderamente oscuras han dejado de existir: las farolas de las calles, los faros de los coches, las luces de las tiendas y los edificios y el resplandor de las pantallas de los televisiores confabulan para crear una especie de llama eterna que envía al destierro a la oscuridad total. La ciudad siempre está iluminada; sus luces resplandecen en el cielo con tal brillo que casi no se ven las estrellas. En Hart Island, en cambio, las únicas luces que se veían estaban en la lejanía. La oscuridad tenía allí su hogar, se había instalado entre las sombras echando raíces profundas y había pintado de negro todas y cada una de las extrañas siluetas que poblaban el lugar.

Caminamos por un sendero en medio de la desolación general. Los edificios abandonados se cernían amenazantes a cierta distancia; el sonido de nuestros pasos parecía reverberar en medio de la noche mientras doblábamos una esquina y empezábamos a subir por una pendiente pronunciada hacia un edificio inmenso: el reformatorio abandonado sobre el que yo había leído. Parecía estar derrumbándose por el centro. Dutch levantó una mano de repente y todos nos detuvimos.

—Algo no va bien —dijo.

Giró sobre sí mismo lentamente escudriñando la oscuridad con los ojos entornados.

—¿Qué te hizo pensar que vendría por mí? —le pregunté—. ¿Qué te hizo pensar que se sacrificaría para salvarme? Has cometido un error.

No me respondió, pero me di cuenta, por cómo me miró, de que no tendría ningún problema en matarme cuando llegase el momento. Los minutos transcurrían con una lentitud desesperante en medio de aquella gélida oscuridad. Dylan empezaba a pesarme más y me dolía la espalda por el esfuerzo de cargar con él. No me gustaba la expresión de sus ojos: perdida en un punto en el infinito.

—Has sobreestimado su amor por mí.

—No lo creo —dijo Dutch esbozando una sonrisa que le cruzó el rostro lentamente al tiempo que señalaba el edificio con un movimiento de cabeza.

Había aparecido una oscura silueta esbelta apoyada en un bastón. El corazón empezó a latirme con violencia; la adrenalina hizo que se me secara la boca y empezaran a temblarme las manos.

—Max —dijo Dutch en voz bien alta avanzando hacia él—. Un placer verte de nuevo.

El otro hombre me agarró bruscamente separándome de Dylan, que cayó al suelo al perder su punto de apoyo, y me rodeó el cuello con un brazo fornido al tiempo que me apuntaba con la pistola a la cabeza. De manera instintiva, agarré aquel brazo y empecé a arañarlo y forcejear mientras mi respiración se hacía cada vez más entrecortada.

—No te muevas —me susurró él con voz implacable.

Entonces recordé que tenía la navaja, la abrí dentro del bolsillo y la dejé allí escondida. En mis recuerdos de lo que ocurrió después, el transcurrir del tiempo parece convertirse en un bostezo a cámara lenta.

El destello del cañón de un arma y el sonido de un disparo provenientes de la oscura silueta que seguía en la cima de la colina: vi cómo Dutch trastabillaba hacia atrás, luego se tambaleaba hacia delante y caía de rodillas; permaneció en aquella posición extraña un instante y luego se desplomó sobre un costado. Yo saqué la navaja del bolsillo y se la clavé al otro hombre en el cuello con todas mis fuerzas, sintiendo que el terror me envolvía y que lo único que me importaba era la imperiosa necesidad de que entrara aire en mis pulmones. Me soltó al tiempo que dejaba escapar un gritito afeminado y retrocedió un paso con la sangre saliendo a borbotones por entre los dedos de la mano que se había llevado a la herida. Se me revolvió el estómago al contemplar aquella imagen.

Dylan, a quien yo había contado ya entre las bajas, saltó sobre él de inmediato, le arrebató el arma y le dio un fuerte golpe en la cabeza con la culata que lo dejó fuera de juego. El sonido del metal golpeando el hueso fue horrible. Vi el arma de Dutch tirada sobre el sendero de hormigón, me abalancé sobre ella y, sintiendo su frío peso entre las manos, me la metí en la cintura de los vaqueros.

Alcé la vista hacia la silueta oscura de la colina y grité:

—¡Max!

Él se dio la vuelta y comenzó a alejarse rápidamente. Yo empecé a seguirlo.

—¡Ridley! —oí que me llamaba Dylan. Miré hacia atrás y lo vi salir detrás de mí cojeando—. Deja que se vaya, simplemente deja que se vaya.

Yo eché a correr.

22

—Ridley, no lo hagas. —Oigo la voz a mi espalda y me doy la vuelta para encontrarme con alguien que no esperaba ver allí: es Jake.

—Esto no es asunto tuyo —grito y me vuelvo hacia Max.

Es entonces cuando me doy cuenta de por qué lo he estado persiguiendo, de lo que quería hacer en realidad una vez que lo encontrara. Me dan ganas de vomitar de sólo pensarlo, pero me contengo. Ahora él se acerca, avanza a través de haces de luz en medio de la oscuridad agachando la cabeza. No se da cuenta —o no le importa— que le esté apuntando con una pistola. Yo retrocedo un poco sin querer.

—Ridley, no seas imbécil, baja el arma —dice Jake a mis espaldas con voz desesperada que se quiebra por la emoción—. Sabes que no puedo dejar que lo mates.

La velocidad de los latidos de mi corazón responde a la emoción que detecto en su voz. *¿Qué estoy haciendo?* La adrenalina hace que se me seque la boca y sienta un hormigueo en la nuca. No puedo disparar, pero tampoco soy capaz de bajar el arma. Siento el deseo de gritar de miedo y de rabia, de dar rienda suelta a mi frustración y mi desconcierto, pero el grito queda atrapado en mi garganta.

Cuando Max está por fin lo suficientemente cerca como para verlo, le miro a la cara y es alguien que no reconozco en absoluto. Dejo escapar un grito ahogado al contemplar la amplia sonrisa cruel que se dibuja en su semblante. Y entonces lo entiendo: es el hombre que dicen.

—¡Oh Dios mío! —exclamo al tiempo que bajo el arma—. ¡Oh no!

Consigo verlo durante un instante: lo miro a los ojos y distingo en ellos a mi tío Max, al hombre que siempre me encontraba para llevarme de vuelta a casa. Todavía está ahí, en los ojos de ese completo desconocido. La crueldad desaparece de su rostro momentáneamente y la niña que hay en mi interior anhela correr a su encuentro; no desea otra cosa que ir a refugiarse en sus brazos. Sin pensar, bajo el arma del todo y le tiendo la mano. Nos miramos a los ojos fugazmente. La luz y el ruido inundan la noche y él se da la vuelta y echa a correr.

De repente hay hombres por todas partes: llevan chalecos antibalas y van armados; persiguen la silueta de Max que se ha dado a la fuga: se ha desecho del bastón y corre más rápido de lo que jamás le hubiera creído capaz. Jake me agarra del brazo con fuerza; está lívido de ira.

—¡Quédate aquí! —me chilla. Me doy cuenta de que no podría estar más furioso—. ¡Joder, Ridley, no te muevas de aquí!

Y entonces él también desaparece. Todos han salido en pos de Max. Dylan se me acerca por la espalda y yo me doy la vuelta.

—No he sido capaz de hacerlo —le digo.

Y al salir las palabras de mis labios me doy cuenta de que la razón de todo esto no era que quisiera encontrar a mi padre, sino matarlo. No quería que estuviera con vida y encarcelado en algún lugar, ayudando a la CIA a acabar con la trata de blancas, sino que lo que deseaba era hacerlo desaparecer de este mundo, como si fuera un cáncer que es necesario erradicar, como si al hacerlo pudiera librarme de la parte de él que llevaba en mi interior, lo bueno y lo malo. Supongo que pensé que, porque yo era su hija, sería capaz de hacerlo. Una vez más me equivocaba.

—Por supuesto que no —responde él y me sujeta la cara con las dos manos—. Tú no eres él; nunca serás como él.

Entonces oigo el sonido de las aspas de un helicóptero y los disparos. Atravesamos el edificio rápidamente dejándonos guiar por el ruido y al llegar al otro lado vemos un helicóptero negro que se eleva hacia el cielo. Veo a Max a través de la ventanilla del aparato y recuerdo su brutal sonrisa. Él alza una mano, se la lleva al corazón y luego me señala. Sé que no volveré a verlo jamás. A medida que el helicóptero se va haciendo cada vez más pequeño, me asalta la pregunta de qué fue del hombre al que yo amaba y si alguna vez existió en realidad.

Jake y los hombres que están con él continúan disparando inútilmente al aparato mucho después de que haya quedado fuera de su alcance. Él grita algo hablando por el móvil mientras dirige la vista hacia mí y se me acerca corriendo.

—Lo vamos a atrapar esta noche, Ridley, no podrá ir muy lejos.

No sé si me está amenazando o haciéndome una promesa. En cualquier caso, me doy cuenta de que no me importa. Le doy la espalda y me vuelvo hacia Dylan. No quiero volver a ver el rostro de Jake.

—Vosotros dos no la podíais haber cagado más —dice Jake acercándose a nosotros; y entonces se encara con Dylan—: ¿Cómo has podido hacer algo así?

Dylan lo empuja:

—Apártate de mí, tío.

Durante un instante, temo que van a emprenderla a puñetazos; puedo oír en la voz de ambos la ira y la frustración. Pero al final se disipa la tensión. Duele rozar con los dedos aquello que has estado persiguiendo para ver cómo te lo arrebatan. Y no hay nada que pueda hacerse para remediarlo; nadie entiende eso mejor que yo.

Y, sin embargo, mientras miro a mi alrededor contemplando la isla —plana e inerte— y el brillo cada vez más débil de las luces del helicóptero de Max en el cielo, no siento su ira ni su tristeza. Por primera vez desde que descubrí que era hija de Max, me siento libre.

23

¿Quién era Max Smiley? Incluso ahora, no estoy segura. Era un camaleón, alguien que se transformaba convirtiéndose en quien necesitara ser para controlar la situación. Era la peor pesadilla de Nick Smiley, el mejor amigo de Ben Jones, mi adorado tío. Era un asesino, un filántropo, un magnate inmobiliario, un criminal responsable directa e indirectamente de la esclavitud y muerte de infinidad de mujeres. Era un hombre que amaba y un hombre que odiaba. Era un hombre al que yo temía y que jamás conocí. Era todas esas cosas por igual y de verdad. Era mi padre.

La idea de que nos sentaríamos a hablar y él respondería de las cosas que me había hecho a mí y a tantos otros, de que se mostraría arrepentido, aceptaría que se hiciera justicia y cumpliría algún tipo de pena por ello, no había sido más que un sueño infantil: un niño al que su padre le ha hecho daño espera toda la vida a que éste reconozca el mal que le ha causado, a que de alguna manera le certifique que el dolor que siente es real y confiese que se arrepiente e intentará reparar el daño. El niño esperará eternamente, impotente a la hora de seguir su camino, impotente ante su incapacidad de perdonar si no hay alguien que reconozca el pasado. Y de la mano de esa impotencia viene una furia terrible.

Y de esa furia surge un sueño igualmente infantil pero más oscuro, uno que yo no había reconocido hasta que no tuve la pistola en mi mano. Pero, por supuesto, Dylan tenía razón: yo no tenía lo que había que tener; no tenía suficiente de Max en mí. No podría haber vivido con ello. Yo era la niña buena con los deberes hechos y el pijama puesto. Y, además, matarlo no habría cambiado el hecho de que era mi padre; no habría hecho desaparecer lo que llevaba de él en mi interior. Lo que yo no necesitaba era un exorcismo.

Estaba pensando en todo eso mientras esperaba sola, sentada en otra sala de interrogatorio: todas parecían iguales; esas habitaciones con sus cegadoras luces fluorescentes, mesas de imitación a madera y duras sillas de metal y vinilo. Estaba sorprendentemente tranquila teniendo en cuenta que no tenía ni idea de lo que me iba a pasar. Supuse que era probable que me detuvieran; muy probable. Ni siquiera tenía un abogado. Recordé que le habían dicho a mi padre que podían retenerlo indefinidamente, que los derechos habituales no eran aplicables cuando se trataba de una cuestión de seguridad nacional. Me veía con toda claridad vestida con un mono gris, transferida constantemente de una prisión secreta de la CIA a otra por todo el mundo y, aun así, sentía aquella extraña calma. Seguramente estaba negando la evidencia.

Se abrió la puerta y entró Jake. Tenía un aspecto horroroso, la cara demacrada y unas ojeras terribles. Se me hizo un nudo en el estómago al verlo. ¿Qué sentía yo? Es tan complicado: tal ira, una sensación tan profunda de haber sido traicionada y, sí, todavía, también amor.

Se sentó frente a mí.

—Se ha marchado. Lo perdimos. —Yo asentí. No me sorprendía—. No tuvimos tiempo de poner las cámaras via satélite en marcha lo suficientemente rápido, así que aterrizó en alguna parte y se marchó en otro vehículo… Suponemos.

No dije nada. No estaba segura de lo que sentía. Me di cuenta de que me aferraba a la mesa con tanta fuerza que se me habían puesto los nudillos blancos, así que me obligué a relajarme. Por muy complicado que fuera lo que sentía por Jake, mis sentimientos hacia Max lo eran mil veces más.

—¿Cómo has podido hacerlo, Ridley? ¿Qué estabas intentando demostrar?

—No intentaba demostrar nada, yo… —deje la frase sin terminar.

—Querías matarlo —dijo con tono neutro.

—Sí. No. No sé —respondí—. Eso creía. —Él sacudió la cabeza y la decepción que se adivinaba en su rostro era tan profunda que me entraron ganas de abofetearlo—. Y no me mires así —añadí con el rostro arrebolado de ira—. Tú eres el rey de los mentirosos y has hecho cosas que son mil veces peores. ¿Cómo te las ingenias para vivir con ello?

—Hacía mi trabajo —contestó con un hilo de voz.

Permanecimos allí sentados mirándonos en una especie de pulso triste en el que él acabó apartando la mirada, pero perdimos los dos. Entonces metió la mano debajo de la mesa y oí que accionaba unos interruptores. Se encendieron las luces de la habitación que había tras el espejo y vi que estaba vacía.

—Sólo estamos tú y yo, Ridley, y he desactivado el sistema de sonido.

No estaba segura de adónde quería llegar a parar.

—¿Qué pasa, vas a darme una paliza? ¿Torturarme hasta que me saques algo de información?

—No —dijo bajando la mirada hacia sus manos—. Sólo quiero que sepas que entre nosotros hubo algo más que mentiras.

—No estoy segura de que eso importe ya, Jake.

—Sí que importa; a mí me importa. Yo te quería Ridley. Es la verdad. Sólo quiero que lo entiendas. Todavía te quiero.

Lo miré a la cara y me di cuenta de que necesitaba que yo lo creyera. De un modo extraño, la situación me trajo a la memoria mi encuentro con Christian Luna, un hombre que había creído ser mi padre. Recordé el tono suplicante en que me había contado su historia, la desesperación con que quería que yo comprendiera qué clase de hombre era y por qué había hecho las cosas que había hecho. Quería que yo lo perdonara. Pero todo giraba en torno a él, lo que él quería, lo que él necesitaba para encontrar paz consigo mismo.

—¿Por eso empezaste a distanciarte de mí? —Jake asintió con la cabeza—. Sabías que se acercaba el fin y te retiraste para que cuando yo por fin comprendiera lo que había pasado me doliera menos. Te alejaste lo suficiente como para marcar la distancia, pero permaneciste lo suficientemente cerca como para seguir manipulándome. —Al oír eso dejó caer la cabeza—. Lo suficientemente cerca como para seguir haciendo el amor conmigo.

Entonces alzó la vista rápidamente.

—Nunca fingí cuando estaba contigo. Nunca, Ridley.

Noté que le temblaba la voz ligeramente. Y, de hecho, yo creía que cuando hacíamos el amor era de verdad. Pero eso ya no importaba. La terrible mentira que fluía bajo nuestros pies era como un río negro que había arrasado con todo lo que encontraba a su paso. No sería capaz de perdonarlo jamás… Tal vez menos aún precisamente porque creía que de verdad me quería a su manera. Se lo dije.

Él asintió con la cabeza y se echó hacia atrás sobre el respaldo de la silla. Estaba muy serio y podía ver el dolor reflejado en su rostro, en la fina línea que esbozaban sus labios y alrededor de sus ojos. A mí me pesaban todas y cada una de las mentiras que había habido entre nosotros. Podríamos haber sido felices juntos; tal vez para siempre. Pero eso pertenecía a otra vida, a otro universo de posibilidades que ya no existía.

—Escucha —dije tratando de cambiar de conversación y entrar en materia—, no me importa lo que me pase a mí, pero quiero que se sepa que Dylan Grace no ha tenido nada que ver con todo esto. Fui yo quien lo arrastró porque me empeñé en seguir adelante y él quería salvarme el culo.

Jake me miró y sonrió.

—Es gracioso —dijo—, él ha dicho exactamente lo contrario: que él te arrastró a ti, que te convenció para que tiraras el móvil y lo ayudaras a encontrar a Max.

—Bueno, sólo está tratando de protegerme. Fue culpa mía. Yo soy quien debe sufrir las consecuencias de todo lo que ha pasado.

Jake lanzó un suspiro y se puso de pie, caminó hasta la ventana y dirigió una mirada perdida hacia la habitación vacía que teníamos enfrente, al otro lado del cristal oscuro del espejo; yo podía ver su reflejo en él.

—La verdad es que soy yo el que debe asumir las consecuencias.

—¿Tú? ¿Por qué?

—Porque si no te hubiera dado este aparato defectuoso —dijo sacando de su bolsillo el móvil que yo había tirado en el túnel de debajo del Five Roses—, no te habríamos perdido, y seguramente Dutch Warren no habría tenido oportunidad de secuestrarte.

—Pero no estaba defectu… —comencé a decir, pero la expresión de su cara me decía que me callase. Entonces lo entendí.

—Mi trabajo era protegerte y fracasé. Siento mucho que casi acabaras fijando tu residencia permanente en Potter's Field. —Me estremecí de sólo pensarlo—. Tú has cumplido tu parte del trato —continuó diciendo él—, no es culpa tuya que las cosas no hayan salido como debieran.

—¿Y Dylan?

—El acuerdo a que llegamos contigo sigue en pie.

Jake seguía dándome la espalda, pero me di cuenta de que estaba mirando mi reflejo en el cristal.

—¿Para quién trabajaba? —le pregunté.

—¿Dutch Warren? Creemos que para un hombre llamado Hans Carmichael, una de las personas que andan buscando a Max.

Se rumorea que la hija de Carmichael era drogadicta y prostituta, que Max la mató en Londres hará unos diez años y que el padre ha estado tratando de vengarse desde entonces.

Yo asentí preguntándome si el caos desatado por Max tendría fin.

—¿Y Boris Hammacher también trabajaba para el mismo hombre?

—Creemos que sí.

—¿Y el que intentó matarme en el hospital en Londres?

—No estoy seguro de que te hubieran matado inmediatamente —dijo él—, pero el que mató Dylan en Londres era otro de los hombres de Carmichael, así que no es descabellado suponer que trataron de raptarte en Londres pero no lo consiguieron por culpa de Dylan Grace.

Me pareció detectar ciertos celos en su voz, pero bien podrían haber sido sólo imaginaciones mías porque quería que así fuera.

Jake volvió a la mesa y se sentó frente a mí. Yo me sorprendí a mí misma mirándole las manos fijamente, pensando en todos los lugares de mi cuerpo que habían recorrido, en lo fuertes y tiernas que habían sido siempre. Eso es lo más extraño de cuando se acaba el amor: toda la intimidad física queda repentinamente revocada: yo ya no volvería a tener esas manos entre las mías nunca más y ellas jamás volverían a recorrer mi piel; ahora él era un extraño, física y emocionalmente, por más que hubiera estado enamorada de él hasta hacía muy poco.

Dejó el móvil sobre la mesa.

—Estos trastos cuestan una fortuna y nunca funcionan cuando los necesitas —dijo con una sonrisa que me partió el corazón—. Bueno, te tomaré declaración y luego eres libre de marcharte.

—¿Por qué haces esto? —le pregunté, pues me parecía bastante sorprendente teniendo en cuenta que yo solita, sin ayuda de nadie, había conseguido tirar por tierra todo su trabajo de los últimos años.

Sonrió otra vez:

—¿Sabes, Ridley? Por los viejos tiempos.

No dije nada; me limité a mirarle a los ojos durante un instante más y luego asentí lentamente.

Él volvió a darle a un interruptor para activar el sonido en la sala, supongo. Le conté todo lo que había pasado en el apartamento de Max y en Potter's Field. Me hizo algunas preguntas de vez en cuando, pero todo fue bastante rápido. Cuando terminamos se puso de pie.

—Lo siento, Ridley —dijo y me di cuenta de que era verdad y de que yo también lo sentía.

—Jake —lo llamé cuando ya estaba caminando hacia la puerta—, ¿encontraste el sobre? (Yo le había contado que me parecía que lo habían dejado en la lancha.)

Hizo un gesto afirmativo con la cabeza y se detuvo con la mano apoyada en el pomo de la puerta. Mi corazón empezó a acelerarse ligeramente y se me hizo un nudo en el estómago. Como de costumbre, el deseo de saber era tan fuerte como el de no saber nada. Una parte de mí confiaba en que en aquel sobre hubiera algo para mí. Ya lo sé. Demencial.

—¿Qué había dentro? —pregunté por fin.

—Ridley, eso es confidencial.

—Jake, necesito saberlo.

—Documentos —dijo—, archivos de ordenador.

—¿Y qué contienen?

—Básicamente ha traicionado a todas y cada una de las personas con las que ha hecho negocios turbios: nos ha dado nombres, comprobantes de transacciones bancarias, fotografías... Todo un equipo de agentes habría tardado meses, incluso puede que años, en recabar toda esa información.

—¿Y por qué lo habrá hecho?

—Porque es un genio: ahora tenemos a nuestro alcance todo lo que queríamos de él —nombres, fechas, posibles testigos...— y podremos presentar cargos fundados contra unas cuantas personas verdaderamente malas.

—Y por tanto atrapar a Max pasa a un segundo plano...

—Sigue siendo uno de nuestros fugitivos más buscados, pero sí, probablemente los fondos se destinarán prioritariamente a la investigación de las pistas que nos ha dejado. —Me quedé callada: no sabía qué decir—. Nunca se trató tan sólo de él, ya te lo dije —añadió Jake.

—¿Había información sobre Proyecto Rescate?

Él dudó un instante y luego asintió con un movimiento rápido de cabeza.

—No puedo contarte nada de eso, por supuesto.

—Por supuesto —respondí.

Ni siquiera estaba segura de que necesitara saber nada más sobre Proyecto Rescate. ¿Acaso tenía el aspecto logístico de quien había hecho el trabajo sucio algún significado para mí? Me pregunté cuántos de esos niños habrían acabado en buenos hogares y cuántos en el infierno. Era demasiado, no podía pensar en ello. Sentí que me invadía esa sensación tan familiar de entumecimiento, que aquella neblina —de sobras conocida— me envolvía el cerebro. ¿Qué podía hacer yo?

Pensé en mi padre, Ben: ¿por qué me habría dado la llave?, ¿acaso no había ayudado a Max a escapar en cierta manera?, ¿lo había hecho intencionadamente?, ¿trataba de enseñarme quién era Max en realidad?, ¿o estaba simplemente siguiendo instrucciones de éste? Aparté aquellos pensamientos de mi mente para volver a ellos en otro momento.

—¿Había algo para mí? —le pregunté por fin.

Jake negó con la cabeza. La expresión de su rostro me indicaba que no podía creer que, después de todo lo que había pasado, yo todavía quisiera tener noticias de Max.

—Vete a casa, Ridley —dijo Jake utilizando las mismas palabras del mensaje final de Max.

Yo no sabía si lo había hecho a posta o no, pero en cualquier caso seguí su consejo.

24

El bosque que había detrás de la casa de mis padres estaba tal y como lo recordaba. Hacía frío y, como de costumbre, no me había abrigado lo suficiente. En una hora más saldría el sol y ya se distinguía un resplandor gris en el horizonte. Cuando era niña, ese bosque me asustaba de noche; mi imaginación convertía los esbeltos árboles negros en brujas, las piedras en duendes y los arbustos en ogros, pero, esa noche, nada me asustó mientras avanzaba entre los árboles; podía ver las luces de los porches del vecindario mientras cruzaba el cauce del riachuelo, que siempre estaba seco en invierno.

Todo era tranquilidad, tal y como lo había dejado hacía toda una vida, cuando aquél era el centro del universo imaginario en el que jugábamos. El fuerte que yo y Ace habíamos construido me pareció tan pequeño cuando estuve de pie junto a él... Me sorprendió lo diminuto que era; lo recordaba inmenso, del tamaño de un camión, pero más bien era del de una nevera portátil, tal vez un poco más. No obstante, a pesar del tamaño, la estructura parecía sólida y contundente, y tenía su lugar en aquel bosque y en mis recuerdos; siempre estaría ahí.

«Ridley, vete a casa.»

Me metí dentro y me senté en la tierra húmeda y fresca del suelo. No cabía prácticamente, así que tuve que acurrucarme un poco para poder entrar. Casi podía oír afuera los sonidos de los veranos de mi infancia: el canto de los grillos, los gorriones despertando con el sol al amanecer, el sonido lejano de los trenes que iban y venían de la ciudad... En cambio, esa noche de invierno todo estaba en silencio, y fui plenamente consciente de lo lejos que quedaba mi infancia y la niña que se escondía para que la buscaran, la encontraran y la llevaran de vuelta a casa.

Resplandecía (el blanco del sobre que había entre los listones de madera medio podrida); el papel todavía estaba limpio y nuevo —no debía de llevar allí mucho tiempo—, y tenía mi nombre escrito a mano: lo cogí, lo abrí y saqué de él una única cuartilla de papel.

Hola, cariño:

Menudo lío, ¿no? Me pregunto qué pensarás de mí mientras lees esto... ¿Me odias? ¿Me tienes miedo? Supongo que no lo sé. Me gustaría pensar que los recuerdos que tienes de mí bastan para evitar que me odies. Pero tal vez no.

Lo único que voy a decir es que no te creas todo lo que te cuenten.

Debería haberlo hecho mejor en lo que a ti respecta, lo sé. Aunque estarás de acuerdo conmigo en que habría sido mejor que nunca hubieras sabido que soy tu padre. Ben es mejor hombre con diferencia. Mejor hombre y mejor padre de lo que yo habría sido jamás. Me mantengo firme en mi decisión: tus orígenes son horribles, cariño; gente horrible y un pasado horrible. Yo traté de ahorrarte el sufrimiento de saberlo. Y llevaba razón… porque tú eres una luz resplandeciente, Ridley. Eso ya te lo he dicho antes. No dejes que lo que sabes sobre mí y tus abuelos cambie eso. No tiene por qué.

Te conozco lo suficiente como para saber que estás buscando respuestas. Siempre fuiste una niña que quería un principio, un nudo y un desenlace feliz. ¿Te acuerdas de lo mucho que te enfadabas cuando veíamos Lo que el viento se llevó*? No podías creerte que Rhett dejara a Scarlett después de todo lo que había pasado. ¿O de cómo le seguiste la pista a Ace durante años? Él era un yonqui, te utilizaba y se estaba destruyendo a sí mismo, pero tú seguías reuniéndote con él, le dabas dinero, intentabas ayudarlo. (¿Pensabas que no lo sabía? Lo sé casi todo sobre ti.) Siempre querías arreglar lo que se había roto, enderezar lo que se torcía. Siempre creíste que podías conseguirlo. Esa confianza testaruda es par-*

te de lo que te hace ser quien eres y te quiero por ello, pero en este caso es imposible: yo me he ido muy lejos... me fui ya antes de que nacieras.

No voy a entrar en la interminable lista de lo que sí y no he hecho. Algunas de las cosas que dicen de mí son ciertas, otras no. Lo que sí te diré es que nunca he sido un buen hombre, aunque he hecho algunas cosas buenas en esta vida. Pero me eché a perder; sin remisión; desde bien pronto. El único que jamás haya visto algo bueno en mí fue Ben; y después tú. Siempre he estado agradecido por eso, y lo sigo estando, incluso ahora que es muy probable que estés pensando que no era digno de ese amor. Y seguramente es verdad.

Para cuando leas esto, si es que alguna vez lo lees, ya me habré marchado. Te pediría que recordaras tan sólo una cosa sobre mí: que haya hecho lo que haya hecho, sea quien sea, independientemente de lo que pienses de mí ahora, siempre te he querido más que a mi propia vida. Soy tu padre y nada puede cambiar eso. Incluso si me has matado, sigo siendo tu padre.

Hace mucho tiempo, nos sentamos aquí juntos y te dije: Hay una cadenita de oro que va de mi corazón al tuyo. Siempre te encontraré. Y sigue siendo cierto.

En fin, cariño, siento todo lo que ha pasado. Recoge los pedazos de tu vida y sigue adelante. No andes por las esquinas lamentándote por el pasado y por tus orígenes. Simplemente pasa página.

Y sé amable con tus padres. Te quieren mucho.

Tuyo siempre,

Max

Me quedé ahí sentada un buen rato con la carta entre las manos, pensando en lo previsible que debo de haber sido si él sabía que, algún día, yo volvería a aquel lugar; o lo conectados que estábamos para que supiera que podía dejarme una nota allí y que yo la encontraría. «Ridley, vete a casa.» Se refería a aquel lugar, no a mi casa ni a la suya, sino a la casa de mi infancia, donde él siempre había sido mi adorado tío Max. Quería que volviera al lugar donde lo había querido. ¡Y qué vuelta a casa tan triste era!

Luego oí ruidos afuera, entre los arbustos, y contuve la respiración al tiempo que trataba de hacerme diminuta. Los ruidos iban en aumento, se acercaban. Y entonces:

—Ridley, ¿eres tú?

—¿Papá?

Miré por la ventanita y me encontré con Ben, de pie allí fuera; llevaba zapatillas de deporte, pijama y bata.

—Estaba despierto —dijo agachándose para acercarse—, oí el coche y vi que atravesabas el césped hacia la parte de atrás. Pero ¿qué estás haciendo aquí?

—Tenía el presentimiento de que aquí encontraría lo que estaba buscando.

Alargó la mano, me acarició la cara, y luego me miró de modo extraño, como si estuviera volviéndome loca.

—¿Y lo encontraste?

—He encontrado *algo*.

Le di la carta y esperé a que la leyera en medio de la creciente luz del amanecer. Le conté lo que había pasado desde la primera vez que Dylan Grace me paró por la calle, lo ocurrido en Potter's Field y que había visto a Max. No le dije nada de cómo una parte —oscura y secreta— de mí misma había intentado matarlo esa noche, ni le hablé de todas las cosas descabelladas y estúpidas que había hecho para conseguirlo.

—¿Por qué me diste la llave? —le pregunté—. ¿Sabías lo que había en el cajón.

Él se encogió de hombros.

—Max me dijo que la necesitabas, que tú sabrías qué hacer con ella, que todo estaba perdido y que tú y yo tendríamos problemas por causa de las cosas que él había hecho. Dijo que era nuestro «comodín para librarnos de la cárcel».

Le conté lo que había en el cajón y lo que suponía que ahora estuviera en poder de la CIA. Ben no pareció disgustarse, ni siquiera sorprenderse.

—Max siempre va un paso por delante —dijo—, sabe buscarse la vida en la calle, siempre ha sabido hacerlo. Yo, en cambio, nunca me salto las normas, mientras que él es un auténtico héroe de leyenda. No hay quien le gane la mano a Max Smiley.

La voz de mi padre estaba teñida de sincera admiración, y yo me pregunté si acaso *él* habría perdido la cordura.

—¿Entiendes lo que estoy diciendo, papá? ¿Entiendes quién era?

—Entiendo quién creen ellos que es, pero como dice la carta: no creas todo lo que te cuenten.

—Pero papá, él mismo ha aportado las pruebas.

—Lo que ha hecho es darles lo que querían para quitárselos de encima. No es lo mismo.

Cuando mi padre se envolvía en ese manto de negación de la realidad, era imposible hacerlo entrar en razón. En lo que se refería a Max, había decidido ver tan sólo una verdad a medias, una ínfima parte de quién era, y aferrarse a ella. No tenía el menor interés en considerar el resto. Tal vez le daba miedo.

—¿Por qué esa fascinación tuya con él, papá? ¿Cómo ha podido tenerte tan embelesado durante todos estos años?

—Con él me pasa lo mismo que contigo, Ridley; igual que con tu madre; hasta con Ace. Os quiero.

Supongo que yo esperaba que la gente cambiase, esperaba que Max se responsabilizara de lo que había hecho, que Ben reconociera quién era Max en realidad y el impacto que la infinidad de mentiras que me habían contado había tenido sobre mí. Esperaba que Ace se rehabilitara y llevara una vida normal. Tal vez «esperar» no es la palabra correcta, «confiar» es mejor, aunque igualmente inútil porque no puede confiarse en que otros cambien, sólo se puede intentar cambiar uno mismo. Y cuesta mucho.

Dejé a mi padre en el bosque y atravesé el césped del jardín. Sentía el rocío empapándome las botas mientras el sol iba pintando de dorado las ventanas de la casa de mis padres. El aire era frío y el cielo estaba rosa. Vi a mi madre en la ventana del dormitorio principal, mirándome, igual que había hecho un año antes. Desde entonces, nada había cambiado excepto yo. Supongo que a eso se refieren cuando dicen que, una vez te vas, ya no puedes volver a casa.

Epílogo

Así que no, no me fui a vivir con Dylan Grace. Había aprendido lo suficiente como para darme cuenta de que, después de todo lo que me había pasado, de todos los cambios que había sufrido, necesitaba tiempo para conocer a Ridley Jones. Había aprendido por las malas que no era la hija de Ben y Grace ni la hija de Max y Teresa Stone, sino ambas cosas. Y más aún: era una persona en mí misma, tratando de encontrar mi propio rumbo en esta vida. Genes, educación, libre albedrío: todo desempeña su papel. Últimamente, todo tiene que ver con las decisiones; las pequeñas, las grandes. Bueno, ya saben ustedes lo que pienso de todo eso.

Dylan y yo estamos saliendo. Me hace gracia que su apellido sea el nombre de pila de mi madre. Es un nombre tan femenino y él es un tipo tan duro... La dicotomía encierra algo fascinante. Hay muchas cosas de Dylan Grace que me fascinan. En fin, en cualquier caso: vamos al cine, salimos a cenar, de museos... pero, sobre todo, hablamos.

—Todo ese tiempo que estuve vigilándote —me contó durante la cena cuando tuvimos nuestra primera cita oficial—, eso era lo que me volvía loco, que no podíamos tener una conversación.

Él finge no saberlo todo sobre mí y nos quedamos despiertos hasta las tantas tratando de establecer si tenemos algo en común aparte de la obsesión por Max y una particular habilidad para meternos en situaciones cargadas de dramatismo que entrañan peligro mortal. Y no creo que haga falta decirles que el sexo no podría ser más apasionado.

Estaba pensando en lo bien que iba todo entre nosotros mientras subíamos por la Quinta Avenida después de haber ido a unas cuantas galerías en el Soho. Creo que a él la mayoría de las obras que habíamos visto le parecían bastante horrorosas, pero no había dicho nada. Atajamos por Washington Square y estábamos pasando la Calle 8 mientras dábamos sorbos al chocolate caliente en vasos de plástico que habíamos parado a comprar en Dean & Deluca. Vi mi reflejo en un escaparate: esa semana había ido a la peluquería de John Dellaria y me había teñido el pelo de un color más parecido al mío; aun así todavía era corto y en punta. La verdad era que estaba empezando a gustarme, aunque suponía que seguramente acabaría dejándomelo largo. Mientras contemplaba mi reflejo vi algo más por el rabillo del ojo: un hombre delgado con un abrigo largo al otro lado de la calle que caminaba con ayuda de un bastón.

Me di la vuelta para mirarlo. Un desconocido. No era Max.

Esto me pasa mucho y me imagino que me seguirá pasando, aunque sé que él no volverá nunca a buscarme. Está conmigo. Siempre estará conmigo. En mis sueños más disparatados pensé que podría deshacerme de él, pero ahora sé que si lo hubiera hecho, su presencia me habría perseguido día y noche durante el resto de mi vida.

A día de hoy, todavía hay ciertas cosas que me molestan: nunca entenderé algunas de las que pasaron y no creo que jamás recuerde todos los detalles de mi viaje a Londres, ni como llegué de The Cloisters al avión tampoco. El pasaporte que había en mi bolso era falso, el mío seguía en su sitio cuando volví a casa. ¿Y el dinero? Tampoco era mío. Tomándomelo por el lado bueno, por lo menos me compré ropa chula.

—¿En qué piensas? —me preguntó Dylan mientras esperábamos a que el semáforo se pusiera en verde. (Supongo que llevaba un rato callada.)

Normalmente evitábamos hablar de Max y ninguno de los dos sacaba el tema de Potter's Field, de cómo esa noche no conseguimos lo que buscábamos y ahora ya nunca lo lograríamos.

—Estaba preguntándome si alguna vez te sientes como si te hubieran arrebatado algo: no se ha hecho justicia como tú querías, en memoria de tus padres y de todas esas mujeres que asesinó Max. Se ha librado. ¿No te hace daño? ¿No piensas en ello?

Él negó con la cabeza.

—No se ha librado.

Lo miré, preguntándome si sabía algo que yo ignoraba. No podía verle los ojos detrás de las gafas de sol. Dylan tiró su vaso vacío a una papelera.

—He llegado a la conclusión de que cargamos con nuestras propias acciones. Creo que todo el mal que ha hecho debe de estar consumiéndolo por dentro, igual que un cáncer, y un día acabará con él.

No estaba segura de estar de acuerdo; recordé mi conversación con Nick Smiley:

«No estaba arrepentido —me había dicho Nick—. Lo vi perfectamente en su mirada. Con todos los demás ponía cara de pena, pero cuando estábamos solos me miraba con aquellos ojos y yo lo sabía: había matado a su madre y acusado y testificado en contra de su padre; a efectos prácticos, los había matado a los dos. Y dudo mucho de que eso le quitara el sueño ni una sola noche en toda su vida.»

—No hablo de remordimiento —dijo Dylan leyendo la duda en mi rostro—, lo que estoy diciendo es que la justicia es algo más orgánico que un juicio y el correspondiente castigo; tiene que ver con el karma, ¿sabes?

Asentí con la cabeza. No iba a discutir con él: si había encontrado una manera de aceptar el hecho de que el hombre que había matado a sus padres estuviese libre y seguramente pegándose bastante buena vida, no iba a ser yo quien lo hiciera cambiar de opinión. Claramente, había avanzado más que yo.

No les voy a mentir: a mi me preocupaba algo el hecho de que Max se hubiera escapado y de que, seguramente, sus apetitos no hubieran cambiado lo más mínimo sino que el exilio no habría hecho más que exacerbarlos, me imaginaba yo. Probablemente esperaban ustedes un corte algo más limpio: atrapan al malo y se hace justicia. Y yo vivo feliz para siempre. ¿No sería maravilloso si pudiéramos cambiar todas las personas y circunstancias que nos causan dolor? Pero, por supuesto, la vida no es siempre así. A veces las cosas son como son, por mucho que nos empeñemos en que no. El verdadero reto es asimilar eso, aprovechar lo que pueda tener de bueno y seguir nuestro camino, incluso si eso significa, como en mi caso, que siempre estarás vigilando por encima del hombro.

Tiré mi vaso a la papelera también. Dylan me cogió la mano y caminamos envueltos en un denso silencio hacia el edificio Flatiron.

—¿Y tú? —me preguntó poniéndose las gafas en la cabeza y mirándome con esos ojos grises—. ¿Así es como te sientes, Ridley, como si te hubieran arrebatado algo?

Lo pensé por un momento, recordé la última imagen que tenía de Max mientras el helicóptero se elevaba hacia el cielo, la carta que me había dejado. Siempre me preguntaría dónde estaba y si, de algún modo, me estaría observando.

—No, no como si me hubieran arrebatado algo —dije—, pero sí perseguida por una presencia.

Me di cuenta de que mi respuesta lo entristecía. Me rodeó con un brazo y me apretó fuerte contra él mientras seguíamos caminando hacia casa.

He pasado mucho tiempo clasificando los errores que he cometido. Estoy segura de que estarán de acuerdo conmigo en que la lista es larga y muy colorida, pero creo que la mayor locura fue creer que podría traer a Max de vuelta a casa. No obstante, me perdonaré a mí misma por eso porque había algo que no entendí hasta el momento en que lo vi desaparecer: al morir, el fantasma ya había vuelto a casa.

Agradecimientos

Tal vez sea cierto que los escritores trabajan aislados, pero el trabajo que yo hago, sin lugar a dudas, se habría quedado en un cajón de no haber sido por el grupo de seguidores y adeptos que la vida ha tenido a bien regalarme. Mencionaré aquí a algunos enumerando sus muchas y maravillosas cualidades:

Mi marido, Jeffrey, lleva años oyéndome dar las mismas charlas y contestar a las mismas preguntas, y no sólo en casa, porque aún no ha llegado el día en que yo haya aparecido en ninguna librería, conferencia o reunión de escritores o lectores sin que mi marido se haya encontrado entre los asistentes. Y, sinceramente, eso no es más que una ínfima parte de todo lo que hace: desempeña el papel de marido, amigo, publicista, lector, coordinador de eventos y —más recientemente— el de mejor padre del mundo. ¡Y además cocina! Doy gracias a diario por la suerte de tenerlo a mi lado.

Mi agente, Elaine Markson, y su ayudante, Gary Johnson, son ciertamente mi tabla de salvación en este negocio. Desde el día en que firmé un contrato con la agencia —la Elaine Markson Literary Agency— hace casi siete años, ella ha sido mi primera lectora, mi defensora y mi amiga. Gary consigue que sea organizada, me hace reír y me mantiene informada de todos los cotilleos del sector. Todos los años intento encontrar algo nuevo que decir, pero la verdad inmutable es que estaría perdida sin ellos.

Si pudiera construirle un altar a mi editora, Sally Kim, y rendirle culto, lo haría. En serio. La relación del autor con su editor es tan delicada, tan crucial: los autores son gente extravagante y frágil que, si caen en malas manos, pueden acabar vapuleados y desanimados, pero que, en buenas manos, crecen y mejoran en su oficio. Sally tiene una manera encantadora de guiar sin presionar, sugerir sin dar órdenes, hacerme mejor escritora y dejar que piense que el mérito es mío. Es compañera de conspiraciones, terapeuta, defensora y amiga.

Una editorial como Crown/Shaye Areheart Books es el sueño de cualquier escritor. No puedo imaginarme un hogar más maravilloso, acogedor e incondicional. Mi agradecimiento más sincero va para Jenny Frost, Shaye Areheart, Tina Constable, Philip Patrick, Jill Flaxman, Whitney Cookman, Jacqui LeBow, Kim Shannon, Kira Stevens, Roseann Warren, Tara Gilbride, Christine Aronson, Linda Kaplan, Karin Schulze y Kate Kennedy... por mencionar a unos pocos. Cada una de estas personas ha contribuido con su habilidad y talento irrepetibles a mi trabajo y no tengo palabras suficientes para agradecérselo.

El agente especial Paul Bouffard entiende cómo funciona mi mente. Pensamos igual. Él es mi fuente para todo lo que tenga que ver con asuntos legales e ilegales, y su experiencia profesional como agente federal supone para mí un inagotable pozo de donde sacar información, un tesoro de pequeños detalles y anécdotas emocionantes que nunca dejan de encandilar mi imaginación; además Paul es un asesor incansable y, junto con su mujer, Wendy, grandes amigos.

Mi familia y amigos me animan en los días buenos y tiran de mí en los malos. Mis padres, Virginia y Joseph Miscione (más conocidos como Team Houston, equipo Houston) son mis incansables promotores y animadores. En todas y cada una de las librerías que he visitado en Houston, siempre ha habido un empleado o encargado que me ha dicho: «¡Ah, sí, tu madre pasó por aquí y movió tu libro a la mesa central!» Mi hermano, Joe Miscione, saca una fotografía con el móvil siempre que ve mis libros en las tiendas y me la manda por correo electrónico. Mi amiga Heather Mikesell ha leído hasta la última palabra que he escrito desde que nos conocimos hace trece años. Cuento con sus perspicaces observaciones y su vista de lince para las correcciones. Mis amigas más antiguas, Marion Chartoff y Tara Popick, me ofrecen cada una su particular sabiduría, apoyo y sentido del humor. Tengo más motivos para estarles agradecida de los que puedo enumerar aquí.

Acerca de la autora

LISA UNGER es la autora de *Mentiras piadosas*, un superventas del *New York Times* que también ha sido incluido en la selección Book-of-the-Month. Lisa vive en Florida con su marido y su hija. Visita su página web: www.lisaunger.com.